Sarah Baines

House of War:

Eliel

HOUSE OF WAR

ELIEL

SARAH BAINES

© 2016 by Sarah Baines
Verwendete Bildmaterialien:
© piolka – depositphotos

Sarah Baines
c/o madera GmbH & Co. KG
Oldenburger Straße 167
26180 Rastede
Deutschland

Alle Rechte vorbehalten.
Unbefugte Nutzung, etwa wie die Vervielfältigung, Verbreitung, Übertragung oder Nachdruck, auch auszugsweise, nur mit schriftlicher Genehmigung der Autorin.
Personen und Handlungen sind frei erfunden, etwaige Ähnlichkeiten mit real existierenden Menschen sind rein zufällig und nicht beabsichtigt.

ÜBER DAS »HOUSE OF WAR«

»Was für ein bürokratischer Scheißhaufen.«
Achan Zalambur, der Dschinn

»Die sollten endlich mal das Handbuch *Schnelleinstieg in die lustige Welt der Dämonen* rausgeben!«
Charon, der Fährmann

»Also, ich putz hier nur! ... Hat jemand meinen Flachmann gesehen?«
Aziza, Xhinde

»Nett, dass sie es endlich aufgegeben haben, uns umbringen zu wollen. Noch mehr Essen, das an meiner Tür klingelt, vertrage ich einfach nicht.«
Kolja Jegorow, Sineater

»Kinder.«
Rane Ikiku, Erster Jäger der Gestaltwandler

»Solange sie das Gleichgewicht nicht stören ...«
Cerdic, der Wächter, verstoßener Vampir aus dem Clan der Chroni

»In meinem Leben habe ich schon viele Dinge kommen
und auch wieder gehen sehen.«
Raban, der schwarze Mann

»We are the champions!«
Asteria, Feuerelementar

»Wer, bitte?«
Amaru, Drache

»No time for losers!«
*Alana, Schneefrau und ... wenn Sie Ihnen das sagt, müsste sie
Sie töten*

»…«
Eliel, Mantus, ein schwarzer Prinz

»Damit will er sagen, dass er es total nett findet, dass sie
mich vorübergehend bei sich aufgenommen haben.«
Anna, Magierin

»…«
Eliel, Mantus, ein schwarzer Prinz

»Ehrlich!«
Anna, Magierin

*Noch nie war ein Krieg dazu in der Lage,
die Missverständnisse zwischen zwei Kulturen auszuräumen.*

1

Anna war noch immer vollkommen in ihren Gedanken versunken, als sie den Bahnhof über einen Nebenausgang verließ und zu ihrem Rad ging, das sie am Nachmittag dort an einer Laterne abgestellt hatte. Sie war in Bremen gewesen, um sich eine Shakespeare-Aufführung anzuschauen. Vielleicht ein bisschen verrückt, aber sie hatte spontan eine Karte im Internet bestellt und war nur deshalb nach Bremen gefahren, um mit der letzten Bahn wieder zurück nach Hause zu kommen. Natürlich hätte sie auch über Nacht bleiben können, aber sie schlief am liebsten in ihren eigenen vier Wänden. Hotelzimmer waren ihr einfach zu eng und die Geräusche zu fremd.

Aber der Aufwand hatte sich eindeutig gelohnt. Noch immer liefen ihr Schauer über den Rücken, als sie an die beeindruckende Darstellung Heinrichs V. dachte, der ausgerechnet von einer Frau dargestellt worden war. Am Anfang hatte sie mit der Lösung noch ein wenig gefremdelt, doch als sie es dann erlebt hatte ... einfach fantastisch. Das würde sie so schnell nicht vergessen.

Dass sie noch immer mit offenen Augen vor sich hin träumte, merkte sie, als sie ihr Fahrrad in die Unterführung schob, die unter den Schienen entlang Richtung Innenstadt führte. Mit großen Augen betrachtete sie die Taube, die sich eilig von ihrem Platz erhob und aus der Unterführung flatterte. Offenbar war ihr die Störung nicht recht gewesen.

Kein Wunder. Es war inzwischen halb zwei nachts. Nichts und niemand war mehr auf der Straße anzutreffen, von einigen Obdachlosen mal abgesehen. Sie hätte jetzt auf ihr Rad steigen können, um schneller in ihre Wohnung zu kommen. Allein als Frau. Selbst in dieser doch sehr überschaubaren Stadt war das wohl ein unnötiges Risiko. Aber wer sollte ihr schon was tun? Es war ja niemand da.

Und nach den vielen Stunden des Sitzens in der Bahn und auf dem unbequemen Klappstuhl im Park war sie froh, sich ein wenig die Beine vertreten zu können. Selbst das Sitzen auf einem Fahrradsattel schien ihr gerade keine Option zu sein. Außerdem war es trotz der späten Stunde noch warm und sie genoss die Nachtstille, die sich über die Stadt gesenkt hatte.

Verträumt ließ sie ihren Blick über die etwas martialisch anmutende Eisenkonstruktion der Unterführung gleiten. Es gab kein Licht, wenn man von der Beleuchtung der Werbekästen, die allesamt mit der gleichen erotischen Werbung bestückt waren, mal absah. Selbst am Tag war es hier beständig schummrig. Dafür war diese Schienenunterführung nicht sonderlich lang. Vielleicht dreißig Meter? Sie war schlecht im Schätzen von Entfernungen. Aber was machte das schon? Die Strecke war überschaubar und es war unwahrscheinlich, dass ein Axtmörder so nah am Bahnhof und somit auch nah an einer Polizeistation und einem Taxistand sein Unwesen trieb.

Als eine weitere Taube sich von ihrem Platz auf einer Stahlquerstrebe über der tatsächlich zum Bahnhofsgebäude gehörenden Klinkerwand erhob und das Weite suchte, blieb Anna stehen und drehte den Kopf, um ihr nachzusehen.

Sie mochte Tauben, auch wenn man sie als Ratten der Lüfte beschimpfte. Aber Tauben waren schlaue Wesen. Sie lebten von und zwischen den Menschen, ohne sich jedoch zu sehr auf sie einzulassen. Man konnte sich bis auf wenige Zentimeter an sie heranpirschen, nur um zu erleben, wie die Taube im wirklich allerletzten Moment das Weite suchte. In ihrer scheuen, aufmerksamen Art waren sie selbstbewusst genug, um sich von den Menschen nicht verschrecken zu lassen. Nur deshalb watschelten sie so unbeeindruckt durch die Fußgängerzonen und dekorierten wohl so ziemlich jedes Kunstwerk der Stadt. Und Fensterbretter und Mauervorsprünge ...

Anna schrak zusammen, als sie begriff, dass sie vielleicht doch nicht so allein war, wie sie es sich gedacht hatte. Denn je weiter sie in die kurze Unterführung eintauchte, desto deutlicher schälten sich die Umrisse von etwas ab, das definitiv kein Teil des Weges sein konnte.

Langsam und mit klopfendem Herzen ging sie näher auf den undefinierbaren Berg zu. Das leise Klackern ihres Rades dröhnte plötzlich unnatürlich laut in ihren Ohren und sie wusste, dass dort vor ihr weder ein Obdachloser noch ein Müllberg lag, den jemand unsachgemäß entsorgt hatte.

Als sie näher kam, sah sie, was die beiden Spitzen waren, die aus dem Berg rausragten, und schluckte schwer. Flügel. Und kurz schloss sie die Augen, als sie noch näher kam und auch den Rest erkennen konnte.

Selbst in seinem zusammengesunkenen Zustand war der Mann vor ihr riesig. Vor Schmerz schien er zusammengebrochen zu sein, Anna konnte Blut in der Luft riechen und auf ihrer Zunge sogar das schwache Echo davon schmecken.

Und er hatte Flügel. Oder genauer: Schwingen. Riesige schwarze Schwingen, deren Haut wie Leder wirkte und sich wohl auch genauso anfühlen würde. Selbst jetzt wirkten sie atemberaubend. Kleine Widerhaken saßen am ersten Gelenk der Schwingen, ragten steil nach oben und sie musste sich zwingen, näher heranzutreten.

Der Riese war verletzt. Für ein Wesen wie ihn nicht lebensgefährlich, aber seine Verletzungen waren schwerwiegend. Der Geruch seines Blutes hing drückend in der schwülwarmen Nachtluft und lieferte beredtes Zeugnis, dass er sich nicht nur einen Kratzer zugezogen haben konnte.

Mit zittrigen Fingern lehnte sie ihr Fahrrad an einen der Stahlträger und schlich auf Zehenspitzen zu dem geflügelten Mann. Seine Lider waren halb gesenkt, doch das reichte ihr, um auch den letzten Zweifel auszuräumen, als sie sich vor ihn kniete. Ein Mantus. Eindeutig. Seine Augen waren vollkommen schwarz, nicht ein Funken Weiß war darin zu erkennen. Irren ausgeschlossen. Ein schwerverletzter Mantus, wenn er seine menschliche Tarnung mitten in der Stadt aufgegeben hatte.

Unsicher ließ sie ihre Hand nur wenige Zentimeter über seiner Brust in der Luft verharren.

»Verschwinden Sie«, hörte sie in stöhnen und ahnte, dass er sie nur am Rande wahrnahm. Sonst hätte er anders reagiert.

Hastig ließ sie ihren Blick über ihn gehen. Ja, er war schwer verletzt. In seiner Brust klaffte ein tiefer Riss, so als habe man versucht, ihm sein Herz rauszureißen. Ohne Erfolg, denn als sie ihre Hand auf seinen Brustkorb legte, konnte sie es schlagen spüren. Schnell, aber unregelmäßig. Der Blutverlust, der die zerrissenen Überreste seines schwarzes Shirts in der Dunkelheit glänzen ließ, hatte ihn so sehr geschwächt, dass er sich nur noch bedingt selbst heilen zu können schien.

Schwarze, halblange Haare fielen ihm strähnig ins Gesicht. Sein Gesicht war geschwollen, die Lippe aufgeplatzt. Blut lief über sein Kinn. Und Blut lief auch aus der zerrissenen Jeans an mehreren Stellen. Die eine Schwinge stand in einem seltsam schrägen Winkel ab, die lederne Haut, die sich über die Knochen dort spannte, hing in Fetzen.

Eines konnte Anna mit Gewissheit sagen: Der Mann war in keine normale Schlägerei geraten. Es gehörte einiges dazu, einen Mantus so zuzurichten.

Niemand würde es ihr übel nehmen, sollte sie jetzt das Weite suchen. Niemand könnte sie dafür verurteilen, einen Mantus sich selbst zu überlassen. Und ihr Fluchtinstinkt schrie förmlich, dass sie gefälligst die Beine in die Hand nehmen und laufen sollte.

Doch verharrte sie. Egal, was er war. Egal, was sie war. Niemand sollte so sich selbst überlassen werden. Also gab sie sich schließlich einen Ruck.

Als sie tief die Luft inhalierte, war es, als ob das Feuer in ihr damit neue Nahrung bekam. Anna blendete alles um sich herum aus, konzentrierte sich auf ihre Atmung und das Anschwellen der Magie in ihr. Es war schon eine Weile her, dass sie das zuletzt getan hatte, und kurz staunte sie, mit welcher immensen Kraft sie sich in ihr Bahn brach. Wie ein Akku, der sich in Rekordzeit auflud, lud sie sich mit Magie auf, bis ihr ganzer Körper kribbelte.

Auch der Mantus begriff, was vor sich ging. Auch er spürte die Magie, die sich in ihrem Körper aufgestaut hatte und nur einen winzigen Funken brauchte, um sich zu entzünden.

Ein Grollen löste sich aus seiner Brust und sie sah, wie er nach ihr zu greifen versuchte, als sie mit einem Finger über sein blutverschmiertes Kinn strich. Doch da er nicht mal richtig sehen konnte, verfehlte er sie und kraftlos fiel sein Arm wieder auf den Asphalt. Blut blieb an ihrer Fingerspitze haften und sie seufzte leise, ehe sie es ableckte.

Die Verbindung zu ihm flackerte so schnell auf, dass sie überrascht aufkeuchte. Und Panik kroch ihre Wirbelsäule hinauf, als sie begriff, dass der Kerl vor ihr nur deshalb für sie keine Gefahr darstellte, weil er quasi halbtot war. Selbst vierteltot wäre er ihr haushoch überlegen.

Vielleicht unterschrieb sie gerade wirklich ihr Todesurteil.

Oder etwas weitaus Schlimmeres.

Nicht drüber nachdenken, gemahnte sie sich dann jedoch.

Im ersten Moment kam ihr die Sprache fremd vor, die einst ihre Muttersprache gewesen war und die sie vor langer Zeit hinter sich gelassen zu haben glaubte. Etwas stockend und mit heiserer Kehle verließen die melodischen Worte ihre Lippen. Ein heiseres Wispern in der nächtlichen Stille. Doch schnell schon hatte sie sich wieder in den Rhythmus der Sprache eingefunden, die Worte flossen ihr immer leichter von den Lippen und sie lächelte leicht, als der Mantus unter ihr überrascht die Augen aufriss. Er begriff, was sie tat.

Als ihre Magie in ihn floss, stöhnte sie leise. Es war fast zu viel gewesen, um es lang in sich halten zu können, und erleichtert spürte sie, wie der Druck in ihr langsam nachließ. Wie ein Strom kühlen Wassers floss die Magie aus ihr heraus und über ihre Hände, die sie auf die blutende Wunde in seinem Brustkorb gelegt hatte, direkt in ihn hinein. Ein gutturaler Laut entschlüpfte ihm, als sie in ihm zu arbeiten begann, und kurz stockte Anna, als sie schwach das Echo seiner Magie an der ihren fühlte. Erstaunlich. Und sie schauderte leicht bei dem fast schon sinnlichen Reiben ihrer Kräfte aneinander.

Noch nie war sie einem lebenden Mantus so nah gewesen. Wie sie in ihrem ganzen Leben bisher nur ein einziges Mal einem Mantus begegnet war. Etwas, woran sie nicht gern zurückdachte. Alles, was sie wusste, wusste sie aus Erzählungen und den geteilten Erinnerungen anderer. Nie hätte sie damit gerechnet, jemals wieder einem von ihnen zu begegnen. Schon gar nicht hier. Auf der Erde. Mitten unter den Menschen.

Aber da lag er nun. Schwer verletzt vor ihr auf der Straße. Aber selbst so war seine Erscheinung noch beeindruckend. Sie verbot es sich, den Gedanken weiterzuspinnen. Ansonsten würde sie vermutlich nur panisch davonlaufen. Stattdessen konzentrierte sie sich auf die Worte, die ihrer Magie den Weg weisen sollten, bestaunte, wie der Blutstrom aus seinen Wunden weniger wurde, schließlich versiegte und ihre Worte rissen ab, als sie erneut einen Blick in sein Gesicht warf.

Seine Wunden dort waren verheilt und ihr stockte der Atem, als er sie aus diesen nachtschwarzen Augen ruhig ansah. Seinem kantigen Gesicht war keine Regung zu entnehmen und auch über die magische Verbindung, die sie durch das Blut zu ihm geschaffen hatte, konnte sie nur Nachdenklichkeit bei ihm spüren.

Als der Magiefluss abebbte und schließlich versiegte, ließ sie noch einen kleinen Moment ihre Hände auf seinem Brustkorb, ehe sie sie zurückzog. Jedoch unterbrach sie nicht ihren Blickkontakt.

»Sie können hier nicht bleiben«, wisperte sie heiser, kam auf die Beine und hielt ihm dann ihre Hand hin. Fragend folgte sein Blick ihr und sie lächelte, als sie ihre Magie ein wenig schürte, bis sie sich sicher sein konnte, dass diese ihre Muskeln auch wirklich brauchbar machte. Der Mann war ein Schwergewicht und würde sie sonst eher zu Boden reißen.

Dennoch keuchte sie überrascht auf, als er dann auch tatsächlich nach ihrer Hand griff und sich an ihr hochzog. Er war definitiv schwer. Und groß. Ihr Mund wurde trocken, als er sich zu voller Größe aufrichtete. Noch immer war er zu schwach, um seine Gestalt menschlich erscheinen zu lassen, und so bekam sie einen Ausblick auf einen muskelbepackten Körper, Arme, die sie mit beiden Händen nicht würde umspannen können und weit über zwei Meter Körpergröße. Massiv mehr. Sie war mit knapp über 1,80m nicht klein für eine Frau, doch neben ihm wirkte sie winzig und zerbrechlich wie eine Puppe. Sie musste den Kopf heben, um nicht auf seine Brust zu starren, als er nun vor ihr stand. Die Hand, mit der er nach der ihren gegriffen hatte, war eher eine Pranke und ihre Hand verschwand vollkommen darin.

Er schwankte leicht und ohne darüber nachzudenken, trat sie an seine Seite, legte seinen Arm um ihre Schultern und keuchte, als er sich daraufhin auf sie stützte. Hastig verstärkte sie ihre Magie, die ihre Muskeln stützte, und ignorierte das leise Grollen, das sich dicht an ihrem Ohr aus seiner Brust löste. Fast schon wirkte es wie eine instinktive Handlung, als auch seine Magie dabei in einer Drohgebärde anschwoll.

Anna mühte sich, es zu ignorieren und sich davon nicht einschüchtern zu lassen. Er war geschwächt. Auch wenn seine Wunden weitestgehend geheilt waren, war er schwach wie ein Neugeborenes. Gut, vielleicht nicht ganz so schwach. Aber er war kaum Herr seiner Sinne. Und erleichtert atmete sie auf, als seine Magie wieder verebbte. Flüchtig warf sie einen Blick auf ihr Rad und als das Schloss sich wie von Geisterhand um Rad und Brückenpfeiler wickelte, ehe es mit einem leisen Klicken einrastete, nickte sie leicht. Das würde sie jetzt nicht auch noch mitnehmen können.

Ihr Heimweg betrug eigentlich keine zwei Kilometer. Doch mit dem Mantus, der sich kaum aus eigener Kraft auf den Beinen halten konnte, schien sie eine Ewigkeit zu brauchen. Noch immer konnte er seine Gestalt nicht tarnen und so war sie froh, dass sie keiner Menschenseele auf ihrem Weg begegneten. Seine Schwingen waren noch immer gut für alle sichtbar. Warum auch immer schien er es nicht für nötig zu halten, sie vor den Blicken anderer zu verbergen. Und seine immense Körpergröße, die sie auf weit über 2,30m schätzte, die nachtschwarzen Augen und die Reißzähne, die mit jedem schweren Atemzug zwischen seinen Lippen hervorblitzten, gingen keinesfalls als gutes Partykostüm durch.

Schwer stützte er sich auf sie und sie war klatschnass, als sie ihn endlich zu ihrer Wohnung hinauf in den ersten Stock geschleppt hatte. Seine Heilung und der lange Weg hatte an ihren Kräften gezerrt und erleichtert atmete sie auf, als sie ihn in den winzigen schlauchartigen Flur schob und dann nach rechts in ihr Schlafzimmer.

Der Mantus ließ alles wortlos über sich ergehen. Trotz der Verbindung zu ihm, die sich nur langsam wieder verflüchtigte, konnte sie nicht mal Emotionen an ihm ausmachen. Anna zwang sich, nicht weiter darüber nachzudenken, was geschehen würde, wenn er wieder bei Kräften war. Spätestens morgen früh würde sie es wissen. Ob sie wollte oder nicht.

Als sie ihn auf ihr Bett fallen ließ, stöhnte er unterdrückt. Seine Lider flatterten kurz, als er ihren Blick suchte, schlossen sich dann jedoch wieder. Erschöpfung hatte sich in sein kantiges Gesicht gegraben. Widerstandslos ließ er es geschehen, dass sie ihm die schweren Bikerstiefel auszog, dann die Strümpfe und nur kurz zögerte, ehe sie die Knöpfe seiner Hose öffnete.

Schweißgebadet saß sie kurze Zeit später auf ihrer Couch im Wohnzimmer. Sie musste wahnsinnig sein, dass sie das getan hatte. Seit je her waren ihre Völker Todfeinde. Schon als Kind war ihr beigebracht worden, die Mante zu fürchten, die über ihr Volk herfielen, die Männer töteten und die Frauen raubten, um ihnen ein Schicksal angedeihen zu lassen, das weitaus schlimmer war als ein halbwegs gnädiger Tod.

Sie hatte keine Ahnung, was sie geritten hatte, als sie ihn da in der Unterführung hatte liegen sehen. Jede andere Frau ihres Volkes, und auch jeder Mann, hätte ihm vermutlich umgehend den Kopf abgetrennt, um sicherzugehen, dass diese Ausgeburt der Hölle auch wirklich tot war.

Und was tat sie? Sie heilte ihn und nahm ihn mit zu sich. Kurz überlegte sie, ob sie einfach fliehen sollte vor dem Irrsinn, den sie selbst angerichtet hatte. Doch dann verwarf sie den Gedanken wieder. Sinnlos. Er kannte nun ihren Geruch und die Signatur ihrer Magie, die so eindeutig war wie ein Fingerabdruck. Er würde sie jagen und überall aufspüren.

Sie war so gut wie tot. Oder schlimmeres.

Als er zu sich kam, lag er in einem Bett. Zwar in einem breiten Bett, jedoch einem, das für menschliche Ausmaße gebaut worden war. Folgerichtig war es zu kurz. Viel zu kurz. Selbst in seiner menschlichen Gestalt wäre es noch zu kurz gewesen.

Es roch nach ihr. Nach der Frau, die ihn vergangene Nacht gefunden und ihm wohl den größten Schock seines Lebens verpasst hatte. Vorsichtig spannte er seine Muskeln an und grunzte zufrieden, als er keine Schmerzen mehr spüren konnte. Die Magierin hatte sich nicht lumpen lassen.

Anfangs hatte er nicht begriffen, was los war. Der Schmerz hatte ihm die Sicht geraubt und logisches Denken unmöglich werden lassen. Ein normaler Mensch wäre bei seinem Anblick schreiend davongelaufen. Eine Magierin jedoch hätte weitaus mehr getan, ehe sie schreiend davongelaufen wäre. Sie nicht. Erst als sie ihre Magie geschürt hatte, hatte er überhaupt begriffen, was sie war. Keine Hexe. Hexen verfügten nicht über so viel Magie, wie sie mit wenigen Atemzügen in sich gepumpt hatte. Die Routiniertheit, mit der sie das getan hatte, hatte ihn glauben lassen, dass jetzt wirklich sein letztes Stündlein geschlagen hatte. Sein ganzer Körper hatte unter der

Macht angefangen zu kribbeln und als sie sein Blut ...

Tief holte er Luft, genoss, wie ihr Duft, der überall im Raum zu hängen schien, seine Lungen füllte. Frisch, leicht süßlich und unverkennbar weiblich.

Ihre Präsenz war in dem Moment in ihn gesickert, in dem sein Blut ihre Zungenspitze berührt hatte. Und verdammt wollte er sein, wenn er nicht selbst in dem Zustand, in dem er gewesen war, sich davon hatte erregen lassen. *Eine Magierin* ... Selbst bei der Erinnerung bekam er einen Steifen. Und ihre Magie ... wie ein frischer Bergquell war ihre Magie in ihn geflossen. Ja, sie war jung. Ihre Magie war noch ein wenig quecksilbrig, fast so, als hätte sie sie noch nicht ganz so unter Kontrolle, wie sie es bräuchte. Aber sie war stark. Sehr stark sogar.

Mit einem unterdrückten Knurren kam er auf die Beine und angelte nach seiner Hose. Er musste sie finden.

Er brauchte nicht lang, um sie im Wohnzimmer auf der Couch zu finden. Sie trug nur ein T-Shirt unter der dünnen Decke, wie es schien, und schlief noch tief und fest. Lautlos trat er weiter in den Raum und ließ sich in den leicht mitgenommenen Clubsessel sinken, der im rechten Winkel zu der ausladenden Couch, die mitten im Raum stand, aufgestellt war.

Sie hatte schmale, feine Gesichtszüge. Im Schlaf wirkte sie entspannt, die cognacfarbenen Haare, die ihr nur knapp über die Schulter reichten, waren nach vorn gefallen und strichen mit jedem Atemzug fast schon zärtlich über ihre Wange.

Sie wirkte unschuldiger, als eine Magierin es sein sollte. Kurz ließ er seinen Blick über das erstaunlich große Wohnzimmer gleiten. Hohe Decken, sehr hohe Decken mit Stuck an den Übergängen zu den Wänden und mit einer Stuckrosette um den Deckenlampenanschluss in der Mitte. Verständlich. Magier neigten zu Platzangst. Zwar mochte der Flur der Wohnung schmal und eng sein, Schlaf- und Wohnzimmer hingegen maßen jeweils jedoch bestimmt dreißig Quadratmeter. Es gab eine Couch mit dazu passendem Tisch, den Sessel, einen Flachbildfernseher an der Wand und ein großes Regal voller Bücher. Die Fenster nahmen die komplette Stirnseite des Raumes ein und lagen in einem kleinen halbrunden Erker, sorgsam von durchscheinenden Vorhängen verdeckt. Mehr gab es hier nicht. Kein Nippes, keine Bilder. Nur schlichte weiße Wände und die wenigen ausgesuchten Möbel. Und kurz musste er den Impuls unterdrücken, auszutesten, ob er seine Flügel hier ausbreiten konnte, die zurzeit unsichtbar in seinem Rücken verschwunden waren.

Sein Blick ging wieder zu der Frau auf der Couch und kurz stockte sein Atem, als er ihren Blick aus hellblauen Augen auf sich ruhen sah. Sie hatte die Position nicht verändert, doch ihre Augen waren klar. Sie war definitiv wach.

Er sagte kein Wort, während er abwartete, was sie als nächstes tun würde. Sekunden, die sich wie eine Ewigkeit hinzuziehen schienen, verstrichen, ehe sie sich unter der Decke langsam aufrichtete und mit dem Rücken im Kissenberg auf der Couch versank. Angst färbte ihren Blick, den sie auf einen unbestimmten Punkt auf seiner Brust gerichtet hielt, und er legte den Kopf schief, als sie schließlich die Beine dicht an ihren Körper zog und die Arme darum schlang.

»Wie ist dein Name?« Er sah, wie sie bei seinen Worten die Kiefer fest zusammenpresste. Ihre Magie blieb jedoch ruhig und gleichmäßig wie ein glimmender Kamin. Und kurz bewunderte er ihre Nervenstärke, die es ihr verbot, in einer Abwehrreaktion ihre Magie zu ziehen.

»Anna.«

Er nickte.

Nachnamen waren überflüssig und eine schlechte Angewohnheit der Menschen.

Erneut breitete sich Schweigen zwischen ihnen aus und er lächelte inwendig, als er förmlich sehen konnte, wie sie sich einen Ruck gab.

»Und Ihrer?«

»Eliel.«

Alles Blut wich aus ihren Wangen, wie er zufrieden konstatierte. Und als in einem Reflex ihre Magie zu flackern begann, bleckte er die Zähne und knurrte. Sofort sank ihre Magie wieder in sich zusammen und sie wich seinem Blick aus.

Sie wusste also, wer er war. Vermutlich bereute sie nun, ihm das Leben gerettet zu haben. Er begriff ohnehin nicht, warum sie das getan hatte. Kein Magier hätte sich diese Chance entgehen lassen. Auch sie vermutlich nicht, wenn sie gewusst hätte, wen sie da vor sich liegen gehabt hatte.

»Der erste schwarze Prinz«, wisperte sie atemlos und er lehnte sich mit einem innerlichen Lächeln zurück, als sie trotz ihrer verspannten Haltung es schaffte, in sich zusammenzusinken.

Er gab ihr einen Moment, um sich zu sammeln. Ihr Blick ging wieder zu seiner Brust und er verkniff sich ein Lächeln.

»Ich danke dir, Anna.«

Kurz glitt ihr Blick an ihm hoch, begegnete dem seinen, und er lächelte nun doch, als er die Überraschung darin sah. Doch sah sie hastig wieder weg und an ihm vorbei auf den schwarzen Bildschirm ihr gegenüber.

Eine ganze Weile geschah daraufhin nichts mehr. Stumm starrte sie auf den unbelebten Fernseher und er lauschte ihrem Herzschlag, der sich nur schwer wieder zu beruhigen schien. Aber sie hatte sich unter Kontrolle.

Er hatte keine Ahnung, womit er eigentlich gerechnet hatte. Mit ihrer Panik vermutlich, vielleicht auch mit einem kopflosen Angriff. Nicht jedoch mit ihrem Schweigen. Kein Ton kam über ihre Lippen und ihre verschlossene und steife Körperhaltung ließ auf nichts schließen. Aber ihre Magie glühte weiterhin wie ein fast runtergebranntes Feuer. Bis auf den einen kurzen Moment gerade eben schien sie sich vollkommen im Griff zu haben. Erstaunlich, denn er konnte spüren, dass sie noch nicht sehr alt sein konnte.

»Sie werden mich nicht umbringen?« Ihre nüchterne Frage zerriss die Stille und überraschte ihn. Sie hatte weder die Position verändert noch auch nur den Blick zu ihm gewandt. Nach wie vor starrte sie mit unbewegter Miene auf den Fernseher.

»Nein.«

Seine knappe Antwort brachte sie zum Erschauern. Dann straffte sie sich plötzlich, ließ ihre Beine los und erhob sich von der Couch. Sie trug wirklich nicht mehr als eine knappe Panty und das enge verwaschene Shirt, das knapp unterhalb ihres Hüftknochens endete. Und er unterdrückte ein anerkennendes Knurren, als er seinen Blick von ihren Knöcheln über ihre endlos langen Beine bis hinauf zu ihrem wohlgeformten Hintern gleiten ließ.

»Kaffee?« Ihr Tonfall klang zu unbekümmert und konnte auch nicht über das Zittern ihrer Hände hinwegtäuschen. Er war sich sicher, sollte er eine hastige Bewegung machen, würde sie vermutlich zusammenbrechen.

»Gern.«

Sie floh förmlich vor ihm und in die Küche. Gemächlicheren Schrittes folgte er ihr und hörte noch im Flur, wie der Kaffeeautomat in der Küche sich ratternd aufheizte.

Anna hatte das Gefühl, dass ein winziger Windhauch genügen würde, um sie in tausend Stücke zerspringen zu lassen. Die Panik ließ ihre Bewegungen fahrig werden. Fast wäre ihr eine Tasse runtergefallen bei dem Versuch, nach ihr zu greifen, und zitternd umklammerte sie schließlich die Arbeitsplatte ihrer Küche, während sie darauf wartete, dass der Kaffee endlich durchlief.

Ein schwarzer Prinz. Aber das hätte sie sich denken können bei der Macht, die sie in der vergangenen Nacht an ihm wahrgenommen hatte. Sieben gab es von ihnen und die Geschichten, die ihr Volk über sie erzählte, waren so grausam, dass ein eisiger Schauer bei der Erinnerung ihren Rücken hinunterlief.

Eliel, Mikhail, Enjosh, Nathanel, Sivren, Raen und Zelphyr. Die sieben schwarzen Prinzen unter König Javron. Die sieben Geißeln ihres Volkes. Die sieben Heerführer der Mante.

Sie lebte noch. Wenn sie seinen Worten glauben schenkte, dann würde das auch so bleiben. Doch was das im Umkehrschluss für sie bedeuten würde, ließ sie auch weiterhin am Rand eines Zusammenbruchs taumeln.

Nie hätte sie für möglich gehalten, dass ein Wesen, das so groß war wie er, sich so lautlos bewegen konnte. Doch sie realisierte erst, dass er ihr gefolgt war, als sein Arm sich um sie schlang und sie an seinen harten Körper zog.

Erschreckt schrie sie auf und erzitterte, als er seinen Kopf zu ihr hinabbeugte und sie seine scharfen Reißzähne an der Haut ihres Halses spüren konnte. Mit einem unterdrückten Wimmern hielt sie still, als er kleine Küsse auf der empfindlichen Haut verteilte. Sie konnte spüren, wie die Magie in ihm anschwoll, ein düsteres Pendant zu ihrer eigenen, und sie senkte die Lider, als Tränen in ihre Augen schossen. Kurz überlegte sie, sich gegen ihn zu wehren. Doch die Panik ließ ihre Glieder steif werden und ihr Verstand sagte ihr, dass sie damit alles nur noch schlimmer machen würde. *Ein verfluchter schwarzer Prinz ...* Es gab nichts, was sie ihm entgegenzusetzen hatte.

Jeder Muskel in ihrem Körper versteifte sich, als seine Zähne sich in ihre Haut gruben. Der feine Schmerz, der dadurch entstand, war kaum der Rede wert, doch sie stöhnte, als ihr Blut seinen Mund füllte und im gleichen Augenblick seine Präsenz dunkel in ihren Geist sickerte.

Als seine Magie den gleichen Weg nahm, war es wie ein Reflex, dass sie sich nun doch dagegen wehrte. Mit einem Schlag loderte Magie in ihr auf und aus ihrem Stöhnen wurde ein unterdrückter Schrei, der sich mit seinem Knurren mischte, als seine Magie in ihr auf ihre traf.

Ihr Körper brannte und heißer Schmerz explodierte dicht hinter ihrer Stirn, als er nach ihrer Magie griff und zog. Sie wusste, dass sie keine Chance hatte, die Macht, mit der er die Magie aus ihr zog, ließ sie zitternd in sich zusammensinken, und nur sein Arm, der sich wie eine Stahlklammer um ihre Taille geschlungen hatte, verhinderte, dass sie zu Boden ging. Ihre Beine trugen sie auf jeden Fall nicht mehr. Und so gab sie auch ihre kläglichen Versuche auf, sich gegen diesen Sog zu wehren und ließ sich fallen, als seine Magie sich in ihrem Körper ausbreitete.

Der Schmerz ebbte augenblicklich ab, als sie ihre Gegenwehr einstellte. Keuchend ließ sie sich gegen die harte Brust in ihrem Rücken sinken und ohne es so recht zu wollen, drehte sie ihren Kopf zur Seite, bis sie die Haut seines bloßen Oberkörpers an ihrer Wange spüren konnte. Sein Geruch hüllte sie ein, füllte ihre Lungen und sie stöhnte unterdrückt, als seine Magie auch die letzte Faser ihres Körpers erreicht hatte und sich mit der ihren vermischte.

»So ist es gut, Süße«, hörte sie ihn über sich sagen und schluckte.

Es fühlte sich sinnlich an, seine Magie in sich zu spüren. Wie ein sanftes Streicheln glitt sie durch sie hindurch und sie schauderte leicht bei der Hitze, die entstand, als sie ihre Magie umschlang.

Es fühlte sich richtig an, als die Magieströme sich in ihr vermischten, bis sie nicht mehr unterscheiden konnte, was von wem kam. Für einen kurzen Moment waren sie eins, untrennbar verbunden und fast schon bedauerte sie, dass die Verbindung, die er durch ihr Blut hergestellt hatte, einseitig war.

Nur am Rande nahm sie wahr, wie er seinen freien Arm hob, bis er aus ihrem Sichtfeld verschwand. Und sie zuckte zusammen, als ein Grollen kurz darauf seinen Brustkorb zum Vibrieren brachte. Instinktiv öffnete sie die Augen und ihr Atem stockte.

Es war nur ein flüchtiges Gefühl gewesen, doch er hatte es gemerkt. Oder er hatte den gleichen Gedanken gehabt. Mit zitternden Fingern griff sie nach dem Arm, den er ihr hinhielt. Vier winzige Einstiche waren an seinem Handgelenk zu sehen und sie schloss die Augen, als sie ihre Lippen auf die blutenden Wunden legte.

Seine Reaktion, als sie das Blut von seiner Haut leckte, kam umgehend. Sein ganzer Körper spannte sich in ihrem Rücken und ein markerschütterndes Grollen löste sich aus seiner Brust, das ihr in einer anderen Situation wohl das Blut in den Adern hätte gefrieren lassen. Doch jetzt, als sie seine Magie und die aufflammende Erregung in und um sich herum spürte, während ihr Geist sich über ihren Körper hinaus in den seinen erstreckte, schürte es nur jene Erregung, die sich an seiner Magie in ihr entzündet hatte. Bilder entstanden vor ihrem geistigen Auge. Bilder, wie er sie nahm. Wie er ihren Körper unter seinem begrub, wie er sie hart von hinten nahm, und sie biss sich auf die Lippe, um nicht aufzuschreien. In ihrem Schoß pochte es, sie konnte die Nässe fühlen, die ihren Slip tränkte und sie wusste, dass es auch ihm nicht entgangen sein konnte. Nicht, während er ihr so nah war, dass sie nicht mehr wusste, wo sie aufhörte und er anfing.

Abrupt unterbrach er die Verbindung und erschreckt schrie sie nun doch auf, als er sie herumwirbelte bis sie mit der Hüfte gegen die Küchenzeile sank. Schwer atmend stand er vor ihr, die Hände links und rechts von ihr auf die Arbeitsplatte gestützt, und so weit vorgebeugt, dass sie ihm auf Augenhöhe begegnete. Ohne die Verbindung zu ihm und seiner Magie in ihr fühlte sie sich plötzlich genauso hilflos wie zuvor. Mit einem Schlag wurde sie sich wieder bewusst, wer da vor ihr stand – ihr Todfeind. Und mit einem kleinen Frösteln rieb sie sich über die bloßen Unterarme. Er hatte sie nicht mal geküsst und doch war sie so erregt, dass nicht viel nötig wäre, um sie zu einem Höhepunkt zu bringen.

Das arrogante Lächeln, das sich langsam auf seinem

Gesicht ausbreitete, ließ sie feuerrot anlaufen. Er wusste, wie es um sie stand. Verlegen wich sie seinem Blick aus, als seine Nasenflügel sich leicht blähten. Er konnte riechen, wie erregt sie war. Und ihr Mund wurde trocken, als sie an ihm herabsah und begriff, dass es ihm nicht anders ging.

»Es freut mich, dass ich dir so offensichtlich zusage, junge Dame. Und ich will deinen Wünschen so schnell wie möglich entsprechen. Trotzdem muss ich dich jetzt für eine Weile allein lassen. Eine Stunde, vielleicht zwei. Ich bringe Brötchen mit, wenn du bis dahin warten kannst. Wo sind die Zweitschlüssel zur Wohnung?« Seine ohnehin schon tiefe Stimme klang bei seinen Worten kehlig und sie hatte Mühe, ihm auch nur zu folgen. Ihm zu widersprechen versuchte sie erst gar nicht.

»Im Flur, die Kommode. Zweite Schublade von links«, japste sie noch immer etwas atemlos und sah, wie er zufrieden nickte. Fast schon kam es ihr so vor, als wollte er gehen, doch dann riss er sie plötzlich an sich, hob sie hoch und sie quietschte erschreckt, als ihre Füße so unversehens den Kontakt zur Erde verloren. Dann waren seine Lippen auf ihren und erstickten jeden weiteren Laut.

Sein Kuss kam einem Überfall gleich. Aber sie verschwendete auch keinen Gedanken daran, sich gegen ihn zu wehren. Unter seinem Druck teilten sich ihre Lippen, und sie stöhnte, als ihre Zungen aufeinander trafen. Da war nichts Spielerisches zwischen ihnen, kein Necken und auch kein Raum für Zärtlichkeit oder Vorsicht. Hungrig fiel er über sie her und mit Staunen begriff sie, dass ihr Hunger dem seinen in nichts nachstand.

Anna hatte gar nicht mitbekommen, dass sie die Arme um seinen Hals geschlungen hatte, als er sie an sich gerissen hatte. Doch als er sie nun langsam an sich herabsinken ließ, bis sie wieder Boden unter den Füßen hatte, glitten ihre Arme auch an ihm hinab, bis ihre Hände auf seinen Schultern zu liegen kamen. Und mit einem nervösen Flattern im Magen konstatierte sie, wie weit sie den Kopf in den Nacken legen musste, um ihm so noch in die Augen schauen zu können.

»Denk nicht mal drüber nach, dich aus dem Staub zu machen. Ich kann dich nicht nur überall wiederfinden, ich werde es auch.«

Ein eisiger Schauer rann über ihren Rücken, als er aussprach, was sie ohnehin schon gewusst hatte. Ihr Geruch, ihr Blut und ihre Magie hatten sich in ihm eingebrannt. Es war vollkommen egal, was sie unternahm. Er würde sie immer wiederfinden. Er war ein schwarzer Prinz, Berater seines Königs und ein Heerführer der Assassine, wie man die Soldaten seines Volkes nannte. Er war dazu ausgebildet, jeden aufzuspüren, dessen Fährte er einmal aufgenommen hatte. Ein Assassine versagte dabei niemals, es sei denn er starb.

»Ich werde hier sein«, presste sie unter Mühen hervor und erntete ein kleines Lächeln von ihm.

»Und ich verspreche dir, dass ich dir später all die schmutzigen kleinen Fantasien in deinem Kopf erfüllen werde. Es wird mir sogar ein Vergnügen sein.« Seine Hand legte sich in ihren Nacken und ein erstickter Laut entwich ihr, als er ihr einen kurzen aber heftigen Kuss auf die Lippen drückte. Dann war er auch schon verschwunden und zitternd ließ Anna sich gegen die Küchenzeile sinken, ehe sie langsam daran hinabrutschte.

Mit brennenden Wangen musste sie sich eingestehen, dass er recht hatte. Es waren nicht seine Fantasien gewesen, die sie so mitgerissen hatten. Es waren ihre eigenen.

2

Eliel hatte Mühe, seine Gedanken von der blutjungen Magierin abzulenken, die in ihrer Wohnung auf ihn wartete. Keine Sekunde glaubte er daran, dass sie abhauen würde. Dafür hatte er sie viel zu sehr eingeschüchtert. Sie wusste, wer und was er war. Wobei er das fast schon ein wenig bedauerte. Es wäre spannend gewesen, sie wieder einzufangen. Eingeschüchtert, wie sie allerdings war, wäre das wohl eher traumatisierend für sie. Von daher war es vermutlich besser, wie es war.

Teilzeit-Eingeschüchterte. Das beschrieb es wohl noch am ehesten. Ihre Panik hatte sie ja wohl nur all zu schnell vergessen können.

Blut schoss in seine Lenden, als er an das kurze Intermezzo in ihrer Küche dachte. Er hatte es gar nicht so weit treiben wollen. Im Nachhinein konnte er selbst nicht mehr sagen, was ihn dazu veranlasst hatte, die Verbindung zu ihr zu suchen. Vielleicht ihr Verhalten im Wohnzimmer, das ihn an eine Statue hatte denken lassen, vielleicht die trainierte, schmale Figur, die sie ihm so knapp bekleidet förmlich unter die Nase gerieben hatte.

Vielleicht auch ihre Magie, die ihn mehr reizte, als er je für möglich gehalten hätte. Er wusste es nicht.

Aber, verdammt noch mal, er bereute es absolut nicht. Die Verbindung zu ihr, der Geschmack ihres Blutes auf seiner Zunge und ihre Magie, die sich so perfekt in die seine geschmiegt hatte. Es hatte nicht viel gefehlt und er hätte sie direkt auf dem Küchenboden gevögelt, als er ihre Lust gespürt hatte. Ihre Bilder in seinem Kopf …

Dennoch würde er sich wenigstens die nächste Stunde hindurch mit etwas anderem beschäftigen müssen. Sie beide brauchten entschieden etwas Abstand, um wieder einen klaren Kopf zu bekommen. Halbwegs klar zumindest.

Da sein Handy bei der kleinen Auseinandersetzung am Vortag leider das Zeitliche gesegnet hatte, würde er zunächst in seine Wohnung müssen. Dabei konnte er auch gleich seine Sachen packen, denn er hatte nicht vor, Anna länger allein zu lassen. Allerdings hielt er es auch für keine gute Idee, sie mit zu sich zu nehmen. Seine Wohnung war zwar erheblich größer als ihre, aber er lebte nicht allein. Und sie erweckte den Eindruck, dass ein einzelner Mantus für sie zurzeit schon mehr als ausreichend war. Fünf davon auf einem Haufen wären zu viel des Guten. Außerdem hatte er keine Lust, mit seinen Männern erst austragen zu müssen, wem die Magierin gehörte. Er war sich ziemlich sicher, dass er das würde tun müssen, sollte er sie ungebunden mitbringen, Rangordnung war in dem Fall wohl nebensächlich.

Aufmerksam ließ er seinen Blick durch die kleine Nebenstraße gleiten, in der Anna wohnte. Erst als er keine Menschen erkennen konnte, weder auf der Straße noch hinter den Fenstern, hüllte er sich in seine Magie, bis diese ihn wie ein unsichtbarer Nebel umschloss. Für die Augen der Menschen war er nun unsichtbar. Selbst magiebegabte Wesen würden ihn nun maximal als ein Hitzeflimmern wahrnehmen und vermutlich auch als selbiges abtun.

Als er seine Schwingen ausbreitete, genoss er das Gefühl, alle Muskeln und Sehnen seines Körpers zu dehnen. Kurz verharrte er so mit ausgebreiteten Flügeln, ehe er sich mit einem kräftigen Satz von der Erde abstieß und in die Luft erhob. Von je her hatte er das Fliegen geliebt und er gab zu, dass es ihm widerstrebte, seine Schwingen verbergen zu müssen. Sie waren ein Teil von ihm. Auch wenn seine Natur es ermöglichte, sie vollkommen zu verbergen, tat er es nur ungern. Wie er insgesamt nur ungern sein Wesen verbarg. Er war, was er nun mal war. Aber auf der Erde galten Regeln. Eine Massenpanik auszulösen, gehörte eher nicht dazu.

Er brauchte keine fünf Minuten – Luftlinie – zu seiner Wohnung. Anna lebte in der Calenberger Neustadt, er in Linden. Entfernungen waren tatsächlich was anderes. Wobei in dieser Stadt wohl alles irgendwie überschaubar war. Kein Wunder, dass sie mit dem Rad unterwegs war. Wer nicht fliegen konnte, war mit dem Rad wohl noch am besten bedient. Öffentliche Verkehrsmittel waren zwar praktisch, aber für seine Wahrnehmung auch etwas zu viel. Zu viele Gerüche, zu viele Auren ... Menschen wie Sardinen in der Büchse. Nein, er liebte es, fliegen zu können.

Eliel machte sich nicht die Mühe, auf der Straße zu landen, um dann in den dritten Stock hinauf zu laufen. Die Wohnung, die sie gewählt hatten, als seine Männer und er vor drei Monaten in die Stadt gekommen waren, besaß einen auffallend großen Balkon, der nachträglich an eine Altbauwohnung angebaut worden war. Und sie hatten dann auf eigene Kosten eine Balkontür mit Schloss angebracht, sodass diese wie eine zweite Wohnungstür genutzt werden konnte. Keiner von ihnen hatte den Nerv, jedes Mal die Treppen zu nehmen, wenn es auch andere Möglichkeiten gab.

Als er das Wohnzimmer betrat, scheuchte er zwei seiner Männer von der Couch. Hatten sie kurz zuvor noch mit der Playstation gespielt und sich gegenseitig dabei angebrüllt, ließen sie bei seinem Erscheinen spontan ihre Controller fallen und sprangen von der Couch auf, um ihm mit einer Verbeugung ihren Respekt zu zeigen. Mit einer nachlässigen Geste wies er die beiden an, sich zu entspannen. Er hielt nichts von solchen Demutsbekundungen.

»Wo warst du?« Es war Harden, der sich als erster von der Überraschung erholte, während er es Laiesz überließ, den Ton des Spiels auszustellen und die Controller wieder einzusammeln. Der Mantus war nur unwesentlich kleiner als Eliel, dafür jedoch etwas muskulöser. Ein Frauentyp, der gut und gerne auch als Model in dieser Welt hätte durchgehen können mit dem wie gemeißelt wirkenden Gesicht und den dunkelblonden Locken, die ihm bis knapp unters Kinn fielen. Wären eben nur nicht die Schwingen und die schwarzen Augen gewesen.

»Mich prügeln und auskurieren«, erwiderte er, während er gleichzeitig überlegte, ob er die Details des *auskurierens* schon erwähnen sollte. Vermutlich würde er nicht drum herum kommen, wenn er in der nächsten Zeit mit Abwesenheit glänzen würde. Aber er würde damit warten, bis es unumgänglich wäre, die Auskunft zu geben. Die Magierin gehörte ihm. Auch wenn er sie noch nicht an sich gebunden hatte, wollte er über den Punkt mit niemandem diskutieren. Weder mit ihr noch mit seinen Gefolgsleuten.

»Wie meinen?« Hardens gehobene Braue sprach Bände.

»Soren hat Fußvolk vorbei geschickt.« Soren war der Magier, hinter dem sie her waren. Ein alter und mächtiger Magier, den es – aus welchen Gründen auch immer – auf die Erde verschlagen hatte. Soren war der Kanzler der Magier, mächtigster Mann nach dem König und damit auch der Kommandant des Sturms, jenem Teil des Magierheeres, der seit Jahrtausenden die Angriffe auf sein Volk führte. Somit war er ein wichtiger Drahtzieher im Krieg gegen die Mante. Wenn nicht sogar der Wichtigste, denn es hieß, dass der König selbst kaum mehr als eine Marionette des Kanzlers war. Warum ausgerechnet er nun auf der Erde war, hatte Eliel nach wie vor nicht rausfinden können. Er war zu wichtig, um solch eine Expedition zu unternehmen. Und genau deshalb waren er und seine Männer auch hier. Sorens Reise in die Welt der Menschen, von der sie nur durch einen Zufall erfahren hatten, bot eine einzigartige Gelegenheit, den Kommandanten in die Finger zu bekommen und somit das Kräfteverhältnis zwischen Mante und Magiern zu ihren Gunsten zu verschieben.

Eliel verspürte nicht das Bedürfnis, den beiden zu erklären, was sich genau in den vergangenen Stunden zugetragen hatte. Und er war erleichtert, dass sie auch nicht danach fragten. So konnte er der Geschichte mit Anna noch einen kleinen Aufschub geben. Klein im Sinne von Minuten, in denen er sich überlegen musste, wie er die Sache angehen wollte. Denn dass die beiden fragen würden, war auch ihm klar.

Seltsam war es schon. Soren hier und auch diese Magierin. Zufall? Er glaubte nicht daran. Aber eine Verbindung konnte er so auch nicht erkennen. Magier hatten es sich angewöhnt, nicht allein aufzutreten. Anna hingegen war jedoch allein gewesen. Und sie machte nicht den Eindruck, dass sie irgendwo weitere Magier versteckt hatte.

»Was ist passiert?«

Er gab keine Antwort auf die Frage von Laiesz, der nun auch offensichtlich aus seinem Aufräumautomatismus wieder aufgewacht war.

»Soren hat fünf Tebo auf mich losgelassen und sich aus dem Staub gemacht.«

Tebo waren relativ kleine, gedrungene Gestalten, die allerdings mächtig austeilen konnten. Ein einzelner war gut zu verdauen für einen Mantus, fünf hingegen, die ihn zeitgleich angriffen, waren durchaus eine Hausnummer. Vor allem, wenn man bedachte, dass die Biester sich nicht durch überragenden Intellekt auszeichneten und eine stoische Ignoranz gegenüber Magie entwickelt hatten. Sie verpuffte bei ihnen zum größten Teil, sodass Kämpfe mit ihnen mit den Fäusten ausgetragen werden mussten.

»Dafür siehst du aber schon wieder ziemlich fit aus.« Hardens Einwurf war das Stichwort, das ihm sagte, dass er jetzt nicht mehr über Anna würde schweigen können. Nicht, ohne Misstrauen zu erwecken.

»Ich hatte Hilfe.«

Zwei Augenpaare richteten sich auf ihn.

»Ja?« Es war Laiesz, dem schließlich der Geduldsfaden riss.

»Eine Magierin hat mich wieder zusammengeflickt«, erwiderte Eliel und schickte sich an, den Raum zu verlassen. Immerhin wollte er seine Tasche packen. Doch erwartungsgemäß machten Harden und Laiesz es ihm nicht leicht.

»Die gute Frau kam einfach so vorbei und hat dir wieder auf die Beine geholfen?«

Er hatte bis in sein Schlafzimmer kommen können, ehe Harden die Frage hatte stellen können. Eliel, der gerade seinen Schrank aufriss und relativ wahllos Kleidungsstücke daraus hervor kramte, ignorierte ihn einen kleinen Moment, bis er mit dem Fuß die Sporttasche unterm Bett rausgeangelt hatte und die Kleider auf seinem Arm in die Tasche stopften konnte. Dann erst wandte er sich an seine beiden Gefolgsleute.

»Und hat mich mit zu sich nach Hause genommen«, fügte er hinzu und erntete ein brüskes Schnauben zur Antwort.

»Und wo ist diese gütige Seele jetzt?« Hardens Stimme troff vor Hohn, doch Eliel blieb unbeeindruckt, während er weiter seinen Schrank ausräumte und in die inzwischen überquellende Tasche stopfte.

»In ihrer Wohnung«, erwiderte er, während er die letzten Sachen in die Tasche warf und dann mit Gewalt versuchte, den Reißverschluss zuzuziehen.

»Okay, Eliel, ich weiß, du bist unser Anführer. Aber ... hast du sie noch alle?«

Knurrend wandte der Angesprochene sich zu den beiden Zuschauern um.

»Harden, es reicht. Es ist exakt so, wie ich es sagte. Das Warum werde ich die nächsten Tage klären. Aber bis dahin werde ich erst mal nur per Telefon erreichbar sein. Wenn ich alles geklärt habe, werde ich wiederkommen. Mit ihr.« Mit dieser scharfen Ansage, schnappte er sich die Tragegriffe der Sporttasche und schob sich an den

Männern vorbei ins Wohnzimmer. Zielstrebig ging er auf den TV-Schrank zu, bückte sich, zog eine Schublade auf und wühlte darin, bis er einen Karton mit einem Handy zu fassen bekam. Ungeduldig riss er den Karton auf, nahm das Handy raus und stopfte es mitsamt Datenkabel in die Seite der Sporttasche.

Eliel konnte sehen, dass weder Harden noch Laiesz mit seinem Handeln einverstanden waren. Doch darauf konnte und wollte er keine Rücksicht nehmen. Wäre ihnen das passiert, sie hätten vermutlich genauso gehandelt.

»Warum bringst du sie nicht jetzt schon her?«

Eine Braue rutschte pikiert nach oben und Laiesz senkte den Blick.

»Wenn ich der Meinung wäre, dass ihr euch benehmen könnt, wäre sie jetzt hier«, erwiderte Eliel dann schließlich trocken und auch Harden wirkte nun leicht angefressen. Doch Eliel hatte das Interesse an dem Gespräch verloren. Die beiden ignorierend marschierte er ins Bad und schloss die Tür hinter sich ab. Duschen würde helfen. Außerdem steckte er noch immer in den traurigen Überresten der Klamotten des gestrigen Tages.

Er ließ sich Zeit. Doch als er eine halbe Stunde später wieder aus dem Bad kam, sah er, dass die beiden Mante tatsächlich vor der Tür auf ihn gewartet hatten. Sie wollten etwas sagen, doch mit einer knappen Geste gebot er ihnen zu schweigen.

»Ich melde mich. Ihr seht zu, dass ihr an Soren herankommt«, war alles, was er noch sagte, dann marschierte er schnurstracks auf den Balkon zu und war schon im nächsten Augenblick verschwunden.

Lang hatte sie es auf dem Küchenfußboden nicht ausgehalten. Ihre Gedanken waren in irrwitzigen Kreisen gezogen und um nicht vollends den Verstand zu verlieren, hatte sie sich nach wenigen Minuten dazu gezwungen, aufzustehen und unter die Dusche zu gehen.

Doch die Zeit zog sich wie ein Kaugummi. Keine zwanzig Minuten später war sie aus dem Bad schon wieder raus und das, obwohl sie sich sogar noch die Beine rasiert hatte. Etwas, was ihr nun vor ihr selbst schon peinlich war. Das schrie ja fast nach den Vorbereitungen für eine gemeinsame Nacht. Und das wollte sie doch eigentlich gar nicht. Oder? Der Mann war ihr Todfeind! Sie hätte ihn einfach in der Unterführung liegen lassen sollen!

Weitere zehn Minuten später war sie angezogen und saß mit einem frischen Kaffee am Küchentisch. Was sollte sie jetzt tun?

Flüchtig dachte sie an die Arbeit, die auf sie wartete. Doch schob sie den Gedanken schnell mit einem resignierten Seufzen von sich. Ihr Kopf drehte sich gerade um die eigene Achse. Da war an Arbeiten auch nicht zu denken. Gut, dass sie noch keinen Termindruck hatte.

Ein Blick auf die Uhr verriet ihr, dass es kurz vor neun war. Ein bis zwei Stunden hatte er gemeint. Es blieben also noch zwanzig Minuten bis zu seinem frühesten Auftauchen hier. Und bis es so weit war, würde sie sich ablenken müssen.

Unruhig erhob sie sich und schritt in der Küche auf und ab. Er meinte, er würde Brötchen mitbringen. Guter Plan eigentlich, auch wenn für sie gerade an Essen nicht zu denken war. Allerdings sagte ihr Kühlschrank, dass er gefüllt werden musste, wenn sie wirklich frühstücken wollten.

Aber was wäre, wenn er in der Zwischenzeit zurückkäme? Unschlüssig blieb sie im Raum stehen. Niemand konnte ihr verbieten, einkaufen zu gehen, oder?

Anna schwirrte der Kopf. Irgendwie war das alles ein wenig zu viel. Gestern Abend noch war sie eine junge Frau, die ihr Leben irgendwie für sich allein bewerkstelligte und bevorzugt ihre Ruhe hatte. Jetzt hatte alles sie wieder eingeholt, wovon sie geglaubt hatte, es schon vor Jahren hinter sich gelassen zu haben.

Was war sie nun eigentlich? Eine Gefangene? Geisel? Er hatte sie nicht umgebracht. Soweit schon mal gut. Er hatte sie auch nicht verschleppt oder eingesperrt. Aber er hatte ihr auch klar zu verstehen gegeben, dass er sie nicht gehen lassen würde. Oder vielmehr, dass es keinen Ort gäbe, an dem sie sich vor ihm würde verstecken können.

Insgeheim verfluchte Anna sich und ihr Helfersyndrom dafür, dass sie ihn in der vergangenen Nacht nicht sich selbst hatte überlassen können. Sie hatte sich den Ärger im wahrsten Sinne des Wortes ins Haus geholt. Und sie konnte einzig sich selbst dafür zur Verantwortung ziehen.

Aber gut. Was immer sie auch war. Eine Gefangene schon mal nicht. Zumindest keine eingesperrte. Also konnte sie, verdammt noch mal, auch einkaufen gehen.

Vorsichtshalber hängte sie allerdings einen Zettel in den Flur, damit er auch Bescheid wusste, sollte er vor ihr zurück sein.

Der Weg in den Supermarkt dauerte keine fünf Minuten. Etwas planlos, da sie sich, entgegen ihrer Art, keinen Einkaufszettel gemacht hatte, schob sie den Einkaufswagen durch die Gänge und nahm tatsächlich auch nur die Hälfte ihrer Umwelt wahr, während ihr gesamtes Denken um die Absurdität der vergangenen Stunden kreiste.

Sie hatte wirklich geglaubt, dass sie das alles hinter sich gelassen hatte. Hatte angenommen, dass ihr Leben nun normal verlaufen würde. Fast wie das eines Menschen. Oder vielleicht sogar wirklich wie das eines Menschen. Sie hatte eine Uni besucht, sich ein ganz normales Leben aufgebaut. Mit Arbeit und Hobbys. Gut, sie hatte keine Freunde. Das hatte sie versucht gehabt, aber irgendwie war sie mit den Menschen und ihren Sorgen und Problemen nicht warm geworden. Machte aber nichts. Sie war zufrieden mit dem, was sie sich aufgebaut hatte. Niemand diktierte ihr das Leben, niemand zwang sie zu etwas. Sie hatte sich das alles selbst geschaffen und es ging ihr gut dabei.

Ja, okay. Manchmal war sie einsam. Anfangs hatte sie noch versucht, Bindungen aufzubauen. Sie war ausgegangen, hatte geflirtet und sich auf den einen oder anderen Mann eingelassen. Allerdings war Sex frustrierend, wenn man einen Teil seiner Instinkte dabei unterdrücken musste. Also hatte sie es recht schnell auch wieder gelassen. Seit sie vor ein paar Jahren die Unsterblichkeit erreicht hatte, war es eh schwieriger geworden. Man stelle sich nur mal vor, wie es wäre, wenn sie eine ganz normale Beziehung zu einem ganz normalen Mann hatte und ihm beibringen musste, dass sie nicht nur niemals krank würde oder kleine Verletzungen binnen weniger Augenblicke heilten, sondern dass sie eben auch nicht alterte.

Natürlich hätte sie sich mit einer anderen Spezies einlassen können. Immerhin gab es genug davon auf der Erde. Ein paar wirklich interessante Dämonenarten hatten es sich auf diesem Planeten gemütlich gemacht. Aber wenn sie sich in diese Kreise begab, wäre es früher oder später aufgefallen, wo sie nun lebte. Und das wollte sie nun auch wieder nicht.

Letztlich war die Einsamkeit ein sehr geringer Preis, den sie für ihre Zufriedenheit und auch ein gewisses Maß an Sorglosigkeit zahlte. Vielleicht würde sie nie erleben, was Liebe war. Und vielleicht auch nie erleben, was sexuelle Erfüllung meinte. Aber dafür hatte sie ein sicheres Leben.

Gehabt. Denn mit Eliel war nun alles wieder zu ihr zurückgekommen, wie sie düster feststellte, während sie recht wahllos Lebensmittel aus der Kühlung nahm und in ihren Wagen fallen ließ. Wie hatte sie nur so dämlich sein können? Ihrem Todfeind helfen. Er wäre nicht draufgegangen, wenn sie ihn einfach liegen gelassen hätte. Vielleicht wäre der eine oder andere Mensch in ihn reingerannt. Aber um solche Missgeschicke zu vertuschen, gab es genügend Leute, die das *House of War* dafür beschäftigte. Sozusagen die *Men in Black*. Sie hätte einfach einen großen Bogen um ihn machen und die *MiB* rufen sollen. Hinterher war man wohl immer schlauer.

Es passierte völlig unerwartet. Es hatte sich nicht mal angekündigt. Nun keuchte sie erschreckt, als ihre Wahrnehmung sich veränderte. Plötzlich war sie nicht mehr im Supermarkt, sondern stand in der Küche ihrer eigenen Wohnung. Es war nur ein kurzer Moment, vielleicht zwei Sekunden, doch panisch umklammerte sie den Griff des Einkaufswagens fester und musste sich zwingen, ruhig zu atmen. Ihr Herz raste, ihre Kehle war wie ausgedörrt, aber um sich herum sah sie zumindest wieder die langen Regale und Kühlungen des Supermarkts.

Sie wusste, was gerade geschehen war. Und es machte ihr eine Heidenangst. Die Verbindung, die Eliel und sie durch das Blut und ihre Magie geschaffen hatten, war tief. Und sie würde bestehen bleiben, bis sich das Blut des jeweils anderen im eigenen Körper abgebaut hatte.

Es gab nicht viele, die diese Kunst beherrschten. Er hatte ihr Bewusstsein getauscht. Auch wenn es nur für einen kurzen Moment gewesen war, es zeigte nur, wie stark die Magie in ihm war. Er hatte aus ihren Augen gesehen, hatte all das wahrgenommen, was sie hätte wahrnehmen können, wenn ihr Bewusstsein denn in ihrem Körper gewesen wäre. Doch ihr Bewusstsein war in seinem Körper gewesen. Deswegen hatte sie auch ihre Küche gesehen und nicht die Regale des Supermarkts.

Mit einem Mal hatte sie es eilig, wieder nach Hause zu kommen. Zwar ließ er sie über ihre Verbindung nicht spüren, wie seine Stimmung war, aber es schien ihr auch nicht ratsam, jetzt zu trödeln und herauszufinden, was passierte, wenn er wütend wurde. Also packte sie hastig und etwas wahllos noch ein paar Lebensmittel ein und verdrehte genervt die Augen, als sie die lange Schlange an der einzigen geöffneten Kasse bemerkte. Klar, Samstag früh um halb zehn war es ja auch völlig überraschend, dass Menschen einkaufen gingen.

Keine dreißig Minuten später war sie wieder vor der Haustür angekommen und etwas überrascht schaute sie aus ihrer Handtasche auf, als sie aus dem Augenwinkel heraus ihr Fahrrad dort stehen sah. Das war ... nett. Er hatte tatsächlich an ihr Rad gedacht, das sie die vergangene Nacht so spontan zurückgelassen hatte. Im Traum hätte sie nicht angenommen, dass er an so etwas denken würde. Was scherte ihn schon ein Fahrrad?

Die Nervosität stieg vollends in ihr auf, als sie schließlich die Tür zu ihrer Wohnung öffnete und mit ihrer Einkaufstüte die Küche betrat. Er saß wirklich dort. Wieder ohne jegliche Tarnung, von der sie wusste, dass er sie gehabt haben musste, als er ihre Wohnung verlassen hatte, und las – oberflächlich entspannt – die Zeitung. Offensichtlich hatte er sich mit ihrem Kaffeeautomaten schon eingehender befasst, denn eine leere Tasse stand vor ihm auf dem Tisch. Bei ihrem Eintreten sah er auf und sie spürte, wie ihr der Hals eng wurde.

Auf eine düstere Art war er wirklich attraktiv. Wie ein dunkler Engel. Die schwarzen Haare fielen etwas ungebändigt in sein kantiges Gesicht, unterstrichen noch den unnahbaren Eindruck, den er hinterließ. Ein kräftiger Kiefer, schmale, aber sinnliche Lippen unter einer geraden Nase und sie schluckte, als ihr Blick an seinen Augen hängen blieb.

Durch das einfallende Licht konnte sie sehen, wo die Iris sein sollte. Das Schwarz dort schimmerte in einer eigenartigen Tiefe, ehe es sich im restlichen Auge verlor. Erschreckend und faszinierend zugleich. Anna wusste, dass Mante aufgrund ihrer Augen ein erheblich besseres Sehvermögen besaßen. Und auch Dinge wahrnahmen, die andere Lebewesen so nicht sehen konnten. Auren, Magie ... Mit einem Schaudern fragte sie sich, was er wohl an ihr alles würde sehen können. Und hastig sah sie weg, als sie spürte, wie Hitze in ihre Wangen stieg.

»Du hattest gesagt, du würdest hier bleiben.«

Anna konnte seinen Tonfall nicht deuten. War er wütend? Ließ es ihn kalt? Sie wusste es nicht. Um sich nicht in ihre Panik reinzusteigern, die bei dem Klang seiner Stimme erneut aufgeflammt war, stellte sie die Tüte auf die Küchenzeile und begann, sie auszuräumen, sorgfältig darauf bedacht, ihm den Rücken zuzukehren.

»Für Frühstück hatte ich nicht mehr genug im Kühlschrank«, murmelte sie, wobei sie es vermied, sich zu ihm umzudrehen. Überpedantisch räumte sie die Tüte leer, verteilte alles auf der Küchenzeile und ließ die Schultern hängen, als sie begriff, dass sie sich nun würde umdrehen müssen.

»Wir hätten auch zusammen gehen können.«

Mit einem Ruck drehte sie sich um und sah kurz zu ihm herüber. Mehr wagte sie nicht, ehe ihr Blick auf ihre Füße ging.

»Ich musste mich ablenken«, presste sie zwischen dünnen Lippen nach einer Weile leise hervor und schluckte, als sie hörte, wie er sich erhob. Und mit einem Aufwallen von Panik schloss sie die Augen, als er dicht vor sie trat.

»Das verstehe ich, Anna.«

Ihre Lider flatterten und ohne es zu wollen, hob sie den Kopf, bis sie zu ihm aufblickte.

Er schien wirklich nicht wütend. Und ihr stockte der Atem, als er sie plötzlich anlächelte und so den flüchtigen Eindruck eines schwarzen Engels nur noch vertiefte. Eines Racheengels, wie sie sich insgeheim korrigierte, als sie darüber nachdachte, zu was dieser Mantus in der Lage war. Was man gerade diesem Exemplar seiner Art so alles nachsagte. Ein schwarzer Prinz. Ein Führer der Assassine und der zurzeit direkte Nachfolger des Königs, sollte dieser nicht irgendwann Kinder bekommen. Denn der Mann, der gerade vor ihr stand, war dessen Cousin und einziger noch lebender Verwandter.

Anna konnte sehen, wie er sich langsam zu ihr herabbeugte, konnte in seinen Augen sehen, wie die Erinnerung an die Geschehnisse vor nicht mal zwei Stunden in seinem Geist aufblitzte, und hastig griff sie nach den Lebensmitteln auf der Küchenzeile.

»Frühstück?«, fragte sie heiser und räusperte sich verlegen. Eliels Lächeln wurde zu einem wissenden Grinsen und Anna spürte, wie alles Blut in ihre Wangen schoss.

»Deck den Tisch. Ich mach Kaffee«, meinte er dann jedoch nur und erleichtert atmete sie auf, dass er es nun so auf sich beruhen ließ.

Schweigend deckte sie den Tisch, einzig vom Lärm des Kaffeeautomaten unterbrochen. Und mindestens ebenso schweigend saßen sie sich beim Frühstück gegenüber. Anna hatte Mühe, auch nur eine Brötchenhälfte runter zu bekommen, während Eliels Anwesenheit in ihr sämtliche Alarmglocken schrillen ließ. Er hingegen schien sich nicht daran zu stören, auch wenn sie seinen Blick immer wieder auf sich ruhen spürte. Aber er unternahm auch nichts, sondern blätterte schließlich sogar wieder in der Zeitung.

Anna ging das Schweigen jedoch langsam an die Nieren. Noch immer begriff sie nicht, was hier gerade geschah, noch immer wusste sie nicht, was der Mann von ihr wollte. Sie fühlte sich wie eine schlechte Schauspielerin, die ihre Rolle nur ungenügend beherrschte und sich plötzlich in einer Szene wiederfand, von der sie nicht mal wusste, dass sie existierte. Leider würde jedoch in ihrem Fall jetzt niemand »Cut!« rufen und sie dafür zur Verantwortung ziehen.

»Sie werden mich binden, nicht wahr?« Die Frage war ihr entschlüpft, noch ehe ihr bewusst geworden war, dass sie auch nur den Mund aufgemacht hatte. Und sie hielt die Luft an, als er bedächtig die Zeitung zusammenfaltete und seine gesamte Aufmerksamkeit auf sie richtete.

»Ja.«

Ein eisiger Schauer lief ihren Rücken hinunter bei der knappen Antwort und hastig sah sie wieder weg.

Das war die Antwort, vor der sie sich gefürchtet hatte. Sie hatte die Frage nicht mal stellen wollen, denn die Endgültigkeit seiner Antwort legte sich nun wie ein eisernes Band um ihre Eingeweide. Die Ewigkeit in jener Hölle, vor der schon die Jüngsten ihres Volkes gewarnt wurden. Man erzählte ihnen Gruselgeschichten davon, wie Mädchen, die sich zu weit von der Gruppe entfernten, gebunden wurden, um als Sklavin beim Feind zu leben. Es gab Kinderreime darüber.

Schleich dich nicht zu weit fort,
denn der Mantus steht und wartet dort.
Er wird dich an sich binden.
Und egal, wie weit du läufst, er wird dich immer wieder finden.

Ja, sie hatte sich wirklich verdammt weit von ihresgleichen entfernt. Und es war nun niemand da, der sie würde schützen oder gar retten können.

Seit Jahrtausenden brannte der stille Krieg zwischen den Mante und den Magiern. Vor ewigen Zeiten waren diese geflügelten Wesen über die Magier hereingebrochen, hatten ihre Frauen geraubt und deren Magie an sich gebunden. Nie hatte Anna herausgefunden warum, aber die Mante hatten es einzig auf die Magierinnen abgesehen. Noch nie hatte sie gehört, dass ein Mantus ein anderes magisches Wesen an sich band. Oder auch nur einen Mann ihres Volkes.

Anna grauste es, wenn sie daran dachte, was man ihr einst über die Mante beigebracht hatte. Darüber, was sie diesen Frauen antaten, die nicht nur ihre Magie dem Willen des Mantus' unterwerfen mussten, sondern oftmals auch dessen Kinder bekamen. Die Mante kannten nur ein Geschlecht und offensichtlich hatten sie vor Jahrtausenden beschlossen, dass die Verbindung mit Magierinnen ihnen die meisten Vorteile verschaffte. Die geraubten Magierinnen sicherten das Überleben einer ganzen Spezies und steigerten die Fähigkeiten eines Mantus, der sich durch die Bindung mit der Magierin an deren Magie bedienen konnte.

Die Magier kämpften deshalb seit Jahrtausenden um ihr Überleben. Anna war sich darüber im Klaren, dass auch die Magier sich in dieser Zeit nicht mit Ruhm bekleckert hatten. Jede Spezies war auf ihre Art genauso grausam wie die andere. Ein kalte Maschinerie, die letztlich nichts anderes bringen würde, als den Tod beider Völker. Aber keine der Parteien schien gewillt oder in der Lage, diesem Wahnsinn ein Ende zu setzen. Beide Völker lebten in der festen Überzeugung, am Ende der Gewinner zu sein.

Die größten Verlierer hingegen waren in jedem Fall die Frauen. Jede einzelne entführte Frau. Und es waren verdammt viele. Nie war auch nur eine von ihnen zurückgekehrt, aber die Gerüchte, die darüber kursierten, was man diesen Frauen antat, ließen eisige Schauer über ihren Rücken laufen. Sie hatte Erinnerungen anderer gesehen. Erinnerungen an einen Mantus, wie er die Magie aus einer gebundenen Frau regelrecht gerissen hatte, um sich selbst zu verteidigen. Sie hatte die Schreie dieser Frau gehört und selbst jetzt, Jahre später, verkrampfte sich ihr Magen bei dieser Erinnerung. Nie hatte sie so enden wollen. Sie hatte frei sein wollen. Frei von diesem Irrsinn. Frei in ihrem Handeln.

Zwölf Jahre war es her, dass sie diesen ganzen Wahnsinn hinter sich gelassen hatte. Zwölf Jahre, aber gerade im Moment kam es ihr so vor, als wäre es erst gestern gewesen.

Eliel beobachtete Anna, deren Gesicht zu einer Maske erstarrt war. Blicklos sah sie auf das Fenster in seinem Rücken. Nach wie vor schaffte sie es offenkundig nicht, ihn länger als nur ein paar Sekunden anzusehen. Etwas, das ihn tatsächlich zu ärgern begann.

Heute früh war sie zugänglicher gewesen, nachdem er sie überrumpelt hatte. Sogar mehr als das, wenn er bedachte, wie heftig sie auf ihn reagiert hatte. Ihr Verlangen war nicht gespielt gewesen. Sie war ihm fast wie ausgehungert vorkommen. Und er fragte sich, ob er das wieder erleben würde. Gerade im Moment schien er zumindest meilenweit davon entfernt.

»Wo ist dein Stamm?«

Anna räusperte sich bei seiner Frage, die er ganz unvermittelt in ihrer beider Muttersprache gestellt hatte, und kurz huschte ihr Blick in sein Gesicht, ehe sie wieder reglos aus dem Fenster sah, vollkommen in ihren eigenen Gedanken versunken.

»Mein Stamm ... meine Familie lebt auf Veluvion«, erwiderte sie dann jedoch leise in der gleichen Sprache und aus dem Augenwinkel sah sie, wie er daraufhin die Stirn runzelte. Natürlich musste ihm diese Auskunft seltsam vorkommen. Magier, insbesondere die Frauen, traten nie allein auf. Stets handelten sie in der Gruppe. Allein schon aus Schutz vor dem größten Feind, den ihr Volk kannte. Sie hingegen war eine Magierin, die allein auf der Erde lebte und nicht im Verband ihres Volkes auf Veluvion, ihrer Heimatwelt.

»Wissen sie, wo du bist?«

Langsam schüttelte sie den Kopf. »Ich denke nicht.«

Andernfalls hätte ihr Vater sie vermutlich in Ketten gelegt und zurück nach Veluvion geschleift. Und es hätte nichts und niemanden gegeben, der ihn davon abgehalten hätte. Sie war hier auf der Erde zwar geduldet, allerdings mischte sich das *House of War* in die Belange der Magier nicht ein, die mit der Erde ja auch nichts zu tun hatten und auch nicht unter deren Kompetenzbereich fielen. Sie waren keine Dämonen und daher für diesen Dämonenverbund auch unwichtig. Man hatte ihr damals vor zwölf Jahren lediglich eine Aufenthaltsgenehmigung auf Lebzeit in die Hand gedrückt und sie konnte sich mit den Formalia des Lebens, Schulabschluss, Personalausweis und dessen Erneuerung etc., an sie wenden. Aber alles, was darüber hinausging, interessierte das *House of War* nicht. Das hatte man ihr sehr deutlich zu verstehen gegeben. Sollte ihre Familie sie zurückfordern, hätte sie also niemanden, der ihr helfen würde. Und würde ein Mantus sie in die Finger bekommen, war sie ebenfalls auf sich allein gestellt. Wie es nun ja auch geschehen war.

Doch weder die Mante noch die Magier waren in irgendeiner Form mit der Erde verbandelt. Es gab keinerlei Beziehungen der Völker hier her. Deshalb war sie auch davon ausgegangen, dass sie hier einigermaßen würde sicher sein können. Es gab ja auch keinen Auslieferungsvertrag zwischen Veluvion und der Erde.

Nach so vielen Jahren, die sie unbehelligt hier hatte leben können, hatte sie angenommen, dass man sie vergessen hatte.

»Warum bist du hier? Warum allein?«

Alles in ihr sperrte sich dagegen, ihm diese Fragen zu

beantworten. Allerdings war ihr auch klar, dass sie keine andere Wahl hatte. Es wäre ihm ein leichtes, die Antwort aus ihr herauszupressen.

»Ich bin als politischer Flüchtling in diese Welt gekommen.« Bei ihren heiseren Worten glitt ihr Blick unwillkürlich zu ihm. Sie wollte sehen, wie er diese Information aufnahm. Doch sein Gesicht blieb reglos und stumm wartete sie ab, was er als nächstes sagen würde.

»Kriegsopfer?«

Es war ein einfaches Wort, doch Annas Magen zog sich bei seiner Frage fast schon schmerzhaft zusammen.

»Deserteur«, presste sie dann jedoch hervor und erhob sich im gleichen Augenblick. Plötzlich ertrug sie es nicht mehr, hier ruhig mit ihrem Feind am Küchentisch zu sitzen, die Reste des Frühstücks zwischen sich. Mit zitternden Fingern begann sie, die Lebensmittel abzuräumen und in den Kühlschrank zu stellen. Doch als sie das dritte Mal ihre Hand nach den Sachen auf dem Tisch ausstreckte, griff er nach ihrem Handgelenk und hielt sie fest.

»Dein Rang?«

Wie hypnotisiert sah Anna auf die riesige Hand, die ihr Handgelenk unter sich förmlich begrub. Warm und fest hatte diese Hand sich um sie geschlossen, übte jedoch keinen Druck aus. Sie spürte auch keine Magie an ihm, die über das normale Maß hinausging. Wie ein ruhiger Fluss ruhte sie in ihm, floss träge dahin, und Anna bekam einen trockenen Mund, als ihre Haut zu kribbeln begann, wo er sie berührte. Ihre Magie wallte ungewollt in ihr auf und sie holte tief Luft, während sie darum kämpfte, nicht die Kontrolle über ihre Instinkte zu verlieren.

Er war ihr Feind. Von Kindsbeinen an hatte man sie regelrecht darauf dressiert, seinesgleichen als Feind zu betrachten. Den größten Feind, den ihr Volk kannte. Sie war dazu ausgebildet worden, diese Wesen zu töten. Doch das Aufflackern ihrer Magie gerade entsprang eindeutig nicht dem Bedürfnis, sich gegen ihn zu verteidigen.

Als der ruhige, dunkle Magiefluss in ihm anschwoll, entriss sie ihm abrupt ihr Handgelenk und wich zwei Schritte zurück. Kurz staunte sie darüber, dass er es zuließ, und ihr Blick suchte den seinen. Und sie schluckte, als sie darin nur das Wissen um ihre Verwirrung vorfand. Doch unternahm er nichts, blieb einfach auf seinem Stuhl am Küchentisch sitzen und Anna senkte den Blick, als sie das wissende Lächeln, das sich in sein Gesicht stahl, nicht mehr ertrug.

»Hauptmann des Sturms«, wisperte sie schließlich als Antwort auf seine zuvor gestellte Frage und räusperte sich, um das Kratzen im Hals loszuwerden.

Kurz sah sie in sein Gesicht und erkannte genau jene Überraschung, von der sie ausgegangen war, dass ihre Worte sie auslösen würden.

Der Rang war ungewöhnlich. Auch wenn jeder Magier und jede Magierin mit einer entsprechenden Begabung zum Militär gezwungen wurde, führten Frauen doch in der Regel keine Angriffe. Nicht, weil man es ihnen nicht zutraute, sondern weil das Risiko bestand, dass sie versagten. Und damit dem Feind in die Hände fielen. Frauen wurden daher ausschließlich für innere Angelegenheiten eingesetzt. Zu ihrem eigenen Schutz.

Anna hingegen war in den Sturm gekommen. Und sie ahnte, dass ihr Vater einiges dafür getan haben musste.

»Ich habe nie einen Angriff geführt. Ich bin vorher geflohen.« Sie schob die Worte fast schon wie eine Entschuldigung hinterher und wunderte sich im nächsten Moment darüber. Rechtfertigte sie sich gerade vor ihm?

»Warum?«

Auf die Distanz konnte sie seine Magie nicht mehr spüren und erleichtert atmete sie auf, als auch ihre Magie sich dadurch wieder beruhigen ließ.

»Ich bin von klein auf in diese Maschinerie gezwängt worden. Man hat mich nie gefragt, was ich eigentlich will. Man sah meine Begabung und stellte keine Fragen mehr. Mein Weg war vorgezeichnet. Aber das war ein Weg, den ich nicht gehen wollte.«

Anna zwang sich, sich auf ihre Atmung zu konzentrieren. Sie wollte nicht die Fassung vor ihm verlieren. Aber seine Fragen wühlten in ihren Erinnerungen und es fiel ihr schwer, die Bilder von sich zu schieben. Damit hatte sie sich nie wieder auseinandersetzen wollen.

»Wie alt bist du?«

Sie lachte humorlos und lehnte sich gegen die Küchenzeile in ihrem Rücken. »Dreißig. Gerade mal unsterblich geworden.«

Als sie aufsah, sah sie ihn lächeln.

»Also fast noch ein Kind«, murmelte er, um dann lauter fortzufahren. »Du bist erstaunlich stark für dein Alter.«

Sein unleserlicher Blick ruhte auf ihr und eilig sah sie weg, nickte dann aber.

»Das ist der Grund, aus dem man mich in den Sturm steckte.«

Eliel bezweifelte, dass dies der einzige Grund war, doch war er sich nicht sicher, ob sie weitere Gründe würde nennen können. Sie war erstaunlich offen ihm gegenüber. Doch das konnte auch eine gute Täuschung sein, um andere Informationen zu verbergen.

Anna hatte ihn überrascht. Er hatte nicht gewusst, dass es auf Seiten der Magier Bestrebungen gab, die sich gegen den schleichenden Krieg ihrer Völker richteten.

Sie war desertiert. Eliel wusste, was die Konsequenzen waren, sollte sie den Magiern wieder in die Hände fallen. Der Freitod wäre dabei noch die bessere Alternative. Man würde sie zurückbringen und ihren Geist so weit in die Knie zwingen, bis sie kaum mehr als eine Marionette wäre. Man würde sie brechen, um sie dann erneut in jenen Krieg zu schicken, vor dem sie geflohen war.

Er hatte schon viel erlebt in seinem langen Leben. Aber dass ein Magierin desertierte, war ihm neu. Doch da vor ihm, nur wenige Schritte entfernt, stand eine blutjunge Magierin, die genau das getan hatte.

Nie im Leben hätte sie das allein bewerkstelligen können. Sie musste Hilfe gehabt haben, um von Veluvion zu fliehen. Jedoch vermutete er, dass sie ihm darüber nicht so leichtfertig Auskunft geben würde.

Nachdenklich ließ er den Blick über ihre, für eine Magierin, große Gestalt gleiten. Sie war schmal gebaut, wirkte trainiert. Die endlos langen Beine steckten in einer hautengen schwarzen Jeans, eine türkise Bluse floss weich um ihren Oberkörper, schmiegte sich an ihre weiblichen Rundungen und sein Schwanz regte sich bei dem Gedanken, mit den Händen die Kurven und Linien ihres Körpers zu erforschen. Ihre Haut war leicht gebräunt, Sommersprossen bedeckten ihre Wangen und die kleine Stupsnase. Ihre dunkelblonden Haare hatte sie in einen Zopf gezwängt, den er nur zu gern aufgelöst hätte, ihre hellblauen Augen hatte sie stur auf einen Punkt irgendwo hinter seinem Kopf gerichtet.

Sie sah ihn einfach nicht an. Zwar ging ihr Blick immer

wieder zu ihm, doch dann brachte irgendetwas sie dazu, wegzusehen. Angst? In Anbetracht der Tatsache, dass er ein Mantus und sie eine Magierin war, wäre das wohl nur wahrscheinlich gewesen. Doch das war es nicht.

Er hatte das Aufflackern ihrer Magie gespürt, als er sie berührt hatte. Aber sie hatte damit nicht versucht, sich gegen ihn zu wehren. Im Gegenteil, flüchtig hatte er gespürt, wie ihre Magie sich zu ihm gestreckt hatte, bis sie es unterdrückt hatte.

Ja, ihr Begehren war echt gewesen. Die Anziehung war da, auch wenn sie davor zurückschreckte.

»Soren ist hier.«

3

Mit dem Aufwallen der Panik verlor Anna auch jegliche Kontrolle über ihre Magie. Wie ein Buschbrand im Hochsommer flammte sie in ihr auf und flutete die gesamte Küche in Sekundenbruchteilen. Im ersten Moment war Eliel viel zu überrascht von ihrer heftigen Reaktion, um zu reagieren. Doch als ihre Magie aus dem Kribbeln auf seiner Haut ein handfestes Brennen machte, zog auch er Magie.

Anna schrie auf, als er nach ihrer Magie griff. Erneut ging ein Leuchtfeuer durch ihren Körper und das Splittern von Glas sagte ihm, dass irgendwo eine Lampe geplatzt sein musste unter dem Druck ihrer Magie. Ihr Geist fühlte sich an, als würde er gleich zerspringen, so viel hatte sie auf einen Schlag gezogen, und im ersten Moment fiel selbst ihm es schwer, der Wucht dieser Energie standzuhalten.

Sie wehrte sich gegen ihn, als er sich im Geist nach ihr ausstreckte und ein Knurren entwich ihm, als er seine Bemühungen verstärkte, hinter die Mauer zu kommen, die sie um sich errichtet hatte. Mit aller Gewalt wehrte sie sich gegen ihn, sackte jedoch in sich zusammen, als er den Druck weiter erhöhte und spürte, wie die Mauer nachgab.

Als ihre Beine unter ihr einknickten, war er schon bei ihr und fing sie auf. Schweißperlen standen auf ihrer Stirn und mit einem panischen Blick sah sie zu ihm auf, als er sich langsam mit ihr in den Armen zu Boden sinken ließ. Ihre Magie war wieder in sich zusammengefallen, glimmte wie ein abkühlendes Kaminfeuer und als er sie an seine Brust zog, lehnte sie sich erschöpft an ihn. Sie hatte jegliche Abwehr eingestellt, aber er wagte es nicht, sich von ihr zurückzuziehen. Der magische Bergquell in ihr war binnen eines Augenblicks zu einem Mahlstrom geworden, etwas, das er in der Intensität so noch nicht erlebt hatte. Aber er war auch vollkommen unkontrolliert gewesen. Jetzt plätscherte es wieder ruhig in ihrem Geist dahin und er genoss das Gefühl, als seine Magie sich federleicht darum schloss. Er übte keinen Druck mehr aus, dennoch war er wachsam. Anna war noch viel zu jung, um solche Gewalten wirklich kontrollieren zu können.

»Du hast mich nicht gebunden.« Ihre Stimme zitterte und er lächelte, als er die leise Verwunderung darin hörte. Mit einer Hand zog er sie sacht enger an sich, bis sie ihr Gesicht im Stoff seines T-Shirts vergrub.

Er hätte es tun können. Gerade im Moment, während sie erschöpft vom Kontrollverlust und seinem Angriff in seinen Armen lag, wäre es ein Kinderspiel, sie an sich zu binden. Und er musste sich zwingen, diesem Impuls nicht nachzugeben. Er wollte sie an sich binden und sie so als sein Eigentum kennzeichnen. Es lag einfach in seiner Natur. Mante wurden von Magierinnen angezogen. Das war schon immer so gewesen. Ihre konträren Naturen fügten sich wie Puzzleteile ineinander. Die der Magierin so hell wie die des Mantus dunkel. Durch die Bindung verwoben sich die Gegensätze ineinander und schufen eine machtvolle Einheit.

Der Gedanke, Anna so vollständig zu besitzen, hatte sich in ihm bereits in dem Moment festgesetzt, als sie ihn in der vergangenen Nacht geheilt hatte. Ihre magische Signatur, die sich so perfekt noch vor wenigen Stunden mit der seinen verbunden hatte, war berauschend gewesen. Allein die Vorstellung, wie es sein würde, wenn ihre Magie ein Teil der seinen wäre, brachte seinen Vorsatz, ihr Zeit zu geben, sich an ihre neue Situation zu gewöhnen, ins Wanken.

»Und trotzdem gehörst du mir.« Seine Worte waren ein raues Flüstern, das Anna heiße Schauer über Arme und Rücken laufen ließ. Aber sie unternahm keinen Versuch, sich ihm zu entziehen, als er sie hochhob und aus der Küche in ihr Schlafzimmer trug. Noch immer fühlte sie sich geschwächt von dem, was gerade geschehen war, dennoch wagte sie schließlich einen schwachen Protest, als er sie auf dem Bett absetzte und sich anschickte, ihr die Bluse über den Kopf zu ziehen.

»Eliel ...«, setzte sie zaghaft an, ließ es jedoch geschehen, dass ihre Bluse ihr für einen Moment die Sicht nahm, als er sie an ihr hochzog. Sie wollte ihre Arme von dem Stoff befreien, doch wurde sein Griff fester und fesselte ihre Arme mit der Bluse über ihrem Kopf. Unsicher suchte sie seinen Blick und verlor sich, als sie das sinnliche Lächeln bemerkte. Sie hatte nicht gewusst, dass schwarz so warm leuchten konnte. Und sie stöhnte tonlos, als seine Magie in ihr in einem sanften Pulsieren anschwoll, sich in ihr auszubreiten begann und ihre Erregung sich an diesem fremden Gefühl entzündete.

»Du kannst es genauso spüren wie ich, Anna. Du willst es auch.«

Sie schluckte schwer, widersprach jedoch nicht. Und als er sie endlich von der Bluse befreite und mit seinem Oberkörper auf die Matratze zurückdrängte, schlang sie ihre Arme um ihn und zog ihn mit sich.

Sie stellte sich nicht die Frage, ob das, was sie da gerade tat, richtig oder gar vernünftig war. Mit großer Wahrscheinlichkeit war dies gerade das Dümmste, was sie jemals in ihrem Leben getan hatte. Sie ließ sich gerade von einem Fremden verführen. Ihrem Todfeind. Von dem Wesen, das ihr bereits gesagt hatte, dass es sie an sich binden würde.

Es gab keinen Grund, warum sie es tat. Keine Erklärung, warum sie das Gefühl, seines warmen Körpers, der den ihren gerade unter sich begrub, so genoss. Es gab auch keine Entschuldigung dafür, dass sie es genoss, wie seine Magie in ihr sich langsam ausbreitete. Sie tat es, weil jede Faser ihres Körpers sich genau in diesem Moment danach sehnte.

Ihre Lippen teilten sich, als sie die seinen auf sich spürte. Und sie seufzte leise, als ihre Zungen sich begegneten. Entgegen dem, was heute früh in der Küche geschehen war, war er nun erstaunlich sanft. Fast so, als wollte er ihr die Zeit geben, sich an ihn zu gewöhnen. Mit einem Arm hatte er sich über ihrem Kopf abgestützt, um sie nicht mit seinem Gewicht zu erdrücken, und sie seufzte leise, als seine andere Hand ihre Seite hinaufstrich und sich von unten um ihre Brust schloss. Mit dem Daumen strich er über die aufgerichtete Spitze unter dem Stoff ihres BHs und instinktiv drückte sie den Rücken durch, um seiner Berührung näher zu sein. Ein Bein hatte er zwischen ihre

Schenkel geschoben und ein raues Stöhnen entwich ihm, als sie ihre Scham dagegen presste. Sein Kuss wurde eindringlicher, fest pressten sich seine Lippen auf die ihren und zur Antwort krallte sie ihre Finger in seine Haare und hielt ihn fest. Doch erstarrte sie, als mit ihrer Erregung, die schon jetzt ihren Schoß durchnässte, auch ihre Magie aufzuflackern begann. In einer instinktiven Geste legte sie ihre Hände auf seine Brust und drückte ihn hoch, verzweifelt darum bemüht, das Flackern in sich wieder unter Kontrolle zu bekommen. Und erschreckt zuckte sie zusammen, als er ihre Handgelenke mit einer Hand einfing und über ihrem Kopf in die Kissen presste.

»Nicht«, raunte er dicht an ihren Lippen und sie erschauerte. »Du musst dich nicht kontrollieren. Ich will alles von dir.«

Als seine Magie in ihr noch weiter anschwoll und die Mauer, die sie im Reflex hochgezogen hatte, damit einriss, schnappte sie nach Luft und ein langgezogenes Stöhnen entwich ihr, als sie ihm nachgab und ihre Magie dem Moment überließ. Zur Antwort erhielt sie ein tiefes Grollen aus seiner Brust und als seine Lippen sich hungrig auf die ihren senkten, schloss sie die Augen und erwiderte seinen ungestümen Kuss.

Es war berauschend. Nach wie vor berührte er sie kaum, doch seine Magie, die sich dunkel und samtweich mit der ihren mischte, ließ ihr Blut heiß durch ihre Adern fließen, ihre Haut kribbeln und hochempfindlich werden. Und so erzitterte sie bereits, während er lediglich mit den Fingerspitzen die Kante ihres BHs nachzog. Unbewusst presste sie sich fester gegen seinen Oberschenkel, rieb sich an dem rauen Jeansstoff, der sich darüber spannte, und fühlte Frustration in sich aufkommen, als sie realisierte, dass sie beide nach wie vor angezogen waren.

Sie wollte seine Haut an der ihren spüren, wollte spüren, wie die Muskeln darunter sich anfühlten und griff ungeduldig nach dem Bund seines Shirts, als er ihre Hände wieder freigab, um ihn davon zu befreien. Mit einem leisen Lachen half er ihr, es ihm auszuziehen, und sie schluckte, als ihr Blick an seinem hängen blieb. Wieder stiegen die Bilder in ihr auf. Bilder, wie er seine Zähne in sie grub, während er sie nahm. Wie er sie leckte und – verdammt noch mal – wie diese faszinierenden Schwingen, die er die ganze Zeit über so sorgsam verborgen gehabt hatte, sich über ihnen ausbreiteten.

Ihre Kehle wurde trocken, als sie sein begehrliches Knurren vernahm. Noch immer war ein kleiner Rest ihres Blutes in ihm, er schien dadurch gespürt zu haben, was ihr durch den Kopf gegangen war. Und sie lief dunkelrot an, als besagte Schwingen sich plötzlich entfalteten, bis sie sich steil über ihnen erhoben. Obwohl der Raum nicht klein war, konnte er sie nicht ausbreiten, aber auch in diesem halb geöffneten Zustand verschlugen sie ihr die Sprache.

»Meiner Feindin gefällt also, was ich bin.« Seine amüsierten Worte klangen etwas gepresst und sandten ihr kleine Schauer über den Rücken. Auf beide Arme abgestützt hatte er sich über ihr aufgerichtet und hielt still, als sie zaghaft die Arme um ihn schlang, bis sie mit den Fingerspitzen jene Stellen auf seinem Rücken berühren konnte, an denen die Schwingen aus seinem Rücken wuchsen. Vorsichtig strich sie über den harten Muskelansatz, über den sich im scharfen Kontrast jedoch samtweiche Haut spannte, und zuckte zusammen, als er daraufhin leise knurrte. Erneut sah sie in sein Gesicht und ihr Herz machte einen Satz bei der Lust, die so unverhüllt darin zu erkennen war. Und mit nervös klopfendem Herzen ließ sie es geschehen, als er sie an den Ellenbogen fasste und ihre Arme wieder zurückzog.

»Meine Beherrschung hängt am seidenen Faden, junge Dame. Wenn du also nicht herausfinden willst, wie es ist, auf allen vieren zu landen und von einem waschechten Dämon wie ein wildes Tier bestiegen zu werden, solltest du jetzt einfach deine Hände bei dir lassen.«

Anna wollte schockiert sein bei seinen Worten. Sie ahnte, dass er damit auch genau diesen Effekt hatte erzielen wollen. Doch alles, was geschah, war, dass das Bild, wie er sie auf diese Weise nahm, qualvolle Hitze zwischen ihren Beinen entstehen ließ, die schließlich nicht nur ihren Slip, sondern auch ihre Hose durchnässte.

Es blieb ihm nicht verborgen. Für quälend lange Sekunden verfingen sich ihre Blicke ineinander und als sie lächelte, fluchte er unterdrückt, während er aber schon eine Hand an den Bund ihrer Hose legte und sie mit Gewalt zerriss.

»Sag nicht, ich hätte dich nicht gewarnt«, kam es ihm halb geknurrt über die Lippen und sie schrie erschreckt auf, als er sie auch schon im nächsten Moment umgedreht hatte und an den Hüften hochzog, bis sie vor ihm kniete. Die Überreste ihrer Hose hatten sich um ihre Knie gewickelt und zitternd hielt sie still, als sie hinter sich erneut das Reißen von Stoff hörte.

Dann strichen seine Finger über ihre inzwischen tropfnasse Spalte und sie wimmerte, als zwei davon in sie glitten. Tief schob er sie in sie hinein, dehnte sie und keuchend stieß sie ihr Becken im gleichen Rhythmus gegen seine Hand, wie er seine Finger in ihr bewegte. Ihre Magie entzündete sich an dieser ungestümen Berührung, an dem Reiben in ihr, flammte hell auf, nur um von seiner in der Dunkelheit verschluckt zu werden, bis Anna wieder mal nicht mehr wusste, wo er anfing und sie aufhörte.

Sie hatte nicht bemerkt, dass er sich bewegt hatte. Doch als sie seinen heißen Atem plötzlich an ihrer Schulter spürte, neigte sie den Kopf, um es ihm leichter zu machen. Dann fühlte sie seine Zähne, die über ihre Haut kratzen und schrie auf, als er sich in ihrem Halsansatz verbiss. Seine Dunkelheit in ihr schwoll an, ertränkte sie fast und fast wäre sie gekommen, als seine Lust und Besitzgier ihr Bewusstsein umspülten.

Viel zu schnell schon gab er sie wieder frei und zitternd hielt sie still. Auch seine Finger waren verschwunden und hatten eine Leere hinterlassen, die in ihrer Intensität beinahe schmerzhaft war. Sie war so kurz davor zu kommen, dass sie vermutlich explodieren würde, sollte er auch nur über sie streichen.

»Bitte ...«, flehte sie, doch wurde jedes weitere Wort von seinem Handballen erstickt, den er fast im gleichen Augenblick auf ihre Lippen presste. Blut klebte daran, intensivierte ihre Verbindung, als sie es auf ihrer Zunge schmeckte, und erstickt schrie sie auf, als er sich im gleichen Moment in sie zwängte.

Als Eliel sich so hart in sie stieß, streckte sie im Reflex eine Hand aus, um sich an der Wand abzustützen. Andernfalls hätte die Wucht, mit der er sich in ihr vergrub, sie wohl vornüber fallen lassen. Mit einem Arm gegen die Wand gestemmt, streckte sie sich ihm nun jedoch entgegen. Seine Hand erstickte jeglichen Laut, nahm ihr die Luft zum Atmen und erleichtert japste sie nach Luft, als er schließlich mit beiden Händen ihre Hüften umfasste und sie zwang, ihn so noch tiefer in sich aufzunehmen.

»Oh Gott, ja, bitte ...« Es war ihr egal, dass sie bettelte. Aber wahrscheinlich hätte sie es auch nicht gemusst. Eliel hielt sein Wort, mit jedem Stoß schlug sein harter Körper gegen ihren, füllte sein harter, großer Schwanz sie aus, bis sie glaubte zu zerreißen, und hilflos stemmte sie sich auch mit dem zweiten Arm gegen die Wand, um seine Stöße abzufangen. Sterne flackerten hinter ihren Lidern auf, sie spürte, wie ihr ganzer Schoß sich fest um ihn zusammenzog, und warf sich ihm entgegen, als ihr Orgasmus sich wie ein elektrischer Schlag in ihr entlud. Erleichtert schrie sie auf, spürte, wie seine Hand in ihre Haare griff und keuchte, als er sich mit einem letzten tiefen Stoß in ihr ergoss.

Die Zeit schien stehen geblieben zu sein. Noch immer kniete sie vor ihm und noch immer konnte sie seinen Schwanz in sich spüren, der nichts von seiner Härte verloren zu haben schien. Zitternd verharrte sie in dieser Position, sich seiner Hand in ihren Haaren überdeutlich bewusst, und lauschte seinem Keuchen über ihr.

»Alles okay?« Vorsichtig lösten sich seine Finger aus ihren Haaren und sie erschauerte, als er mit einem Finger ihre Wirbelsäule hinabstrich. Und nur widerstrebend ließ sie es geschehen, als er sich aus ihr zurückzog und sie anschließend neben sich auf die Matratze zog. Bäuchlings lag sie anschließend neben ihm und sah ihn schweigend an.

Auch er ließ sie nicht aus den Augen. Eine steile Falte hatte sich zwischen seinen Brauen gebildet und sie schluckte, als Verärgerung ihn die Lippen zusammen pressen ließ.

»Ich hatte dich gewarnt, Anna.«

»Das hast du«, stimmte sie ihm zu, drehte sich schwerfällig auf den Rücken und setzte sich schließlich auf, um sich von ihrem BH und den traurigen Resten ihrer Hose zu befreien. Und obwohl sie ihm so den Rücken zukehrte, war sie sich des nachdenklichen Blickes überdeutlich bewusst, mit dem er jede ihrer Bewegungen verfolgte. Sie ignorierte es und schmiegte sich schließlich an seine Brust, nachdem sie die Stoffreste neben dem Bett auf den Boden geworfen hatte. Es war noch nicht mal Mittag, aber nach der kurzen Nacht auf der Couch und den Erlebnissen seitdem hätte sie nun gut und gern ein paar Stunden schlafen können.

»Es ist alles in Ordnung«, meinte sie nach einer Weile leise und spürte, wie er sich neben ihr entspannte. Und kurz staunte sie darüber. Ihre Antwort schien ihm wichtig gewesen zu sein.

Lange Zeit blieben sie so liegen, jeder seinen eigenen Gedanken nachhängend. Noch immer konnte sie über ihre Verbindung seine Präsenz spüren und damit auch die Ruhe, die inzwischen von ihm ausging. Sie ließ sich sogar davon anstecken, bis sie schläfrig die Augen schloss. Sie wusste, dass das, was hier gerade geschehen war, der absolute Irrsinn war. Dennoch fühlte sie sich gerade im Moment so entspannt wie noch nie zuvor in ihrem Leben.

»Was hast du mit Soren zu tun?«

Seine Frage traf sie unvorbereitet und im ersten Moment versteifte sie sich. Dann zwang sie sich tief durchzuatmen. Früher oder später würde er es ohnehin erfahren.

»Er ist mein Vater.«

Eliel war danach nicht weiter in sie gedrungen. Stattdessen hatte er neben ihr gelegen und ihr federleichtes Gewicht an seiner Brust gespürt, bis ihr Atem regelmäßig wurde und sie eingeschlafen war.

Sie war erschöpft und für einen kurzen Moment hatte er ein schlechtes Gewissen. Allerdings schwand es, als er sich in Erinnerung rief, dass sie alles, was geschehen war, genau so gewollt hatte. Dennoch war er froh, dass sie es sich nicht irgendwann auf der Hälfte anders überlegt hatte.

Er hatte definitiv die Kontrolle verloren. Es hatte nicht viel gefehlt und er hätte sie trotz seines Vorsatzes an sich gebunden. Es hatte nur ein kleiner Schritt gefehlt. Vermutlich hatte sie es nicht mal mitbekommen, aber sie hatte die Kontrolle genauso verloren wie er. Sie hatte so viel Magie gezogen, dass es an ein Wunder grenzte, dass nichts passiert war. Sie hatte gezogen und sie ihm in ihrer Lust überlassen. Er hatte spüren können, wie sehr es sie erregt hatte, diese Verbindung einzugehen, und er hatte sich stark zusammenreißen müssen, um sich wenigstens in diesem Punkt zurückzuhalten. Aber er wusste, dass er da mit dem Feuer spielte.

Er hatte richtig gelegen mit seiner Vermutung. Anna schien regelrecht ausgehungert. Nicht weiter verwunderlich, wenn man bedachte, dass sie schon eine ganze Weile hier lebte. Einen Menschen hätte sie mit ihrer Magie schlicht umgebracht wie auch viele andere Lebewesen, die nicht in dem Maße magiebegabt waren. Und er wusste, wie frustrierend es war, wenn man sich ständig selbst zurücknehmen musste, um dem anderen nicht zu schaden. Eine Weile ging das gut, aber irgendwann verhungerte man, wenn man seine eigenen Bedürfnisse nie vollständig befriedigen konnte.

Als sie sich im Schlaf auf die andere Seite drehte und ihm den Rücken zuwandte, drehte auch er sich auf die

Seite und betrachte die elegante Kurve ihres Rückens. Es war verblüffend, welche Kräfte in ihr steckten. Vermutlich wäre sie auch für einen jüngeren seiner Art eine massive Bedrohung dadurch. Wenn sie jemals lernte, das alles zu bändigen, wäre sie in der Tat eine gefährliche Waffe.

Sorens Tochter also. Das erklärte auch dessen Anwesenheit hier. Plötzlich ergab es Sinn, dass der Kommandant persönlich mit ausgewählten Magiern auf der Erde weilte. Er war auf der Suche nach seiner Tochter.

Seiner desertierten Tochter. Eliel hatte bisher nicht mal gewusst, dass der Kommandant überhaupt Kinder hatte. Aber das musste nichts heißen. Für die Mante war es unmöglich, Spione nach Veluvion Stadt oder eine der übrigen Festungen einzuschleusen, denn die Magier lebten vollkommen abgeschottet von anderen Spezies. Und da es auch keine Verbündeten unter ihnen mit den Mante gab, bestand keine Chance, sich dort unerkannt zu bewegen. Jeder Versuch war zum Scheitern verurteilt. Ein Magier spürte die Verschiedenheit ihrer Magien.

Eliel empfand eine tiefe Abscheu dem Kommandanten des Sturms gegenüber. Sie waren in den zweitausend Jahren, seit der Magier in diesem Amt stand, mehrfach aufeinander getroffen. Stets hatte ihn die arrogante Herablassung dieses Mannes angewidert. Der Magier war ein kaltes, berechnendes und heimtückisches Wesen, das eindeutig vor nichts zurückschreckte. Nicht mal davor, gebundene Magierinnen abzuschlachten, wenn sie ihm in die Hände fielen. Mehr als einmal hatte er erlebt, wie diese Frauen von Soren öffentlich hingerichtet worden waren, als Mahnung an die Mante und um so zugleich jene zu töten, an die diese Frauen gebunden waren.

Aus dieser Perspektive betrachtet war es aberwitzig, dass

nun mit Anna ihm ausgerechnet dessen Tochter in die Hände gefallen war. Sorens desertierte Tochter im Besitz eines schwarzen Prinzen der Mante. Welch charmanter Zufall. Er fragte sich, wie viel sie wohl von Sorens Praktiken wusste. Ob sie wusste, dass ihr Vater gezielt auf gebundene Magierinnen Jagd machte, um durch ihre Hinrichtungen deren Gefährten mindestens zu schwächen, in den meisten Fällen sie jedoch ebenfalls über diese Bindung zu töten?

War das vielleicht sogar der Grund, aus dem sie geflohen war?

Unwahrscheinlich. Soweit er wusste, verbreitete die Propaganda-Maschinerie der Magier ein ganz anderes Bild. Umso erstaunlicher, dass sie all dem einst den Rücken gekehrt und noch viel verblüffender, dass ausgerechnet sie ihm dann in der vergangenen Nacht geholfen hatte. Als Sorens Tochter hätte sie ihren Todfeind eigentlich, ohne mit der Wimper zu zucken, töten müssen. Aber als Sorens Tochter desertierte man wohl auch nicht. Auf gar keinen Fall ungestraft.

Es gab noch vieles, was er von ihr wissen wollte. Wissen musste, wenn sie eine Chance würden haben wollen. Aber im Moment sollte sie ein wenig von dem Schlaf nachholen, den er sie gekostet hatte. Also zwang er sich schließlich dazu, aufzustehen, ins Wohnzimmer zu gehen und sein neues Handy vom Strom zu nehmen. Es gab nur einen, mit dem er jetzt würde reden können. Nur einen, bei dem die Vertrautheit einer fast tausendjährigen Freundschaft auch Verschwiegenheit bedeutete.

»Alter, wo steckst du?« Hardens bissiger Ton entlockte ihm ein Knurren.

»Rate«, schnappte er zurück und erhielt ein unwirsches

Knurren zur Antwort. Doch hielt sich der Assassine mit weiteren Kommentaren zurück.

»Die Magierin ist Sorens desertierte Tochter.« Eliels Satz hing eine Weile im Raum, augenscheinlich fiel auch Harden so schnell nichts Schlaues darauf ein.

»Warum seid ihr dann nicht schon wieder hier? Du weißt, dass es Wahnsinn ist, in ihrer Wohnung zu bleiben und darauf zu warten, dass er auftaucht.«

»Sie ist ungebunden.«

Harden schnaubte. »Dann regel das, aber sieh zu, dass ihr da weg kommt. Mann, seit wann muss ich dir erklären, wie die Welt funktioniert? Hast du dir das Hirn jetzt endgültig rausgevögelt?«

Eliel schwieg und schließlich fuhr Harden in ruhigerem Tonfall fort.

»Also, entweder ist sie nicht für dich bestimmt. Dann bring sie her und vielleicht ist sie ja für einen von uns was. Oder sie hat dich eingewickelt, dann binde sie und bring sie her. Mehr Optionen seh ich im Moment nicht.«

Eliel sah auch keine andere Lösung. Trotzdem sperrte sich etwas in ihm, Anna einfach zu binden. Selbst wenn er nichts lieber täte, irgendetwas hielt ihn davon ab. Allerdings gab er seinem Assassinen recht. Sie konnten nicht in ihrer Wohnung bleiben. Ungebunden konnte er sie allerdings auch nicht in die Schlangengrube zu seinen Männern werfen, die allesamt bisher keine Frau ihr eigen nannten. Eine ungebundene Magierin in ihre Mitte zu bringen, hieße, dass man sich darum streiten würde, wem sie gehörte. Oder wem sie so lange das Bett wärmte, bis der Richtige sie an sich band. Bei Harden würde er seine Hand ins Feuer legen, dass dieser sich benehmen konnte. Bei den anderen war er sich da nicht so sicher.

»Sie gehört mir, Harden«, meinte er nach einer Weile entschieden und erhielt ein leises Lachen von seinem Freund.

»Eliel, du wirst weich, wenn du dich jetzt schon um solch kleinliche Befindlichkeiten sorgst. Irgendwann wird sie dir das verzeihen.«

»Das sagt der Richtige.«

Harden schwieg.

Als er schließlich wieder zurück ins Schlafzimmer kam, schlief Anna noch immer tief und fest. Obwohl er sie zugedeckt hatte, eher er aufgestanden war, hatte sie im Schlaf die Decke wieder weggezogen und, halb auf dem Bauch liegend, das eine Bein angezogen, präsentierte sie ihm ihren noch immer feuchten Schoß. Sein Schwanz reagierte darauf mit einer Heftigkeit, dass er über sich selbst grinsen musste. Nein, so hemmungslos das erste Mal auch gewesen war, es war noch lange nicht ausreichend.

So leise wie möglich schlich er sich ans Bett und legte sich neben die schlafende Anna. Sie murmelte zwar leise etwas, wurde jedoch nicht wach. Und genießerisch schloss er die Augen, während er mit den Fingern vorsichtig über die weichen Falten ihrer Weiblichkeit glitt, und stöhnte, als sie sich im Schlaf gegen seine Hand drückte, bis ein Finger in ihre nasse Spalte glitt. Fest legte er seine Hand auf ihren Po, ließ einen zweiten Finger dem ersten folgen und spürte ihr Zittern als er sich vorbeugte und kleine Küsse auf ihrer Schulter verteilte. Sein Biss war schon lange wieder vollkommen ausgeheilt, aber die Erinnerung daran ließ nur noch mehr Blut zwischen seine Lenden schießen.

Sie hatte es gewollt. Genauso, wie er sie hatte beißen wollen. Sie hatte sich ihm angeboten, in dieser atemberaubenden Geste der Unterwerfung ihren Kopf geneigt und er hätte tot sein müssen, um das Angebot nicht anzunehmen.

Er hätte es nicht tun müssen. Nach wie vor war ihr Blut noch in seinem Körper und hielt die Verbindung aufrecht. Aber es erregte ihn, sie zumindest für einen kurzen Moment zu zeichnen und zu erleben, wie sie darauf reagierte.

Anna schlief noch immer, obwohl ihr Körper selbst im Schlaf auf ihn reagierte und sich im gleichen Rhythmus, in dem er seine Finger in sie stieß, gegen seine Hand presste. Ihre Atmung ging unregelmäßig und heisere Laute entwichen ihr mit jedem Mal, das er seine Finger in sie stieß. Die Muskeln in ihrem Schoß schlossen sich fester um ihn, zeigten, dass sie bald ihren Orgasmus erleben würde, und als er ihr seine Finger wieder entzog, wimmerte sie frustriert. Vorsichtig rutschte er noch näher an sie, brachte seinen Schwanz in Position, bis er leicht in ihrer seidigen Nässe versank, ehe er seine Hand auf ihre Hüfte legte.

Sie schrie auf, als er im selben Moment in sie stieß, in dem er seine Zähne in ihre Schulter grub. Süß füllte ihr Geschmack seinen Mund, ließ die ohnehin schon schwelende Verbindung erneut aufflammen und er knurrte, als ihre Magie wie ein Signalfeuer in ihr auflohderte, um dann in seiner zu versinken. Hart stieß er in ihren zuckenden Schoß, spürte die Kontraktionen ihres schweißbedeckten Körpers genauso wie das gleißende Licht, mit dem ihre Magie die seine erhellte. Und als er sacht an dieser magischen Quelle zog, spürte er ihr lustvolles Schaudern, während die Dunkelheit in ihm sich noch weiter ausbreitete.

Es wäre so einfach ... Nur ein bisschen mehr und sie

würde ihm gehören mit allem, was sie hatte. Ihre Magie, ihr Geist, ihr Körper, ihre Lust, einfach alles. Er müsste sie sich nur unterwerfen, ihre Magie und ihren Geist an sich binden und nichts und niemand würde sie mehr trennen können.

Erstickte Schreie entwichen Anna und Eliel knurrte, als sie blind nach seinem Arm griff. Kurz entzog er ihn ihr, biss in sein Handgelenk und als sie die blutenden Wunden an ihre Lippen zog, entlud er sich mit einem lauten Brüllen in ihrem pochenden Schoß.

4

»Es gefällt dir«, murmelte er, während er zarte Küsse auf ihrer Schulter verteilte. Fasziniert verfolgte er, wie die kleinen Wunden sich wieder schlossen und selbst die rötlichen Male nach einem kleinen Moment verblassten. Noch immer war er tief in ihr vergraben, genoss die Wärme ihres Schoßes, der noch unter den Nachbeben ihres Höhepunktes zuckte, und freute sich, dass auch sie nicht den Wunsch zu verspüren schien, sich von ihm zu lösen. Statt sich von ihm zu befreien, schmiegte sie sich näher an seine Brust und als er sich auf einen Arm aufstützte, sah er, dass sie die Augen geschlossen hatte. Sie wirkte vollkommen entspannt und durch ihre nur langsam schwächer werdende Verbindung konnte er auch sonst keine Regung an ihr ausmachen. Teilzeit-Eingeschüchterte, eindeutig.

»Würde es etwas ändern, wenn nicht?«

Im ersten Moment verspannte er sich bei ihren Worten, doch dann sah er sie lächeln.

»Ich würde zumindest versuchen, mich in der Hinsicht zurückzunehmen«, gab er zu und sah, wie ihre Lider flatterten. Kurz sah sie zu ihm auf, schloss ihre Augen dann jedoch wieder.

Er meinte, was er sagte. Auch wenn es all seinen Instinkten zuwider lief, würde er sich bemühen, es zu lassen, sollte es ihr zuwider sein. Es lag in der Natur seines Volkes, in Besitz und Unterwerfung zu denken. Ein Instinkt, den sie noch aus Zeiten besaßen, in denen die meisten Wesen es genauso gehalten hatten. Doch während andere sich weiterentwickelt hatten, hatten die Mante sich nie ganz aus dieser martialischen Kultur gelöst. Und obwohl es andere Möglichkeiten gab, eine geistige Verbindung beim Sex herzustellen oder es gar ganz zu lassen, entsprach ein Biss zum Zeichen der Unterwerfung und das Trinken des Blutes durch diesen Biss nun mal den urtümlichsten Bedürfnissen seiner Art.

Eigentlich hatte er sogar damit gerechnet, dass sie als Magierin solche Gesten ablehnte. Ihre Kultur war eine vollkommen andere. Und wenn auch die Magier Blut teilweise nutzten, um eine Verbindung herzustellen oder einen Zauber besser wirken zu lassen, waren das ritualisierte Handlungen und keine instinktiven wie in seinem Volk. Durch andere wusste er, dass viele Magierinnen mit den Eigenheiten seines Volkes anfänglich erhebliche Probleme hatten. Auch bei Anna hatte er daher mit nichts anderem gerechnet.

»Es gefällt mir«, gab sie nach einer Weile leise zu und schnappte nach Luft, als er sich leicht aus ihr zurückzog, um dann erneut in sie zu gleiten. Mit Macht kehrte seine Erregung zurück, ließ ihn in ihr wieder hart werden und er unterdrückte ein Lachen, als er sah, wie sie überrascht zu ihm aufsah.

»Es gefällt dir nur?«, neckte er sie und kurz spürte er

ihren Impuls, sich von ihm los zu machen. Doch als er sie gleich darauf auf den Rücken drehte und sich zwischen ihre Beine schob, wurde ihr Impuls von ihrer eigenen Erregung verdrängt. Und als er nun in sie eindrang, spreizte sie ihre Beine noch ein bisschen weiter und seufzte, als sie ihn ganz in sich spüren konnte.

Diesmal hatten sie es sogar geschafft, zärtlicher zu sein. Der größte Hunger war gewichen und sie hatten sich Zeit gelassen. Und er staunte, wie fasziniert Anna von seinen Schwingen war. Beinahe schon ehrfürchtig hatte sie ihrer Neugier nachgegeben, als er sie in dieser Position wieder öffnen konnte und es hätte ihn einmal mehr fast seine Beherrschung gekostet, als er ihre Hände erst auf seinem Rücken und anschließend auf den Ansätzen der Schwingen spüren konnte, während sie das ihr fremde Körperteil erkundete.

Es fühlte sich gut an. Es fühlte sich gut an, sie so nah an und in sich zu spüren, ihre Neugier zu erleben und auch nichts verstecken zu müssen. Weder musste er ihr etwas verheimlichen, noch musste er sich ihr gegenüber kontrollieren. Auch für ihn war das eine neue Erfahrung. Magier und Mante waren füreinander geschaffen. Mit keiner anderen Spezies in den Dimensionen harmonierten die Mante so, wie mit den Frauen aus Annas Volk.

Sorens Tochter, dieses blutjunge und viel zu mächtige Wesen, das gerade unter ihm lag und um Atem rang, war ihm bestimmt. Sie war die eine Frau, die das Schicksal als sein Gegenstück erschaffen hatte. Die eine Frau, die dazu bestimmt war, die Seine zu sein. Und gerade im Moment konnte er in ihrem Geist spüren, dass auch sie das zu erfassen begann.

Wie die meisten Dämonen kannte auch sein Volk das Prinzip der Gefährten. Dieses einen Wesens, das einem jeden von ihnen zugedacht war. Doch während andere Völker ihre Gefährten unter vielen verschiedenen Spezies finden konnten, war das Schicksal eines jeden Mantus an das der Magier geknüpft. Nur unter ihnen hatten sie die Chance, ihre Gefährtin zu finden, denn nur die Magierinnen waren in der Lage, der Natur seines Volkes standzuhalten und jene Verbindung einzugehen, mit der ein Mantus eine Frau an sich band.

Der ganze schleichende Krieg ihrer Völker war lediglich darüber ausgebrochen, dass die männlichen Magier sich beharrlich weigerten, diese Verbindungen zuzulassen, aus denen die Mante um ein vielfaches mächtiger hervorgingen, waren sie doch durch ihre Bindung in der Lage, auch die Magie ihrer Partnerinnen für sich zu nutzen.

Deshalb hatte sein Volk vor unendlichen Jahrtausenden damit begonnen, diese Frauen zu rauben. Die Magier hatten es mit massiven Gegenangriffen vergolten und irgendwann hatte man sich in einem unsinnigen Krieg wiedergefunden, den niemand von ihnen gewinnen konnte. Sie hätten in Frieden miteinander leben können, beide Völker vereint. Doch Machthunger, Neid und niedere Rachegefühle hatten die Weichen anders gestellt. Die perfide Propaganda-Maschinerie der Magier stellte seitdem sicher, dass die Frauen die Mante zu fürchten begannen.

Es grenzte an ein Wunder, dass Anna trotz ihrer Herkunft ihm gegenüber so zugänglich war. Er wusste nicht, warum das so war, wie er vieles noch nicht über sie wusste. Aber es blieb ihnen noch die Ewigkeit, um alles über den jeweils anderen zu erfahren.

»Ich habe immer geglaubt, dass ihr nicht lange zögern würdet, wenn ihr die Gelegenheit habt, eine Magierin zu binden«, meinte sie nach einer Weile leise, als er neben sie glitt und den Arm um sie schlang.

»Ein Mantus bindet nur eine einzige Magierin an sich. Und das ist die, mit der er sein Leben verbringt. Aber ja, im Normalfall sind wir da dann auch nicht zimperlich. Wir binden an uns, was uns gehört.« Er konnte sehen, wie sie die Stirn runzelte, den Blick allerdings an die Decke gerichtet hielt.

»Auch gegen den Willen der Frauen«, wandte sie ein und er spürte sie sich versteifen, als er daraufhin nickte.

»Haben wir denn eine andere Wahl?«

Endlich suchte sie seinen Blick, zumindest für einen kurzen Moment. Er konnte ihren aufflackernden Zorn daher nicht nur spüren, sondern auch in ihren Augen sehen.

»Wieso lasst ihr die Frauen nicht einfach in Ruhe? Sie wollen nicht von euch geraubt und versklavt werden«, erwiderte sie kühl und er hob die Brauen.

»Ist es das, was man euch über uns beibringt?«

Eliel kannte die Antwort darauf bereits. Ja, genau das und noch so einiges mehr war es, was man schon den Kindern ihres Volkes über seinesgleichen beibrachte. Mehr als einmal hatte er bei anderen erlebt, wie sie schier daran verzweifelten, was die Erziehung der Magier aus den geraubten Frauen machte.

Mit einer Hand an ihrem Kinn zwang er sie mit sanftem Druck dazu, ihn anzusehen. »Ja, wir sind Räuber. Ja, wir nehmen uns, was uns vom Schicksal zugesprochen wurde, und ja, wir handeln auch über den Willen unserer Frauen hinweg dabei. Das ist eben unsere Natur, Anna.«

Erschreckt schnappte sie nach Luft, als mit einem Schlag seine Magie den Raum tränkte, in ihren Geist eindrang und die ihre fest umschloss. Kurz versuchte sie, sich dagegen zu wehren, gab aber auf, als der Druck auf sie sich dadurch nur noch erhöhte. Zitternd hielt sie still und sah in sein angespanntes Gesicht.

»Es kostet mich eine Menge Kraft, dich nicht zu binden. Meine Natur verlangt ihr Recht und all zu lang werde ich mich dem auch nicht mehr widersetzen.«

Ihre Augen weiteten sich vor Schreck und als sie sich aus seinem Griff befreien wollte, ließ er es geschehen, schlang dann jedoch seinen Arm wieder um sie, um sie am weglaufen zu hindern, als sie Anstalten machte, aufzustehen.

»Weglaufen ist sinnlos, Anna. Ich finde dich überall wieder. Und mit deinem Vater im Nacken ist eine Flucht auch gefährlich. Oder willst du ihm unbedingt in die Arme laufen?«

Stocksteif hielt sie in seinen Armen still und er hörte, wie sie schniefte, als seine Magie sich wieder aus ihr zurückzog.

»Ich hab mit all dem nichts mehr zu tun haben wollen«, wisperte sie nach einer Weile leise und versetzte ihm damit einen Stich.

»Deshalb bist du auch geflohen, nicht wahr?« Er konnte sie an seiner Seite nicken spüren und erleichtert bemerkte er, dass sie sich langsam wieder entspannte.

»Ich habe mich in diesem ganzen Irrsinn nie wohl gefühlt. Anfangs habe ich meinen Vater angefleht, mich aus der Militärpflicht zu entlassen. Aber er hat es abgelehnt. Er meinte, meine Fähigkeiten seien zu wichtig, um mich nicht dafür einzusetzen. Es sei meine Pflicht unserem Volk gegenüber. Mit zwölf gab er mich auf die Militärakademie, kümmerte sich größtenteils sogar selbst um meine Ausbildung und mit achtzehn wurde ich dann vereidigt.« Ein Schaudern lief durch ihren Körper, als sie sich zu erinnern begann, und er zog sie näher an seine Brust, an der sie sogleich unbewusst ihr Gesicht barg.

»Es war so wahnsinnig. Ich hatte noch nicht mal die Unsterblichkeit erreicht, trotzdem verlangte man von mir, in den Krieg zu ziehen. Ich hatte sogar schon einen Marschbefehl erhalten.«

»Und darum bist du geflohen?«

Sie schwieg eine Weile und an der Spannung ihrer Schultern konnte er erahnen, dass sie gerade alles erneut durchlebte. Als sie schließlich den Kopf hob, traf der Schmerz in ihrem Blick ihn schwer.

»Auch. Wusstest du, dass mein Vater Gefangene foltern lässt? Am Abend vor meiner Vereidigung nahm er mich mit in den Kerker unter dem Palast.«

Die Intensität der Erinnerungen an diesen Abend war so hoch, dass selbst er schließlich einzelne Bilder davon verschwommen in sich aufblitzen sah. Und er knurrte unterdrückt bei der Grausamkeit in ihnen.

»Egal, was auch passiert sein mag. Kein Wesen hat es verdient, so behandelt zu werden. Mein Vater hat mir demonstrieren wollen, wie man mit Gefangenen umgeht. Also führte er es mir vor.« Sie schauderte, sprach dann jedoch weiter. »Er quälte diesen Mann, ließ ihn heilen, um dann wieder von vorn zu beginnen. Und ... verdammt noch mal, mein Vater hat es sogar genossen!«

Und ihr war so unglaublich schlecht dabei geworden, dass sie sich hinterher in ihrer Kammer hatte übergeben müssen. Das war der Moment gewesen, in dem sie beschlossen hatte, ihre Heimat und alles, was ihr lieb und teuer war, hinter sich zu lassen.

»Wie bist du da raus gekommen?« Veluvion Stadt war ein mächtiges Bollwerk. Niemand kam so einfach hinein oder heraus. Die Herrscherfeste war mit allem gesichert, was man sich vorstellen konnte, Magie, schweren Waffen und Wachposten, die in ihrer Grausamkeit den Soldaten des Sturms in Nichts nachstanden.

»Meine Mutter ...«, begann Anna unsicher und räusperte sich, als ihr Satz sich verlor. »Sie hatte mitbekommen, wie es mir ging. Vermutlich hat sie an meiner Tür gelauscht. Ich habe keine Ahnung, wie sie das geschafft hat, aber sie hat einen Weg gefunden, mich nach draußen zu bekommen.« Sie lachte bitter. »Wir hätten beide draufgehen können. Die Frau Sorens, dem mächtigsten Mann nach dem König, die ihre Tochter über längst vergessene Wege nach draußen bringt.« Ihr Blick suchte erneut den seinen. »Ich habe achtzehn Jahre lang nicht gewusst, dass meine so stille und zurückhaltende Mutter nur deshalb so still und zurückhaltend war, weil mein Vater sie regelrecht dazu geprügelt hatte. Aber in dieser einen Nacht ... Ich habe sie angefleht, mit mir zu kommen. Doch sie weigerte sich. Sie wollte die Spuren verwischen und mir so einen größeren Vorsprung verschaffen.« Ihre Augen hatten sich mit Tränen gefüllt und als er mit der Rückseite seiner Finger über ihre Wange strich, löste sich eine einzelne davon und bahnte sich ihren Weg an ihr hinab.

»Mein ganzes Leben lang scheine ich sie nicht wirklich gekannt zu haben. Ich wusste, dass sie mit meinem Vater nicht glücklich war. Mit diesem Mann kann man ja auch nicht glücklich sein. Inzwischen glaube ich, dass sie den Fluchtweg eigentlich für sich selbst geplant hatte. Sie muss Jahre gebraucht haben, um diese Schwachstelle zu finden.« Weitere Tränen lösten sich aus ihren Wimpern und fest zog er sie an sich, als sie sich Schutz suchend an ihn drückte.

»Sie hatte alles Gold, Schmuck ... alles, was sie finden und man irgendwie zu Geld machen konnte, für mich eingepackt und die zwei Wachen auf unserem Weg niedergestochen. Meine sonst so sanfte Mutter brachte die beiden einzigen Wachen um, die auf diesem Weg lagen. Meine eigene Mutter ...«, brach es erstickt zwischen ihren Schluchzern aus ihr heraus und er versteifte sich bei dem Schmerz, den er auch in sich spüren konnte.

Eliel ließ Anna sich an seiner Brust ausweinen. Zärtlich strich er mit den Fingern über ihren Rücken und wartete schweigend ab, bis sie sich nach einer kleinen Ewigkeit wieder beruhigt hatte.

»Wir tun uns gegenseitig so viel an. Als ich dich vergangene Nacht da liegen sah ... Ich wusste erst nicht, was du warst. Aber dann ... Ich hatte die Bilder vor Augen, was mein Vater deinem Volk antut. Und es war mir egal, was ihr im Gegenzug dafür uns antut. Ich wollte an diesem sinnlosen Kreislauf nicht teilnehmen. Irgendwann muss das alles auch mal enden, oder?«

Bei ihren Worten hatte sie sich auf einen Arm aufgestützt und sein Hals wurde eng, als er die Verzweiflung in ihrem Blick sah. Ihre Offenheit berührte etwas in ihm, vor dem er sich schon vor Jahrhunderten verschlossen hatte, jetzt jedoch sich mit einer Gewalt Bahn brach, dass es ihm im ersten Moment die Sprache verschlug.

Er war auch kriegsmüde. Er hatte zu viele Schlachten ausgetragen, zu viel Leid erlebt und er wünschte sich, Annas naive Hoffnung teilen zu können, wünschte sich, ihr ihren Wunsch nach Frieden erfüllen zu können. Doch selbst er, der bereits seit Jahrtausenden in diesem ewigen Krieg kämpfte, kannte es nicht anders. Dieser Krieg war fast so alt wie ihre beiden Völker. Und weder hatte es auch nur kurzfristig eine Zeit des Friedens gegeben noch auch nur ernsthafte Annäherungsversuche zwischen ihnen.

Sie spürten es beide im gleichen Augenblick. Eliel konnte sehen, wie ihre Augen sich vor Schreck weiteten, als sie die ihr vertraute magische Signatur bemerkte, die sich ihnen näherte. Als er mit einem Knurren aus dem Bett sprang, kam auch sie hastig auf die Beine. Ihr Vater näherte sich ihnen. Und er war nicht allein.

Eliel konnte vier unterschiedliche magische Signaturen ausmachen, die gemäßigten Schrittes die Treppe hinaufkamen und instinktiv schirmte er seine Magie ab. Soren würde vermutlich nicht wissen, dass ausgerechnet er, sein größter Widersacher, bei seiner desertierten Tochter war. Das Überraschungsmoment wollte er nutzen, denn eine Konfrontation war unausweichlich.

Anna und er sprachen kein Wort, während sie sich eilig anzogen. Und er legte einen Finger an seine Lippen, als ein deutliches Klacken an der Wohnungstür anzeigte, dass das Türschloss für Soren lediglich ein Taschenspielertrick gewesen war.

Wie erstarrt blieb Anna mitten im Raum stehen, ihre Haltung kerzengerade und fast schon erwartete er, der sich in eine Nische zwischen Wand und Kleiderschrank zurückgezogen hatte, dass sie salutierte, als ihr Vater und eine Triade seiner hochrangigsten Magier den Raum betrat.

Man hätte Soren als attraktiv bezeichnen können. Hochgewachsen, wenn auch bei weitem nicht an die Größe eines

Mantus' heranreichend, und durchtrainiert, war sein Alterungsprozess mit Anfang dreißig stehen geblieben. Wie auch seine Begleiter steckte er in der strengen schwarzen Uniform des Magierheeres, seine Haltung atmete die Macht, die ihm sein Amt und auch seine Kräfte verliehen. Kantige, aristokratische Gesichtszüge, die durch den militärischen Kurzhaarschnitt nur unterstrichen wurden, hätten ihn dazu eindeutig für Frauen interessant werden lassen. Die grausame Kälte in den kristallklaren blauen Augen, die denen seiner Tochter so sehr ähnelten, ließen ihn jedoch abschreckend erscheinen. Soren atmete Grausamkeit und Eliel, der wusste, wie dieser Mann sich in der Schlacht benahm, begann sich zu fragen, was seine Familie unter ihm hatte aushalten müssen.

»Vater.« Annas Stimme klang steif und war bar jeder Emotion. Doch in sich konnte Eliel spüren, wie ihre Angst mit ihrem Zorn kämpfte.

»Tochter«, erwiderte Soren ungefähr ebenso steif und Eliel spürte Zorn in sich aufwallen. Nach über einem Jahrzehnt trat man so vor seine eigene Tochter?

»Warum bist du gekommen?« Annas Miene war versteinert, doch ihre Magie flackerte. Auch Soren und der Triade in seinem Rücken konnte das nicht verborgen bleiben. Und innerlich wappnete Eliel sich, als auch deren Magieströme in einer kaum verhohlenen Drohung anschwollen.

»Weil es an der Zeit ist, dass meine Tochter ihre Flausen einstellt und wieder nach Hause kommt.«

Anna schnaubte angewidert bei den arroganten Worten und als sie mit tiefen Atemzügen weiter Magie in sich zog, löste Eliel sich von seinem Beobachtungsposten.

»Anna gehört mir, Kommandant«, lenkte er die Aufmerksamkeit der vier Männer nun auf sich, während er gleichzeitig den Schirm, hinter dem er seine Magie verborgen gehalten hatte, senkte. Instinktiv suchte sie sich ihren Weg zu Annas strahlendem Licht und er lächelte, als sie die Verbindung wie selbstverständlich zuließ.

Es stand vier zu zwei. Hätte er Anna an sich gebunden, wäre das kein schlechtes Verhältnis. So jedoch konnte er nur hoffen, dass Anna mitspielte und sie halbwegs heil aus der Sache rauskamen. Die Triade in Sorens Rücken war stark. Sie könnte sogar noch stärker sein, doch die tiefe Bindung, die für sein Volk normal war, wurde von den Magiern abgelehnt. Sie konnten gemeinsam agieren und ihre Kräfte bündeln. Ihre Macht auf einen einzigen zu konzentrieren, blieb ihnen so jedoch verwehrt. Das war der Vorteil, den Anna und er nun hatten. Vorausgesetzt, sie blieb so kooperativ, wie es gerade den Anschein machte.

»Ich kann spüren, dass du sie nicht gebunden hast, Mantus. Sie ist meine Tochter und sie wird mit mir zurückkommen.«

Sollte Soren von seiner Anwesenheit überrascht sein, so ließ er selbiges jedoch nicht erkennen. Seine Miene blieb genauso unbewegt wie zuvor seiner Tochter gegenüber und löste in Eliel nur eine weitere Welle der Abscheu aus.

Vorsichtig zog er an Annas Magie und spürte Erleichterung, als sie es fast ohne Gegenwehr geschehen ließ. Kurz merkte er, wie sie sich gegen den Druck in sich sperrte, dann gab sie nach und zog zum Zeichen, dass sie verstand, noch mehr Magie in sich. Auch ihr schien klar zu sein, dass sie nur gemeinsam eine Chance haben würden.

»Das werde ich ganz bestimmt nicht, Vater.« Annas Stimme stand an Kälte der ihres Vaters in nichts nach. Und als ihr Vater lachte, flammte ihr Zorn erneut auf und drohte, sie die Kontrolle über den Magiestrom in sich verlieren zu lassen.

»Du machst dich freiwillig zur Dämonenhure? Dummes Kind, aber das werden wir dir auch wieder austreiben.«

Eliel spürte mehrere Dinge gleichzeitig: Die Magie der Triade, die inzwischen so stark aufgeladen war, dass ihr Angriff unausweichlich war. Anna, die einen Teil ihrer Magie dazu nutzte, eine magische Wand zwischen sich und die vier Magier zu ziehen. Und wie ihre Magie in ihn floss, als sie ihm ihren Geist mit einem einzigen gemurmelten Befehl ganz weit öffnete. Aus dem Augenwinkel konnte er sehen, wie sie, eine Hand erhoben, auf die Knie fiel, während sie eine halb geflüsterte Litanei runterbetete, die ihr helfen sollte, ihre Magie auf ihn umzuleiten.

Eliel glaubte, in Flammen zu stehen, als Annas gleißend helle Magie nahezu ungehemmt in ihn strömte. In Sekundenbruchteilen hatte sie fast so viel Energie gezogen wie die Triade im Rücken ihres Vaters zusammen und der Strom riss nicht ab.

Als die Triade in einer synchronen Bewegung die Arme ausstreckte, überkreuzte Eliel die Arme vor der Brust, lenkte seine Magie vor sich und brüllte auf, als die Welle der Triade in einem Funkenregen auf seinen Schild traf. Der Druck ließ ihn einen Schritt zurückweichen, doch der Schild hielt und als er die Arme senkte, schickte er mit einem einzigen Befehl die in sich gebündelte Magie auf die Triade zurück.

Das Gemisch aus Licht und Dunkel zerfetzte die Barriere der Triade in einem Lichtblitz, der ihn im ersten Moment blendete. Kurz blinzelte er und nickte zufrieden, als er sah, dass einer des Dreigespanns mit blutender Brust auf die Knie sank. Er schwankte schwer verletzt, aber er lebte. Die Triade war intakt, allerdings angeschlagen.

Erst jetzt mischte sich auch Soren ein. Er war älter als die drei Triade-Magier und als seine Magie den Raum überlud, richteten sich die Härchen auf Eliels Armen auf. Kurz ging sein Blick zu Anna und er schluckte, als er sah, dass Blut aus ihrer Nase lief. Noch immer zog sie Magie, die sie im gleichen Moment auf ihn umlenkte. Doch es würde nicht reichen, um sowohl der angeschlagenen Triade als auch Soren standzuhalten. Schweiß stand auf ihrer Stirn und er sah Tränen in ihren Augen. Doch sie nickte entschlossen, als sie die unausgesprochene Frage in seinem Blick erkannte. Sie wollte genauso wenig zu ihrem Vater zurück, wie er sie gehen lassen wollte.

»Zieh!«

Er konnte es sich nicht leisten zu zögern und so verschloss er sich für ihren schmerzerfüllten Schrei, als er ihrer Aufforderung nachkam.

Ein markerschütterndes Brüllen entwich ihm, als er mit Gewalt jegliche Magie aus Anna herauszog. Sie wehrte sich nicht mal dagegen, obwohl sein Tun ihr unglaubliche Schmerzen bereiten musste. Stattdessen zog sie immer weiter ungebremst Magie in sich, bis er jenen reißenden Strom in sich spürte, den er am Morgen erlebt hatte, als sie die Kontrolle über sich verloren hatte. Kurz schwankte er unter der Wucht, mit der ihre Magie seinen Körper flutete, dann jedoch schaffte er es, sie zu bändigen und richtete sich an Soren.

»Deine Tochter gehört jetzt mir, Magier«, knurrte er und sah, wie eiskalter Zorn und grenzenlose Überraschung sich im Gesicht des Kommandanten abwechselten. Eliel wusste, dass auch Soren es spüren konnte. Als er Annas Magie aus ihr herausgerissen hatte, war ein winziger Teil von ihr zersprungen. Ein Splitter ihres Geistes hatte sich gelöst, der fortan in ihm bleiben würde. Eliel konnte spüren, wie dieser Splitter sich in seinem Geist festigte und Zufriedenheit wallte in ihm auf, als ein Teil von ihm sich löste, um das fehlende Stück in ihr durch sich zu ersetzen.

Nicht er hatte Anna an sich gebunden, Anna hatte sich an ihn gebunden. Und es war ihr bewusst gewesen.

»Ich habe keine Tochter mehr, Dämon«, knirschte der Magier und Eliel ließ alle Magie, die er hatte, auf die vier Männer los, als Sorens Magie wie eine Stichflamme auf Anna zuschoss.

Erneut schrie sie auf, als ihr Schild darunter zu bersten drohte, und keuchend fiel sie vornüber auf ihre freie Hand, während sie darum kämpfte, den Schild zusammenzuhalten.

Als das Gemisch aus Annas und Eliels Magie die vier Männer traf, fegte es ihnen die Beine unter den Füßen weg. Gleißendes Licht, so hell wie die Magie, die er nach wie vor aus Anna zog, flutete den Raum, ließ sämtliche Glasscheiben der Wohnung bersten und Eliel packte mit geschlossenen Augen Anna am Ellenbogen, riss sie hoch und stürmte blind Richtung Fenster. Mit einem Satz sprang er kopfüber hindurch, breitete seine Schwingen aus, als die Sommersonne seine Haut berührte, und stemmte sich fest gegen den nur schwachen Aufwind. Hinter sich konnte er Soren Befehle schreien hören und fest presste er das bewusstlose Bündel in seinen Armen an seine Brust, als er langsam in den Himmel aufstieg.

5

Anna erwachte umgeben von fremden Gerüchen und in einem fremden Bett. Vorsichtig spannte sie unter der Decke jeden Muskel ihres Körpers an, prüfte, ob noch alles intakt war, und seufzte, als sie keinerlei Schmerzen mehr spüren konnte. Nur verschwommen erinnerte sie sich, was zuletzt geschehen war, und Erleichterung gemischt mit Beklommenheit stieg in ihr auf, als sie begriff, warum sie sich seltsam fühlte.

Gebunden. Zwar war sie ihrem Vater entkommen, jedoch hatte sie einen Preis dafür zahlen müssen. Deutlich konnte sie die Dunkelheit spüren, die Eliel in ihr hinterlassen hatte, als er ihre Magie aus ihr gerissen hatte. Seine Präsenz in ihr, die sich wie ein Fremdkörper in ihr eingenistet hatte. Zögerlich konzentrierte sie sich darauf und zuckte erschreckt zusammen, als sie plötzlich seine Stimme in ihrem Geist vernehmen konnte.

Du bist wach.

Mit einem Ruck richtete sie sich im Bett auf und sah sich um. Sie war allein. Mit einem Anflug von Panik spürte sie ihre Magie in sich aufflackern und ließ sich mit einem leisen Stöhnen wieder in die Kissen zurücksinken, als Eliels Präsenz in ihr aufflammte und ihre Magie mit der seinen umschloss. Es tat nicht weh, was er tat. Im Gegenteil, es fühlte sich angenehm an und so schloss sie die Augen wieder und konzentrierte sich auf ihre Atmung, bis sie sich wieder allein im Griff hatte. Doch auch als er spürte, dass sie sich beruhigt hatte, zog er sich nicht von ihr zurück und mit einem Stirnrunzeln suchte sie nun von sich aus diese neue Verbindung zu ihm, während der träge dunkle Fluss seiner Magie in ihr sie einlullte.

Es geht wieder, danke.

Zur Antwort erhielt sie ein leises Lachen in ihrem Geist. *Es gefällt mir aber. Und dir scheint es auch nicht wirklich unangenehm zu sein.*

Anna verbiss sich eine Antwort. Heiß schoss das Blut in ihre Wangen und sie war froh darum, dass er sie nicht sehen konnte.

Wo bin ich?, hakte sie dann jedoch nach und schluckte, als er ihr die zu erwartende Antwort gab.

In meiner Wohnung.

Anna erstarrte, als sie daraufhin mit ihrer Magie die Umgebung abtastete und neben Eliels Signatur auch die Signaturen vier weiterer Mante im nahen Umkreis spürte. Vier Mante, die nun ebenfalls mitbekommen hatten, dass sie wach war. Mit einem Schaudern zog sie sich daraufhin wieder zurück, nicht bereit, sich damit jetzt schon auseinanderzusetzen.

Du gehörst jetzt mir, Anna. Keiner von ihnen würde es wagen, sich an meinem Eigentum zu vergreifen.

Missmutig verzog sie die Lippen bei seinen Worten, die er vermutlich gesagt hatte, um ihr die Angst zu nehmen. Nun, es hatte nicht funktioniert.

Im ersten Moment versteifte sie sich, als die Tür aufgezogen wurde. Doch entspannte sie sich, als sie Eliel sah, der mit einem Kaffeebecher in der Hand den Raum betrat. Leise schloss er die Tür hinter sich wieder und sie drehte sich auf die Seite, als er sich zu ihr auf die Bettkante setzte.

Wieder mal wurde ihr bewusst, dass sie ihn noch nicht ein einziges Mal in seiner menschlichen Tarnung zu Gesicht bekommen hatte. Stets war er dieser massive Riese mit den nachtschwarzen Augen, der sich unter jedem Türrahmen ducken musste. Und auch wenn er die Schwingen im Moment in seinem Rücken verbarg, nichts konnte verschleiern, was er war. Der Todfeind aller Magier. Ein schwarzer Prinz, doch aus irgendeinem Grund reichte dieser Gedanke nicht aus, um die ihr von Kindesbeinen an antrainierte Angst auszulösen. Sie wusste, wie viel Macht in ihm schlummerte, mit welcher Urgewalt er sich erheben konnte, hatte selbst erlebt, wie er sowohl ihren Vater als auch dessen Triade bezwungen hatte. Dennoch hatte sie nicht gezögert, als sie sich an ihn band. An ihn, einen Räuber, einen Jäger, an die Geißel ihres Volkes. An diesen wunderschönen dunklen Engel, der einen dunklen Splitter in ihren Geist getrieben hatte, damit sie auch ja nie vergaß, zu wem sie nun gehörte.

Mit Erstaunen bemerkte sie, dass sie keinerlei Reue verspürte. Lediglich eine alles verschlingende Unsicherheit machte sich in ihr breit, während sie schweigend sein Gesicht musterte.

»Kaffee?«

Zögerlich erwiderte sie das leichte Lächeln, das seine Lippen umspielte. Erstaunlich, wie gelöst er plötzlich wirkte.

Sie sagte kein Wort, als sie sich im Bett aufsetzte und nach dem Becher griff, den er auf dem Nachttisch abgestellt hatte. Milch, kein Zucker. Erstaunlich. Der Mann wusste, wie sie ihren Kaffee trank.

»Wie lang war ich weg?« Fragend sah sie zu ihm auf und kurz schloss sie die Augen, als er ihr eine Haarsträhne aus dem Gesicht strich.

»Zwei Tage.« Reue ließ seinen Blick weich werden und sie staunte, als er es schließlich war, der wegsah. Ohne sich dessen bewusst zu sein, griff sie nach seiner Hand und verschränkte die Finger mit den seinen.

»Es ging nicht anders, es ist in Ordnung.«

Kurz drückte er ihre Finger, dann zog er sie an seine Lippen. »Ich danke dir, Anna.«

Seine leisen Worte schnürten ihr die Kehle zu und hastig entzog sie ihm ihre Finger und klammerte sich an dem Kaffeebecher fest.

»Wie spät ist es?«, fragte sie eilig, um den vielen unausgesprochenen Dingen zwischen ihnen zu entkommen. Eine eigenartige Stimmung hatte sich zwischen ihnen breitgemacht. Aber sie wollte sich damit noch nicht auseinandersetzen.

Er hatte sie tatsächlich gebunden. Nein, eigentlich hatte sie sich an ihn gebunden. Sie hatte nicht mal gewusst, dass das überhaupt möglich war.

Sie hatte rein instinktiv gehandelt, als sie zugelassen hatte, dass er all ihre Magie von ihr abzog. Sie selbst hätte sich nicht gegen ihren Vater wehren können. Eliel hingegen hatte allein schon aufgrund seines Alters die Erfahrung, das alles nutzbar zu machen, was sie im Normalfall einfach nur überrollte.

Zum ersten Mal wurde ihr bewusst, dass der Mann, der

da vor ihr saß, in der Tat alt war. Die Chroniken ihres Volkes erwähnten ihn schon vor zweitausend Jahren als schwarzen Prinzen und mächtigen Feind. Natürlich war Alter relativ, wenn man unsterblich war. Jedoch brachte ein hohes Alter auch große Fähigkeiten mit sich und ein Schaudern lief ihren Rücken hinab, als ihr bewusst wurde, dass er ihre Magie zusammen mit seiner eigenen tatsächlich hatte kontrollieren können. Sie bekam ja nicht mal ihre eigene vollständig in den Griff.

»Gerade mal acht Uhr morgens. Frühstück? Du hast seit zwei Tagen nichts mehr gegessen«, erinnerte er sie und nichts an ihm ließ darauf schließen, dass ihn ihr Ausweichmanöver störte.

Frühstücken klang verlockend, doch als ihr Blick auf die wieder geschlossene Schlafzimmertür ging, machte Nervosität sich in ihr breit. Sie wollte noch nicht da raus, wollte sich nicht all den Dingen stellen, vor denen sie fast ihr halbes Leben lang geflohen war. Auch wenn sie wusste, dass es albern war, aber am liebsten hätte sie einfach die Decke über den Kopf gezogen und wäre liegen geblieben.

Eliel sah, wie Annas Blick unstet wurde, und begriff, was ihr gerade durch den Kopf ging, auch ohne ihre neu geschaffene Verbindung dafür zu benutzen. Nach allem, was er über die Erziehung der Magier wusste, war es nicht verwunderlich, dass sie Angst vor dem hatte, was ihr die Zukunft bringen würde. Und diese Zukunft war etwas, das in Gestalt seiner Assassine hinter dieser Tür auf sie wartete. Nach über einem Jahrzehnt, in dem sie vor ihrem Erbe, ihrem Volk und eigentlich allem, was ein Teil ihres Lebens sein sollte, geflohen war, hatte es sie nun mit Macht wieder eingeholt: gebunden an ihren vermeintlichen Feind und mit einem Vater, der sie nun offenkundig lieber töten würde, als diese Bindung zu akzeptieren. Dennoch würde sie sich der Realität endlich stellen müssen. Der Krieg war vor ihrer Haustür angekommen und hatte sie in Rekordzeit dazu gebracht, sich für eine Seite zu entscheiden. Seine Seite.

Nervosität lag in ihrem Blick, als er sich erhob, doch er ignorierte es.

»Das Bad liegt direkt gegenüber. Die meisten deiner Sachen findest du hier im Kleiderschrank. Ich war so frei, sie herbringen zu lassen. Mach dich fertig und komm dann zu uns.«

Er konnte sehen, wie Anna schluckte, wandte sich dann jedoch ab und verließ das Schlafzimmer, ehe sie die Gelegenheit bekam, ihm zu widersprechen.

»Kein Geschrei und du wirkst entspannt. Ich würde sagen, ihr vertragt euch ganz gut. Wann bekommen wir jetzt also dein neues Familienmitglied vorgestellt?« Es war Harden, der ihn ansprach, kaum dass er in dem Durchgangszimmer angekommen war, das der Vermieter zum Esszimmer erklärt hatte. Gegen ein Sideboard gelehnt schien der nahezu gleichaltrige Mantus dort auf ihn gewartet zu haben.

»Sie macht sich fertig«, erwiderte er und grinste, als er hinter sich hörte, wie erst die eine, dann die andere Tür ins Schloss fiel. Sie war tatsächlich aufgestanden.

Keiner seiner Männer hatte bisher einen Blick auf Anna werfen können und Eliel wusste, dass sie allesamt neugierig auf Sorens Tochter waren. Als er sie hergebracht hatte, war keiner von ihnen da gewesen, später hatte er es ihnen verboten, auch nur daran zu denken, sein

Schlafzimmer zu betreten, in dem Anna dann nahezu sechzig Stunden verschlafen hatte.

Allerdings hatte er ihnen das meiste erzählt, was er bisher von ihr erfahren hatte. Von ihrer Ausbildung, ihrem Rang und ihrer Flucht. Sie alle waren verblüfft gewesen, denn auch von ihnen hatte nie jemand gehört, dass ein Magier desertiert war. Kein Wunder also, dass sie alle darauf brannten, sie endlich kennenzulernen.

Als Anna schließlich zögernd den Raum betrat, war der Tisch bereits gedeckt und alle hatten sich dort eingefunden. Sie hatten auf sie gewartet und Eliel lächelte, als Anna eingeschüchtert im Türrahmen stehen blieb. Kurz war ihr Blick zu ihm gegangen, dann über seine Männer geglitten und hatte sich schließlich auf einen Punkt auf dem Parkett nahe ihrer Füße gerichtet. Kurz flackerte die Magie in einer instinktiven Abwehrreaktion in ihr auf, doch dann sah er, wie ihre Brust sich unter tiefen Atemzügen hob und senkte, während sie versuchte, sich wieder in den Griff zu bekommen.

Einen kurzen Moment genoss er den Anblick, den sie ihm bot. Ihre Beine steckten in einer weißen Dreiviertel-Leggins, eine weiße, weite Leinentunika, die sie um die Taille mit einem breiten, braunen Ledergürtel zusammengebunden hatte, bedeckte ihren Oberkörper und fiel ihr bis fast auf die Knie. Braune, zierliche Sandalen komplettierten ihre Garderobe und er lächelte, als er sich bewusst machte, dass sie in ihrem Weiß, den genauen Gegenteil zu ihm, der selten etwas anderes als schwarz trug, darstellte. Der gleiche Gegensatz, der sich auch in ihrer Magie spiegelte und von dem er annahm, dass sie ihn bewusst bei der Wahl ihrer Kleidung aufgegriffen hatte.

»Meine Herren, darf ich vorstellen? Sorens Tochter und Hauptmann des Sturms, die Magierin Anna, nach altem Recht an mich gebunden«, stellte er sie den übrigen Anwesenden vor, während er sich von seinem Stuhl erhob und konnte sehen, wie sie instinktiv Haltung annahm, bei dem förmlichen klang seiner Worte. Als seine Männer sich gleich darauf erhoben, streckte er den Arm nach ihr aus.

»Anna, komm her.« Er sah, wie ihr Kehlkopf rutschte, als sie nervös schluckte, doch dann gab sie sich einen Ruck und kam zu ihm ans Kopfende des großen Tisches, an dem man zu seiner Rechten einen Platz für sie freigelassen hatte. Eliel wartete, bis sie neben ihm stehen blieb, dann legte er seinen Arm um sie. »Das sind meine Männer und engsten Vertrauten. Links von mir ist Harden, mein Stellvertreter. Daneben Laiesz. Auf der anderen Seite siehst du Quade und Argin, Zwillinge, mach dir nichts draus, wenn du sie verwechselst. Sie machen sich einen Spaß draus.«

Unstet huschte ihr Blick über die Männer, die ihr mit einer Neigung des Kopfes ihren Respekt erwiesen, und er drückte sie kurz fester an sich, als sie es mit einem vorsichtigen Lächeln erwiderte. Unter seinen Fingern konnte er spüren, wie angespannt sie war, aber sie gab sich Mühe, es vor den anderen zu verbergen.

»Bitte, setzt Euch«, schaffte sie es dann jedoch zu sagen und sanft schob er sie auf den freien Platz neben sich, als die übrigen sich wieder auf ihre Stühle sinken ließen. Sein Blick ging zu Harden, der mit nachdenklich gerunzelter Stirn auf Anna blickte. Eliel wollte schon etwas sagen, doch dann machte Harden den Mund auf.

»Du erinnerst mich an eine Frau, der ich vor vielen Jahren begegnet bin. Du siehst ihr verblüffend ähnlich.

Nur deine Augen sind anders«, sagte er leise und aufmerksam verfolgte er, wie Anna von ihrem Teller zu Harden aufsah. Deutlich spiegelte sich ihr Misstrauen in ihrem Gesicht und er war gespannt, was sie nun sagen würde.

»Wie hieß diese Frau?«

»Mala.«

Anna, die gerade nach einem Brötchen gegriffen hatte, ließ dieses einfach fallen. Mit offenem Mund starrte sie nun Harden an.

»Ich sehe meiner Mutter in der Tat sehr ähnlich, Assassine.«

Harden erbleichte.

»Wir reden später darüber, Harden«, mischte er sich nun ein und legte eine Hand auf Annas, die sie zitternd nach dem gefallenen Brötchen ausgestreckt hatte. Wortlos erhob sich Harden und verließ den Raum, während alle Blicke ihm folgten.

»Iss erst mal was und entspann dich wieder. Harden muss das jetzt erst mal verdauen. Ich erkläre es dir später.«

Mit schreckgeweiteten Augen sah sie ihm nach, als er sich erhob und Harden nachging. Ein deftiger Stoß in ihre Seite brachte sie jedoch abrupt wieder in die Gegenwart zurück. Erschreckt ging ihr Blick zu dem weizenblonden Riesen neben sich, der sie aus schwarzen Augen anzwinkerte.

»Atmen hilft, Hauptmann. Er hätte dich nicht hier sitzen lassen, wenn er befürchten müsste, dass wir dich rädern und vierteilen.«

Zögerlich probierte sie ein Lächeln und sah Quade – zumindest hoffte sie, dass er Quade war – zufrieden nicken.

»Schon besser. Und jetzt sei kein Feigling, der heulend seinem Herrn nachlaufen will. Eliel hat uns nicht verschwiegen, dass du mächtig austeilen kannst. Also Brust raus, Bauch rein. Niemand wird es dir übel nehmen, wenn du dir deinen Platz in unserer Welt suchst.«

Mit einem Aufflackern von Verärgerung stach sie ihr Messer tief in ihr Brötchen. »Schon vergessen, dass ich gebunden bin?«

Quade schnaubte neben ihr genervt. »Schon bemerkt, dass du dadurch weder dein Hirn noch deine magischen Fähigkeiten abgegeben hast?«

Empört schnappte sie nach Luft und sah ihn an. Und sie lief rot an, als sie sah, dass auch die anderen beiden verstohlen grinsten.

»Ja, Hauptmann, Eliel hat dich gebunden. Es wird immer diese Verbindung zwischen euch geben, er wird immer deine Magie kontrollieren und auch nutzen können. Aber niemand hat behauptet, dass du jetzt als armes geknechtetes Wesen dein Dasein fristen wirst.« Er seufzte theatralisch und fuhr in der schrägen Imitation einer hysterischen Frauenstimme fort: »Oh, der böse Mantus, er hat mich gefangen und gebunden. Ich bin seine Sklavin, ihm stets zu Diensten, ich fürchte mich so ...« Er verdrehte die Augen und selbst Anna musste sich zusammenreißen, um bei dieser beeindruckend schlechten Darstellung nicht loszulachen.

»Bewirb dich bitte nie um eine Rolle in Hollywood«, brachte sie dann jedoch raus und er grinste.

»Du bist dazu ausgebildet worden, uns zu töten. Würde ich dir zwar von abraten, aber das Selbstbewusstsein, das dazu gehört, solltest du dir bewahren. Du bist eine mächtige Frau und du gehörst einem mächtigen Mann. Du kannst dir darauf durchaus was einbilden, Hauptmann.«

»Ich heiße Anna«, maulte sie daraufhin und er schlug ihr lachend auf den Rücken, sodass sie beinahe vornüber auf den Tisch gefallen wäre.

»Ich glaube, ich mag dich schon jetzt, Hauptmann.«

Und seufzend wandte sie sich wieder ihrem Brötchen zu.

Eliel war Harden gefolgt, als dieser sich in die Bibliothek der Wohnung verzogen hatte. Die Nachricht, wer Annas Mutter war, war für seinen Freund ein Schock gewesen. Und auch er war überrascht von dieser Wendung. Er war der Magierin nie begegnet, die sein Freund einst aus einer Schwäche heraus nicht sofort an sich gebunden hatte. Keiner von ihnen hatte damit gerechnet, dass sie überlebt hatte, vielmehr war man davon ausgegangen, dass Mala damals wie so viele andere Frauen hingerichtet worden war.

Harden wirkte erschöpft, als er sich auf die Couch sinken ließ und das Gesicht in den Händen barg. Und flüchtig konnte Eliel den Schmerz in seinem Blick sehen, ehe er die Tür hinter sich schloss und sich zu seinem Freund setzte. Lange Zeit blieb es still zwischen ihnen. Eliel wusste, dass Harden schwer um Fassung rang. Er war aufgewühlt von einer Nachricht, mit der er nie gerechnet hätte. Seit einem halben Jahrhundert quälte ihn die Erinnerung an die Magierin, die ihm bestimmt gewesen war und die er bereits nach wenigen Tagen wieder verloren hatte.

»Sie lebt, Eliel. Dieser dreckige Bastard hat sie zur Frau genommen!«, brach es leise aus Harden heraus und Eliel schwieg. »Anna ist ihre Tochter. Verdammt, sie hätte meine Tochter sein sollen!«

Mala war Hardens wunder Punkt. Der sonst so beherrschte Mann, der zwar für sein loses Mundwerk, nicht aber für große Gefühlsausbrüche bekannt war, schien nun jedoch von Eifersucht zerfressen.

»Sie hat Anna bei der Flucht geholfen, Harden. Wenn sie erwischt wurde ...« Hardens Knurren ließ ihn verstummen.

Beide Männer sahen auf, als Anna auf leisen Sohlen zu ihnen in den Raum kam und sich neben Eliel stellte. Kurz sah sie zu herab und er nickte knapp, ehe sie sich Harden zuwandte, der seinen Blick nicht von ihr lösen zu können schien.

»Sie hatte einen Fluchtweg aus Veluvion Stadt entdeckt. Ich vermute, dass sie ihre eigene Flucht Jahre lang vorbereitet hat. Sie war nicht glücklich mit meinem Vater. Warum sie ihn nicht offiziell verlassen hat, kann ich nur erraten. Sie wollte fliehen, aber als sie bemerkte, wie schlecht es mir ging, hat sie mir stattdessen geholfen. Ich habe sie angefleht, mit mir zu gehen. Aber sie meinte, dass es besser sei, wenn sie bliebe und alles vertusche, bis ich einen ausreichenden Vorsprung hätte.« Sie unterbrach sich, als sie spürte, wie Eliel sich erhob und ihr einen Kuss auf den Scheitel gab, ehe er sich von ihr löste und sich anschickte, den Raum zu verlassen. Offensichtlich wollte er ihre Unterhaltung nicht stören und sie lächelte ihm unsicher zu, als er sich noch mal zu ihr umsah. Kurz erwiderte er ihr Lächeln, dann schloss sich auch schon die Tür hinter ihm und Anna ging zu einem Sessel neben der Couch, in den sie sich nach kurzem Zögern niederließ.

»Du siehst ihr so unglaublich ähnlich«, presste er hervor und sie lächelte traurig.

»Erzählt mir, wie Ihr sie kennengelernt habt«, bat sie leise und sein Blick ging ins Leere.

»Deine Mutter war damals Wache von Prinzessin Isande. Und als diese zu ihrer Hochzeit mit dem Herrn von Prion geleitet werden sollte, habe ich mit meinen Männern den Konvoi überfallen.« Er unterbrach sich, als Anna gluckste.

»Meine Mutter war bei der Wache? Das ist nicht Euer Ernst, oder? Sie zuckt doch bei jedem lauten Geräusch zusammen vor Angst.«

Er lächelte matt. »Früher war sie anders. Sie war atemberaubend und eine verteufelt gute Schwertkämpferin. Hat mir fast den Arm abgetrennt in jener Nacht.« Sein Lächeln wurde grimmig, als die Bilder in seinem Kopf auftauchten. »Und sie kann fluchen wie ein Kerl.«

Anna fiel es schwer, sich ihre stille und ängstliche Mutter als waghalsige Kriegerin vorzustellen. Und es versetzte ihr einen schmerzhaften Stich im Herzen, als sie begriff, dass ihr Vater ihr das angetan haben musste. Er hatte die einst so stolze Soldatin gebrochen. Womit auch immer.

Anna kannte die Geschichte von Prinzessin Isande, die bei dem Überfall der Mante den Freitod gewählt hatte. Allerdings hatte sie nicht gewusst, dass ihre Mutter ein Teil dieser Geschichte war. Aber offensichtlich gab es vieles, was sie von ihrer Mutter nicht zu wissen schien.

»Hinterher tat es mir schon fast wieder leid, dass ich sie mit ihrem Schwert an einen Baum heften musste, damit sie endlich Ruhe gab. Oh, was war sie wütend. Ich hatte ihre Magie mit einem *szenai* gefesselt und sie spuckte wirklich Gift und Galle deswegen.«

Szenai waren verzauberte Halsbänder, dazu gemacht, die Magie des Feindes zu unterdrücken. Sie wurden von beiden Seiten immer wieder eingesetzt, wenn es darum ging, Gefangene zu machen. Eine gängige Praxis, bei der es Anna jedoch stets kalt den Rücken runtergelaufen war.

»Ich hatte es für eine gute Idee gehalten, sie nicht sofort an mich zu binden. Ich wollte, dass sie sich wieder beruhigte. Ich wollte ihr nicht das *szenai* abnehmen, nur um dann gleich den nächsten Kampf auszutragen, während ich sie binde.« Er verstummte einen Moment, schien seinen Erinnerungen nachzuhängen, und still wartete Anna, bis er von allein wieder zu reden begann.

»Drei Tage später habe ich vielleicht doch meine Geduld verloren. Ich wollte sie binden in der Nacht, aber ...« Seine Stimme brach und auch Anna räusperte sich.

»Mein Vater hatte seine Truppen gesammelt und zum Gegenangriff geblasen«, setzte sie fort und er nickte.

»Es war ein Hinterhalt. Wir waren schon auf dem Rückzug mit Prinzessin Isande ...«

Anna keuchte überrascht. »Prinzessin Isande hat überlebt?«

Harden sah sie an, als hätte sie den Verstand verloren.

»Das hatte sie sehr wohl. Fend, einer meiner Männer, hatte sie an sich gebunden und sie erholte sich bei ihm erstaunlich gut von unserem Angriff. Es war dein Vater, der sie und andere Frauen gefangen nahm und noch in der Nacht hinrichtete. Fend ist daraufhin mit ihr gestorben.«

Vor Annas Augen verschwamm alles, als sie begriff. Ihr Vater tötete gebundene Magierinnen, um durch die Bindung auch den dazu gehörenden Mantus zu töten.

Schon länger hatte sie geahnt, dass das, was man sich auf Veluvion über die Mante erzählte, die ihr Leben in Himmelsstädten außer Reichweite der Magier eingerichtet hatten, verzerrt sein musste. Sie hatte es als Teil der

101

unsäglichen Kriegsmaschinerie akzeptiert gehabt. Die letzten Tage hatten sie in diesem Glauben nur bestärkt. Doch jetzt zu hören, dass die Grausamkeiten ihres Vaters systematisch auf die Mante abgewälzt wurden, schockierte selbst sie.

»Vielleicht hat das Fehlen der Bindung meiner Mutter das Leben gerettet«, murmelte sie und sah, wie Harden ratlos die Schultern hob. »Mein Vater hat meine Mutter damals direkt nach seiner Rückkehr geheiratet. Ich dachte immer, dass das auch eine lang geplante Verbindung gewesen war. Aber ich habe ja auch nicht gewusst, dass meine Mutter bei dem Angriff dabei gewesen ist.« Ihr Blick ging ins Leere und eisige Schauer liefen ihren Rücken hinab, als sie sich daran erinnerte, wie ihr Vater ihre Mutter behandelte.

»Ich vermute, dass mein Vater meine Mutter erpresst, damit sie bei ihm bleibt. Anders kann ich mir nicht erklären, warum sie ...« Sie verstummte, als sie Hardens gequälten Blick auffing.

»Großer Gott, Ihr liebt sie!«, entfuhr es ihr überrascht und er knurrte gereizt.

»Mädel, was bringt man euch nur über uns bei? Natürlich liebe ich Mala. Sie gehört mir!«

Anna verbrachte den Rest des Tages wie durch einen dicken Nebelschleier. Mechanisch regelte sie die Zerstörungen ihrer Wohnung mit Versicherung und Vermieter, kümmerte sich um die liegen gebliebene Arbeit, da jemand so nett gewesen war, auch ihr Notebook mitzubringen, und grübelte nebenher kontinuierlich über die vielen neuen Informationen, die sich wie Mosaiksteinchen mit ihrem bisherigen Wissen vermischten und ein neues Bild entstehen ließen. Keiner der Männer störte sie dabei. Selbst Eliel ließ sie die ganze Zeit über in Ruhe, wenn sie auch mitbekam, dass er durch ihre Verbindung über sie wachte.

Was wusste sie eigentlich über die Mante? Eigentlich nur sehr wenig. Vor zig tausenden Jahren waren sie über Veluvion wie eine Plage hereingebrochen, hatten wie aus dem Nichts begonnen, die Frauen ihres Volkes zu rauben und in ihre Himmelsstädte zu verschleppen. Es hieß, dass diese Frauen wie Sklaven gehalten wurden. Ihrer Macht beraubt, über die nun ihr neuer Herr frei verfügen konnte, waren sie dazu gezwungen, die Kinder des Mantus' auszutragen. Söhne mussten sie aufziehen, Töchter hingegen ... Die Mante kannten nur ein Geschlecht. Es hieß, dass sie sogar ihre eigenen Töchter versklavten, wenn sie sie nicht gleich töteten, da diese als Magierinnen geboren wurden.

Es waren schauerliche Geschichten, mit denen eine Magierin von klein auf konfrontiert wurde. Man lehrte sie alle von Kindesbeinen an, die Mante zu fürchten und die massiven Bollwerke, in die die Magier ihre Städte im Lauf der Zeit verwandelt hatten, als einzigen Schutz vor ihnen zu betrachten. Man lehrte sie, dass nur die Gemeinschaft sie würde schützen können und nur militärisch blinder Gehorsam ihnen ihr Überleben garantieren würde.

Schleich dich nicht zu weit fort,
denn der Mantus steht und wartet dort.
Er wird dich an sich binden.
Und egal, wie weit du läufst, er wird dich immer wieder finden.

Es waren Kinderreime wie dieser, die ihr noch heute ein Schaudern entlockten. Geschichten, die man Kindern erzählte, um die Verbote der Eltern zu untermauern. Erst jetzt, als sie sich bewusst daran erinnerte, fiel Anna auf, dass ihre Mutter nie auch nur ein Wort über die Mante verloren hatte. Kein Gutes, aber auch kein Schlechtes. Sie hatte die Kinderreime von Erziehern und Lehrern gelernt. Oder halt durch andere Kinder. Auch von ihrem Vater, der nie einen Hehl aus seinem Hass den Mante gegenüber gemacht hatte. Nie jedoch hatte sie irgendetwas dazu von ihrer Mutter gehört.

Ob das der Grund war, aus dem ihre Weichen anders gestellt wurden? War das die Basis dafür gewesen, dass sie später diesem unsäglichen Krieg nichts hatte abgewinnen können? Sie hatte ihre Mutter, dieses ängstliche, stille Geschöpf, immer geliebt. Und Mala hatte ihr einziges Kind geliebt. So sehr, dass sie ertragen hatte, wenn ihr Vater sie schlug. So sehr, dass sie geschwiegen hatte, wenn er sie demütigte. So sehr, dass sie ihre eigenen Fluchtpläne aufgegeben hatte, um ihrer Tochter zu helfen.

Tränen brannten in ihren Augen, als sie mit einem wütenden Aufschrei die Ausdrucke ihrer Arbeit vom Tisch fegte. Bereits vor Stunden hatte sie sich ins Büro der Wohnung zurückgezogen. Um zu arbeiten, wie sie behauptet hatte. Seitdem hatte sie sich auf keine Zeile der Bedienungsanleitung konzentrieren können, die sie für einen Kunden korrigieren sollte.

Sie zuckte zusammen, als ein Klopfen an der Tür sie unvermittelt aus ihren Grübeleien aufschrecken ließ. Dann gab sie sich einen Ruck und fragend hob sie eine Braue, als einer der beiden Zwillinge den Raum betrat. Er balancierte ein Tablett in einer Hand und aufmerksam verfolgte sie, wie er die Tür hinter sich zuzog und das Tablett zu ihr an den Tisch brachte.

»Quade«, versuchte sie es und erhielt einen hochgestreckten Daumen zur Antwort.

»Eliel und Harden haben sich eingeschlossen, du vergräbst dich hier. Und sag mir nicht, dass du arbeiten musst. Das hier sieht aus wie ein Tobsuchtsanfall.« Als er auf die vielen Zettel wies, die verstreut am Boden lagen, hob sie nur die Schultern. Sie unternahm gar nicht erst den Versuch, sich rauszureden, stattdessen stützte sie seufzend ihr Kinn auf ihre Hände.

»Ich brauche Zeit zum Nachdenken.«

Quade nickte und zog sich einen Stuhl heran, um sich ihr gegenüber an den Schreibtisch zu setzen. »Davon ist hier auch jeder ausgegangen.«

Prüfend sah sie auf das Tablett und errötete leicht, als ihr Magen beim Anblick der gebratenen Ente, die offensichtlich jemand vom Chinesen geholt hatte, zu knurren begann. Sie hatte seit dem Brötchen am Morgen nichts mehr gegessen. Irgendwie hatte sie es über die ganzen Grübeleien wohl vergessen. Mit einem gemurmelten Danke zog sie den Teller zu sich und begann mit der Gabel drin rumzustochern.

»Beantwortest du mir Fragen?«, versuchte sie es nach einer Weile und er grinste sie an.

»Das war mein Plan gewesen, Hauptmann, das Essen war nur der Vorwand. Also, fang an.«

Sie grinste, als sie bemerkte, dass sie Quade irgendwie mochte. »Was erzählt man sich bei euch, wie es zum Krieg gekommen ist?«

Er holte hörbar Luft und lehnte sich in seinem Stuhl zurück, der ob seiner Größe und des Gewichts verdächtig knarzte. »Machtgier? Angst? Es gibt niemanden mehr, der noch aus dieser Zeit berichten könnte. Aber es muss eine Zeit gegeben haben, in der wir halbwegs friedlich miteinander ausgekommen sind. Es gab wohl sogar wirtschaftliche Beziehungen der Völker zueinander. Auf jeden Fall war die Verbindung von Magiern und Mante damals durchaus auf beiden Seiten angesehen. Es heißt, dass dies erst mit einem neuen König der Magier endete, der die Macht, die ein Mantus aus dieser Verbindung schöpft, als Bedrohung angesehen hatte und ein Verbot dieser Verbindungen erließ.«

Nachdenklich sah Anna ihn an. »Warum hat man es dann nicht dabei bewenden lassen?«

Quade schüttelte den Kopf bei ihrer offensichtlichen Unwissenheit. »Weil es das Ende unseres Volkes bedeutet hätte. Die Mante können sich nur mit Magiern verbinden. Auch wenn das für dich komisch klingen mag, aber wir sind Dämonen und unterliegen genauso dem Gefährten-Prinzip wie die meisten anderen Dämonenvölker.«

Fragend hob sie die Brauen und er lachte ungläubig auf.

»Grundgütiger, Hauptmann, lebt ihr wirklich so abgeschottet, dass ihr nicht merkt, was um euch herum geschieht?«

Sie errötete, verbiss sich aber eine Antwort auf seine Frage. Er kannte sie eh. Magier gaben sich nie mit anderen Völkern ab. Sie lebten allein für sich und ließen in ihre Welt auch niemanden hinein.

Als sie auch weiterhin schwieg, fuhr er fort: »Ein Dämon kennt nur eine Gefährtin in seinem Leben. Nur eine einzige Frau, mit der er Kinder zeugen kann. Und nur eine Frau, die ihn in seinen Instinkten bremsen kann. Ein

Dämon spürt instinktiv, wenn er dieser Frau begegnet.«

»Und ihr findet ausgerechnet bei uns Magiern die für euch bestimmte Frau«, quetschte sie heiser hervor und sah Quade nicken.

»Wir werden von eurer Magie angezogen. Die Art eurer Magie ist es, was euch wie für uns geschaffen macht. Denn dadurch können wir eben diese Bindungen mit euch eingehen. Die meisten anderen Völker würden dabei schlichtweg draufgehen. Doch unter euch Magierinnen gibt es immer wieder Frauen, deren magische Signatur wie ein Schlüssel zur Magie eines Mantus' passt. Die eine Frau, die ihm bestimmt ist. Diese generelle Anziehung hat uns vor Urzeiten in eure Welt gebracht. Lange bevor man auch nur einen Gedanken an Krieg verschwendete.«

Anna räusperte sich, als sie sich mühte, das alles zu verdauen. »Und durch das Verbot dieser Bindungen habt ihr begonnen, die Frauen der Einfachheit halber zu stehlen.«

Er wiegte den Kopf und grinste schief und, wie sie meinte, etwas reumütig. »Ich fürchte, so ehrbar sind wir dann doch nicht. Die Frauen zu entführen, scheint selbst in frühester Vergangenheit ein Volkssport gewesen zu sein. Wir sind und bleiben nun mal Räuber. Was wir finden, behalten wir. Unsere Instinkte diktieren uns da. Wenn wir unsere Frau finden, haben wir nicht die Geduld, ihr so lange den Hof zu machen, bis auch die besagte Dame begriffen hat, dass das nur eine Proforma-Angelegenheit ist. Wir nehmen uns, was uns gehört, Hauptmann. Für unsere Natur kannst du uns nicht verurteilen. Du wirst noch früh genug feststellen, dass wir dafür im Gegenzug unsere Frauen wie Schätze hüten.«

Anna wusste nicht so recht, wie sie mit der Information umgehen sollte, die zwar nach wie vor ein recht martialisches Licht auf die Mante warf, allerdings bei weitem nicht mehr so beängstigend wie das Bild, das die Magier von ihnen geschaffen hatten. Und es deckte sich eindeutig mehr mit dem, was sie auch gerade erlebte.

Die Magier glaubten, dass eine gebundene Magierin all ihre Fähigkeiten verlor und sie einzig noch dazu in der Lage war, Magie zu ziehen, die der Mantus, an den sie gebunden war, ihr dann entriss. Dass dem nicht so war, konnte Anna aber an sich selbst spüren. Nach wie vor konnte sie uneingeschränkt über ihre Magie verfügen. Allerdings erwachte auch mit jedem Aufflackern selbiger Eliels Wachsamkeit in ihr. Er schien stets zu spüren, was mit ihrer Magie gerade geschah. Sie hatte es in den vergangenen Stunden durchaus getestet. Sie konnte sich abschirmen, wie sie wollte, er spürte jede Regung.

Auch das Bild der versklavten Frau mochte sie zurzeit nicht unterschreiben. Aber vielleicht sollte sie mit seiner Widerlegung warten, bis sie mehr erlebt hatte.

»Dann soll ich jetzt also einfach so schlucken, dass es keine unglücklichen Beziehung bei euch gibt?«

Er kicherte ob ihrer Skepsis. »Ärger im Paradies gibt es immer. Nur weil das Schicksal die Paare zusammenbringt, bedeutet das nicht automatisch, dass sie sich dadurch verlieben. Man verliebt sich in ein Wesen und nicht in Schicksalsfügungen. Und Startschwierigkeiten sind auch eher die Regel denn die Ausnahme.« Nachdenklich neigte er den Kopf. »Ich glaube, ich wäre auch alles andere als erbaut, wenn ich einfach so entführt und gebunden werden würde. Ich glaube, ich hab schon mehr als einmal gehört, dass es nicht als lustig empfunden wird, als Besitz betrachtet zu werden. Aber ...« Er grinste sie an, als sie bei seinen Worten pikiert schnaubte. »... wir sind nun mal, was wir sind. Das Gezeter würde ich auch sofort hinnehmen, wenn ich irgendwann die Meine finde.« Dann verschwand das spitzbübische Grinsen und finster runzelte er die Stirn. »Was die Magier ihren Frauen antun, ist weitaus schlimmer als das bisschen Hirnlosigkeit, wenn wir eine zu uns holen. Ihr Frauen werdet so systematisch eingeschüchtert und in Angst vor uns aufgezogen, dass so manch einer eine Ewigkeit braucht, um das bei seiner Gefährtin dann wieder hinzubiegen.«

»Und wenn es nicht klappt?«

Quades Miene verschloss sich. »Eliel hat dich gebunden, Anna. Du weißt, dass ein Teil von ihm nun in dir lebt. Wenn du stirbst oder dich vielleicht sogar umbringst, wird auch er sterben. Und andersherum. Anfangs, wenn diese Bindung noch nicht ganz gesetzt ist, gibt es noch geringe Überlebenschancen. Später nicht mehr.«

Anna schluckte bei der Information, auch wenn sie sich das ohnehin schon gedacht hatte. Auch in ihrem Volk existierte das Wissen um diese Möglichkeit. Jeder Soldatin wurde in ihrer Ausbildung daher eingeschärft, dass sie den Freitod zu wählen hatte, sollte sie dem Feind in die Hände fallen.

»Es gibt keine Frauen eures Volkes«, schwenkte sie nach einer Weile um. Zum einen, weil sie nicht mehr wusste, was sie hätte dazu sagen sollen. Zum anderen, weil dieser Punkt sie wirklich interessierte. »Bekommt ihr überhaupt Töchter?«

Auch Quade schien der Themenwechsel mehr zu behagen, denn seine Miene hellte sich sichtlich auf. »Selten, aber ja. Allesamt zauberhafte kleine Miststücke von Magierinnen, die nur all zu genau wissen, wie sie Männern den Kopf verdrehen können.«

Innerlich schmunzelte Anna bei dem schmachtenden Seufzen, das ihm dabei entwich. »Warum habt ihr nie versucht, mit all diesen Missverständnissen aufzuräumen?« Anna bezweifelte nicht eine Sekunde lang, dass er ihr die Wahrheit sagte. Quade klang vollkommen aufrichtig und sie war gewillt, auf ihr Bauchgefühl dabei zu hören.

»Wie sollten wir das deiner Meinung nach tun? Flugblätter verteilen? Vor die Tore eurer Städte treten und betteln, dass ihr uns zuhört? Oder Friedensbotschafter in ihren sicheren Tod schicken?«

Jetzt war es an Anna zu seufzen. Traurig schaute sie auf ihren halb geleerten Teller und schob ihn schließlich von sich. Der Appetit war ihr soeben vergangen.

Es war erst wenige Tage her, dass sie Eliel begegnet war, und ganze zwei davon hatte sie zudem auch noch verschlafen. Aber allein die kurze Zeit hatte ausgereicht, um ihr zu verdeutlichen, wie recht sie damals gehabt hatte, Veluvion zu verlassen.

Ob es jemals eine Lösung für die verfahrene Situation geben würde? Anna zweifelte sehr daran. Solange die Magier ihre Indoktrination fortsetzten, würde der Konflikt der Völker weiter schwelen. Mit jeder geraubten Frau, mit jedem Scharmützel, das man sich lieferte, mit jedem Versuch, die Himmelsstädte der Mante anzugreifen, wurden die Gräben tiefer.

Ihr Vater würde ganz gewiss nicht aufhören. Mit Schaudern erinnerte sie sich daran, wie er sie, seine eigene Tochter, angegriffen hatte, als er begriffen hatte, dass Eliel und sie verbunden waren. Sie war die Schwächere in dieser Verbindung. Über sie würde er auch Eliel töten können. Eine Taktik, die er vermutlich schon seit Jahrhunderten anwendete und perfektioniert hatte.

Bittere Galle stieg in ihr auf, als sie sich die Perfidität des Vorgehens ihres Vaters vor Augen führte. Ja, ein Mantus war ein mächtiger Gegner. Ein Mantus, der obendrein über die Magie einer Magierin verfügen konnte, war nahezu unbesiegbar. So langsam verstand sie, warum nie eine gebundene Frau zurückgekehrt war.

6

Noch lange, nachdem Quade sie wieder verlassen hatte, war sie anschließend hinter dem Schreibtisch sitzen geblieben. Durch das Holz der Tür konnte sie hören, dass einige irgendwann ins Bett gingen, doch sie rührte sich nicht, nicht mal, als die Sonne versank und sie in der Dunkelheit saß. Die Beine angezogen, die Arme fest darum geschlungen, saß sie auf dem Drehstuhl und ließ ihre Magie durch sich fließen, zog ein bisschen mehr, bis sie die Wärme des magischen Stroms bis in ihre Zehenspitzen spüren konnte, und streckte schließlich eine Hand mit der Innenfläche nach oben aus. Traurig lächelte sie, als kleine Sterne im Raum aufflackerten. Früher, wenn sie als Kind traurig gewesen war, hatte ihre Mutter sie mit dieser kleinen Spielerei immer trösten können. Heute schmerzte sie die Erinnerung, wenn sie daran dachte, wie es ihrer Mutter gehen musste.

Sie hätte sie damals zwingen müssen, mit ihr zu fliehen. Doch sie war noch fast ein Kind gewesen und panisch wegen des Marschbefehls und der unsäglichen Gewalt, die sie zuvor erlebt hatte. Sie war nicht stark genug gewesen, um ihre Mutter von einer gemeinsamen Flucht zu überzeugen.

Als Eliel fast lautlos den Raum betrat, sah sie nicht mal auf und sie merkte erst, dass sie weinte, als er sich neben sie hockte und mit den Fingern ihre Tränen wegwischte. Aber er sagte kein Wort, blieb einfach neben ihr hocken und wartete ruhig ab, bis sie von sich aus zu sprechen begann.

»Meine Mutter hat mich als Kind damit immer getröstet«, wisperte sie belegt nach einer Weile, sah jedoch weiterhin wie gebannt auf den Sternenhimmel vor sich. Als sich seine Hand von unten um ihre legte und sie seine Magie spürte, die sich dort mischte, wo sie sich berührten, seufzte sie leise. Und ein Lächeln trat auf ihre Züge, als kleine Sternschnuppen von der Zimmerdecke zu regnen begannen.

»Meine Mutter auch. Und ich habe so lange geübt, bis ich sie damit habe beeindrucken können.«

Endlich wandte sie in der Dunkelheit ihr Gesicht in seine Richtung und lächelte ihn traurig an.

»Sie fehlt dir.«

Keine Frage, eine Feststellung und Anna schniefte. »Ich mache mir Vorwürfe, sie zurückgelassen zu haben. Ich hätte ihr nicht nachgeben dürfen. Sie hat immer alles für mich getan.«

Als sie ihre Hand wegzog, erlosch der Sternenhimmel. Einer nach dem anderen fielen die Sterne verglühend zu Boden und seufzend lehnte sie sich an Eliel, als dieser sie hochhob und Richtung Tür trug. Er brachte sie ins Schlafzimmer. Jenes Zimmer, das voll von seinem Geruch war. Sein Schlafzimmer und mit einer Hand im Nacken hielt sie ihn zurück, als er sie auf dem Bett ablegte und sich von ihr lösen wollte.

»Lass mich nicht los, Eliel.« Es war dunkel im Zimmer, aber sie konnte in sich die Wärme spüren, als er daraufhin lächelte.

Er ließ sie nicht los. Zärtlich fuhr er mit den Händen die Kurven und Linien ihres Körpers nach, entfernte Stück für Stück die Kleidungsstücke, die sie verhüllten, und sie schlang die Arme um seinen Hals, als er sein Hemd auszog und sich über sie schob. Und ein langgezogenes Stöhnen entwich ihren Lippen, als seine dunkle Magie sich in ihr auszubreiten begann.

Anna versuchte erst gar nicht, sich zu kontrollieren. Binnen weniger Augenblicke hatten seine Hände und Lippen auf ihr und seine Magie in ihr sie eingewickelt und ein lustvolles Schauern durchlief ihren Körper, als ihre Magie heiß in ihr aufflammte, um dann in seiner zu versinken. Eliel quittierte es mit einem kehligen Knurren dicht an ihrem Nabel und sie keuchte, als er weiter an ihr hinabglitt. Als seine Zunge den sensiblen und stark geschwollenen Nervenknoten zwischen ihren Beinen fand, schrie sie erstickt auf. Seine Hände legten sich von hinten auf ihre Hüften, hoben sie leicht an und instinktiv spreizte sie ihre Beine noch weiter, als er mit der Zunge die nassen Falten darunter erkundete. Zitternd wand sie sich unter ihm und griff in seine Haare, als sie glaubte, es nicht mehr ertragen zu können.

»Eliel, bitte ...« Mehr schaffte sie es nicht zu sagen, aber er schien auch nicht mehr Aufforderung zu benötigen. Mit einem rauen Stöhnen glitt er an ihr hinauf, seine Lippen pressten sich fest auf ihre und erstickten ihren Schrei, als er gleich darauf tief in sie stieß und verharrte.

Anna glaubte, es keine Sekunde länger mehr ertragen zu können. Es war süße Folter, ihn in sich zu spüren, wie er sie ausfüllte, während seine Magie jede Faser ihres Bewusstseins tränkte. Hilflos wand sie sich unter ihm, versuchte ihn dazu zu bringen, sich in ihr zu bewegen, doch hielt sie still, als er unterdrückt knurrte. Seine Hände griffen nach ihr, schlossen sich um ihre Handgelenke und sie hielt die Luft an, als er sie schließlich über ihrem Kopf ins Kissen presste.

»Sag, dass du mir gehörst.«

Anna schauerte, als sie seine vor Lust heisere Stimme hörte. Er hatte sich über ihr aufgerichtet, grob konnte sie die Umrisse seines Körpers über sich erkennen. Und bis auf ihre Handgelenke und ihren Schoß, in dem er sich tief vergraben hatte, berührte er sie nicht.

So viele unausgesprochene Dinge, so viele Dinge, die sie noch lernen und erfahren musste. Doch gerade im Moment war ihr das egal. Denn das Gefühl, das sie bei ihm hatte, war richtig.

»Ich gehöre dir«, wisperte sie und bog sich ihm entgegen, als er sich aus ihr zurückzog, um gleich darauf wieder tief in ihr zu versinken. Ihre Magie entzündete sich noch weiter an diesem festen Reiben in ihr, flammte hell in ihr auf und sie erstickte ihren Schrei im Kissen, als seine Magie in ihr anschwoll und sie in sich verschluckte.

Als sie wieder halbwegs klar denken konnte, lag sie noch immer auf dem Rücken. Ihre Atmung kam unregelmäßig und Eliels Gewicht presste sie tief in die Matratze. Vorsichtig stupste sie mit einer Hand gegen seine Rippen und sog gierig die Luft in ihre Lungen, als er daraufhin zur Seite rutschte. Und sie lächelte, als er sie gleich darauf mit einem Arm an sich zog und ihr einen Kuss auf die Schläfe drückte.

Sie hatte einen metallischen Geschmack auf den Lippen und ein leichtes Brennen am Übergang von Schulter zu Hals sagte ihr, dass er sie auch diesmal gebissen hatte. Sie hatte es nicht mal richtig mitbekommen. Träge angelte sie nach dem Lichtschalter auf dem Nachttisch und kicherte, als es zwar klickte, aber das Licht nicht anging.

»Kaputt«, murmelte sie amüsiert und kuschelte sich dichter an Eliel.

»Du kannst von Glück sagen, einem alten Mann zu gehören. Sonst gäbe es hier mehr als nur ein paar zerplatzte Lampen«, erwiderte er amüsiert, während er kleine Küsse auf ihrem Scheitel platzierte und sie blies sich eine Haarsträhne aus dem Gesicht. Und sie grinste, als kurz darauf ein kleines Irrlicht über dem Nachttisch die zerborstene Lampe ersetzte und den Raum in schummriges Licht tauchte.

»Ist das eine Beschwerde?« Sie quietschte erschreckt auf, als seine Hand, die zuvor träge ihre Hüfte gestreichelt hatte, sie kniff.

»Mit Sicherheit nicht. Fang ja nicht an, dich kontrollieren zu wollen.« Seine Hand legte sich fest auf ihre Hüfte, zog sie an ihn und sie schloss die Augen, als er sein Bein über ihre legte.

»Vielleicht werde ich das auch nie können«, überlegte sie halblaut.

»Dann muss ich das halt für dich tun.«

Mit Schaudern erinnerte sie sich daran, wie sie den einen Morgen in ihrer Küche die Kontrolle verloren hatte, und an die Schmerzen, die es verursacht hatte, als sie sich dagegen gewehrt hatte, dass er die Kontrolle übernahm. Er schien zu spüren, woran sie dachte.

»Das wird nicht mehr passieren, Anna. Du kannst dich

nicht mehr dagegen wehren. Nicht mal mehr aus Reflex.«

Mit gerunzelter Stirn drehte sie ihren Kopf, bis sie ihn anschauen konnte. Seine Miene war unleserlich und auch in sich konnte sie keine Gefühle von ihm erkennen.

»Was gehört noch alles dazu?«

Langsam stahl sich ein Lächeln in sein Gesicht und ließ sie für einen Moment das Atmen vergessen.

»Das meiste weißt du schon. Du kannst zwar frei über deine Magie verfügen, aber du wirst nichts dagegen unternehmen können, wenn ich sie ziehe oder die Kontrolle darüber haben will. Du kannst sie auch nicht gegen mich richten. Dafür wirst du aber vielleicht irgendwann lernen, meine zu nutzen.«

Annas Augen wurden bei seinen Worten groß vor Staunen und er lachte leise. »Ich wusste nicht …«

Er nickte. »Die meisten Frauen schaffen es nicht, die Bindung so wechselseitig werden zu lassen. Ich habe bei dir aber das Gefühl, dass es irgendwann funktionieren könnte. Stark genug bist du dafür. Du brauchst nur mehr Erfahrung.«

Die Tage vergingen zäh. Alle Nerven waren zum Zerreißen gespannt und mehr als einmal flüchtete Anna sich in die Bibliothek, wenn unter den Männern sich ein Streit anbahnte. Es kam ihr wie ein Wunder vor, dass die Möbel noch nicht in Mitleidenschaft gezogen worden waren. Mehr als einmal hatte nicht viel gefehlt und man wäre aufeinander losgegangen.

Meist war es Eliel gewesen, der die Männer dann zur Ordnung gerufen hatte. Doch auch ihm war anzumerken, wie seine Laune sich langsam gen Keller entwickelte.

Sie wollten nach Hause. Soren schien aus der Stadt verschwunden zu sein, nachdem inzwischen klar war, dass er an seine Tochter nicht mehr drankommen würde. Damit war auch jeglicher Sinn für die Mante, auf der Erde zu bleiben, erloschen.

Jeder von ihnen wartete daher auf sie. Doch so einfach war das gar nicht, seine Zelte abzubrechen. Sie konnte nicht einfach aufstehen, alles hinter sich zurücklassen und auf Nimmerwiedersehen verschwinden. Natürlich, könnte sie durchaus, aber ihr Pflichtgefühl hinderte sie daran. Also kümmerte sie sich um die Auflösung von zwölf Jahren, die sie hier nun verbracht hatte, und Eliel ließ sie gewähren, begleitete sie jedoch, wenn es unmöglich war, die Dinge vom Telefon aus zu regeln. Nach wie vor schien er dem Frieden nicht so recht zu trauen. Wie er meinte, wollte er kein unnötiges Risiko eingehen, sollte ihr Vater oder einer seiner Gefolgsleute doch noch in der Stadt sein. Und sie hatte gestaunt, als sie ihn so zum ersten Mal in menschlicher Gestalt zu Gesicht bekam. Noch immer war er weit über zwei Meter, noch immer fielen ihm die schwarzen Haare ins Gesicht und sie grinste, als sie bemerkte, dass seine Augen blau waren. Fast so hell wie ihre.

Sie würde zurückkehren. Zurück nach Veluvion. Damit hatte sie nie gerechnet. Sie hatte abgeschlossen mit dieser Welt. Aber sie würde ja auch nicht nach Veluvion Stadt zurückkehren. Sie würde Eliel nach Lima, der Himmelsstadt und Königssitz, begleiten.

Ein seltsames Gefühl beschlich sie bei dieser Vorstellung. Sie würde unter den Mante leben. Mit ihnen. Beim Feind.

Anna schmunzelte, als sie bemerkte, dass sie inzwischen mit der Formulierung fremdelte. Zeit ihres Lebens war sie dazu erzogen worden, die Mante als ihre Feinde zu betrachten. Zeit ihres Lebens war sie dazu erzogen worden, sich vor den geflügelten Dämonen zu fürchten. Doch fiel es ihr zunehmend schwerer, sich daran zu erinnern. Insbesondere, wenn mindestens zwei riesige Dämonen auf der Couch saßen und sich gegenseitig anbrüllten, während sie auf der Playstation sich bei einem Ego-Shooter kurz und klein hackten. Etwas, das sie in wechselnder Besetzung den ganzen Tag über machen konnten. Sie hatten ja auch nichts zu tun.

Alle warteten auf sie. Aber niemand drängte sie zur Eile und manchmal sah sie Eliels nachdenklichen Blick auf sich ruhen. Er wusste, dass sie diese Zeit brauchte, und ließ sie ihr. Was machten schon ein paar Wochen Verzögerung, wenn das ihr helfen konnte, sich besser einzufinden? Sie war ihm dankbar dafür.

Seine Geduld war erstaunlich. Die Magier erzählten sich vieles über die Mante und ihren Umgang mit gebundenen Frauen. Das hingegen erzählten sie nicht. Niemand erzählte von der Nähe, die durch die Bindung entstand. Niemand erzählte von der Lust, die sie in Eliels Armen fand, wenn seine Magie sie einhüllte. Und niemand erzählte von der Vertrautheit, die sich so unweigerlich zwischen ihnen einstellte, selbst wenn sie gar nicht mal so viel redeten, wie sie es vermutlich sollten. Aber Anna war oftmals schon zufrieden damit, in seiner Nähe zu sein, ihr Gesicht an seiner Brust zu vergraben und den Frieden zu genießen, der sich dadurch in ihr einstellte. Und sie wusste, dass es auch ihm nicht anders ging.

Nachdenklich sah sie auf, als ihr Postfach anzeigte, dass die Mail mit den etwas übergroßen Dateien den Ausgang verlassen hatte. Die letzte Mail. Sie war fertig. Müdigkeit bemächtigte sich ihrer. Fast zwei Wochen hatte sie gebraucht, um alles abzuwickeln. Um ihre Wohnung aufzulösen, die letzten Kundenaufträge abzuarbeiten und ihr winziges Vermögen beim *House of War* in etwas umzutauschen, das auch in anderen Dimensionen von Wert sein würde. Jetzt war es soweit.

Als sie das Wohnzimmer betrat, schenkte man ihr keine Aufmerksamkeit und schmunzelnd verfolgte sie, wie Harden mit verbissenem Gesichtsausdruck auf den Controller hackte. Die Figur auf dem großen Fernseher hatte arge Mühe, seinen Anweisungen nachzukommen, und Anna ahnte, dass der Controller bald nachgeben würde. Es wäre nicht der erste, der auf diesem Wege von ihnen ging.

Harden war derjenige, dem es am meisten zusetzte, dass sie noch hier waren. Sie wusste, dass das Wissen, dass ihre Mutter noch am Leben war, ihm zusetzte. Wusste, wie sehr es ihn quälte, dass es scheinbar keine Möglichkeit gab, Mala aus dem goldenen Käfig Veluvion Stadt raus zu holen. Auch Anna belastete das Wissen darum, dass ihre Mutter nach wie vor bei ihrem Vater sein musste.

Sie sah auf, als sie Eliels Aufmerksamkeit in sich spürte. Noch immer staunte sie, was die Bindung zwischen ihnen geschaffen hatte. Aber sie gewöhnte sich langsam daran, dass sie seine Regungen oftmals nur in sich spürte, statt sie zu sehen, dass es ihnen möglich war, auch auf diesem Wege zu kommunizieren und dass sie eine Verbindung über ihr Blut eigentlich nicht mehr benötigten. Es hatte aufgehört, sich wie ein Fremdkörper in ihr anzufühlen. Diese kleine, jedoch stabile Verbindung zu ihm wurde mehr und mehr zu einem Teil von ihr selbst und auch sie hatte begonnen, sie zu nutzen und mitunter auch auf diesem Wege seine Nähe zu suchen.

Eliel saß etwas abseits vom Geschehen auf der Couch

und schien gelesen zu haben. Doch als sie nun seinen Blick suchte, lag dieser fragend auf ihr. Zur Antwort nickte sie mit einem schwachen Lächeln. Sofort schmiss er den Reader auf den Beistelltisch zu seiner Linken und kam auf die Beine.

Anna seufzte leise und lehnte sich an ihn, als er sie an sich zog.

»Sicher?«

Sie nickte erneut, das Gesicht an seiner Brust vergraben. »Bring mich nach Hause, alter Mann.«

Fest spannten sich daraufhin seine Arme um sie und tief sog sie seinen Geruch in sich ein.

Anna staunte, wie diszipliniert Eliels vier Begleiter sein konnten, wenn sie mussten. In den vergangenen Tagen waren sie ihr mehr wie ein fröhlicher, wenn auch leicht reizbarer, chaotischer Haufen vorgekommen, sodass sie beinahe vergessen hatte, dass jeder einzelne von ihnen ein tödlicher Krieger im Kampf gegen die Magier war. Doch als nun der Startschuss zur Abreise fiel, waren sie wie ausgewechselt. Binnen einer Stunde war alles gepackt und man war abreisebereit.

Es gab keine direkte Reiseroute nach Veluvion. Die Tore, die sich, aus welchen Gründen auch immer, durch die verschiedenen Dimensionen zogen, waren irgendwann einfach aufgetaucht. Manchmal kamen auch noch heute neue hinzu. Es wurden immer wieder neue entdeckt. Jedoch gab es keines, das von der Erde nach Veluvion führte.

Man würde also mit Zwischenstopps arbeiten. Das erste Tor lag auf halbem Weg nach Hamburg und würde sie nach Zentaur bringen, von wo aus es umgehend weiter gehen würde.

Auf Veluvion wusste man von fünf Toren in andere Dimensionen, allein zwei davon zu unterschiedlichen Stellen nach Abime. Vor Jahrtausenden hatte es erbitterte Schlachten um diese Tore gegeben. Nicht, weil die Magier versessen drauf wären, in andere Dimensionen zu reisen, sondern weil man diese strategischen Punkte für sich halten wollte. Doch es hatte nicht ganz so funktioniert, wie die Magier es sich vorgestellt hatten. Drei der Tore waren durch die Mante besetzt und lediglich zwei standen unter Bewachung der Magier, eines davon mit einem Zugang zu Abime, der wichtigsten der dämonischen Dimensionen. Einst hatte Anna einen hohen Preis gezahlt, um auf diesem Weg nach Abime zu kommen und von dort aus weiter auf die Erde.

Etwas nervös stand Anna auf dem großen Balkon, der zur Wohnung gehörte, in der Eliel und seine Leute sich bei ihrer Ankunft hier einquartiert hatten. Ihre Sporttasche lag neben ihr auf den Holzbohlen des modernen Stahlgerüstaufbaus. Und ein Kribbeln lief ihren Rücken runter, als ein großer Schatten sich zwischen sie und die Sonne schob, die sie bis eben noch von rechts gewärmt hatte.

Anna vergaß im ersten Moment tatsächlich zu atmen, als sie den Kopf wandte und ihr Blick auf Eliels große Gestalt fiel. Es war das erste Mal, dass sie die Schwingen voll ausgebreitet sehen konnte. Majestätisch ragten sie neben und über ihm auf und sie schätzte ihre Spannweite auf wenigstens sechs Meter. Natürlich, immerhin mussten sie auch eine Menge Gewicht tragen. Und gleich auch noch das ihre.

Reglos blieb sie stehen, als er den Arm nach ihr ausstreckte. Und sie räusperte sich verlegen, als seine Brauen fragend nach oben rutschten.

»Du bist wunderschön«, entschlüpfte es ihr heiser und sie lief dunkelrot an, als sein darauffolgendes Lächeln die scharfen Reißzähne entblößte. Hatte sie das gerade wirklich gesagt? Und war dieses heiße Gefühl der Freude in ihr gerade seine Reaktion auf ihr Kompliment? Es schien zumindest so und so sie ließ es geschehen, als er sie etwas unsanft packte und hochhob, bis sie mit ihm auf Augenhöhe war. Spielerisch bewegten sich seine Schwingen in der langsam abkühlenden Abendluft und verlegen legte sie zwar die Arme um seinen Hals, sah dann jedoch zur Seite, als sie sein Grinsen bemerkte. Sie glaubte, dass ihre Wangen bald in Flammen aufgehen würden, so peinlich war es ihr inzwischen, was sie gesagt hatte.

»Dann muss ich mich ja nicht hinter dir verstecken, meine Schöne.«

Bald würden ihre Wangen Brandblasen werfen, davon war sie fest überzeugt. Und sie war erleichtert, als er sie gleich darauf küsste und so verhinderte, dass sie noch mehr Einfältigkeiten von sich geben konnte. Doch irgendwann setzte er sie wieder ab und ein demonstratives Räuspern in ihrem Rücken ließ sie herumfahren.

»Können wir jetzt endlich? Es ist ein bisschen zu eng, um sich an euch vorbei zu mogeln und dabei so zu tun, als würden wir nichts bemerken.«

Anna kicherte nervös bei dem genervten Ton in Laiesz Stimme, während sie jedoch artig nach ihrer Tasche griff und sich von Eliel hochheben ließ. Und sie staunte, als die riesigen Männer der Reihe nach verschwanden.

»Wie macht ihr das?« Verblüfft sah sie zu Eliel auf und keuchte, als sie spürte, wie er seine Magie um sie hüllte, bis die Welt um sie herum ihr wie durch einen dünnen Nebel erschien.

»Soll ich es dir beibringen?« Sein Tonfall war amüsiert und sie nickte, klammerte sich dann jedoch erschreckt an ihn, als er sich plötzlich abstieß und in die Luft erhob. In kräftigen Bewegungen schlugen seine Schwingen, ließen Strudel in der Luft entstehen, die ihr das Haar zerzausten, und als er einen Aufwind fand, glitt er weiter hinauf mit ihr in den sommerlichen Abendhimmel. Kühler Wind strich über ihr Gesicht und schließlich entspannte sie sich wieder in seinen Armen. Er hielt sie sicher und fest.

Magier konnten nicht fliegen. Aus welchen Gründen auch immer war es ihnen nicht möglich, sich selbst Flügel zu zaubern und sich damit zu erheben. Sie konnten schweben, allerdings auch das nur über kurze Distanzen und auf keinen Fall für die Dreiviertelstunde, die sie benötigten, um zum Tor zu gelangen, dessen Nutzung das *House of War* sich teuer bezahlen ließ.

Ihre Knie zitterten ein wenig, als Eliel keine Stunde später wieder landete und sie vorsichtig zu Boden ließ. Als ihre Knie im selben Moment einzuknicken drohten, hielt sie sich hilfesuchend an seinem Oberarm fest. Entschuldigend sah sie zu ihm auf und errötete, als er sie angrinste.

»Hat der Feind etwa weiche Knie bekommen?«, neckte er sie und auch sie grinste matt und schob ihre Tasche auf ihrer Schulter zurecht, ehe sie nach seiner Hand griff und sich von ihm zu einer baufällig wirkenden Scheune ziehen ließ.

Der Gargoyle, der wie aus dem Nichts plötzlich aus dem Himmel herabschoss und sich vor ihnen aufbaute, stand in seiner Erscheinung Eliels in Nichts nach. Seine gelben Augen flackerten in der Dämmerung und seine graue Haut ließ ihn beinahe mit der Umgebung verschmelzen. Trotz seiner Körpergröße und den Schwingen, die er fest an den Körper gezogen hatte.

»Ah, die Mante sind zurück«, grollte der Gargoyle und Anna begriff, dass dies der Torwächter sein musste. Logisch, Gargoyles verfügten nicht nur über einen Körper wie aus Stein, sondern auch über ein unglaubliches Gedächtnis sowie die Fähigkeit, jede Art in den Dimensionen hinter jeder Tarnung zu erkennen. Sie würden sich immer daran erinnern, wer durch das Tor kam und ging. Ihre Magie war nicht sonderlich stark, aber sie waren aufgrund der Beschaffenheit ihrer Haut und ihrer Fähigkeit, sich in Stein zu verwandeln, dennoch sehr ernst zu nehmende Gegner. Daher fühlte sie auch Beklemmung in sich aufsteigen, als die gelben Augen sich prüfend auf sie richteten.

»Eine Magierin«, murmelte er und als er sich förmlich vor ihr verneigte, gab Anna sich einen Ruck und deutete ihrerseits eine Verbeugung an. Gargoyles interessierten sich nicht für Politik. Sie waren Beobachter und Wächter. Sie nahmen zur Kenntnis und ließen den Dingen ihren Lauf.

»Ihr habt Glück, schwarzer Prinz. Heute Abend ist nicht viel Verkehr zwischen den Welten. Zehn Minuten vielleicht.« Mit diesen Worten machte er einen Schritt zur Seite und wies sie an, die Scheune zu betreten.

In der Scheune sah es aus, wie es in einer Scheune wohl auszusehen hatte. Und es roch nach Heu, das auf dem Boden verstreut und – teilweise abgedeckt – auf dem Zwischenboden lagerte. Das Mittelstück des großen Gebäudes war jedoch penibel aufgeräumt und Anna schmunzelte, als sie das Band, das den Übergang markierte, wie einen Regenbogen schillernd dort bemerkte.

Neugierig ließ sie ihren Blick über die Gestalten gleiten, die sich darum versammelt hatten. Drei Kobolde, die wie aufgeschreckte Hühner herumsprangen, ein voll ausgewachsener Nemeischer Löwe und zwei weibliche Gorgonen, die sich angeregt unterhielten und von ihrer Umwelt keinerlei Notiz zu nehmen schienen.

Als sie vor zwölf Jahren auf der Erde angekommen war, war sie viel zu verstört gewesen, um ihre Umwelt näher in Augenschein zu nehmen. Heute jedoch musste sie schmunzeln, als sie begriff, dass es hier wie in einer Flughafenhalle zuging. Alle warteten auf ihren Aufruf. Doch im Moment war Gegenverkehr angesagt. Gebannt verfolgte Anna, wie das Band plötzlich aufleuchtete und kurz darauf eine riesige vierbeinige Gestalt sich aus dem Regenbogen schälte. Und staunend beobachtete sie, wie der Fenris sich schließlich aufrichtete und menschliche Gestalt annahm.

Der Gargoyle sollte Recht behalten. Der Fenris war der letzte, der aus dem Tor herauskam, ehe die Einbahnstraße die Richtung wechselte. Nach und nach verschwanden die Wartenden vor dem Tor und Anna gab sich innerlich einen Ruck, als die Reihe an ihnen war.

Eliel ließ ihre Hand nicht los, als sie mit kurzem Zaudern vor ihm auf das schmale Band zuging. Kurz kribbelte es auf ihrer Haut, dann war es auch schon vorbei und sie seufzte, als sie spontan in nächtlicher Schwärze in einem Platzregen stand. Hastig ging sie ein paar Schritte zur Seite und malte mit einer Hand einen Kreis über ihrem Kopf. Es flackerte kurz über ihr und Eliel und erleichtert atmete sie auf, als eine unsichtbare leicht konvexe Scheibe ähnlich wie ein Regenschirm das Wasser von ihnen fern hielt.

»Wohin geht die Reise?«

Anna rümpfte die Nase, als ein Oger auf sie zutrat. Nachdem sie Jahre lang mit nur einem absoluten Minimum an Magie und unsterblichen Wesen ausgekommen war, erreichte ihr Maß an dem, was sie an neuen Eindrücken vertrug, so langsam seine Grenze. Insbesondere ihre Nase. Trotz des Regens, der dem Oger in Sturzbächen über den massigen, gedrungenen Körper floss, roch er nach Schweiß und altem Bratfett und sie zwang sich, flach zu atmen, als er nur wenige Schritte von ihnen entfernt stehen blieb. Er trug kaum mehr als eine zerrissene Hose, dichte Haarbüschel wucherten auf seiner breiten Brust und selbst in der Dunkelheit konnte sie erkennen, dass sie auch auf seinen Schultern wuchsen. Nein, Oger hatten sich noch nie durch eine herausragende Attraktivität ausgezeichnet, aber dieser hier war selbst für einen Oger eine Zumutung.

»Veluvion, Wächter.«

Der massige Schädel des Ogers ruckte zum Zeichen, dass er verstand. »Name und Rasse der Reisenden«, grollte er gleich darauf und Anna seufzte, als Eliel auch ihren nannte und Überraschung die schweineähnliche Miene des Ogers verzerrte.

»Ich habe noch nie eine Magierin gesehen«, entfuhr es ihm und sie seufzte, als Eliel nachschob, dass sie an ihn gebunden war. Der Oger bedachte sie daraufhin mit einem Blick, von dem sie annahm, dass er Neid ausdrückte, und ohne es so recht zu bemerken, rückte sie näher an Eliel, der automatisch den Arm um sie legte.

Der Oger sagte darauf nichts mehr, sondern wies ihnen nur mit der Hand den Weg, den sie zum nächsten Tor zu nehmen hatten. Lang würde die Reise nicht mehr dauern und Anna spürte Nervosität in sich aufkeimen, als sie ihrer Heimat unaufhaltsam näher kam.

Als sie geflohen war, war sie die Tochter des Kommandanten und eine Deserteurin. Zurück kam sie als Magierin an der Seite eines schwarzen Prinzen.

7

Veluvion war eine Dimension mit gemäßigtem Klima. Im Normalfall herrschte eine dichte, grüne Vegetation vor und der beständige Wechsel der Jahreszeiten sorgte für eine bunte Artenvielfalt. Es war kein Planet im eigentlich Sinne, sondern glich mehr einer Scholle. Einer riesigen Scholle jedoch, die aufgrund der ihr eigenen Magie sich selbst am Leben erhielt.

Das Einzige, was die eigentlich perfekten, von gelegentlichen Regenzeiten unterbrochenen, Bedingungen störte, waren die tiefen Zeichen, die der jahrtausendealte Krieg zwischen Magiern und Mante ins Land gegraben hatte. Als die Magier ihre Städte einst hermetisch abgeriegelt hatten, hatten sie auch die Flora und Fauna in weitem Umfeld um diese Bollwerke vernichtet und Täler und Hügel eingeebnet. Mit ihrer Magie schafften sie, dass auch die Natur diese toten Landstriche nicht zurückerobern konnte, sodass die hochgewachsenen Städte wie bedrohliche Ungeheuer aus dem sandigen Grund aufragten. Eine Warnung an alle, sich ihnen nicht zu nähern. Straßen verbanden die einzelnen Städte miteinander, auch diese von

Magie geschützt und mit breiten Todesstreifen gesichert, die sich wie ein tödliches Spinnennetz quer durch Veluvion wanden und aus der Höhe das Land wie von Narben durchzogen wirken ließen.

Trotz dieser harten Eingriffe der Magier in die Natur ihres Lebensraumes, freute Eliel sich, als er endlich wieder heimischen Boden unter seinen Füßen spürte. Das Tor, durch das sie gekommen waren, lag auf einem Bergkamm, sorgsam von Mante gesichert, die bereits seit Jahrhunderten darüber wachten, dass es nicht an die Magier verloren ging. Entgegen der Magier führten sie nämlich kein hermetisch abgeriegeltes Leben, sondern pflegten durchaus Kontakt zu anderen Kulturen.

Aufmerksam beobachtete Eliel die Frau an seiner Seite, jedoch mühte er sich dabei, sie dies über ihre Verbindung nicht spüren zu lassen. Ihre Haltung war kerzengerade, ihr Gesicht wirkte so ungerührt wie das einer Marmorstatue. Auf den ersten Blick ließ nichts darauf schließen, dass sie durcheinander war. Doch er konnte ihren schnellen Herzschlag spüren, der sich in der kleinen Ader dicht an ihrer Kehle wiederholte, und bemerkte das leichte Zittern ihrer Hände, als sie ihre Tasche nahm.

Er wusste nicht, was er erwartet hatte, wie sie sich fühlen würde. Sie kehrte in ihre Heimat zurück. Wenn auch nicht zurück zu ihrem Volk, so aber zurück in die Dimension, der sie entstammte. Doch Freude darüber konnte er nicht an ihr spüren. Allerdings den Anflug von Panik und das damit verbundene magische Flackern in ihr, an das er sich in den vergangenen Wochen gewöhnt hatte. Mehr als alles andere bewirkten Angst oder Panik bei ihr einen Kontrollverlust. Er hätte ihr jetzt helfen können, unterließ es jedoch, da er wusste, dass sie sehr wohl in der Lage war, sich allein wieder in den Griff zu bekommen. Eine Situation, wie jene in ihrer Küche am ersten Morgen, hatte er seitdem nicht mehr erlebt. Auch jetzt spürte er, wie sich das Flackern in ihr wieder beruhigte, als sie mehrmals tief Luft holte.

Nach wie vor verblüffte Anna ihn, die sich erstaunlich gut in ihre neue Situation eingefügt hatte. Sie hatte sich nicht nur für die Möglichkeit geöffnet, dass das, was sie durch ihr Volk über die Mante wusste, nicht ganz der Realität entsprach, sie hatte es sogar akzeptiert und schien neugierig darauf zu sein, wie es tatsächlich war.

Er wusste, dass Quade und auch Argin, die sie tatsächlich zum Verdruss der beiden auseinanderhalten konnte, ihr dabei viele Antworten lieferten. Und auch Harden, der in den vergangenen Tagen den Mut aufgebracht hatte, Anna nach ihrer Mutter zu fragen, schien seinen Beitrag dazu zu leisten, dass sie sich umgeben von ihrem einstigen Feind nicht mehr ängstigte.

Eliel hatte selten erlebt, dass die Verbindung eines Mantus mit einer Magierin so unkompliziert verlief. Auch wenn die Anziehung auf beiden Seiten bestand, war es schon fast die Regel, dass die Magierin dies wegschob, da es für ihre Verständnisse falsch war. Sie verdrängten es oftmals einfach.

Anna nicht. Sie hatte die gleiche Anziehung wie er gespürt und hatte sich darauf eingelassen. Anfangs hatte er fast schon befürchtet, dass er restriktiver ihr gegenüber sein müsste. Aber sie hatte sich wie von selbst in seinem Leben eingefunden. Als ob sie es selbst so wollte.

Nun, er würde sich nicht beschweren. Definitiv nicht. Er genoss ihre Offenheit ihm gegenüber, ihr beginnendes Vertrauen und er liebte es, dass sie dazu übergegangen war, den rauen Umgangston seiner Männer und ihren vergleichsweise derben Humor mitzumachen. Sie hatte angefangen, sich zwischen ihnen zu behaupten. Mit Mut, mit Charme und mit ihrer Intelligenz. Es war nicht zu übersehen, dass sie von ihnen akzeptiert wurde. Als sein Eigentum, aber auch als eine von ihnen. Sie würden sie nicht nur beschützen, weil sie die Seine war, sie würden sie beschützen, weil sie sich ihren Respekt verdient hatte.

»Ich habe mir immer gewünscht, einmal die Natur zu erleben«, hörte er sie an seiner Seite sagen und blieb stehen, als sie gedankenverloren über die Blätter eines Busches strich, der am Weg wucherte, der vom Dimensionstor weg führte. »Als ich auf der Erde ankam, habe ich die ersten Jahre kaum etwas anderes getan, als in meiner freien Zeit durch Wälder und Wiesen zu spazieren. Einfach nur, um zu erleben, wie es ist, den Duft eines Waldes zu atmen.«

Von der Seite sah er zwei Wachen auf sie zukommen und hob eine Hand zum Zeichen, dass sie kurz warten sollten. Mit der Andeutung eines Nickens hielten die beiden sich zurück und er wandte seine Aufmerksamkeit wieder Anna zu.

»In den Städten fühlt es sich an, als würde man ersticken. Die meisten von uns haben die Wälder dieses Reiches nur aus der Ferne gesehen. Nicht wenige werden nur deshalb Soldaten, um die Stadt verlassen zu können.« Ihre Stimme brach und der traurige Blick, mit dem sie ihn bedachte, ehe sie sich wieder der Pflanze zuwandte, traf ihn tief. »Das muss endlich ein Ende haben, Eliel.«

Nachdenklich neigte er den Kopf. Er wusste, was Anna meinte. Sein Volk hatte die Himmelsstädte nicht gebaut, weil das ihre Art war. Einst hatten sie an den Hängen der

Hügel und Berge dieses Reiches gelebt, noch heute waren die Reste der einstigen Städte dort unter den Bäumen und Sträuchern zu erkennen. Sie hatten die Himmelsstädte lediglich gebaut, um für die Magier unerreichbar zu sein. Beide Völker waren auf ihre Art Gefangene des Krieges.

»Das ist ein weiter Weg, Anna.«

Seufzend hob sie die Schultern, straffte sich dann jedoch. »Vielleicht muss es endlich einen Sieger in diesem Wahnsinn geben.«

Er schwieg, unsicher, welche Antwort er ihr darauf hätte geben können. Sie hatte recht. Es musste ein Ende nehmen. Sein eigenes Volk schrumpfte mit jedem Jahrhundert, das verging, mit jeder getöteten Gefährtin, die durch ihren Vater hingerichtet wurde. Es war ein langsamer und quälender Prozess, der mit Sicherheit noch tausende Jahre dauern würde. Aber jedem war klar, dass es unausweichlich so kommen würde, wenn sie nichts unternahmen.

»Herr«, einer der beiden Soldaten war auf einen Wink von ihm vorgetreten und neigte, eine Faust auf die Brust gedrückt, seinen Kopf zum Zeichen der Ehrerbietung. »König Javron lässt ausrichten, dass er Euch umgehend zu sehen wünscht.«

Eliel nickte und nahm Annas Hand, um zu der Lichtung zu gelangen, zu der der Weg sie führen würde. Die Soldaten folgten.

»Hat er etwas über den Grund genannt?« Er war eine ganze Weile nicht da gewesen und er wollte vorbereitet sein, wenn er mit seinem Cousin sprach.

»Nicht wörtlich, mein Prinz. Aber seit einigen Tagen ziehen die Magier ihre Truppen zusammen und beginnen, die Wälder niederzubrennen.«

Eliels Herz setzte für einen Moment aus. Ein Sturm zog auf.

Anna bekam nur wenig Gelegenheit, die faszinierende Schönheit der Himmelsstadt zu sehen, in die Eliel sie brachte und von der sie nur Gerüchte kannte, die in ihrem Volk kursierten.

Es hieß, sie seien Trutzburgen, die auf Wolken standen. Mächtige Bollwerke, so schwarz wie die Magie der Mante. Aber niemand hatte etwas Genaueres sagen können, denn nie hatte ein freier Magier diese Städte gesehen. Und nie war jemand zurückgekehrt, der hätte berichten können. Alles, was man sich über sie erzählte, existierte einzig aufgrund der Fantasie all jener, die sich hinter den magisch abgeschirmten Mauern der Städte verschanzten. Nie war es dem Heer gelungen, diese Städte aufzuspüren, die mit den Wolken zogen und somit keinen festen Standort hatten. Beschützt durch die Magie der Mante waren sie daher tatsächlich außerhalb der Reichweite eines Magiers.

Anna staunte, als sie die hoch aufragenden weißen Türme vor sich auftauchen sah. Vereinzelt konnte sie dunkle Schatten um sie herum erkennen, sie vermutete, dass es sich um andere Mante handelte. Jedoch war sie nicht nah genug, um mehr erkennen zu können.

Es waren keine Trutzburgen. Es waren Paläste. So viel konnte sie zumindest von dieser Stadt sagen, die sich aus einer absurd großen Wolke heraus majestätisch gen Sonne reckte. Wie Eliel ihr gesagt hatte, war diese Stadt, Lima, die Hauptstadt des Himmelsreiches. Der Sitz des Königs und all seiner schwarzen Prinzen.

Viel zu schnell schon erreichten sie die Stadt und Anna

seufzte leise, als aus den vielen Türmen und verwinkelten Bauten sich einzelne Häuser, Höfe und sogar Gärten schälten. Nie im Leben hätte sie geglaubt, dass die Himmelsstädte diese Ausmaße besaßen. Und sie quietschte erschreckt, als Eliel, der sich bisher hoch über der Stadt mit ihr befunden hatte, ohne Vorwarnung die Richtung änderte und wie ein Pfeil auf die Stadt zuschoss. Panisch klammerte sie sich an ihn und hörte ihn lachen.

Er klang so frei und als sie kurz zu ihm aufsah, schluckte sie. Er war glücklich, wieder hier zu sein. Er war zuhause und ein Stich im Herzen ließ sie den Blick abwenden.

Dadurch, dass er so spontan nach unten geschossen war, hatte er die Formation, in der sie mit Harden, Laiesz, Quade und Argin geflogen waren, verlassen. Doch keiner von ihnen schien sich darüber zu wundern, denn als sie einen Blick zurückwarf, sah sie, wie auch die vier Männer sich voneinander trennten. Wenngleich auch weniger radikal als Eliel gerade. Mit einem Grummeln stieß sie ihm gegen die Brust.

»Das hast du mit Absicht getan gerade«, maulte sie und spürte, wie sein Brustkorb unter ihren Fingern vor unterdrücktem Lachen bebte.

»Was denn, junge Dame?«

Sie schnaubte bei seinem unschuldigen Tonfall und hielt die Luft an, als er gleich darauf zur Landung ansetzte.

Ihre Knie waren weich vom Flug und Eliels kleiner Eskapade und als er sie vorsichtig absetzte, sank sie im ersten Moment gegen ihn. Die Tasche glitt ihr dabei unbewusst aus den Fingern. Stützend legte sich sein Arm um sie und etwas überfordert barg sie ihr Gesicht an seiner nackten Brust.

»Willkommen zuhause, Magierin.« Seine tiefe Stimme hatte einen samtweichen Unterton angenommen und zögernd, wandte sie sich um.

»Oh ...«, entwich es ihr und er lachte leise.

Er war auf einer großen Dachterrasse auf einem der kleineren Türme gelandet. Hell schien die Sonne auf den reinweißen Boden und im ersten Moment blinzelte sie gegen die Helligkeit an, ehe sich ihre Augen daran gewöhnt hatten. Kleine Bäume standen in großen Kübeln an den niedrigen Eingrenzungen der Terrasse und eine riesige Flügeltür aus Glas zeigte einen Ausschnitt des großen Raumes dahinter.

Wie jede Magierin liebte Anna große Räume. Die Enge der Städte bewirkte bei ihnen allen, dass sie wenigstens ihre Behausungen so groß wie möglich schufen. Magier waren ursprünglich Wesen, die unter freiem Himmel lebten. Einzig der Krieg mit den Mante hatte sie in die Städte gedrängt. Eine Notlösung, die seit Jahrtausenden anhielt.

Doch selbst für Annas Empfinden fühlte sie sich ins Land der Riesen geraten. Mit Staunen löste sie sich von Eliel, der abwartend hinter ihr stehen blieb, als sie vorsichtig eine der Türen aufzog und im ersten Moment unter der kühlen Luft fröstelte, die von innen herausströmte.

Das Erste, was sie wirklich wahrnahm, waren die vielen riesigen Fenster, die der Raum besaß und durch die das helle Sonnenlicht hereinfiel. Auch hier war der Fußboden weiß und sie nahm an, dass er aus dem gleichen Stein bestand, wie der Rest dieser Palaststadt. Große, für die Größe eines Mantus' jedoch wohl normale, Couches und Sessel waren im Zentrum gruppiert worden und als sie ihren Kopf nach rechts drehte, bemerkte sie einen großen Kamin an der nach innen liegenden Wand. Zögernd ging sie weiter hinein, am Kamin vorbei und durch den großen Durchgang.

»Ich glaub, einen Innenarchitekten brauchst du nicht«, murmelte sie, während sie dem Gang folgte und wenige Schritte später nach links in einen weiteren Raum abbog. Bücher. So viele Bücher. Ein großer massiver Schreibtisch erhob sich in der Mitte des Raumes und Anna bekam ein schlechtes Gewissen, als sie erkannte, dass er um einiges ordentlicher sein musste als sie.

»Mein Heim findet also Anklang?«

Als sie sich umwandte, sah sie, dass Eliel ihr gefolgt war und nun entspannt im Türrahmen lehnte.

»Du fristest hier eindeutig kein Junggesellendasein«, haspelte sie eilig und er grinste.

»Irgendwann wird man zu alt für eine Junggesellenwohnung.«

Gemächlichen Schrittes kam er auf sie zu und Annas Hals wurde eng bei seinem Anblick. Seit sie von der Erde aufgebrochen waren, trug er lediglich eine schwarze enge Jeans und derbe Stiefel, was auch der üblichen Kleidung auf Veluvion recht nah kam. Wer Flügel hatte, verzichtete besser auf Kleidungsstücke, die bei jedem Flugmanöver draufgehen würden. Seine sonnengebräunte Haut wies keinerlei Makel auf und es kribbelte in ihren Fingerspitzen, als sie mit Blicken über die harten Muskeln strich, die Arme, Schultern und Oberkörper zierten. Auch ohne die schweren Armreifen, die bei den Mante Stamm und Rang anzeigten und sich in der Schlacht so nützlich wie ein Schild erwiesen, war er unverkennbar ein Krieger. Ein atemberaubend schönes und tödliches Geschöpf, dessen Kampfkunst und seine magische Energie die Chroniken der Magier überfüllte. Nach König Javron war Eliel, der

Cousin des Königs, der gefürchtetste Krieger unter den Mante. Er war der Älteste der sieben schwarzen Prinzen und er war der tödlichste.

Und er gehörte ihr. Tief in sich konnte sie das feste Band zwischen sich spüren, selbst einen Hauch seiner Magie, die sich wie ein großer, träger Fluss anfühlte, in den man eintauchen konnte, und der doch in so kurzer Zeit anschwellen und alles unter sich begraben konnte. Sie hätte ihn fürchten müssen, wie sie es am ersten Tag getan hatte, als sie aufgewacht war und ihn vor sich im Sessel gefunden hatte. Sie hätte ihn verabscheuen müssen, wie ihr Volk es ihr beigebracht hatte. Doch als er nun, mit der Eleganz und Lautlosigkeit eines Raubtieres auf sie zukam, war alles, was sie spüren konnte, Stolz und ein warmes Gefühl, das ihr Herz sich überschlagen ließ, über das sie jedoch im Moment noch nicht nachdenken wollte.

Noch vor wenigen Wochen hatte sie geglaubt, dass sie nie wieder nach Veluvion würde zurückkehren können. Hatte geglaubt, die Ewigkeit allein zu verbringen. Jetzt hingegen ... Sie seufzte, als Eliel vor ihr stehen blieb und sie an seine Brust zog. Alles hatte sich geändert. Zum ersten Mal begriff sie, dass sie wirklich hier mit ihm war. Zurück in ihrer Heimat, bei ihm, ihrem einstigen Feind. Und es würde ewig so bleiben. Großer Gott, sie würden irgendwann sogar eine Familie werden. Heiß rann es ihr bei dieser Vorstellung den Rücken runter. Eine Familie. Das klang gar nicht mal so schlecht. Irgendwann.

»Schau dich in Ruhe um und ruh dich aus. Javron und ich werden einiges zu besprechen haben. Und ich gehe davon aus, dass er dich später auch sehen möchte.«

Bei seinen Worten entstand ein Knoten in ihrem Magen. Ein Knoten, der sich auch nicht löste, als er sie hochhob und fest seine Lippen auf ihre presste.

»Ich bin keine Puppe, die du ständig nach Belieben hochheben kannst«, fauchte sie etwas atemlos, als er schließlich von ihr abließ, und lief dunkelrot an, als er sie mit einem spöttischen Grinsen bedachte und sie demonstrativ noch etwas weiter hochhob. Er hielt sie gerade mit einem Arm unter ihrem Hintern, während seine andere Hand bei seinem Kuss an ihren Hinterkopf geglitten war. Sie saß quasi auf seinem Unterarm.

»Nein, du bist eine Riesin«, neckte er sie und sie verzog die Lippen, grinste dann aber auch und lehnte ihre Stirn gegen seine.

»Lass mich runter, du ungeschlachter Dämon. Du hast einen wichtigen Termin«, säuselte sie, jedoch zitterte ihre Stimme vor unterdrücktem Lachen. Und sie kicherte, als er sie mit einem gespielt wüsten Knurren absetzte, die Hände anschließend jedoch nicht von ihren Hüften nahm.

»Gut gemacht, Dämon. Du hast die Magierin eingefangen und in deine Höhle geschleift. Jetzt darfst du dich um anderes kümmern.« Sie quietschte, als er ihr spielerisch in die Hüfte kniff, legte dann jedoch eine Hand in seinen Nacken und zog ihn zu sich herab. »Bis später«, flüsterte sie an seinen Lippen, ehe sie sie mit den ihren verschloss.

Eliel fühlte sich trotz des Ernstes der Lage übermütig wie ein Jüngling vor der Unsterblichkeit, als er sich von der Terrasse seiner Wohnung in die Luft erhob und weiter ins Zentrum direkt zum Thronsaal flog.

Auch wenn er es immer wieder bei anderen gesehen hatte, nie hatte er verstanden, wie es sein musste, wenn man seine Gefährtin fand. Jetzt wusste er es und es kam mit nichts gleich, was er jemals zuvor erlebt hatte. Nichts war vergleichbar damit, ihren Geruch in der Nase zu haben, ihre weiche Haut an der seinen zu spüren oder ihr Lachen zu hören, wenn sie ihn aufzog. Oder sie unter sich zu spüren, wie sie sich wand und seinen Namen rief.

Allein bei dem Gedanken daran, drückte sein Schwanz sich schmerzhaft gegen die Jeans, in der er immer noch steckte. Vielleicht nicht der beste Aufzug, um seinem Cousin gegenüberzutreten und ihm die frohe Botschaft mitzuteilen. Wobei dieser es vermutlich mit Humor nehmen würde.

Mit einem missmutigen Seufzen landete er auf dem großen Innenhof zum Thronsaal und wartete, dass die dort bereit stehenden Wachen die großen Flügeltüren zum Arbeitsbereich seines Cousins aufzogen.

»Eliel.«

Der Angesprochene hatte kaum die Mitte des großen Raumes erreicht, als sein Cousin vor ihn trat und in eine Umarmung zog. Javron, der wenige Jahrhunderte älter war als er selbst, war sogar noch größer als Eliel. Und breiter. Zum ersten Mal bekam Eliel den Anflug eines Gespürs dafür, wie sich Anna bei ihm fühlen musste.

»Berichte.« Javron hatte sich wieder von ihm gelöst und war zu einer abseits stehenden Sitzgruppe gegangen. Nun ließ er sich entspannt darauf nieder und wartete, dass sein schwarzer Prinz es ihm gleichtat.

Eliel zögerte auch nicht lang und berichtete in knappen Worten, was sich in den vier Monaten seiner Abwesenheit zugetragen hatte. Schweigend lauschte der König und lehnte sich schließlich mit einem bissigen Lächeln zurück. Die Beine ausgestreckt und an den Knöcheln überkreuzt sah er auf Eliel.

»Sorens Tochter. Bei uns. Kein Wunder, dass der Mann kocht vor Wut.« Kurz schwieg der Monarch und ein nachdenklicher Blick aus schwarzen Augen ruhte auf Eliel. »Wie kommt sie damit zurecht?«

»Sie kämpft mit der Sorge um ihre Mutter.«

Der König schnaubte abfällig. »Du weißt, was ich meine.«

Eliel lächelte. »Sie schlägt sich großartig.«

»Aber wird sie das auch, wenn wir gegen ihren Vater ziehen?«

Nachdenklich schwieg Eliel. Alles sprach dafür, dass es so sein würde. Dennoch. Soren war ihr Vater. Auch wenn Annas Platz nun bei ihm war, meinte das doch nicht, dass sie es gutheißen würde, wenn er gegen ihr eigen Fleisch und Blut in den Krieg zog. Doch hatten sie eine andere Wahl?

»Frag sie selbst, Cousin.«

Anna hatte sich tatsächlich in aller Seelenruhe seine Wohnung angeschaut. Die jetzt wohl auch die ihre sein würde. Sie schätzte, dass es ungefähr zweihundert Quadratmeter waren, die sie sich von nun an teilen würden. Mehr als ausreichend Platz also, um sich auch aus dem Weg gehen zu können.

Und die Wohnung war ... fantastisch. Auf der Erde wäre sie schlichtweg unbezahlbar gewesen. Große, lichtdurchflutete Räume, das magische Pendant zur Fußbodenheizung, wie sie bemerkte, als sie ihre Schuhe auszog, und mit allen Annehmlichkeiten ausgestattet, die diese Dimension zu bieten hatte. Inklusive Badezimmer und Küche.

Zunächst hatte sie überlegt, die Schubladen und Schränke zu durchstöbern, es dann jedoch wieder verworfen. Stattdessen hatte sie ihre Reisetasche genommen und sich daran gemacht, ihre Kleider in den begehbaren Kleiderschrank zu räumen, der an das Schlafzimmer angrenzte. Und ihre Kosmetika ins Bad. Ein seltsames Gefühl. Noch nie hatte sie eine Bindung zu einem Mann aufgebaut und es so weit gebracht, dass sie auch nur ein paar Sachen von sich in der Wohnung des Mannes gelassen hatte. Jetzt hingegen war sie wohl gerade bei einem eingezogen. Eilig schob sie die Gedanken dann jedoch weg und drehte den Hahn der Dusche auf, ehe sie aus ihren Kleidern schlüpfte. Auch wenn die Reise nicht lang gewesen war, so war es doch ein langer und vor allem ereignisreicher Tag gewesen. Wieder zuhause. Noch immer kam es ihr ein wenig abstrakt vor, dass sie wieder auf Veluvion sein sollte. Und sie nahm an, dass sich das Gefühl auch noch eine ganze Weile halten würde.

Sie ließ sich Zeit unter der Dusche. Das von oben auf sie herabprasselnde Wasser entspannte ihre Muskulatur, von der sie bis dahin nicht mal gewusst hatte, dass sie angespannt war, und auch die unzähligen Gedanken ließen sich unter dem monotonen Geräusch langsam wieder beruhigen. Und als sie geraume Weile später wieder ins Schlafzimmer zurückkehrte mit nichts als einem Handtuch um ihren Körper, seufzte sie bei dem Gedanken an ein kleines Nickerchen auf dem in der Tat riesigen Bett.

Eliel schien noch nicht wieder zurück, auch als sie sich auf die Verbindung zu ihm konzentrierte, spürte sie lediglich seine Konzentration und mit einem Lächeln ließ sie das Handtuch fallen und kletterte unter die Laken. Herrlich. Und Sekunden später war sie tatsächlich eingeschlafen.

Anna seufzte leise, als die Dunkelheit des Schlafes von einer anderen, viel machtvolleren durchzogen wurde. Im Halbschlaf drehte sie sich auf den Rücken und hörte, wie jemand leise ihren Namen flüsterte. Doch sie weigerte sich, die Augen zu öffnen. Stattdessen bog sie den Rücken durch und biss sich auf die Lippe, als eine Hand träge von ihrer Kehle über ihre Brüste und weiter hinab auf ihren Bauch strich. Instinktiv spreizte sie ihre Beine und ein Stöhnen entwich ihr, als die Hand weiter zwischen ihre Beine glitt und fest ihr Geschlecht umfasste. Ein Finger strich leicht über ihre nasse Spalte und sie kicherte heiser, als ihre körperliche Reaktion Eliel ein Knurren entlockte. Der magische Strom in ihr schwoll an und ihr Kichern erstickte, als ihre Magie sich entzündete und hell aufloderte.

»Kapitulation vor dem Feind?« Seine Stimme war rau und als sie nun doch die Augen öffnete, traf die Lust in seinem Blick sie unvorbereitet. Zwei Finger tauchten tief in sie ein und als sein Daumen die geschwollene Perle zwischen ihren Schenkeln fand, warf sie den Kopf zurück, bis sie ihm ihre Kehle entgegenstreckte.

»Bei meinen Vorfahren, Mädchen, irgendwann wirst du mein Untergang sein«, brach es aus ihm heraus und ein kehliges Lachen entwich ihr, als sie gleich darauf seine Lippen auf ihrer Kehle spürte. Seine Finger stießen in sie, sein Daumen rieb die empfindliche Perle darüber und sie stöhnte, als seine scharfen Reißzähne über die Haut ihres Halses kratzten. Mit einer Hand griff sie an ihre Seite und schnurrte zufrieden, als sie fand, wonach sie suchte. Fest schloss sie die Finger um seine harte Erektion und entlockte ihm ein kehliges Stöhnen, als sie ihn zu streicheln begann. Erneut spürte sie, wie seine Magie in ihr anwuchs, bis sie sie fast vollständig ausfüllte, und mit einem Lächeln ließ sie ihre Magie noch weiter anschwellen. Das hatte sie noch nie getan. Noch nicht einmal, wenn sie sich liebten, hatte sie ihre Magie bewusst ins Spiel gebracht.

Seine Reaktion kam so schnell, dass ihr nicht mal mehr Zeit blieb, auch nur eine Hand zu heben. Mit einem Brüllen packte er sie, zog sie hoch und drückte sie vor ihm auf die Knie. Ein Arm schlang sich wie ein Schraubstock um ihre Mitte und ein Keuchen entwich ihr, als er sie mit seinem Oberkörper nach vorn zwang. Kurz spürte sie seine Hand zwischen sich, wie er sich an ihrer Spalte in Position brachte, dann stieß er auch schon so hart in sie, dass sie vor Überraschung aufschrie.

Eliel hatte die Kontrolle verloren. Seine Magie breitete sich im Raum aus, dämpfte das restliche Abendlicht und schien sie verschlucken zu wollen. Sie spürte, wie sie an ihrer Magie zog, diese noch heller auflodern ließ und heiße Schauer über ihre Haut jagten. Fest legte sich seine Hand um ihren Hals und bog ihren Kopf zur Seite, bis sie ihm ihre Schulter hinhielt und sie wimmerte abgehackt, während er sich immer schneller in sie pumpte.

Sie war ihm ausgeliefert, ziellos rasten ihre Finger über seine Oberschenkel, griffen nach ihm, kratzten, strichen über die festen Muskeln, die sich ihr entgegenwölbten, während ihr gesamtes Inneres sich unter ihrem nahenden Orgasmus aufzuladen begann. Schweiß lief an ihr hinab, Flammen schienen auf ihrer Haut zu tanzen und als er sich in ihrer Schulter verbiss, schrie sie unter der Wucht ihres Höhepunktes auf. Ihr Körper pulsierte in einem hämmernden Rhythmus und zitternd überließ sie sich ihm, der sich noch immer wie ein Tier in sie stieß und erschauerte, als er sich mit einem lauten Schrei kurz darauf in ihr ergoss.

Ihre Atmung kam abgehackt, ihr Herz raste und als Eliel seine Hand von ihrer Kehle nahm und die Klammer um ihre Taille endlich lockerte, sackte sie vollkommen haltlos in sich zusammen.

»Großer Gott«, wisperte sie zwischen zwei Atemzügen und ließ es zu, dass er sich von ihr löste und sie mit dem Rücken zurück auf das Laken zog. Auch sein Atem ging unregelmäßig und als sie zu ihm aufsah, sah sie Schweißperlen auf seiner Brust und den Hals hinablaufen. Zittrig hob sie eine Hand und fuhr mit dem Zeigefinger eine Spur von seiner Kehle bis hinab auf seine Brust. Ein leises Grollen entwich ihm und sie lächelte matt.

Er sagte kein Wort. Auch er rang um Atem und weder in sich noch in seinem Gesicht konnte sie lesen, was gerade in ihm vorging. Und sie begriff, dass er auf eine Reaktion von ihr wartete.

Mit Verblüffung realisierte sie, dass er das oft tat. Er sprach selten aus, was er in solchen Momenten dachte, sondern wartete, bis sie etwas sagte, um darauf einzugehen. Das hatte er schon am ersten Tag getan, als sie begriffen hatte, wen sie da in ihre Wohnung halb getragen hatte. Damals hatte ihr das eine Heidenangst eingejagt. Gerade im Moment wärmte es ihr das Herz.

»Das sollten wir bei Gelegenheit wiederholen«, wisperte sie und schnappte nach Luft, als mit einem Schlag sowohl seine Erleichterung als auch sein Verlangen nach ihr sie durchflutete.

»Du gehörst mir, Anna.« Seine Stimme war rau vor unterdrückten Emotionen und wortlos schmiegte sie sich an ihn, als er sie fest an seine Brust zog.

Aufmerksam studierte Eliel das Profil seiner Gefährtin, die neben ihm Richtung Thronsaal herging. Sie wirkte gefasst, kühl und erinnerte mit nichts mehr an die Frau, die ihn noch vor einer Stunde so vollkommen die Beherrschung hatte verlieren lassen. Sie trug inzwischen eine schwarze Jeans und ein schwarzes Hemd und in Kombination mit ihrer stählernen Haltung wirkte es fast, als würde sie jene Uniform tragen, die man ihr einst aufgezwungen hatte. Seine Gefährtin entpuppte sich als überaus wandlungsfähig.

Er konnte sich nicht daran erinnern, jemals im Bett so die Kontrolle verloren zu haben, dass er hinterher Angst hatte, seiner Partnerin was gebrochen zu haben. Doch Anna hatte es geschafft, dass er wirklich alles vergessen hatte, außer diesem unendlichen Hunger nach ihr. Nach ihrer Präsenz in sich, ihrer Magie, die wie ein Funkenregen in seiner explodierte, und ihrer lustvollen Hingabe, wenn er sie berührte.

Er gestand sich ein, Angst gehabt zu haben, dass sie sich abwenden würde von ihm. Er hätte es sogar verstanden. Doch als er nun nach ihrer Hand griff, während die schweren Türen zum Thronsaal sich ein zweites Mal für ihn an diesem Tag öffneten, verhakte sie die Finger mit seinen und sein Hals wurde eng, als sie ihn kurz anlächelte.

Noch bevor sie den Herrscher erreichten, spürten sie beide, dass er nicht allein war. Rasch drückte er ihre Finger, als sie ihn mit einem nervösen Blick bedachte. Kurz spürte er das inzwischen so vertraute Flackern ihrer Magie und er lächelte sie aufmunternd an.

Sei einfach du selbst, Anna. Er sah, wie sie schwer schluckte, doch dann strafften sich ihre Schultern wieder und ihre Brust hob sich unter einem tiefen Atemzug, während ihre Magie sich wieder beruhigte.

Javron hatte es sich nicht nehmen lassen, seine Prinzen zu versammeln. Die Magie, von der sich keiner von ihnen die Mühe machte, sie vor den anderen abzuschirmen, lag schwer im Raum, selbst ohne dass einer von ihnen sie bewusst geschürt hätte.

Er hatte gewusst, dass Javron das geplant hatte, es jedoch Anna verschwiegen, um sie nicht schon vorab unnötig zu beunruhigen. Allerdings hatte er auch nicht angenommen, dass es bereits so schnell geschehen würde. Immerhin waren sie erst vor wenigen Stunden angekommen.

Als sie den Monarchen erreichten, der sie schweigend und ganz offiziell auf seinem Thron erwartet hatte, löste er sich von Anna und ignorierte ihren leicht panischen Blick, als er die Stufen hinaufging und sich zu den sechs Männern gesellte, die sich neben ihrem König versammelt hatten.

Sie würde nun allein vor dem König und dessen Kriegsherren sprechen müssen. Eliels Magen verkrampfte sich, als er ihre Angst in sich spürte, zwang sich dann jedoch, sich vor diesem Gefühl zu verschließen.

Javron wollte Anna prüfen. Keiner der Anwesenden hatte bisher seine Gefährtin gefunden und dem König war es daher ein Anliegen, herauszufinden, ob die Magierin, die nun in ihrer Mitte stand, Bedrohung oder Unterstützung war. Seine Entscheidung, die er jedoch gemeinsam mit seinen Prinzen treffen würde, wäre entscheidend für den Fortgang ihrer Bindung. Sollte Javron an Anna zweifeln, würde er ihr verweigern, die Himmelsstadt wieder zu verlassen. Im schlimmsten Fall würde er

Eliel seines Amtes entheben, um Annas Einfluss auf den Prinzen und damit auch auf die Kriegsgeschäfte einzudämmen. Er konnte es sich nicht leisten, einen Prinzen ein Heer befehligen zu lassen, wenn dieser gleichzeitig mit der Frau an seiner Seite zu kämpfen hatte.

Als Eliel seinen Platz bei den anderen erreicht hatte und sich umwandte, stand Anna hochaufgerichtet vor dem Thron. Ihr Blick war fest auf den Herrscher gerichtet, ihr Gesicht so unbewegt wie das einer Statue.

»Stellt Euch vor.« Javrons Stimme war ruhig und tief und bei ihrem Klang sah er, wie Annas Schultern sich noch ein Stück weiter strafften.

»Anna, Tochter Malas und Sorens, Kommandanten des Magischen Sturms, und Hauptmann des selbigen, Majestät.«

In Javrons Miene war nichts zu lesen, als ihr Blick flüchtig zu Eliel ging und ein leichtes Lächeln über ihre Züge glitt.

»Anna, nach dem Recht Eures Volkes an Euren ersten schwarzen Prinzen, Eliel, gebunden.« Ihre Stimme hatte einen samtweichen Ton angenommen und sein Herzschlag beschleunigte sich, als er den Stolz darin hörte.

»Ihr klingt nicht unzufrieden, Hauptmann.«

Eliel musste sich zwingen, sich nichts anmerken zu lassen. Javron war sein Cousin und sie waren schon Freunde gewesen, lange bevor Javron den Thron bestiegen hatte. Er kannte ihn in- und auswendig. Javron amüsierte sich gerade. Königlich.

»Es gibt keinen Grund für mich, unzufrieden zu sein, Euer Hoheit.«

Fest lag Javrons Blick auf Anna und diese hielt ihm scheinbar gelassen stand. Einzig an dem leichten Flackern ihrer Magie erkannte Eliel, dass sie nicht ganz so gefasst war, wie es den Eindruck machte.

»Ihr seid Hauptmann des Sturms, Magierin. Ihr seid dazu ausgebildet worden, Krieg mit uns zu führen. Welchen Grund könnte es geben, dass ich nicht glauben sollte, dass Eliel nun den Krieg in diese Stadt geholt hat?«

Anna schwieg einen Moment, ihr Blick nachdenklich auf einen Punkt hinter dem Herrscher gerichtet. Sie sammelte sich und gebannt wartete Eliel ab, was sie tun würde.

»Gestattet Ihr mir, frei zu sprechen, Hoheit?«

Javron nickte nachlässig. Auch er war neugierig genug, dass man es in seiner Miene sehen konnte.

»Ich bin eingepfercht in einer beklemmend engen Stadt mit der Grausamkeit meines Vaters aufgewachsen. Erst vor wenigen Tagen habe ich erleben müssen, dass er versucht hat mich, sein einziges Kind, zu töten, weil er sich so erhoffte, Euren Prinzen töten zu können. Ich habe zugesehen, wie er meine Mutter gequält und gedemütigt hat. Ich habe nichts dagegen tun können, als er mich in die Militärausbildung zwang.« Sie räusperte sich, als ihre Stimme bei den Erinnerungen zu brechen drohte. »Ich bin am Tag meiner Vereidigung geflohen. Das ist nun zwölf Jahre her.« Fest sah sie dem Herrscher ins Gesicht und auch Eliels Blick ruhte auf seinem Cousin.

»Ihr müsst wütend sein, dass der Krieg Euch zurückgeholt hat, junge Magierin.«

Nachdenklich neigte Anna den Kopf. Sie schien ihre Worte genau abzuwägen. »Ich war wütend, verängstigt ... Ich würde sagen, ich erlebte die ganze Bandbreite dessen, was eine Magierin erlebt, wenn sie so uncharmant vor vollendete Tatsachen gestellt wird.« Sie grinste kurz und auch Javron lachte leise. »Ich nehme an, dass Euer Prinz Euch längst berichtet hat, wie wir einander begegneten, von daher kürze ich an dieser Stelle einfach mal ab: Ich habe ihm geholfen, weil ich diesen Krieg leid bin. Ich habe ihm geholfen, weil irgendwann einfach mal jemand den ersten Schritt machen muss. Dieser Krieg währt schon so lang. Keines unserer Völker würde es überstehen, sollte er noch mal genauso lang währen. Es muss endlich ein Ende finden und Eliel hat mir gezeigt, dass es möglich ist.«

»Euer Vater rüstet gerade zu einer neuen Schlacht auf.«

Sie holte tief Luft und ihre Magie loderte kurz auf wie eine gleißend helle Stichflamme. Doch genauso schnell, wie sie gekommen war, verging sie auch wieder und Eliel entspannte sich.

»Dann wird man sich ihm entgegenstellen müssen«, erwiderte sie mit fester Stimme.

»Ihr stellt Euch gegen Euer eigenes Volk, Magierin?«

Ihr Blick ging ins Leere und sie lächelte schief. »Nein, Herr. Nicht auf lange Sicht. Aber ich stelle mich gegen diese Kriegsmaschinerie. Ich will, dass mein Volk in Freiheit lebt, ich will, dass dieses Land sich endlich von den tiefen Gräben, die man gezogen hat, erholen kann. Ich will, dass unsere Kinder in den Wäldern spielen können, statt eingezwängt zwischen hohen Mauern in Angst vor einem Feind zu leben, den man nicht mal kennt. Ich will, dass wir in Frieden miteinander leben.«

Ihre leisen, eindringlichen Worte rührten nicht nur Eliel. Neben sich konnte er sehen, dass die übrigen Prinzen erstaunte Blicke miteinander tauschten, und er grinste, als einer von ihnen ihm auf die Schulter klopfte, als der König sich räusperte. Doch Anna war noch nicht fertig.

»Herr, dieser Krieg muss endlich enden. Und es wäre mir eine Ehre, meinen Beitrag dazu zu leisten.«

Schweigen machte sich in der riesigen Halle breit und Anna schluckte. Sie wusste nicht, wie der Herrscher, der mit seiner beeindruckenden Körpergröße und dieser tiefen, schwelenden Magie, die den Raum tränkte und selbst noch die magischen Signaturen der anderen Männer übertraf, reagieren würde. Waren ihre Worte die richtigen gewesen?

Sie wusste, dass es seltsam klingen musste, was sie gesagt hatte. Sie hatte den König der Mante soeben dazu aufgefordert, Krieg gegen ihr eigenes Volk, Krieg gegen ihren Vater zu führen. Und sie hatte ihm ihre Loyalität angeboten. Jetzt lag es an ihm, ob er es auch annehmen würde.

Als der Blick des Königs sich auf seine Prinzen richtete, hielt sie angespannt die Luft an. Wie würde man entscheiden?

»Ich habe meine Entscheidung getroffen, meine Herren. Zu welchem Schluss seid ihr gekommen?«

Die Männer tauschten beredte Blicke miteinander und in Anna verkrampfte sich alles.

Eliel machte den ersten Schritt. »Ich habe keinen Grund, ihr nicht zu vertrauen. Meine Männer und ich haben erlebt, dass sie meint, was sie soeben gesagt hat.«

Ein heißer Schauer rann ihre Wirbelsäule hinab, als er sie im gleichen Moment über ihre Verbindung seine Freude und seinen Stolz spüren ließ.

Jeder einzelne Prinz würde nun seine Entscheidung kundtun. Anna kannte zwar ihre Namen, allerdings wusste sie sie nicht den einzelnen Gesichtern zuzuordnen. Aber vermutlich spielte das auch keine Rolle im Moment. Das würde sie irgendwann schon noch alles herausfinden.

»Sie soll ihren Platz bei uns haben«, ergänzte nun auch ein weiterer der Prinzen und Annas Wangen röteten sich, als er sich zu ihr umwandte und mit einem Neigen des Kopfes ihr seinen Respekt bekundete. Sie erwiderte es mit der gleichen Geste.

Es gab keine Widersprüche. Das Urteil der Prinzen war einstimmig und Anna strahlte, als sie Eliels Blick auffing, aus dem sein Stolz sprach. Als der König ungeduldig in die Hände klatschte, fiel es ihr daher auch schwer, sich wieder auf den Monarchen zu konzentrieren, der sich von seinem Platz inzwischen erhoben hatte und nur wenige Schritte vor ihr stehen geblieben war. Selbst auf diese Distanz fühlte Anna sich augenblicklich wie ein Zwerg, doch erwiderte sie das Lächeln, das die Lippen des Herrschers umspielte.

»Es wird Opfer geben, Anna.«

Sie nickte. »Für alles zahlt man einen Preis im Leben, Hoheit.«

Sein Lächeln vertiefte sich. »Ich freue mich, dass du nun ein Teil meines Stamms bist, Cousine.« Als er sie daraufhin tatsächlich in den Arm nahm, lachte sie befreit auf.

Anna schwirrte der Kopf von den vielen neuen Eindrücken, die ihr binnen weniger Stunden in Lima wie nebenbei aufgenötigt wurden. Gut und gerne hätte sie diesen ersten Abend allein mit Eliel verbringen können, um sich erst mal zu orientieren. Stattdessen hatte sie nun bereits ihre offizielle Vorstellung beim König und den übrigen schwarzen Prinzen hinter sich sowie eine knappe Einführung in die zurückliegenden Ereignisse auf Veluvion, die sie hatte glauben lassen, einen neuen Posten als Kriegsstrategin erhalten zu haben. Vor allem, da man sie penetranterweise mit Hauptmann ansprach.

Jetzt saß sie zu allem Überfluss noch in der großen Halle, in der sich offensichtlich alles versammelt hatte, was Rang und Namen besaß, um die Rückkehr des ersten schwarzen Prinzen und seiner jungen Gefährtin zu feiern.

Sie wollte nicht unhöflich erscheinen. Die Leute schienen wirklich neugierig auf sie zu sein, deren Herkunft sich wie ein Lauffeuer herumgesprochen haben musste. Aber so langsam wurde ihr das alles zu viel.

»Na, Hauptmann? Du siehst aus, als würdest du gleich alle viere von dir strecken.« Mit einem Grinsen ließ sich Quade neben ihr auf der massiven Holzbank nieder und drückte ihr einen Weinbecher in die Hand, als sie seufzend die Augen verdrehte und sich gegen die kühle Steinwand in ihrem Rücken sinken ließ.

»Ja, ich finde es auch erstaunlich, dass ich noch sitze«, erwiderte sie und stieß mit ihm an, als er seinen Becher hob.

Der schwere Wein beruhigte ihre Nerven und machte, dass ihre sich überschlagenden Gedanken sich langsam wieder beruhigten. Inzwischen war sie bei Becher zwei angekommen, langsam würde sie aufpassen müssen, dass sie nicht zu viel trank. Der Wein hier war doch um einiges stärker, als der Wein, den sie von der Erde kannte.

In nachdenkliches Schweigen versunken blieb sie mit Quade auf der Bank sitzen und ließ ihren Blick durch die riesige Halle gleiten, bis sie zwischen den Säulen am gegenüberliegenden Ende Eliel erkannte, der sich mit einem ihr unbekannten Mann unterhielt. Und sie lächelte, als er kurz den Blick zu ihr wandte und sie in sich das Gefühl eines zärtlichen Lächelns spüren konnte. Errötend senkte sie den Blick, schmunzelte aber, als sie daraufhin seine Erheiterung in sich spürte.

»Leute, das ist ekelig!«, hörte sie Quade gleich darauf neben sich maulen und grinste verstohlen.

»Wie meinen?« Mit gespielt unschuldigem Blick sah sie ihn an und prustete los, als er genervt die Augen verdrehte.

»Ich bin nur neidisch, Hauptmann. Alles gut. So was wie euch bekommt man nicht alle Tage zu Gesicht.«

Bei seinen Worten seufzte Anna stumm. Das war ihr auch schon aufgefallen. Wieder ließ sie ihren Blick durch die Halle gehen und fröstelnd rieb sie sich über die Arme, als sie gleich mehrere Frauen sah, deren Magie durch einen *szenai* gebunden worden war. Es schien so selbstverständlich zu sein, dass augenscheinlich sie die Einzige war, die sich daran störte. Alle anderen taten so, als sei es das normalste der Welt, dass diese Frauen kaum mehr als Gefangene waren.

Als Magierin lernte man früh, dass die Bindung an einen Mantus einer Gefangenschaft gleich kam. Jetzt hingegen fragte sie sich, ob das, was man ihnen bereits als Kinder beibrachte, nicht erst dazu führte, dass sie zu Gefangenen wurden.

Als etwas Kaltes, Nasses sich über ihr ergoss, schrie sie überrascht auf und kam auf die Beine. Sie war so in Gedanken versunken gewesen, dass sie in dem allgemeinen Trubel nicht mal mitbekommen hatte, dass sich ihr jemand genähert hatte.

Wie erstarrt blickte sie in die grauen Augen einer Frau, die mit wutverzerrtem Gesicht vor ihr stand. Sie wirkte abgehetzt. Ihre kupferblonden Locken hingen ihr in wilden Wellen um den Oberkörper und Anna ahnte, dass das *szenai* um ihren Hals der einzige Grund war, der verhinderte, dass sie ihre Magie nun gegen sie einsetzte.

»Imena«, presste sie atemlos heraus und sah, wie die Gleichaltrige die Kiefer fest zusammenpresste. Nur am Rande nahm sie dabei wahr, wie sich Stille über die Halle senkte. Auch Quade war auf die Beine gekommen, doch blieb er schweigend neben ihr stehen, den Blick fest auf die Frau vor ihr gerichtet.

»Du wagst es, mich mit Namen anzusprechen, Anna? Schämen solltest du dich! Du bist nichts weiter als eine Verräterin.«

Tief holte Anna Luft, während sie versuchte, ihre Magie wieder in den Griff zu bekommen. In sich konnte sie Eliels Wachsamkeit spüren und ahnte, dass er gerade auf dem Weg zu ihr war.

Sie kannte die Frau vor sich. Sie waren zusammen durch die Ausbildung gegangen. Doch während sie selbst in der Zeit von Zweifeln regelrecht aufgefressen worden war, hatte Imena es als eine Ehre betrachtet, ihrem Volk diesen Dienst zu erweisen. Die Verbissenheit, mit der Imena einst ihre Ausbildung verfolgt hatte, hatte dazu geführt, dass sie nie Freunde geworden waren.

Anna schluckte, als ein Mantus bei Imena auftauchte und sie unsanft am Arm zurückriss.

»Bist du wahnsinnig, Frau?«, herrschte er Imena an, deren Gesichtsausdruck – sofern möglich – nur noch weiter versteinerte. Mit stolz gerecktem Kinn sah sie dem vor Zorn kochenden Mantus ins Gesicht und gebannt hielt Anna den Atem an, als sie sah, wie dieser mit sich und seiner Beherrschung rang.

Er gewann das stumme Kräftemessen. Seine Finger hatten sich fest um Imenas Oberarm geschlossen und Anna ahnte, dass er nicht wenig Kraft in diesen Griff gelegt hatte. Sie konnte sehen, wie Imena die Zähne zusammenpresste, um den Schmerz zu ignorieren, und schließlich den Blick senkte, als der Mantus ein Knurren ausstieß, ehe er sie losließ und sich an Anna wandte.

»Bitte, entschuldigt ...«

Anna winkte ab, den Blick nach wie vor auf Imena gerichtet, die sich den vermutlich schmerzenden Oberarm hielt. »Wirst du es denn nie müde, Imena?«

Die Angesprochene verengte die Lider zu schmalen Schlitzen, sagte jedoch kein Wort.

»Woher kommt nur dieser unglaubliche Hass?«

»Sie sind wie Tiere!«, brach es schließlich aus ihr heraus und Anna schluckte schwer, als sie einen Schritt in ihre Richtung ging und ihre Hand an die Wange der einstigen Weggefährtin legte. Tief holte sie Luft, während sie den warmen Strom ihrer Magie in sich anwachsen fühlte, und schloss die Augen, als Wärme in ihre Hand stieg und diese zu kribbeln begann.

»Und was sind dann wir?« Bewusst rief Anna sich die Erinnerung vor Augen, als sie einst hatte mitansehen müssen, wie ihr Vater im Verlies diesen Mantus gequält hatte. Automatisch stiegen ihr die Tränen in die Augen und sie spürte, wie ihr Magen rebellierte, als sie die Erinnerung – so klar, als wäre sie gerade eben erst geschehen – durch die Verbindung Imena schickte. Nur am Rande hörte sie das ungläubige Keuchen der jungen Soldatin, hörte ihr abwehrendes »Nein!« und schüttelte sanft den Kopf, als die Erinnerung verblasste und sie ihre Hand wieder zurückzog.

»Sag es mir, Imena. Sag mir, dass wir auch nur einen Deut besser sind.«

Tränen glitzerten in den grauen Augen der anderen Magierin, Unglauben spiegelte sich in ihrem Blick und Anna lächelte matt.

»Du bist Sorens Tochter! Wie kannst du nur so reden?« Imenas Stimme war hoch und dünn, niemand konnte übersehen, wie sehr sie sich gerade quälte.

Imena hatte alles geglaubt, was man ihr von Kindesbeinen an beigebracht hatte. Schon damals war ihr diese Frau stets wie der Prototyp einer Magierin erschienen. So hatte man auch sie haben wollen.

»Du sprichst von dem Mann, der vor wenigen Wochen versucht hat, mich zu töten. Mich, seine eigene Tochter. Und willst du wissen, warum er das wollte?«

Imena sagte daraufhin nichts. Flüchtig blickte Anna daraufhin über ihre Schulter und sah Eliel, der wenige Schritte von ihr entfernt stand und schweigend die Szene verfolgte. Wie wohl alle, die sich gerade in der ansonsten tödlich stillen Halle befanden.

»Er war bereit, mich zu opfern, um so meinen Mann zu vernichten. Ohne jegliche Reue hätte er mich getötet, wie er schon viele andere gebundene Frauen getötet hat. Alles für diesen unseligen Krieg.«

»Du lügst!« Imena schrie sie förmlich an und Anna hob spöttisch eine Braue.

»Dann flieh! Kehre zurück und erlebe, was mein Vater mit gebundenen Frauen macht.« Anna konnte sehen, dass ihre Worte Imena erreichten, auch wenn diese sich dagegen sperrte. Der Zweifel nagte an ihr und unsicher ging ihr Blick von Anna zu dem Mantus neben sich, der schwach nickte bei der stummen Frage in ihrem Gesicht.

»Du verrätst alles, wofür wir seit Jahrtausenden kämpfen!«, brach es erstickt aus Imena heraus und Anna nickte.

»Das mag sein, ja. Aber ich bin es so unendlich leid, Imena. Du nennst die Mante Tiere, weil sie die Magier überfallen und uns Frauen rauben. Aber zu was macht es uns, wenn wir unsere eigenen Kinder töten, um so dem Feind eins auszuwischen? Zu was macht es uns, wenn wir foltern und morden?«

Eine Hand legte sich von hinten auf ihre Schulter und mit einem kleinen Lächeln ließ sie sich gegen Eliel sinken, der dicht hinter sie getreten war.

»Ich bin damals weggelaufen, weil ich es nicht mehr ertrug, was wir uns gegenseitig schon so lange antun. Es spielt auch keine Rolle mehr, wer den ersten Stein geworfen hat. Das liegt alles schon so lange zurück, Imena. Ist das wirklich dein Krieg? Ist es wirklich das, was du willst?«

Eine Träne lief über Imenas Wange, die inzwischen weniger wütend als trotzig das Kinn gereckt hielt. »Ich will frei sein, Anna.«

Die heiser gewisperten Worte berührten Anna tief. Das war auch ihr Wunsch gewesen. Und es versetzte ihr einen Stich, als Imena in einer unbewussten Geste die Hand auf das *szenai* um ihren Hals legte.

»Es liegt an dir, frei zu sein, Imena. Du kannst dich verbissen an alles klammern, was man dir beigebracht hat, und es wird stets so bleiben, wie es ist. Oder du kannst versuchen, die Dinge mit anderen Augen zu sehen und vielleicht etwas Neues lernen. Vielleicht müssen die Dinge ja gar nicht so sein, wie man sie uns gelehrt hat. Deine Entscheidung.« Eliels Hand auf ihrer Schulter drückte sie leicht und mit einem Lächeln sah sie zu ihm auf.

»Weise Worte, junge Dame«, erwiderte er mit einem Schmunzeln und aus ihrem Lächeln wurde ein Grinsen, als er sich an den ihr unbekannten Mantus wandte, der neben Imena stehen geblieben war.

»Ich glaube, es ist für alle Beteiligten ratsamer, wenn deine Gefährtin und du euch jetzt zurückzieht, Sefron.«

Der Angesprochene nickte abgehackt und richtete dann seinen Blick auf Anna. »Ich danke Euch, Prinzessin.«

Mit einer tiefen Verbeugung verabschiedete er sich von ihr, ehe er – diesmal sanfter – Imenas Ellenbogen ergriff und diese mit sich fortzog. Wie in Trance ließ diese es mit sich geschehen und Anna ahnte, dass sie gedanklich gerade viele Dinge sortierte. Für Imena konnte sie nur hoffen, dass es auch etwas bei ihr ändern würde. Imena war schon immer sehr stolz gewesen. Stolz auf ihre Herkunft, stolz auf ihre Fähigkeiten als Kriegerin. Damals hatte sie die Mante mit einer Inbrunst gehasst, die Anna erschreckt hatte. Sie wusste nicht, ob das allein ein Ergebnis ihrer Erziehung war oder ob noch andere Gründe dahinter steckten. Für Imena hoffte sie jedoch, dass diese sich von ihrem Hass irgendwann würde befreien können.

»Wie lang ist sie schon hier?«

Etwas ratlos hob Eliel die Schultern, als sei er sich selbst nicht ganz sicher. »Ein Jahr vielleicht?«

Anna stieß einen anerkennenden Pfiff aus, während sie zeitgleich mit einer Hand über den durchnässten Stoff auf ihrer Vorderseite strich, bis dieser wie von Geisterhand trocknete.

»Und Sefron hat nie ...« Sie unterbrach sich, als Eliel erneut ratlos die Schultern hob.

»Ich würde sagen, nein. Er hat sie erwischt, als sie mit einer Patrouille ausgezogen war. In den ersten Monaten danach war es besonders schlimm. Er hatte sie zwischenzeitlich sogar einsperren müssen, da sie jede Gelegenheit nutzte, um andere anzugreifen.«

Anna seufzte. »Sie war in der Ausbildung der Liebling meines Vaters. Vermutlich hat sich daran später auch nichts geändert.«

Nachdenklich ließ sie ihren Blick über die Menge in der Halle gehen. Noch immer ruhte viel Aufmerksamkeit auf ihr, auch wenn langsam wieder alle zu ihren unterbrochenen Unterhaltungen zurückkehrten. Vermutlich würde sie nun eine ganze Weile das Hauptthema dabei sein. Wobei sie das ohnehin schon gewesen sein musste, seit Eliel sie hergebracht hatte.

In der Menge konnte Anna viele Frauen ausmachen, die sich völlig frei und ungezwungen unter den Mante bewegten. Lächelnd strich ihr Blick über ein Paar, das sich innig küsste. Selbst auf die Entfernung von mehreren Metern war nicht zu übersehen, wie viel Gefühl die beiden miteinander verband. Jedoch sah sie auch fast genauso viele Frauen, deren Magie gefesselt worden war und die stumm und mit leeren Blicken neben dem Mantus standen, zu dem sie wahrscheinlich gehörten.

»Der Krieg wiederholt sich sogar in dieser Halle, habe ich recht?«

Eliel nickte an ihrer Seite und zog sie mit sich im Arm auf eine der Bänke. »Der Krieg macht nicht mal vor den Schlafzimmern halt.«

Als er ihre Hand an seine Lippen zog, schloss sie lächelnd die Augen und lehnte ihren Kopf an seine Schulter. Seine Worte hatten sie frösteln lassen. Sie wollte sich nicht mal vorstellen, wie es sein musste, wenn zwei Wesen, die aneinander regelrecht gefesselt waren, einen so ewig alten Krieg zwischen sich liegen hatten.

»Es ist vielleicht auch nicht unbedingt schlau, Frauen diese Bindung aufzuzwingen, während diese dazu erzogen wurden, genau das zu fürchten. Vielleicht ist es auch grundsätzlich nicht schlau, Frauen zu so etwas zu zwingen«, murmelte sie leise und spürte, wie seine Schultern bebten vor unterdrücktem Lachen.

»Nein, ist es definitiv nicht. Aber sei du mal ein Dämon, dem beim Anblick seiner Gefährtin die Sicherung durchbrennt. Ich möchte wirklich wissen, wie du dich dann aufführen würdest.«

Bei seinen so überaus menschlichen Worten kicherte Anna und rückte enger an ihn, als er sich vorbeugte und ihre Beine auf seinen Schoß zog.

»Ich seh schon, als Dämon hat man es echt schwer«, zog sie ihn auf und erhielt ein Knurren zur Bestätigung. Und sie seufzte leise, als sein Arm, den er um sie gelegt hatte, sie noch fester an ihn zog.

»Ich hätte nie für möglich gehalten, dass es ausgerechnet Sorens blutjunge Tochter sein würde, die mich mal jegliche Beherrschung verlieren lassen würde«, räumte er ein und als sie nun doch den Kopf hob, sah sie ein schiefes Grinsen in seinem Gesicht. »Und die dann nicht schreiend wegläuft, sondern mich spielend um den kleinen Finger wickelt.«

»Ja, du bist wirklich arm dran, Dämon«, erwiderte sie, wobei sie allerdings versuchte, ein Gähnen zu verstecken.

»Müde?«

Sie nickte. Und sie quietschte erschreckt, als er sie fast im gleichen Moment packte und sich mit ihr auf den Armen erhob, schlang dann jedoch kichernd die Arme um seinen Hals und barg ihr Gesicht an seiner Schulter, um die vielen neugierigen Blicke nicht sehen zu müssen, die auf ihnen ruhten, als er sich mit ihr in Bewegung setzte.

»Dann wird der böse Dämon sein Weibchen jetzt erst mal in seine Höhle verschleppen«, erklärte er und sie presste ihr Gesicht noch fester an seine Schulter, als ihre Wangen bei seinen Worten zu brennen begannen.

8

Missmutig stand Anna auf offenem Feld, das hoch über der Erde angrenzend an Lima lag. Schaulustige hatten sich versammelt und mit genervtem Blick sah sie auf Eliel, der ihren Blick unbeeindruckt über sich ergehen ließ.

Es war noch früh, die Sonne war erst vor kurzem am Horizont aufgetaucht und gut und gerne hätte Anna noch im Bett bleiben können. Doch hatte Eliel sie geweckt und ihr Beine gemacht, als sie sich hatte weigern wollen.

Jetzt stand sie hier, Eliel wenige Schritte von sich entfernt und war alles andere als erbaut von seiner großartigen Idee.

»Ich bin nicht umsonst abgehauen, Dämon«, murrte sie, doch er grinste und hob gleichmütig die Schultern.

»Ich bin seit zwölf Jahren aus der Übung!«, versuchte sie es erneut, auch wenn sie wusste, dass sie damit flunkerte. Doch wieder erhielt sie nur ein strahlendes Grinsen zur Antwort.

»Mann! Du bist unmöglich! Du hättest mich wenigstens ausschlafen lassen können!«, fauchte sie schließlich und er lachte.

»Seit wann hast du denn morgens schlechte Laune?«

Sie schnaubte. »Die hab ich zufällig immer dann, wenn man möchte, dass ich jemanden unnötig in Grund und Boden dreschen soll.«

»Dass du das schaffst, musst du erst noch beweisen, Hauptmann.«

Mit finsterer Miene sah sie zu Harden herüber, der sich freiwillig für die Übung zur Verfügung gestellt hatte. Bis an die Mandeln bewaffnet stand er auf dem Übungsplatz und wirkte, als hätte er sogar die allerbeste Laune.

Sie wollten wirklich, dass sie gegen ihn antrat. Auf diesem Übungsfeld. Und sie wollten keinen Schaukampf. Das Einzige, was der Platz verhindern würde, wären tödliche Verletzungen, was meinte, dass keiner der Kontrahenten dem anderen gewollt oder auch nur aus Versehen den Kopf würde abtrennen können. Alles andere war, wie man so nett sagte, Vollkontakt.

Und die Schaulustigen waren da, um zu erleben, wie Sorens Tochter versuchte, einen Mantus klein zu kriegen. Oder von ihm besiegt zu werden. Ausgang ungewiss. Weder wusste Harden, wie sie kämpfte, noch wusste sie es andersherum von ihm.

»Verdammt noch mal!«, fauchte sie, gab sich dann aber geschlagen. Vorsichtig legte sie ihren Kopf schief, erst in die eine, dann in die andere Richtung, hörte, wie es ein paar Mal vernehmlich in ihrem Nacken krachte, dann drehte sie sich um und warf einen Blick auf das ausgelegte Waffenarsenal.

Beutestücke, wie sie erstaunt feststellte. Dort lagen ausschließlich Waffen, die sie von Magiern im Kampf erobert hatten. Also allesamt Waffen, mit denen sie vertraut war.

Mit einer ungeduldigen Handbewegung zeichnete sie eine Sigille in die Luft, spürte, wie ihre Kleidung sich veränderte, bis sie in schwarzen, dehnbaren hautengen Hosen, schlichten Stiefeln und einem eng anliegenden Oberteil, das ihre Arme freiließ, steckte und hörte zwei Männer in ihrem Rücken aufatmen.

»Geht doch«, hörte sie Harden sagen und schnaubte.

»Aber mecker mich hinterher nicht an«, murrte sie, während sie unschlüssig ihre Finger über der Auslage kreisen ließ.

Bei einem unscheinbar wirkenden Stab, kaum größer als zwei Handbreit, hielt sie schließlich inne. Und ein grimmiges Lächeln trat in ihr Gesicht, als sie ihn aufnahm und Harden husten hörte.

»Hauptmann, du weißt doch gar nicht, was man damit anstellt.«

Sie ignorierte ihn, schnappte sich zusätzlich noch ein Messerpaar sowie einen Gürtel mit Wurfsternen, ehe sie in aller Seelenruhe die Waffen anlegte und zu Eliel und Harden zurückkehrte.

»Dann wird es wohl ein kurzer Kampf werden«, erwiderte sie mit einem Zwinkern, ehe sie ihre Handfläche ausstreckte und einen mp3-Player aus dem Nichts auftauchen ließ.

»Was hast du denn jetzt vor, Hauptmann?«

Sie strahlte über das ganze Gesicht und ignorierte dabei geflissentlich Eliels Kopfschütteln, während sie gelassen den mp3-Player an ihrem Oberteil befestigte und die Kopfhörer hinters Ohr klemmte, bis die Geräusche um sie herum leiser wurden.

»Jedem Tierchen sein Pläsierchen, Harden. Du hast noch zwei Minuten«, erklärte sie mit unschuldigem Blick und seufzte zufrieden, als sie einen Knopf auf dem Player drückte und ihre heißgeliebte NDH-Playlist begann. Tief holte sie Luft und zog Magie in sich, während sie mit geschlossenen Augen eine weitere Sigille auf Höhe ihres Gesichts malte.

Als sie die Augen wieder öffnete, sah sie sowohl in Hardens als auch Eliels entgeisterte Gesichtszüge. Und mit einem Luftkuss in Eliels Richtung ging sie in die Mitte des Platzes und brachte sich in Position.

»Harden, ich warte.«

Eliel verdaute noch den Schock, den Annas Zauber bei ihm ausgelöst hatte, während er sich an den Rand des quadratischen Feldes begab und sich dort auf einer Steinbank niederließ.

Hatte er sich zuvor noch gefragt, ob sie lebensmüde war, als sie sich den mp3-Player aufgesetzt hatte, so wusste er nun, dass sie ihre Ohren nicht brauchen würde. Ihre Augen waren so vollständig rot wie seine schwarz und er wusste, dass ihre Haut brennend heiß sein würde von der Magie, die ihr Zauber bewirkte.

Es war ein alter Zauber, der ihr eine weitere Wahrnehmungsebene geschaffen hatte. Im Moment konnte sie nicht nur die Präsenz ihres Kontrahenten und wohl auch jeden anderen Wesens in ihrer Umgebung sehen, sie konnte sie vermutlich sogar spüren. Jeglicher Unsichtbarkeitszauber der Mante wurde damit vollkommen überflüssig. Dieser Zauber war sehr alt. Und viel zu mächtig, als dass eine so junge Magierin ihn hätte beherrschen können. Aber er hatte auch nie für möglich gehalten, dass eine so junge Frau wie sie auch nur im Ansatz über so viel Magie verfügte, wie sie es nun mal tat. Vielleicht sollte er einfach aufhören, sich bei ihr zu wundern.

Der nächste Schock ereilte ihn erwartungsgemäß, als sie das *lisznet* fast schon spielerisch mit einer kleinen Drehung des Handgelenks zum Leben erweckte.

Auch diese Waffe war nichts für Anfänger und so langsam begriff er, dass vermutlich sogar ihr Vater die Fähigkeiten seiner Tochter unterschätzt hatte. Es gab nur wenige Magier, die diese Waffe auch nur im Ansatz beherrschten, die sich aus der Magie des Kämpfers speiste. Doch Anna spielte gerade damit und bedachte Harden mit einem kleinen Augenzwinkern, als dieser irritiert verfolgte, wie das *lisznet* eine Peitsche aus gebündelter Magie formte, ehe Anna eine Schnute zog, dem Griff einen Klapps gab und ein Stab an beiden Enden erschien, der den zierlichen Griff auf fast zwei Meter verlängerte. Erst dann kehrte sie in ihre militärisch gerade Haltung zurück und jeglicher Spaß wich aus ihren Zügen, als das *lisznet* erlosch und sie es in seinen Platz an ihrem Gürtel schob.

»Ich entschuldige mich bereits jetzt für alles, was kommen wird.« Mit einer Faust fest auf ihre Brust gepresst, verneigte sie sich tief vor dem noch immer sprachlosen Mantus und Eliels Herz machte einen Satz, als sie wieder hochkam und ein verschmitztes Grinsen ihre Mundwinkel umspielte.

Anna ließ Harden gerade noch so viel Zeit, wie er brauchte, um ihre Respektsbekundung zu erwidern, dann griff sie an.

Ihre Nervenenden vibrierten im Gleichklang mit der Musik, als sie vom Boden abfederte und im Flug das *lisznet* aufblühen ließ, bis es den zuvor getesteten langen Stab bildete. Als sie das erste Mal *Star Wars* gesehen hatte, hatte sie noch kichern müssen beim Anblick der Lichtschwerter, dann aber durchaus gefallen an dem Spiel gefunden, bis sie in vielen Stunden, die sie heimlich in einer Industriebrache geübt hatte, einen Weg gefunden hatte, einen ähnlichen Stab damit zu zaubern. Noch nie hatte sie Schwerter gemocht, war auch nie sonderlich gut darin gewesen. Doch mit dem Stab, mit dem sie gerade im Flug auf Harden zielte, war sie inzwischen richtig gut geworden.

Sie war nicht ehrlich gewesen, als sie vorhin gemeint hatte, dass sie aus der Übung sei. Auch wenn sie den Krieg und das Töten verabscheute, so hatte sie die Disziplin, die es einem abverlangte, zu kämpfen, stets gemocht. Und so hatte sie auch in ihrer Zeit auf der Erde immer Wege gefunden, um zu üben und ihre Fähigkeiten zu perfektionieren. Nicht mit echten Kontrahenten, aber immerhin.

Dass sie gut war, konnte sie an Hardens schockiertem Blick erkennen, als sie ihren Flug durch reine Willenskraft verlangsamte, bis sie knapp über ihm in der Luft zu Stehen kam. *Mit besten Grüßen aus der Matrix,* schoss es ihr grinsend durch den Kopf. Die Filme hatten sie echt verdorben. Funken stoben auf, als er den Hieb ihrer Waffe mit dem Schwert parierte, und lachend machte sie in der Luft einen Satz zurück, ehe er einen Treffer erzielen konnte.

Grinsend schloss sie die Augen, als seine Konturen verschwammen und sein Körper verblasste. Sie brauchte weder ihre Ohren noch ihre Augen, um ihn wahrzunehmen. Seine Präsenz flimmerte über ihre Haut, zeigte ihr die Richtung und mit gesenktem Kopf blieb sie stehen, legte eine Hand jedoch an einen der Wurfsterne in ihrem Gürtel.

Reglos verharrte sie. Sie spürte, wo er war, wusste, dass er sich langsam an sie heranpirschte, und zwang sich, mit keiner Regung zuzugeben, dass sie wusste, wo er sich befand. Das Kribbeln auf ihrer Haut verriet ihr, dass er nur wenige Schritte links von ihr war und sein Schwert zum Angriff erhoben hatte. Doch noch ehe er einen schweren Treffer erzielen konnte, packte sie den Stern und schleuderte ihn auf Höhe seiner Brust.

Sie traf. Und kurz tat es ihr leid, als seine Tarnung zusammenbrach und sie den Stern in seiner Brust stecken sah. Doch wischte sie das Gefühl zur Seite, als er ihn herauszog und sie mit einem Knurren bedachte.

»Hauptmann, du bist ein Rabenaas.« Seine Stimme, die sie nicht über ihre Ohren erreichte, durchdrang ihren Körper. Und sie grinste über das ganze Gesicht, als sie dramatisch eine Hand auf ihre Brust legte.

»Ich arme, kleine Magierin?« Wie beiläufig begann sie mehrere Sigillen in die Luft zu schreiben und verzog kurz das Gesicht, als sie anschließend mit ihrer Handinnenfläche über den scharfen Dorn eines Wurfsterns glitt. Blut quoll aus dem Schnitt und Harden schnaubte, als sie es auf ihrem Arm verrieb, mit dem sie das *lisznet* führte.

»Blut, Hauptmann?«

Zufrieden blickte sie auf ihren Unterarm und verfolgte, wie das bereits trocknende Blut kurz aufleuchtete und dann in ihrer Haut verschwand.

»Pass besser auf, dass ich nicht an deins komme, Mantus. Du willst nicht wissen, was ich damit alles anstellen kann.«

Harden begriff, dass sie es wörtlich meinte, als die Magie, die in ihrem *lisznet* floss, sich rötlich verfärbte und zu pulsieren begann.

Danach hatte selbst Harden begriffen, dass die Zeit für Geplänkel vorbei war. Schien er sie vorher noch unterschätzt zu haben, so hatte nun auch er erkannt, dass er diesen Kampf und seine Gegnerin ernst nehmen musste, wenn er gewinnen wollte. Er hatte den typischen Fehler gemacht, den wohl jeder machte. Er hatte sie einzig aufgrund ihres Alters unterschätzt. Doch damit war nun augenscheinlich Schluss.

Anna keuchte, als er plötzlich von seiner Position verschwand und bereits einen Wimpernschlag später so nah bei ihr war, dass sie fast keine Chance mehr hatte, seinen Schwerthieb zu parieren. Unter der Wucht, als die Klinge ihr *lisznet* traf, ging sie in die Knie. Ihre Arme sangen und Schmerz schoss in ihre Schultern, doch schaffte sie es schließlich, sich unter ihm wegzuducken und zur Seite zu rollen. Das *lisznet* war erloschen und mit verkniffenen Augen kam sie hastig wieder auf die Beine und schleuderte einen Energieball auf ihren Angreifer.

Doch leider war dieser nicht mehr an seinem Platz und ihre Magie verpuffte, während sie jedoch schon mit einem wüsten Aufschrei herumwirbelte und in der Drehung eines der Messer ergriff.

Harden hatte direkt hinter ihr gestanden und sie musste zugeben, dass sie mehr Glück als Können bewies, als ihr Messer bis zum Heft in seinem Oberschenkel versank. Fluchend stieß er sie von sich und mit einem Rückwärtssalto nutzte sie seine eigene Kraft, um von ihm weg zu kommen.

»Zwei zu null, Mantus. Willst du wirklich noch nicht aufgeben?« Schweiß lief ihre Schulterblätter hinab und ihr Atem ging unregelmäßig. Allerdings hatte Harden tatsächlich noch keinen einzigen direkten Treffer bei ihr erzielt.

Die Energiewelle, die er ihr zur Antwort schickte, wühlte das Erdreich auf und Anna sprang mit einem Satz in die Luft, konnte jedoch nicht verhindern, dass sie getroffen wurde. Seine Magie brannte wie Feuer auf ihrer Haut und mit einem angewiderten Naserümpfen begriff sie, dass es auch genau das war. Sein Treffer hatte ihre Schienbeine verkohlt.

»Zwei zu eins, Magierin.«

Sie schluckte, als er seine Schwingen ausbreitete und sich mit einem Satz in die Luft schwang.

Eliel hatte Mühe, sich zurückzuhalten und den Kampf nicht zu unterbrechen, der immer mehr Zuschauer angelockt hatte, die nun in ehrfürchtigem Schweigen die Plätze am Rand des Übungsfeldes füllten. Darunter befanden sich gleichermaßen Männer und Frauen, selbst solche, die nicht freiwillig hier waren. Und er nickte knapp, als zwei weitere schwarze Prinzen sich zu ihm gesellten. Jeder schien gekommen, um dem ungewollten Spektakel beizuwohnen.

Sie war tatsächlich mehr als gut. Hatte er anfangs noch geglaubt, dass sie große Töne spuckte, so musste er nun einräumen, dass sie durchaus gute Chancen hatte, Harden zu besiegen. Auch wenn sie inzwischen beide angeschlagen waren. Auch Harden hatte ihr einige deftige Treffer verpassen können und dabei Wunden hinterlassen, bei denen es ihm immer schwerer fiel, den Kampf nicht zu unterbrechen. Obwohl er es selbst initiiert hatte, da er hatte wissen wollen, wie gut sie tatsächlich war, war nun er es, der Probleme damit hatte, auszuhalten, was man seiner Gefährtin antat.

Doch sie lächelte nach wie vor, obwohl er spüren konnte, dass sie erhebliche Schmerzen hatte. Noch immer bewegte sie sich mit einer unglaublichen Eleganz am Boden und – wie er mit einigem Staunen mitansehen musste – sogar in der Luft. Scheinbar hatte sie ihre ganz eigene Möglichkeit gefunden, den fehlenden Flugtalenten ihres Volkes entgegenzuwirken, und baute ihre Gabe zu schweben in jeden Sprung und jede Drehung ein, sodass ihre Bewegungen unberechenbar für ihren Kontrahenten wurden.

Fast schon bereute er es, dass sie niemals gegeneinander würden antreten können. Nicht mal spielerisch, denn ihre Bindung würde verhindern, dass sie ihn angriff. Sie war eine brillante Taktikerin und ihre Fähigkeit, Hardens Bewegungen regelrecht vorauszusehen, suchte ihresgleichen. Im Stillen räumte er ein, dass sie nicht nur für Harden, seinen besten Kämpfer, eine schwere Nuss war, sondern vermutlich auch für ihn und die übrigen Prinzen, die sich inzwischen allesamt am Feldrand eingefunden hatten.

Doch auch ihre Kraft war nicht endlos. Er konnte spüren, wie der magische Strom in ihr langsam zusammensank. Zwar würde sie noch eine Weile durchhalten können, doch wurden ihre Angriffe schwächer. Und auch Hardens Kräfte begannen zu schwinden. Schweiß stand auf seiner Stirn, lief seinen Hals hinab und mischte sich mit dem Blut, das inzwischen großzügig seinen Oberkörper verunzierte. Er hatte physisch einiges einzustecken gehabt, da Anna kaum eine Lücke in seiner Deckung entgangen war und ein ums andere Mal Treffer hatte landen können. Sein Arm blutete aus einer tiefen Wunde, die sie ihm mit dem *lisznet* zugefügt hatte, als er seine Deckung für den Bruchteil einer Sekunde hatte sinken lassen. Die Wunde, die der Wurfstern hinterlassen hatte, war noch nicht wieder verheilt und hatte noch zwei weitere Pendants gefunden, die sie im Lauf des Kampfes hatte austeilen können. Und die tiefe Stichwunde in seinem Oberschenkel klaffte mit jeder Bewegung erneut auf. Auch Harden würde nicht mehr lange durchhalten.

Überrascht hatte er erkennen müssen, dass Anna Blutmagie einsetzte. Zwar keine, mit der er vertraut war, keine, die er in seinem Leben auch nur jemals gesehen hatte, allerdings war sie nicht minder effektiv. Im Gegenteil. Die Zauber, die sie wirkte, nachdem sie Hardens Blut in die Finger bekommen hatte, waren überaus wirkungsvoll und hatten nicht unwesentlich dazu beigetragen, dass auch sein Magiestrom immer schwächer geworden war. Sie hatte seine Magie teilweise angezapft und in nicht wenigen Momenten sogar gegen ihn gerichtet.

Mit einem innerlichen Grinsen hatte er begriffen, dass wohl genau dies der Grund war, aus dem sie auch ihm gegenüber in der Hinsicht keine Scheu besaß. Wenn er nicht so benebelt gewesen wäre, hätte ihm das bereits auffallen müssen, als sie ihn in der Unterführung gefunden hatte. Kein Magier verwendete so selbstverständlich Blut, um eine Verbindung herzustellen, wie sie es in jener Nacht getan hatte.

Es war nicht zu übersehen, dass es ein Kampf gleichstarker Gegner war. Einzig die Zeit würde entscheiden, wer den Sieg davontragen würde. Eigentlich hatte er daher den Kampf nun beenden wollen, doch hielt eine Hand auf seinem Unterarm ihn davon ab.

»Lass sie es zu Ende bringen.«

Seufzend ließ Eliel bei Mikhails ruhigen Worten den Arm wieder sinken und wandte seinen Kopf zu dem schwarzen Prinzen, der in der Rangfolge ihm nachgestellt war.

»Sie hat nicht mal kämpfen wollen«, räumte Eliel leise ein und sah, wie Mikhail grinste.

»Ich glaube, sie findet gerade eine gute Lösung, das alles ohne deine Einmischung rühmlich zu Ende zu bringen.«

Mit dem ausgestreckten Arm wies der dunkelhaarige Mann auf das Feld und überrascht verfolgte Eliel, wie Anna die Arme weit ausstreckte und das *lisznet* fallen ließ. Keuchend und mit vor Schmerz gekrümmten Oberkörper stand Harden vor ihr und schien im ersten Moment nicht mal richtig zu begreifen, was los war. Fassungslos sah er auf Anna, die den Kopf gesenkt hielt und für alle deutlich spürbar ihre Magie in sich zusammensinken ließ.

»Ich gebe mich geschlagen, Harden.«

Der Angesprochene brauchte einen Moment, ehe er ihre Worte erfasste, dann ließ er sein Schwert in seine Scheide gleiten und trat auf Anna zu. Leise wechselten sie ein paar Worte, bei denen Eliel einiges drum gegeben hätte, wenn er sie hätte hören können. Und wie gebannt verfolgte er, wie beide sich kurz darauf zu Boden sinken ließen und sie sich vorbeugte und eine Hand auf eine der Wunden Hardens legte. In sich spürte er, wie ihre Magie auflodterte und lächelte leicht, als sie sich daran machte, die Wunden zu heilen, die sie selbst geschlagen hatte.

»Sie ist ganz erstaunlich, Eliel. Vielleicht können wir hoffen, dass sich mit ihr tatsächlich endlich etwas ändern wird.«

Eliel nickte und erhob sich.

»Hoffen wir es«, erwiderte er leise, ehe er sich abwandte und auf die ehemaligen Kämpfer zuging.

Anna lächelte matt, als sie Eliel auf sich zukommen sah. Jeder Muskel in ihr schrie und die Wunden, die sie hatte einstecken müssen, brannten. Allen voran die Verbrennungen an den Schienbeinen, doch mühte sie sich, sich nichts anmerken zu lassen. Sie konnte später immer noch jammern, wenn sie wieder allein war.

»Seit wann sind Magierinnen eigentlich so blutrünstig?«

Anna grinste und blinzelte gegen die aufsteigende Sonne hoch zu Eliel.

»Seit sie gelernt haben, dass es erheblich effektiver ist«, erklärte sie gelassen und verfolgte, wie er sich neben sie ins Gras sinken ließ.

»Deine Gefährtin hat Tricks auf Lager, bei denen selbst wir noch lernen können, Eliel«, warf Harden erschöpft aber mit einem leisen Lachen ein.

Eliel nickte, hielt den Blick jedoch unverwandt auf Anna gerichtet. »Das habe ich gesehen. Wer hat dir das beigebracht?«

Verlegen sah sie zur Seite und räusperte sich, als er ihr Kinn anhob.

»Ich mir selbst«, gab sie leise zu und sah, wie er verblüfft den Kopf schüttelte.

»Ich dachte immer, Magier würden Blutmagie für unter ihrer Würde erachten.«

Eliels leise Worte ließen Anna erröten. Es stimmte. Magier lehnten Blutmagie ab und bedienten sich ihrer nur in absoluten Ausnahmefällen. Und selbst dann auch nur in einer sehr ritualisierten Form. Sie hielten sie für verdorben und schmutzig. Auch Anna hatte lange damit gerungen, als sie an sich die Faszination für Blutmagie entdeckte. Doch erst als sie auf der Erde angekommen war, hatte sie schließlich den Mut aufgebracht, sich mehr mit dieser Form der Magie auseinander zu setzen. Da ihr niemand hatte helfen können, hatte sie die vergangenen Jahre viele Stunden darauf verwendet, sich diese Dinge selbst anzueignen. Sie wusste, dass sie nicht perfekt war, hatte nie auch nur ein Grimoire dazu gesehen. Alles, was sie konnte, war entsprechend auch dem »Trial and Error«-Prinzip entsprungen.

»Na ja, dann bin ich wohl würdelos. Ein weiterer Punkt auf der Negativ-Liste meines Vaters«, witzelte sie verlegen und schloss die Augen, als er ihr mit der Hand über die Wange strich.

»Ich glaube, ich habe etwas, das dich über die Würdelosigkeit hinwegtrösten könnte.«

Jetzt war ihre Neugier geweckt. »Was denn?«

Er grinste, schüttelte jedoch den Kopf. »Erst, wenn du wieder auf eigenen Beinen stehen kannst, junge Dame.«

Sie stöhnte genervt, als er mit dem ausgestreckten Finger auf ihre verbrannten Schienbeine deutete.

»Das hört bald wieder auf«, wand sie sich und er schnaubte, legte jedoch seine Hand in ihren Nacken und zog sie an sich, bis ihre Lippen dicht an den seinen lagen.

»Nicht, wenn du dich mehr um Harden sorgst, als um dich selbst, Magierin.«

Seufzend schloss sie die Augen, als er sie küsste und seine Magie sich dabei warm und dunkel in ihr ausbreitete.

»Oh«, entwich es ihr leise, als er ihre Lippen schließlich freigab, und er lachte. Dann jedoch erhob er sich und zog sie mit sich auf die Beine. Prüfend verlagerte sie ihr Gewicht von einem Bein auf das andere und nickte zufrieden. Die Schmerzen waren vergangen und sie konnte spüren, dass auch ihre Wunden weitestgehend verheilt waren.

»Frühstück in der Halle?«

Sie seufzte. »Duschen?«

Er grinste und sie quietschte, als er ihr gleich darauf einen Klaps auf die Kehrseite gab.

»Dann beeil dich. Ich hab Hunger.«

Anna beeilte sich tatsächlich, nachdem auch sie auf dem Weg zurück ihren Magen lautstark knurren hörte. Zumindest versuchte sie es, als ihr unverhofft Imena in die Arme lief. Mit düsterem Blick versperrte diese ihr den Weg und verwirrt sah Anna sich um auf der Suche nach Sefron, den sie jedoch nirgends entdecken konnte.

»Sag mir, dass es dir gefällt, dass er dich entführt hat«, fauchte sie und Anna seufzte.

»Er hat mich nicht entführt, Imena«, versuchte sie es leise und zuckte zusammen, als die andere Frau sie hart ins Gesicht schlug.

»Du lügst, Verräterin!«, keifte sie und Anna hatte Mühe, ihr Temperament im Zaum zu halten. Niemandem wäre damit geholfen, wenn sie jetzt genauso die Fassung verlöre wie Imena vor ihr.

»Weder hat er mich entführt, noch hat er mir Gewalt angetan«, versuchte sie es ruhig weiter, doch auch dies schien den Zorn der Soldatin nur noch weiter anzustacheln.

»Du lügst! Sie sind nicht mehr als abartige Tiere!« Ihre Stimme überschlug sich und Anna begriff, dass Imena am Rande eines Zusammenbruchs taumelte. Tränen liefen über ihre Wangen und als Anna auf sie zutrat und die Arme um sie schlang, stürzte sie sich schluchzend hinein, während jegliche Kraft ihren Körper zu verlassen schien. Annas Blick glitt den Flur entlang, als sie dort eine Bewegung ausmachte. Flüchtig erkannte sie Sefron dort, schüttelte aber den Kopf, als dieser Anstalten machte, zu ihnen zu kommen.

»Erzähl mir, was los ist, Imena«, bat sie leise und sank mit ihr zu Boden, als diese schluchzend den Halt verlor. Schweigend zog sie die weinende Frau an sich und streichelte beruhigend ihren Rücken, bis ihre Schluchzer trocken wurden und schließlich verklangen.

Sie schwieg auch weiterhin, als Imena zu erzählen begann. Geduldig hörte sie ihr zu, wie sie von der Patrouille erzählte, davon, wie man sie aufgegriffen und wie Sefron sie ohne große Worte gepackt und mit sich gezerrt hatte. Wie sie sich gewehrt hatte, am Ende aber keine Chance bekam. Sefron hatte sie nur wenig entgegenzusetzen gehabt und am Ende hatte sie hilflos zulassen müssen, wie er sie erst an sich gebunden und dann ihre Magie mit einem *szenai* gefesselt hatte. Imena hatte daraufhin versucht, ganz wie ihre Erziehung es vorgesehen hatte, sich das Leben zu nehmen. Doch auch das hatte Sefron verhindert und schließlich einen Fluch gewoben, der sie seitdem an einem weiteren Versuch hinderte.

»Ich fühle mich so schmutzig, Anna. Er hat mir alles genommen«, wisperte sie erstickt und Annas Magen verkrampfte sich. Erneut sah sie in die Richtung, in der Sefron stumm an die Wand gelehnt wartete, und schloss die Augen, als dieser in stummem Schmerz den Blick senkte.

»Weißt du, als ich damals weggelaufen bin, hatte ich genug von all dem. Ich hatte genug von diesem Krieg, dem Töten … Ich wollte nicht mehr so leben, eingesperrt in eine Festung, stets in Angst davor, entführt und versklavt zu werden. Also bin ich gegangen und habe mir ein neues Leben aufgebaut. Es ging mir gut, da, wo ich war. Es war nicht perfekt, aber ich war zufrieden. Ich hatte diesen Albtraum endlich hinter mir gelassen. Dachte ich zumindest. Und dann, eines nachts vor einem Monat, als ich auf dem Weg nach Hause war, lag Eliel da. Schwerverletzt, mitten unter den Menschen. Ich habe es einfach nicht über mich gebracht, sein Leben zu beenden. Ich wollte kein Teil dieses sinnlosen Krieges sein. Ich flickte ihn wieder zusammen und nahm ihn mit zu mir.« Als Imena aus großen Augen zu ihr aufsah, verstummte Anna.

»Du bist wahnsinnig, oder?«

Anna gluckste. »Ja, das dachte ich mir auch in dem Moment. Dennoch habe ich es getan. Als ich am nächsten Morgen wieder aufwachte, saß er vor mir. Und glaub mir, ich hatte eine Heidenangst. Als ich erfuhr, wem ich da gerade das Leben gerettet hatte, dachte ich, ich würde durchdrehen. Trotzdem war vom ersten Moment an irgendwas zwischen uns, das nichts mit Angst zu tun hatte. Ein Knistern.« Anna konnte spüren, wie Imena sich in ihren Armen versteifte und lächelte inwendig. »Weißt du, es gibt viele Dinge, die wir über unseren Feind nicht wissen, Imena. Uns wird immer nur beigebracht, dass die Mante uns Frauen rauben, um sie zu binden. Nie hat uns jemand gesagt, dass das ihre Art ist, mit der sie die Frau an sich binden, die ihnen das Schicksal als ihre Gefährtin bestimmt hat. Wir sehen nur, dass sie uns überfallen und entführen. Nie hat uns jemand erklärt, dass ihnen – wie sagte Eliel so nett – vielleicht einfach nur eine Sicherung durchbrennt, wenn sie ihre Gefährtin finden. Man hat uns eingeimpft, den Freitod zu wählen, wenn wir einem Mantus in die Hände fallen. Man hat uns gesagt, dass wir das tun sollen, um unsere Ehre zu retten und der Sklaverei zu entgehen. Nie hat uns jemand gesagt, dass wir damit den Mantus ebenfalls in den Tod reißen. Es gibt unendlich viele Missverständnisse zwischen unseren Völkern, Imena. Ein Krieg wird sie jedoch nicht aus der Welt schaffen. Weder auf dem Schlachtfeld noch hinter verschlossenen Türen. Dieser Krieg schafft nur Verlierer.«

»Anna, ich bin nicht so wie du. Bei dir klingt das alles so leicht.« Imenas Stimme klang verzweifelt an ihrem Hals und beruhigend legte Anna die Hand auf ihren Hinterkopf, während sie verfolgte, wie Sefron sich ihnen leise näherte. »Ich habe Angst. Immer schon gehabt.«

»Das ist in Ordnung, Imena.« Seine Stimme klang heiser, als er neben ihr in die Hocke ging und seine Hand nach ihr ausstreckte. Anna spürte, wie Imena in ihren Armen zusammenschreckte, aber zumindest unternahm sie nichts, um ihm auszuweichen, als er vorsichtig mit der Hand ihre Locken aus dem Gesicht strich. »Ich hätte an deiner Stelle wohl auch Angst.«

Anna sah, wie er sich um ein Lächeln bemühte, und hielt Imena fest, als diese sich dichter an sie drückte. Sofort verschwand Sefrons Lächeln wieder und machte einer enttäuschten Miene Platz.

»Mir ist vielleicht wirklich eine Sicherung durchgebrannt«, gab er leise zu und verlegen sah er zur Seite, als Anna unwillkürlich lächelte. »Oder auch die eine oder andere mehr. Es tut mir leid, Imena. Aber als ich dich an dem Tag sah ...«

Imena schniefte vernehmlich, hob aber endlich den Kopf.

»Du warst so wunderschön. So stolz. Ich habe einfach nicht mehr klar denken können.« Die Angesprochene schnaubte und er lächelte entschuldigend. »Eigentlich geht es mir ständig so, wenn ich dich ansehe. Ich weiß, dass dir das kein Trost ist. Ich will es auch nicht entschuldigen damit.«

Anna spürte, wie Imena ein winziges Stück von ihr abrückte und sich in Richtung Sefron beugte und lächelnd löste sie ihre Umarmung. Schweigend verfolgte sie, wie Imenas Blick über den Mantus vor sich glitt, als schien sie abzuwägen, was sie nun alles erfahren hatte.

»Ist es wahr, was Anna gesagt hat?«

Sefron nickte eilig. »Jedes einzelne Wort.«

»Ich weiß nicht, was ich jetzt tun soll«, gestand sie leise und ihr Blick wechselte von Sefron zu Anna und wieder zurück.

»Wie wäre es, wenn du mich einfach zum Frühstück begleitest? Wir können etwas essen und einfach reden.«

Imena war die Unsicherheit anzusehen, als Sefron auf die Beine kam und ihr die Hand hinhielt, um ihr beim Aufstehen zu helfen. Erneut ging ihr Blick zu Anna, die ihr lächelnd zunickte. Und reglos blieb sie an Ort und Stelle sitzen, als Imena Sefrons Angebot tatsächlich annahm.

Ich sollte Paartherapeutin werden, richtete sie in Gedanken das Wort an Eliel, dessen Anwesenheit sie zwar die ganze Zeit über gespürt, der sich dann jedoch höflich im Hintergrund gehalten hatte. Und grinsend kam sie auf die Beine, als sein Lachen durch ihren Kopf schallte.

Du hast gerade gekittet, was ein ganzes Jahr lang unrettbar erschien.

Anna winkte ab, während sie umständlich wieder auf die Beine kam und ihren Weg fortsetzte. *Das müssen die beiden schon selbst erledigen. Weißt du, wenn Quade nicht gewe-*

sen wäre, ich hätte vieles auch einfach nicht gewusst. Vielleicht lassen sich wirklich viele Dinge allein dadurch beseitigen, wenn man nur mehr über den anderen wüsste.

In sich konnte sie seine Nachdenklichkeit spüren und lächelte, während sie zeitgleich die Tür zu ihrem Appartement aufzog.

Und wenn wir uns vielleicht etwas besser im Griff hätten.

Anna gluckste leise bei seinen Worten. *Mit Sicherheit auch das, Dämon.*

Anna grinste noch immer, als sie keine halbe Stunde später in der Halle eintraf. Sie hatte frisch geduscht und auch wenn ihre Muskeln noch immer schmerzten, so fühlte sie sich doch erheblich besser als noch vor einer Stunde. Suchend ging ihr Blick über die große Tafel, die man in der Mitte des Raumes aufgebaut hatte, und kurz stockte sie, als sie nicht nur Eliel entdeckte, sondern auch seinen Cousin, den König, die sich angeregt unterhielten.

Das Bild erschien ihr etwas befremdlich. In Veluvion Stadt hätte König Maladriel sich nie dazu herabgelassen, sich unter das normale Volk zu mischen und mit ihnen an einem Tisch zu sitzen. Er hielt Hof, gewährte Audienzen oder zog sich mit seinen Beratern, seinen engsten Vertrauten, zurück. Niemals jedoch saß er zwischen allen anderen in der Halle und nahm am gewöhnlichen Leben teil.

Schließlich gab Anna sich einen Ruck und ging auf Eliel zu, der sie mit einem Lächeln bedachte, als er sie bemerkte. So viele Dinge waren hier anders, vielleicht sollte sie sich nicht so viele Gedanken machen.

»Wieder fit?«

Sie grinste und angelte nach der veluvianischen Version einer Orange auf dem Tisch. »Und hungrig. Außerdem neugierig.«

Eliel grinste. »Wenn du gegessen hast.«

Sie grummelte theatralisch, während sie mit einem kleinen Obstmesser die Orange zu schälen begann.

»Wenn ich wieder laufen kann, wenn ich was gegessen habe ... Ihm fällt bestimmt gleich noch was Neues ein, womit er es hinauszögern kann«, murrte sie halblaut und hörte Eliel wie auch Javron neben sich lachen.

»Nach dem Frühstück, versprochen.«

In einer gespielten Drohung hob sie das Obstmesser und richtete es auf ihn.

»Noch einen Aufschub und ich verprügel deinen besten Mann gleich noch mal«, maulte sie und schnaubte, als er ihr mit einer Hand das Obstmesser aus den Fingern wand. Erstaunt verfolgte sie, wie sie es absolut reglos zuließ, dass er ihr das Messer aus der Hand nahm, und errötete, als er ihren Blick bemerkte und grinste. Die Bindung schien augenscheinlich nicht mal Spaß zu verstehen.

»Das würdest du nicht. Den magst du nämlich zufällig.«

Anna seufzte. »Ich wusste, ich hab da was vergessen.« Und mit einem schiefen Grinsen nahm sie das Obstmesser, als er es ihr wieder hinhielt.

Entspannt, obwohl die Anwesenheit Javrons sie nach wie vor irritierte, arbeitete sie sich durch das aufgetragene Frühstück. Mit einem Schmunzeln konstatierte sie, dass es sich kaum von einem Frühstück auf der Erde unterschied und die Atmosphäre insgesamt eher gelöst erschien. Sofern man davon absah, dass auch jetzt Frauen mit gebundener Magie unter ihnen weilten und sie kontinuierlich daran erinnerten, dass eigentlich nichts in Ordnung war in dieser Dimension.

»Du sollst ganz schön zugelangt haben heute Morgen, Hauptmann.«

Anna errötete und schob ihr Brett auf der Tafel zurück, als der Monarch sie so unvermittelt ansprach.

»Vielleicht hat man mich aber auch einfach nur unterschätzt, Euer Hoheit«, entgegnete sie rasch und sah, wie er abwinkte.

»Ich fände es angenehmer, wenn wir auf die Formalia verzichten könnten.«

»Ja, ich auch«, hielt sie prompt dagegen und hörte Eliel neben sich unterdrückt lachen.

»Ich fürchte, den Namen wirst du nach heute früh nicht mehr los«, mischte er sich gleich darauf ein und sie seufzte.

»Er erinnert mich an den Teil meiner Vergangenheit, von dem ich hoffte, ihn vor zwölf Jahren hinter mir gelassen zu haben. Allein deshalb wäre es mir lieber, nicht so genannt zu werden.«

Javron nickte bedauernd. »Was ich durchaus verstehen kann, allerdings fürchte ich, dass du dir das nicht wirst aussuchen können. Ganz Lima spricht bereits so von dir.«

Anna hustete. Ganz?

»Du hast heute eindeutig unter Beweis gestellt, dass du deinem Rang alle Ehre machst. Betrachte es als Ausdruck von Respekt, wenn sie dich künftig so nennen.«

Die Angesprochene zog daraufhin zwar eine Schnute, gab sich dann jedoch geschlagen. »Vor manchen Dingen kann man offensichtlich so viel und so weit weglaufen, wie man will. Am Ende holen sie einen doch immer wieder ein«, murmelte sie und sah, wie sich ein kleines Lächeln in das Gesicht des Herrschers stahl.

»Nicht immer die schlechtesten Dinge, wenn man es zurückblickend betrachtet. Und ich gebe zu, dass mir deine Vergangenheit durchaus sehr gelegen kommt.«

Fragend hob Anna eine Braue, als der Monarch verstummte.

»Du willst irgendwas«, fügte sie hinzu, als Javron auch weiterhin beharrlich schwieg.

»Du bist mit den Strategien Sorens vertraut«, setzte er leise an und Anna holte tief Luft.

Sie hatte vermutet, dass es so kommen würde. Und ihre Antwort darauf hatte sie sich bereits vor geraumer Weile überlegt. Doch nun zu erleben, dass es auch wirklich geschah, war doch noch mal eine ganz andere Geschichte.

Sie hatte gewusst, dass man sie nach den Taktiken und Strategien ihres Vaters fragen würde. Wäre sie an Javrons Stelle, sie würde nicht anders vorgehen. Sie brachte, auch wenn es bereits zwölf Jahre her war, Insider-Wissen mit, das sich in einer Schlacht als entscheidender Vorteil würde erweisen können. Niemand auf Seiten der Mante wäre besser in der Lage, die Schritte vorauszusehen, die ihr Vater unternehmen würde, als seine einzige Tochter.

»Ja, ich werde es tun, Javron«, erwiderte sie, noch ehe der Herrscher sein Anliegen überhaupt hatte formulieren können. Überrascht sahen sowohl er als auch Eliel sie an.

»Es wäre dir niemand böse, wenn du es nicht tätest, Anna. Er ist dein Vater. Überdenk deine Antwort bitte noch.« Bei Eliels Worten schenkte sie ihm ein Lächeln.

»Ich hatte durchaus ein paar Wochen Zeit, um mir das durch den Kopf gehen zu lassen. Meine Antwort steht schon seit geraumer Weile fest.«

»Ich danke dir, Anna. Nach dem Abendessen habe ich

ein Treffen mit den Sieben anberaumt, bei dem ich dich gern dabei haben möchte«, mischte sich Javron nun wieder und und Anna nickte schwach, während sie jedoch ihren Blick auf Eliel gerichtet hielt. Sein Gesicht war nichtssagend und auch in sich konnte sie keinerlei Gefühl von ihm ausmachen.

»Es ist in Ordnung, Eliel. Ich habe mir das wirklich überlegt.«

Er nickte abgehackt und sie lächelte, als er ihre Hand griff. »Ich möchte nur nicht, dass du es hinterher bereust.«

Nach dieser Unterhaltung war die Luft irgendwie raus gewesen, sodass Anna sich schließlich darauf zurückzog, dass Eliel sein Versprechen einzulösen hatte, um der etwas angespannten Stimmung zu entfliehen. Noch immer hatte sie keinen blassen Dunst, worum es sich bei seiner Überraschung eigentlich handeln sollte, und misstrauisch beäugte sie ihn, während sie neben ihm in Richtung ihrer Unterkunft herging.

»Du könntest mir wenigstens einen Hinweis geben!«, maulte sie in der Hoffnung, ihn aus seiner grüblerischen Stimmung zu reißen. Doch er blieb unbeeindruckt, während er ihr wortlos die Tür zu ihren Gemächern aufhielt. Zum ersten Mal, seit sie bei ihm war, schien er wieder genauso unnahbar wie an jenem ersten Morgen in ihrer Wohnung. Und sie gab zu, dass sie das ein wenig nervös machte.

»Eliel, was ist los?«, gab sie sich schließlich einen Ruck und legte ihre Hand auf seinen Unterarm.

»Am liebsten würde ich dich aus allem raushalten. Aber ich kann es nicht«, brach es aus ihm heraus und mit einem Lächeln trat sie dicht vor ihn, stellte sich auf die Zehenspitzen und schlang die Arme um seinen Hals. Noch immer musste sie sich den Hals verrenken, um ihm so in die Augen sehen zu können, doch als sie ihn mit ihrer Hand in seinem Nacken zu sich herabzog, ließ er es geschehen.

»Das brauchst du auch nicht, Eliel. Ich habe mich entschieden. Und ich habe wirklich lange darüber nachgedacht. Es wäre dumm, wenn ich es nicht täte.«

Seine Arme schlangen sich wie Schraubstöcke um sie und sie kicherte, als er sie hochhob, bis sie mit den Beinen in der Luft baumelte. Sie ahnte, dass er nicht mal wirklich bemerkte, was er da gerade tat.

»Du hast keine Ahnung, wie glücklich ich bin, dich gefunden zu haben.«

Sie gluckste leise, als er ihre Lippen gleich darauf in einem unbeherrschten Kuss verschloss, und schlang ihre Arme fester um seinen Hals.

»Doch, vielleicht habe ich das«, murmelte sie geraume Weile später dicht an seinen Lippen und spürte, wie er sie für einen kurzen Moment so fest an sich zog, dass sie meinte, gleich ihre Knochen brechen zu hören. Doch dann entspannte er sich wieder und sie hob den Kopf, während sie ihm gleichzeitig mit dem Finger in die Brust pikte. »Aber nicht, wenn du mich noch länger auf die Folter spannst!«

Anna war erleichtert, als sie ihn endlich wieder lachen sah. Die letzten Wochen hatte sie sich so daran gewöhnt, dass er sich ihr gegenüber geöffnet hatte, dass es sie hatte nervös werden lassen, dass er sich nun wieder in sich zurückgezogen hatte. Sie mochte Eliel, sehr sogar. Sie mochte seine Nähe, wenn er sie berührte, küsste ... Flammende

Röte schoss in ihre Wangen, als sie begriff, dass sie drauf und dran war, sich in diesen Mann zu verlieben.

Noch nie war sie verliebt gewesen. Nicht in ihrem einstigen Zuhause, in dem ihre Ausbildung sie so sehr in Beschlag genommen hatte, dass an solcherlei Dinge nicht mal zu denken gewesen war. Und auch nicht auf der Erde, wo sie stets das Gefühl gehabt hatte, sich zurücknehmen zu müssen.

Dann war Eliel aufgetaucht. Wenn ihr vor zwölf Jahren jemand gesagt hätte, dass sie sich mal in ihren Erzfeind verlieben würde, sie hätte laut gelacht. Auch wenn sie kein Teil des Krieges hatte sein wollen, so hätte sie es doch nie für möglich gehalten, dass ein Mantus liebenswert sein konnte. Ähnlich wie Imena war auch sie in dem Glauben erzogen worden, dass es sich bei ihnen um wilde Bestien handelte.

Bestien mit einer ziemlich umfangreichen Bibliothek, wie sie sinnierte, als er, noch immer mit ihr auf den Armen, in sein Arbeitszimmer ging und dort vor einem der überladenen Regale verharrte. Suchend glitt sein Blick über die Reihen und Anna lächelte inwendig. Er hatte es immer noch nicht bemerkt.

»Du kannst die Magierin jetzt wieder runterlassen, Dämon«, zog sie ihn auf und sah, wie er errötete, während er sie jedoch gleich darauf absetzte. Kopfschüttelnd, aber mit einem liebevollen Lächeln, sah sie zu ihm auf.

Doch, je mehr sie darüber nachdachte, desto besser fühlte es sich an, sinnierte sie, während sie ihn prüfend ansah. Er war genau das, was man sich unter Magiern bei einem Mantus vorstellte. Groß, düster und mit dieser drückenden dunklen Magie, die in ihm ruht. Sie hatte ihn nie wirklich kämpfen sehen, wenn man von dem kurzen

Scharmützel mit ihrem Vater einmal absah, allerdings zweifelte sie auch nicht daran, dass er den Geschichten, die man sich unter den Magiern über ihn erzählte, alle Ehre machte. Doch war er auch so vieles mehr. Seine Aufmerksamkeit, seine wache Intelligenz und – wie sie mit einiger Überraschung festgestellt hatte – seine Belesenheit. Auf der Erde hatte sie noch nicht weiter drüber nachgedacht, doch war es selten, dass man ihn nicht mit einem Buch in der Hand erwischte, wenn es die Zeit erlaubte.

Als er jetzt einen uralten schweren Folianten aus einer Reihe solcher Bücher herauszog, wurden ihre Augen groß. Ein spitzbübisches Lächeln umspielte seine Mundwinkel, als er ihn mit beiden Händen umfasste und ihn ihr reichte, ihre Verblüffung sichtlich genießend.

»Meine Großmutter war eine sehr mächtige Blutmagierin«, begann er, als sie ihm den Folianten, der in seinen Händen gar nicht so groß ausgesehen hatte, den sie nun allerdings auf ihren Unterarm legen musste, damit sie ihn mit einer Hand halten konnte, abnahm. »Und das hier ist ihr Grimoire.«

Annas Augen wurden bei seinen Worten groß, während sie ehrfürchtig über die kunstvolle Verzierung des Ledereinbandes strich. Selbst jetzt konnte sie die Macht spüren, die an dem Buch im Lauf der Zeit haften geblieben war, und sie schauderte, als sie zögernd den Folianten aufschlug. Vorsichtig strich sie über das uralte Pergament, das einzig aufgrund eines Schutzzaubers die Zeit überstanden haben konnte, und verweilte, als sie auf das Vorwort der Verfasserin stieß.

Liebe Leserin,

ich gehe doch mal davon aus, dass du eine Magierin bist, die auf die eine oder andere unerfreuliche Weise ihren Weg zu den Mante gefunden hat. Und ich hoffe, dass du bereits von allein festgestellt hast, dass sie nicht ganz so übel sind, wie man meinen sollte. Falls nicht: Du kannst zwar nicht das Porzellan nach ihm werfen, aber es gibt andere Möglichkeiten, ihm das Leben zur Hölle zu machen. Ist anstrengend, funktioniert aber. Habe ich selbst lange Zeit hindurch gemacht.

Aber ich schweife ab. Was du gerade in Händen hältst, ist mein Grimoire. Es ist voller Blutmagie, das ist für dich aber jetzt kein Grund zur Panik. Sie ist weder besser noch schlechter als die Magie, die du mit deiner Sigillenzeichnerei gewöhnt bist. Sie ist lediglich anders. Und sie eröffnet dir andere Möglichkeiten.

Ich bin keine große Rednerin und salbungsvolle oder bedeutungsschwangere Vorworte liegen mir nicht. Also mache ich es kurz: Nutze sie weise, Magierin.

Petrowina, Tochter der Aislin, Gefährtin des Brahn

Nachtrag: Und gib dir Mühe, nicht die Stadt zu sprengen. Das ist nämlich mir passiert bei einem Versuch.

Anna kicherte bei den Zeilen der Frau und sah wieder auf zu Eliel, der sie gebannt ansah.

»Ich danke dir«, erwiderte sie mit belegter Stimme, klappte das Buch zu und presste es fest an ihre Brust.

»Sie hätte gewollt, dass du es bekommst. Ich glaube, sie hätte dich gemocht«, erwiderte er und sie senkte verlegen den Blick. »Und jetzt ab mit dir. Ich glaube, ich bin erst mal überflüssig.« Als er daraufhin tatsächlich gehen wollte, hielt Anna ihn einem Impuls folgend auf. Fest legte sie ihre Hand auf sein Handgelenk und lächelte, als er zu ihr herabsah.

»Ich bin glücklich, Eliel«, erklärte sie leise und sah, wie er schluckte. Seine Hand strich über ihre Wange, jedoch brachte er kein Wort hinaus. Und mit einem Lächeln sah sie ihm gleich darauf hinterher, als er den Raum verließ.

9

Nachdenklich ruhte Eliels Blick auf Anna, die vor ihm auf dem Fußboden saß und wie jeden Abend im Grimoire seiner Großmutter stöberte. Drei Wochen waren seit dem Tag vergangen, an dem er es ihr gegeben hatte, und seitdem konnte er beobachten, mit welcher Konzentration, sie sich durch die Aufzeichnungen arbeitete, die Zauber testete und so mehr und mehr ein Gespür für die Magie bekam, die sich vor ihr ausbreitete.

Eliel staunte über die erstaunliche Disziplin, mit der Anna die Dinge verfolgte. Nicht nur bei dem Grimoire, dessen Magie ihr mit jedem Tag geläufiger wurde. Auch bei den Waffenübungen, an denen sie regelmäßig teilnahm und bei denen sie sich mehr und mehr den Respekt der übrigen Assassinen erwarb, oder den Treffen der Sieben, an denen sie inzwischen wie selbstverständlich teilnahm.

Sie war eine unglaubliche Taktikerin und mehr als einmal hatte er verblüfft verfolgen dürfen, wie sie nachdenklich die Vorgehensweisen ihres Vaters studierte, der immer mehr aufrüstete, allerdings bisher noch kein Ziel zu erkennen gegeben hatte.

Soren hatte die Wachen verstärkt, er hatte die Patrouillen intensiviert und noch mehr Wald abgebrannt, um die Bannmeile um die einzelnen Städte zu vergrößern. Doch selbst Anna schwankte, was die Absichten ihres Vaters sein könnten. Stundenlang konnte sie im Besprechungsraum im Schneidersitz auf dem Tisch sitzen, über sich eine Karte in die Luft gezeichnet und mit den Fingern Patrouillen und ihre Bewegungen nachvollziehen. Sie schob Aufstellungen und ganze Einheiten von Triaden in einem unendlichen Rechenspiel über die Karten, bis sie irgendwann frustriert alles wieder zur Seite fegte und von vorn begann.

Eliel war fasziniert von ihrem Verhalten. Und er wusste, dass es auch allen anderen so erging. Jeder von ihnen war geübt in Kriegsstrategien, die meisten von ihnen bereits seit mehreren tausend Jahren. Sie alle besaßen Erfahrung in der Kriegsführung. Aber keiner von ihnen hatte je eine solche Logik walten lassen, wie es diese blutjunge Magierin tat, während sie mögliche Aufstellungen wie auf einem Schachbrett anordnete, verrückte und wieder neue Szenarien entwarf. Jede einzelne Bewegung, die ihr Vater machte, wurde von ihr erfasst, analysiert und – sofern möglich – in einen großen Zusammenhang gebracht.

Es war die gleiche Konsequenz, die sie walten ließ, wenn sie sich dem Grimoire widmete. Mit einem Lächeln klappte er das Buch zu, in dem er ohnehin nicht gelesen hatte, während sie im Schneidersitz vor einer Kupferschale gesessen hatte, das Grimoire neben sich und einen Dolch in der Hand.

Anna vergaß jegliche Zeit über ihren Studien und er hatte es sich angewöhnt, sie einfach hochzuheben und wegzutragen, wenn er meinte, dass es reichte. Und statt böse zu werden, lachte sie jedes Mal verlegen auf und schmiegte sich wie selbstverständlich an ihn.

Innerlich lächelnd gingen seine Gedanken zurück zu dem Moment, als sie am ersten Tag auf der Couch vor ihm erwacht war. An ihre Angst und ihre Unfähigkeit, ihn länger als nur für ein paar Sekunden anzusehen. Und an ihre grenzenlose Überraschung, als er in der Küche die Beherrschung verloren hatte. Das lag nun zwei Monate zurück. Ihre Angst vor ihm hatte Anna restlos verloren und er genoss die Vertrautheit, die sich mittlerweile zwischen ihnen einzustellen begann. Mit der gleichen Konsequenz, mit der sie augenscheinlich alles in ihrem Leben verfolgte, hatte sie sich auch ihm gegenüber geöffnet und den Möglichkeiten, die sich daraus ergaben. Sie schien tatsächlich glücklich zu sein, das ließ zumindest der spielerische Umgang vermuten, den sie mit ihm gefunden hatte. Und er genoss ihr Necken, ihre Zärtlichkeit und wie sie sich ihm hingab, wenn er mal wieder die Beherrschung verlor.

Eigentlich hatte er gerade beschlossen, dass sie ihre Aufmerksamkeit nun auf ihn richten könnte, als sie den Dolch hob und sich entschlossen in den Unterarm schnitt. Blut lief in großen Strömen aus der tiefen Wunde und mit vor Konzentration starrem Blick verfolgte sie, wie es in die Schale vor ihr tropfte. Gebannt sah er dabei zu, wie die Wunde sich langsam verschloss, der Blutstrom weniger wurde und Anna das Messer seufzend sinken ließ.

»Petrowina, deine Zauber tun echt weh«, murmelte sie gepresst und er schmunzelte, während er ihr dabei zusah, wie sie mit dem Zeigefinger in das aufgefangene Blut stippte und begann, mit ihrem eigenen Blut Sigillen auf ihre bloßen Unterarme zu malen.

Zu gerne hätte er sie unterbrochen. Aber er war neugierig und wollte wissen, was sie da tat. Also schwieg er, als er in sich das Anschwellen ihrer Magie spürte, bis sie so viel gezogen hatte, dass er meinte, es in der Luft knistern zu hören. Seit Anna sich mit der Blutmagie seiner Großmutter befasste, wurde sie auch von Tag zu Tag besser darin, ihre eigene Magie zu kontrollieren. Auch wenn er sich nicht ganz sicher war, ob sie das überhaupt schon mitbekommen hatte. Die Menge an Magie, die nun die Luft zum Flirren brachte, hätte noch vor einem Monat dazu geführt, dass sie die Kontrolle verloren hätte.

Eliel blieb stumm, als die filigranen Muster, die sie auf ihre Haut gezeichnet hatte, aufleuchteten und schließlich verschwanden. Er hatte keine Ahnung, was sie gerade tat, und aufmerksam sah er dabei zu, wie sie sich vorbeugte und in die Schale blickte. So leise wie möglich erhob er sich und trat näher auf sie zu.

»Heilige Scheiße!«, entfuhr es ihr keuchend, als er sich neben ihr auf den Boden niederließ und ebenfalls einen Blick in die Schale warf. »Es funktioniert!« Perplex sah sie ihn an und fragend hob er die Brauen.

»Was funktioniert?«

Mit leuchtenden Augen wies sie auf die Schale, die statt der dunkelroten Oberfläche des Blutes darin eine ihm unbekannte Kammer zeigte.

»Das da ist mein Zimmer bei meinen Eltern«, erklärte sie etwas atemlos und interessiert beugte er sich vor.

»Wie hast du ...«

Sie grinste triumphierend, strich in der Luft über die

Schale hinweg und das Bild verblasste wieder. »Wenn man Blut- und Sigillenmagie mischt, kommt was ganz Neues dabei heraus. Das hat auch deine Großmutter gewusst. Es ist einfach fantastisch. Ich kann – durch mein Blut oder das eines anderen – jeden Ort aufrufen, der mit diesem Menschen in Verbindung steht. Oder den Menschen selbst. Vielleicht sogar Erinnerungen. Daran tüftel ich noch.« Schlagartig wurde ihr Blick nachdenklich und mit gehobener Braue sah er sie an, als sie ihn prüfend musterte.

»Ich hab da eine Idee ...«, murmelte sie und hielt ihm den Dolch mit dem Griff voran hin. »Ein Schnitt in die Handfläche«, kommandierte sie abwesend, während sie in Gedanken bereits woanders zu sein schien.

Schmunzelnd kam er ihrem Befehl nach und reichte ihr den Dolch anschließend zurück, als sie ungeduldig die Hand danach ausstreckte. Ohne lange zu zögern, schnitt sie sich ebenfalls in die Handfläche und wies ihn an, seine Hand zu heben und gegen ihre erhobene Handfläche zu drücken.

Es war nicht das erste Mal, dass sie ihn oder sein Blut in ihre Versuche einband. Bei den ersten Malen war sie noch unsicher gewesen, hatte sich dann aber entspannt, als sie bemerkte, dass er ihr bereitwillig half. Einzig, dass sie ihm keinen einzigen Schnitt selbst zufügen oder auch nur das Messer gegen ihn richten konnte, frustrierte sie jedes Mal aufs Neue dabei. Wie schon bei dem Obstmesser vor einigen Wochen weigerte ihr Körper sich ab einem gewissen Punkt sich zu bewegen, sodass er ihr die jeweilige Waffe mühelos aus der Hand nehmen konnte. Die Bindung unterschied nicht zwischen Angriff und rituellen Verletzungen, sodass sie ihm das Messer einfach nur hinhalten konnte, um ihn dann zu bitten, ihr zu helfen.

Eliel keuchte überrascht, als er spürte, wie ihre Magie über die Wunden, die sie auf diese Weise aneinandergepresst hatten, in ihn sickerte. Und seine Augen wurden groß, als er spürte, wie sie an seiner Magie zog und ein triumphierendes Lächeln ihre Augen aufblitzen ließ.

»Es funktioniert wirklich«, hauchte sie atemlos und sprachlos sah er, wie ihre Augen für einen kurzen Moment so schwarz wie seine wurden. Doch dann ließ sie abrupt seine Hand los und die Verbindung brach ab.

Schwer atmend saß sie vor ihm und starrte ihn an. Er konnte den Stolz in ihrem Blick sehen, aber auch die Verwunderung darin und er lächelte, als sie verunsichert das Blut auf ihrer Handfläche an ihrer Hose abwischte.

Es war nur ein zaghafter Versuch gewesen, den sie gerade unternommen hatte. Kaum mehr als ein federleichtes Antesten, aber allein, dass sie es geschafft hatte, erstaunte ihn.

»Ich habe dir gesagt, dass es in beide Richtungen funktionieren kann, junge Dame«, neckte er sie, doch auch seiner Stimme war der Stolz auf ihren geglückten Versuch anzumerken. Und sie grinste, als er sie kurzentschlossen an sich zog.

»Theoretisch, Dämon. Praktisch würde ein richtiger Versuch vermutlich alle meine Synapsen durchbrennen lassen.«

»Dann sollten wir davon Abstand nehmen«, meinte er mit einem Lächeln.

Ihre Glieder wurden weich, als er sie noch im gleichen Moment dichter an sich zog und ihre Lippen mit einem Kuss verschloss. Und er hörte sie seufzen, als er mit einer Hand fest ihre Brust umschloss. Ihre Hand wanderte in seinen Nacken und als er sie auf den Boden drückte und sich über sie schob, konnte er ihr amüsiertes Kichern hören.

»Du bist unmöglich, Dämon«, gluckste sie dicht an seinen Lippen und er knurrte leise, während er schon damit beschäftigt war, sie von ihrer Bluse zu befreien.

Eliel erwiderte daraufhin nichts mehr, während er spürte, wie sie am Verschluss seiner Hose nestelte und er ihre Erregung nicht nur riechen, sondern auch in sich spüren konnte, als er sich auf ihre Verbindung konzentrierte. Nur insgeheim korrigierte er sie. Er war nicht unmöglich. Er war verliebt.

Träge ließ Anna ihren Blick durch den Raum streichen. Noch immer lag sie auf dem Fußboden, an ihrem Rücken konnte sie die Wärme von Eliels Körper spüren und gemächlich strich sie über seinen Arm, den er fest um ihre Mitte geschlungen hatte. Vielleicht war der Fußboden tatsächlich etwas zu hart, um es gemütlich zu nennen. Allerdings fühlte sie sich gerade auch nicht in der Lage, sich zu bewegen. Dafür genoss sie diesen Moment gerade viel zu sehr.

Sie wusste nicht, wann sie es aufgegeben hatte, sich darüber zu wundern, dass sie sich mit Eliel so wohl fühlte. Aber genau das tat sie. Sie genoss seine Nähe, das Gefühl seines Körpers an dem ihren und wie er es immer wieder schaffte, ihr den Atem zu rauben, wenn er aus heiterem Himmel über sie herfiel. Inzwischen gab er sich nicht mal mehr Mühe, sich zu beherrschen. Hatte er sich anfangs noch darum bemüht, so hatte er inzwischen begriffen, dass sie es genoss, wenn er derart die Kontrolle verlor.

Das hatte sie schon von Anfang an getan, sinnierte sie

und spürte, wie sie bei der aufsteigenden Erinnerung errötete. Vom ersten Moment an hatte sie das gleiche zügellose Verlangen nach ihm verspürt, wie er augenscheinlich nach ihr.

»Eliel?«

Er brummte eine schläfrige Erwiderung und richtete sich neben ihr auf einen Ellenbogen gestützt auf, als sie sich auf den Rücken drehte und ihn ansah.

»Wie fühlt es sich an, wenn ein Dämon seine Gefährtin findet?«

Ein kleines Lächeln kräuselte daraufhin seine Lippen und verlegen sah sie weg, als er ihr die Haare aus dem Gesicht strich. »Du siehst sie an und spürst einfach, dass sie dir gehört. In dem Moment ist es dir egal, wo du bist, wer sie ist oder was sie davon halten könnte. Du willst sie einfach besitzen.«

Anna schmunzelte. »Dann darf ich also dankbar darum sein, dass du in dem Moment halbtot warst?«

Sein Lächeln wurde schief. »Ich gebe zu, dass mich das etwas gebremst hat. Andernfalls hätte ich wohl nicht anders reagiert als andere Männer. Ich hätte dich verschleppt, wäre über dich hergefallen und hätte dich an mich gebunden, um sicher zu stellen, dass du mir nicht mehr abhanden kommen kannst.«

Pikiert zog Anna die Nase kraus, als sie an Imena dachte, der genau das widerfahren war. Sie hätte nicht gewusst, wie sie auf so etwas reagiert hätte oder wie es zwischen Eliel und ihr verlaufen wäre, wenn sie das mit ihm hätte erleben müssen.

»Und so viel besser habe ich mich anschließend dann ja auch nicht angestellt«, fuhr er nach einem kurzen Moment fort und sie errötete, als die Erinnerungen an den

Moment in der Küche sie erwischten.

»Ich möchte meine Hand nicht dafür ins Feuer legen, dass ich mich hätte bremsen können, wenn du anders reagiert hättest, Anna. Ich habe es nicht mal gewollt. Ich hatte wirklich vorgehabt, dir Zeit zu geben.«

Als sie mit einem verlegenen Lächeln ihre Hand auf seine Wange legte, schloss er für einen Moment die Augen.

»Vielleicht habe selbst ich gespürt, dass irgendwas zwischen uns war«, erwiderte sie nach einer Weile leise und sah, wie er fragend den Kopf schief legte. »Ich weiß bis heute nicht, warum ich dich nicht einfach liegen gelassen habe. Ich habe mir gesagt, dass es daran lag, weil ich nicht so grausam sein wollte. Aber ich hätte auch einfach einen Putzdienst rufen können, der die Spuren beseitigt. Daran gedacht hatte ich zumindest. Trotzdem habe ich dich dann geheilt und mitgenommen. Ich hatte solche Panik danach ...« Lächelnd brach sie ab und errötete, als er wissend grinste. Auch er erinnerte sich an jenen Morgen.

»Das war nicht zu übersehen. Und ich wollte nicht die gleichen Fehler machen, die so viele andere von uns machen in dem Moment. Ich habe keine Ahnung, welcher Teufel mich geritten hat, als ich bei dir in der Küche auftauchte.«

»Der gleiche wie mich würde ich sagen«, erwiderte sie mit einem verhaltenen Lachen in der Stimme. »Es entspricht nicht unbedingt meiner Art, mich wie eine läufige Hündin aufzuführen, nur weil ein Dämon seine sieben Sinne nicht beieinander hat.«

»Acht«, korrigierte er sie mit einem unterdrückten Lachen und sie kicherte, ehe sie wieder ernst wurde.

»Ich glaube, in Ansätzen konnte ich genau das gleiche

spüren.«

Als er sich daraufhin unvermittelt vorbeugte und sie mit einem ernsten Blick bedachte, schluckte sie. In ihrem Magen flatterte es und sie räusperte sich hastig, als er zu sprechen ansetzte.

»Und inzwischen?« Sein kehliger Tonfall verursachte eine Gänsehaut in ihrem Nacken und ihr Herz machte einen Satz bei dem intensiven Blick, mit dem er den ihren festhielt.

»Inzwischen ist das Gefühl so ausgeprägt, dass ich nur darauf hoffen kann, dass ich damit nicht allein stehe«, erwiderte sie vage und schüchtern senkte sie schließlich den Blick.

»Anna, sieh mich an.« Seine Hand an ihrem Kinn zwang sie schließlich wieder zu ihm aufzusehen. Ihre Atmung ging nur noch flach und am liebsten wäre sie jetzt weggelaufen. Und sie hielt gebannt die Luft an, als sie das warme Lächeln bemerkte, das seine Züge erhellte. »Ich liebe dich.«

Seine einfachen Worte trieben ihr die Tränen in die Augen. Unfähig, etwas darauf zu erwidern, schlang sie die Arme um ihn und hörte ihn lachen, als sie ihn mit sich herumdrehte, bis er auf dem Rücken lag und sie auf ihm saß. Seine Hände hatten sich auf ihre Hüften gelegt, hielten sie fest und mit leuchtenden Augen stützte sie sich links und rechts von seinem Kopf ab und beugte sich zu ihm hinab.

»Sag das noch mal«, verlangte sie heiser und erhielt ein kehliges Lachen zur Antwort. Eine Hand griff in ihre Haare, verfing sich darin und mit einem tränenerstickten Lachen ließ sie sich an seine Brust ziehen.

»Ich liebe dich, junge Dame. Und ich wäre dir wirklich

dankbar, wenn du jetzt auch zugeben könntest, dich für diesen armen alten Dämon erwärmt zu haben.«

Kichernd hob sie den Kopf, legte ihre Hände auf seine Brust und stützte ihr Kinn darauf ab.

»Ich liebe dich, du armer, alter Dämon«, erwiderte sie artig und quietschte lachend auf, als er sie mit einem wüsten Knurren packte und hochzog, bis er ihre Lippen in einem unbeherrschten Kuss verschloss.

Mit finsterer Miene saß Anna im Schneidersitz auf dem massiven Holztisch, der den größten Teil des Beratungszimmers einnahm. Ihre Beine waren eingeschlafen, doch schenkte sie dem keine weitere Beachtung, während sie grübelnd auf die schwach leuchtende Karte vor sich in der Luft starrte.

Mit den Fingern zeichnete sie einen Ring um die Abbildung von Veluvion Stadt, sah, wie auf der Karte der von ihr markierte Bereich in Rauch aufging und nichts weiter zurück blieb als verbrannte Erde.

Sie hatte keinen blassen Schimmer, was ihr Vater plante. Erneut hatte er einen Teil des Waldes, der Veluvion Stadt umgab, niederbrennen lassen, die Patrouillen zogen nun bereits im Stundentakt ihre Kreise statt den früher üblichen vier Stunden und auf den Zinnen konnte sie erkennen, dass man gewaltig aufgerüstet hatte.

Allerdings gab es keine ausziehenden Heere, wie es zu erwarten gewesen wäre, wenn man in einen Krieg zog. Stattdessen war jede einzelne Stadt der Magier hochgerüstet worden, als gelte es, eine Belagerung zu verhindern. Doch aus sicherer Quelle wusste sie, dass es nichts dergleichen gab. Was zum Teufel ging hier also vor sich?

Mit einem wütenden Aufschrei riss sie ihren Arm hoch

und fegte die Karte vor sich weg, die daraufhin in wilden Strudeln in sich zusammenfiel.

»Anna, gib auf. Du kannst nicht in seinen Kopf reingucken.«

Sie schnaubte ungehalten, erstarrte dann jedoch und ein berechnendes Glitzern stahl sich in ihre Augen, als sie zu Eliel sah, der mit den anderen sechs Prinzen und dem König ihr schweigend zugeschaut hatte.

»Warum nicht?« Mit einem Fingerschnippen beförderte sie die Kupferschale und das Ritualmesser aus ihren Gemächern vor sich auf den Tisch und hörte Eliel knurren.

»Du bist wahnsinnig, oder?«

Sie grinste düster. »Sein Blut ist auch mein Blut. Allerdings bin ich nicht wahnsinnig genug, um es gleich direkt bei ihm zu versuchen. Wie wäre es mit einem kleineren Ziel?«

Interessiert wechselten die übrigen sieben Männer Blicke untereinander. Keiner hatte bisher auch nur im geringsten eine Ahnung, was zwischen Eliel und ihr vorging, hatte doch keiner der beiden je darüber gesprochen, was Anna sich die letzten Wochen erarbeitet hatte.

»Meine Mutter ist keine hundert Jahre alt, Dämon. Und ihr Blut fließt auch durch meine Venen.«

Eliel gab sich geschlagen, als sie das Ritualmesser aufnahm. »Einverstanden. Aber keine Sperenzchen. Ich mag meine Frau in einem Stück und bei vollem Bewusstsein.«

Sie warf ihm eine Kusshand zu, was allerdings in keinster Weise seine finstere Miene zu lösen schien.

»Nichts, was nicht wieder heilen würde. Geht klar.« Und sie schenkte ihm ein freches Grinsen, während sie das Messer packte und die Klinge entschlossen über ihren

Unterarm zog.

Anna ignorierte die Unruhe, die ihr Handeln unter den übrigen Männern auslöste. Nur undeutlich bekam sie mit, wie einige von ihnen begriffen, dass sie einen Blutzauber sprach, während sie konzentriert beobachtete, wie ihr Blut in die Schale vor ihr tropfte. Ohne hinzusehen, legte sie das Messer weg, zeichnete anschließend zierliche Sigillen in die Mitte der Schale und nickte zufrieden, als die Wunde in ihrem Arm sich wieder schloss und der Blutstrom versiegte. Tief tauchte sie ihre Finger in das gesammelte Blut und wiederholte die Sigillen auf ihrer Haut, bis ihre Unterarme vollständig damit bedeckt waren. Dann deutete sie einen Wirbel in der Luft über der Schale an, woraufhin ein blasses Bild wie eine Wiederholung des Bildes in der Schale vor ihr in der Luft aufflammte, wo zuvor noch die Karte gehangen hatte.

Schweiß trat auf ihre Stirn, während sie unablässig im Geist die Formel wiederholte, die ihr den Weg zu ihrer Mutter weisen würde. Mit geschlossenen Augen konzentrierte sie sich auf die Magie in ihr, spürte, wie sie anschwoll, und öffnete die Augen, als sie neben sich ein überraschtes Keuchen vernahm. Hastig sah sie auf das Bild vor sich und erstarrte.

»Mutter!«, entfuhr es ihr erstickt und alles in ihr verkrampfte sich, als auch der Ton zu der Szene vor ihr zunächst verzerrt, dann jedoch immer klarer an ihre Ohren drang.

»Ich hätte dich damals verrecken lassen sollen, Dämonenhure!«

Eiskalt lief es ihr den Rücken runter, als sie die Stimme ihres Vaters hörte.

Die Ähnlichkeit zwischen Mala und ihr war in der Tat

erstaunlich. Beide Frauen hatten im Alter von Mitte zwanzig ihre Unsterblichkeit erreicht, beide hatten die gleiche Haarfarbe und die gleiche Figur. Sie waren einander so ähnlich, dass sie inzwischen gut und gerne für Schwestern durchgegangen wären. Einziger Unterschied war die Augenfarbe. Wo Annas Augen das kristallklare Blau ihres Vaters geerbt hatte, waren die Augen ihrer Mutter ein mattes graugrün und erinnerten ein wenig an eine aufgewühlte See. Im Moment allerdings, als Mala zusammengekauert und in geduckter Haltung in einer Ecke vor ihrem Mann Schutz suchte und Tränen über ihre geröteten Wangen liefen, hatte die Panik sich tief in sie hineingefressen. Anna ahnte, dass dies nicht das erste Mal war, dass ihr Vater sich ihrer Mutter gegenüber so verhielt. Unvermittelt wallte Zorn in ihr auf und sie presste fest die Kiefer zusammen, als Soren seiner Frau so heftig ins Gesicht schlug, dass Anna sehen konnte, wie das Blut an die Wand spritzte.

»Bitte, Soren, hör auf«, wimmerte die am Boden kauernde Frau und riss die Arme in einer instinktiven Geste nach oben, als dieser erneut ausholte.

»Du bist verantwortlich für all das, du dreckige Hure!« Die Tonlage ihres Vaters sprach nicht nur von Zorn, sondern auch von grenzenloser Hysterie und Anna erschauerte. Sie hatte immer gewusst, dass er nicht nur ein unendlicher Despot war, sondern auch seine Frau misshandelte. Es jetzt hingegen jedoch zu sehen, ließ ihre Abscheu vor diesem Mann nur noch weiter steigen. »Sag mir, wie du sie hier rausbekommen hast!«

Anna keuchte überrascht. Nie hätte sie für möglich gehalten, dass ihre Mutter all die Jahre hindurch das Geheimnis, wie sie einst aus der Stadt hatte fliehen können, für sich hatte behalten können.

»Jetzt kapier ich's endlich«, entfuhr es ihr leise, während sie jedoch weiterhin gebannt verfolgte, was das Blut ihnen zeigte.

»Ich weiß es nicht, Soren. Bitte, ich weiß genauso viel wie du davon. Sie muss das alles geplant haben ...« Das Wimmern ihrer Mutter trieb Anna die Tränen in die Augen. Und sie schniefte vernehmlich, als sie spürte, wie Eliels Präsenz tröstend in ihr aufflackerte.

Anna zuckte zusammen, als ihr Vater erneut seine Frau schlug, bis diese endgültig zu Boden ging. Fast schon glaubte sie, das Blut in der Luft riechen zu können, das ihr aus Mund und Nase lief, und hastig wischte sie sich die Tränen weg, als ihr Vater endlich mit einem lauten Zuknallen der Tür seine Frau verließ.

»Eliel«, wisperte Anna heiser, kaum in der Lage, ihre Tränen herunterzuschlucken und lächelte, als er kurz darauf seine Hand um die ihre schloss, die sie nach ihm ausgestreckt hatte. »Vertraust du mir?« Flüchtig sah sie zu ihm herüber und lächelte matt, als er nickte. »Ich brauch deine Hilfe.«

Er verstand, auch ohne dass sie es weiter ausführen musste. Seit jenem ersten Versuch vor einigen Wochen hatten sie es wieder und wieder probiert, bis sie angefangen hatte, nennenswerte Fortschritte darin zu machen, auch seine Magie für sich zu nutzen. Und sie atmete erleichtert auf, als er nach kurzem Zögern nickte und nach dem Messer griff, das vor ihr auf dem Tisch gelegen hatte.

Als er in ihre Handfläche schnitt, zuckte sie kurz zusammen, holte dann jedoch tief Luft, als er seine Hand auf die ihre legte und sie spürte, wie ihre Magien sich mischten. Wie aus weiter Ferne konnte sie hören, wie Überraschung sich unter den Umstehenden breitmachte, ignorierte es jedoch, während sie sich darauf konzentrierte, Eliels Magie auf sich umzulenken, bis sie glaubte, von seiner Dunkelheit erstickt zu werden.

»Anna, es reicht«, mahnte er sie leise und sie nickte abgehackt, ließ seine Hand jedoch auch nicht wieder los. Erneut malte sie mit ihrer freien Hand Sigillen in die Luft, größer diesmal und tauchte schließlich einen Finger in die Schale vor sich. Tief holte sie Luft und wischte schließlich mit dem haften gebliebenen Blut eine Spur über ihre Unterlippe.

»Hör mich!«, flüsterte sie heiser und stöhnte, als die Magie in ihr ihre Haut für einen kurzen Moment zum Brennen brachte. Ein weiteres Mal hob sie den Finger, zeichnete eine dünne Linie auf ihrer Stirn und schloss die Augen, ehe sie leise »Nimm mich wahr!« flüsterte.

»Ist da jemand?«

Anna lachte und weinte gleichzeitig, als sie die zittrig ausgesprochene Frage ihrer Mutter hörte.

»Anna«, erwiderte sie leise und sah, wie ihre Mutter erst verwirrt aufsah, dann jedoch unkontrolliert zu weinen begann.

»Das kann nicht wahr sein«, murmelte sie heiser und ein scharfer Stich in ihrem Herzen ließ Anna zusammenfahren.

»Ich bin zurück, Mutter.«

Mühsam rappelte Mala sich auf, bis sie mit dem Rücken an die Wand gelehnt saß. Suchend glitt ihr Blick durch den Raum, doch schlossen sich ihre Augen, als sie begriff, dass ihre Tochter nicht physisch anwesend war.

»Dann ist es wirklich wahr?«

Anna nickte aus einem Impuls heraus, errötete dann jedoch, als sie begriff, dass ihre Mutter es nicht sehen konnte.

»Was hat man dir erzählt?«, hakte sie nach und Mala begann erneut zu weinen.

»Es heißt, dass dein Vater dich retten wollte, aber nur noch zusehen konnte, wie du geraubt wurdest.«

Anna schnaubte abfällig und brachte ihre Mutter damit zum Lächeln.

»Das gleiche dachte ich auch«, erwiderte sie trocken und wirkte schon wieder etwas besser. »Wo bist du?«

»In Lima, Mutter.«

»Dann stimmt es also, dass man dich entführt hat?«

»Nicht ganz«, widersprach Anna ihrer Mutter mit einem verhaltenen Lächeln und einem liebevollen Druck ihrer Hand, die noch immer Eliels festhielt.

»Aber es geht dir gut?«

»Sehr, aber die Langfassung müssen wir wirklich vertagen, Mutter. Ich habe keine Ahnung, wie lang ich die Verbindung noch halten kann.« Schon jetzt konnte sie spüren, wie ihre Kräfte nachließen und sich Schweiß auf ihrer Stirn bildete.

Mala nickte und gab sich sichtlich einen Ruck.

»Warum meldest du dich jetzt?«

»Soren zieht Truppen zusammen, seit ich ihm mit Eliel entwischt bin.«

Mala keuchte, das hatte sie augenscheinlich nicht gewusst.

»Eliel …«, entfuhr es ihr erschreckt und Anna sah sie erschauern.

»Mach dir keine Sorgen um mich.« Sie konnte sehen, wie Mala mit sich rang, dann jedoch nickte.

»Darum die Angst, die er seit seiner Rückkehr hat. Zwölf Jahre hat er nicht aufgehört, nach dir zu suchen. Er war so siegesgewiss, als er aufgebrochen ist. Aber seit er zurück ist, benimmt er sich, als seien sämtliche Dämonen Abimes hinter ihm her. Dann hat Eliel dich gebunden?«

Anna nickte, beeilte sich dann jedoch, ihr auch eine Antwort zu geben. »Wir sind seit jenem Tag verbunden, ja.«

»Soren plant keinen Angriff, Anna«, entgegnete Mala nach einem Moment unvermittelt und Anna runzelte die Stirn. »Er hat nie herausgefunden, wie du damals entkommen bist. Er hat Angst, dass irgendjemand durch die Sicherheitslücke hineinkommt«, bestätigte Mala nun tatsächlich Annas anfängliche Vermutung.

»Wäre das denn noch möglich?«

Nachdenklich wiegte Mala den Kopf. »Die Wachposten sind verstärkt. Aber theoretisch, ja.«

Kälte kroch in Annas Körper und sie hörte Eliels Knurren, als ein Zittern sie durchlief. Ihre Kraft war am Ende. Schweiß lief ihre Schläfen hinab und sie fror ganz entsetzlich.

»Mutter, es tut mir leid. Meine Kraft ist aufgebraucht. Ich melde mich, sobald ich kann, wieder bei dir.«

»Ach, Liebes ...«, hörte sie die ältere Frau murmeln, dann verblasste das Bild und zitternd sank Anna in sich zusammen. Sofort legte sich ein Arm um sie und erschöpft lehnte sie ihre Stirn an Eliels Brust, als dieser sie kurzentschlossen an den Rand des Tisches zog.

»Hatte ich nicht gesagt, dass du keine Sperenzchen machen sollst?« Eliels Worte waren kaum mehr als ein gereiztes Knurren und entlockten Anna ein schwaches Lächeln, als er sie hochhob und Richtung Tür trug.

»Wir waren uns einig, dass ich nichts tue, was nicht wieder verheilt«, erwiderte sie erschöpft und vergrub ihr Gesicht an seiner Schulter, als er daraufhin lediglich knurrte.

Einerseits war Eliel stolz auf die Frau, die gerade in seinem Bett schlief und versuchte, sich von den Strapazen des Zaubers, den sie geschaffen hatte, zu erholen. Andererseits wollte er ihr jedoch auch den Hals dafür umdrehen, dass sie dabei weit über ihre Grenzen gegangen war. Nachdem die Verbindung zu ihrer Mutter zusammengebrochen war, war Anna nahezu ausgebrannt gewesen. Selbst er hatte nur noch schwach Magie an ihr wahrnehmen können, so sehr hatte sie sich bei dem Versuch verausgabt, ihre Mutter zu beruhigen und gleichzeitig an die erforderlichen Informationen zu kommen. Und auch wenn er sie verstand, so konnte er es doch nur schwer mit seinem Bedürfnis vereinen, darüber zu wachen, dass es ihr gut ging.

»Was zum Henker war das?«

Eliel lächelte dünn, als Javron ihn so unversehens zur Rede stellte, kaum dass er in das Beratungszimmer zurück gekehrt war.

»Eine etwas übereifrige Blutmagierin«, entgegnete er lakonisch und hörte seinen Cousin abfällig schnauben.

»Blind bin ich noch nicht, Eliel. Aber wo hat sie das her?«

Eliels Grinsen verbreitete sich zusehends, während er sich entspannt in einen der Sessel am Rand sinken ließ.

»Petrowinas Grimoire. Sie legt es seit Wochen nicht mehr aus der Hand.«

Javron stöhnte. »Mögen die Ahnen uns gnädig sein«,

murmelte er in Erinnerung daran, dass ihrer beider Großmutter vor knapp dreitausend Jahren in einem Wutanfall nach einem Streit mit ihrem Gefährten halb Lima in die Luft gejagt hatte. Versehentlich, wie sie anschließend stur behauptet hatte.

»Da Petrowina eine davon ist, würde ich sagen, dass zumindest sie jetzt Beifall klatscht«, erwiderte Eliel trocken und hörte verhaltenes Husten von den übrigen sechs Prinzen, die es jedoch vorzogen, sich nicht in das Familiengespräch einzumischen.

»Weißt du, wie Anna damals aus der Stadt entkommen ist?«, kehrte der König schließlich zum eigentlichen Thema zurück und Eliel entspannte sich wieder.

»Nicht genau. Ich weiß aber, dass Mala ihr damals dabei geholfen hat. Sie hatte den Fluchtweg wohl ursprünglich für sich selbst gesucht.« Javron nickte anerkennend, doch Eliel war noch nicht fertig. »Mala ist die Frau, die Harden damals entwischt ist.«

Der König pfiff anerkennend durch die Zähne. Auch ihm war die kleine Tragödie des Assassinen bekannt. »Meinst du, man kann ihr trauen?«

Eliel überlegte einen Moment. »Sie würde niemals ihre Tochter verraten. Dafür hat sie schon zu viel auf sich genommen, um diese zu schützen. Alles weitere möchte ich im Moment nicht einschätzen.«

Der König seufzte. »Wir warten, bis deine Gefährtin sich wieder erholt hat. Immerhin ist es schon mal gut zu wissen, dass er keinen Angriff plant.«

Anna erwachte, als die Sonne bereits hoch am Himmel stand. Träge streckte sie sich und öffnete langsam die Augen. Eliel hatte sie ins Bett gebracht. Vage konnte sie sich noch an seine Verärgerung erinnern, weil sie sich übernommen hatte. Doch mit einem Lächeln musste sie einräumen, dass sie es genauso immer und immer wieder täte. Und sie ahnte, dass auch ihm das klar war.

Wieder erholt?

Anna schenkte ihm ein wohliges Lächeln und schloss genießerisch die Augen, als seine Präsenz in ihr aufflackerte und sie einhüllte.

Ich fühl mich wie neugeboren, erwiderte sie entspannt und seufzte leise, als seine Präsenz jeden Winkel ihres Geistes erreicht hatte. Nur flüchtig erinnerte sie sich, als er das zum ersten Mal getan hatte. An ihr Erschrecken in dem Moment. Wie sehr sich die Dinge doch ändern konnten …

Dann hoch mit dir, die Prinzessin wird ungeduldig zur Besprechung erwartet. Ein Lachen begleitete seine Worte und grinsend kam sie auf die Beine. Wäre ja auch zu schön gewesen, wenn man ihr noch einen Moment gegönnt hätte.

Keine halbe Stunde später kam sie im Besprechungszimmer an, in dem sie tatsächlich bereits ungeduldig erwartet wurde. Flüchtig gab sie Eliel zur Begrüßung einen Kuss und schenkte ihm ein Lächeln, als sie sich neben ihn an den Tisch setzte und er ihr Kaffee und einen Teller mit Essen zuschob. Sie hatte Frühstück als auch Mittag schlicht verschlafen und ihr Magen knurrte tatsächlich gewaltig beim Anblick des deftigen Mittagessens, das er aus der Küche gerettet haben musste.

»Wie bist du damals rausgekommen?«, kam Javron dann umgehend zur Sache und Anna seufzte, während sie sich beeilte den Bissen, den sie hatte nehmen können, noch herunterzuschlucken, ehe sie antwortete.

»Über die Abwasserkanäle.«

Durch die Männer ging ein Stöhnen, als sie diesen Klassiker an Schwachstellen ansprach, doch sie schüttelte den Kopf.

»Ganz so einfach ist es nicht. Die neuen Kanäle sind geschützt. Da kommt keine Maus unbemerkt durch. Aber es gibt alte Kanäle, die augenscheinlich vergessen worden sind und die fast parallel zu den neuen verlaufen. Sie sind klein, marode, aber eben ungeschützt. Und ihr Ausgang ist an einer Stelle, die von den Patrouillen kaum passiert wird. Sie existieren nicht mal in den Plänen der Stadt.«

»Dann kommt man über die Kanäle auch wieder rein?« Mikhail war es, der nun das Wort an sie richtete, und sie nickte zwischen zwei Bissen.

»Damals mussten wir an zwei Wachen vorbei. Inzwischen dürften es erheblich mehr sein, wenn ich meiner Mutter glaube. Aber ja. Wenn man nicht zimperlich ist, kommt man auf dem Weg auch wieder rein. Vorausgesetzt, man ist Magier. Die gesamte Stadt ist mit einem Bann belegt, der auslöst, wenn die Signatur eines Mantus' ihn berührt. Keine Chance.«

»Und mit gebundener Magie?«

Anna schnaubte und wandte sich zu Eliel, der die Frage gestellt hatte. »Möchtest du nackt und unbewaffnet in die Höhle des Löwen? Hast du auch nur die geringste Vorstellung davon, wie viele Triaden sich in Veluvion Stadt aufhalten? Ich möchte ja nicht unhöflich erscheinen, aber das Leben dort ist nicht so wie hier. Die ganze Stadt ist militärisch durchorganisiert. Jeder einzelne Magier wird von klein auf dazu gedrillt, zu kämpfen und im Bedarfsfall zu töten.«

Javron knurrte ungehalten. »Das klingt für mich nicht nach einer Stadt, sondern nach einem Ausbildungslager.«

Anna nickte. »Gut erkannt. Veluvion Stadt ist nichts weiter als das Herz einer weit verzweigten Kriegsmaschine. Alle Städte der Magier funktionieren autark, aber fällt der König, werden auch die anderen fallen.«

»Du hast eine Idee.«

Anna grinste bei Eliels Worten und schob ihren halb geleerten Teller von sich. Mit einer nachlässigen Handbewegung wischte sie durch die Luft und über dem Tisch erschien eine dreidimensionale Miniaturausgabe der Baupläne von Veluvion Stadt.

»Der Eingang zum Kanal befindet sich dort.« Mit ausgestrecktem Zeigefinger wies sie auf eine kleine Stelle am Fuß der Burg, die gleichzeitig rot aufleuchtete. »Der Kanal zieht sich bis in die untersten Ebenen der Stadt, knapp unterhalb der Verliese.« Bei ihren Worten leuchtete der gesamte Weg des Kanals rot auf. »Insgesamt gibt es fünf Punkte, an denen die Bannsprüche für die Stadt gelegt sind, die verhindern, dass die Stadt angegriffen werden kann oder ein Mantus unbemerkt hineinkommt.«

Im gleichen Augenblick flammten fünf strategisch verteilte Punkte golden in dem Bauplan auf und sie sah, wie Javron die Kiefer zusammenpresste.

»Ich vermute allerdings, dass man ihre Position verändert hat, da man damit rechnet, dass jemand in die Festung eindringt. Eines bleibt jedoch gleich: Sie markieren allesamt die Spitzen eines Pentagramms. Findet man also den einen, kann man berechnen, wo sich die anderen befinden.« Zur Verdeutlichung kippte die gesamte Ansicht der Burg und ein schwaches Pentagramm leuchtete darin auf, dessen Enden die Markierungen der Bannsprüche darstellten.

»Die Bannsprüche sind so konstruiert, dass man sie

nur zerstören kann, wenn alle fünf gleichzeitig ausgestellt werden. Wenn es auch nur die geringste Verzögerung gibt, wird ein Alarm ausgelöst. Die gesamte Festung ist auf diesen Notfall trainiert und wird zu den Waffen greifen.« Neben sich hörte sie, wie einige der Männer aufstöhnten.

»Dann müssten fünf Magierinnen gleichzeitig ...«

Lächelnd schüttelte Anna bei Mikhails Worten den Kopf. »Menschen benutzen Sprengladungen mit Zeit- oder Fernzünder. Wenn ich ein bisschen tüfteln kann, könnte ich einen Zauber entwickeln, der dem nahe kommt. Ich müsste nur die Zauber platzieren, entsprechend tarnen und jemand müsste den Auslöser drücken, wenn ich mit meiner Mutter wieder raus bin.«

Eliel neben ihr knurrte.

»Du gehst da nicht rein!«, fuhr er barsch auf und sie seufzte.

»Niemand kennt die Festung besser als ich. Niemand ist vor mir auf diesem Weg entkommen. Und wenn dir keine Magierin einfällt, die zufällig Petrowinas Zauber gefunden und halbwegs verstanden hat, mit dem sie Lima beinahe gesprengt hätte ...« Ein Stöhnen ging durch die Männer und sie grinste. »Wusst ich's doch. Also, hast du eine bessere Idee, Dämon?«

Eliel knurrte, erwiderte jedoch nichts.

Gespannte Stille hatte sich über den Raum gesenkt. Eliel kochte vor Wut und keiner schien gewillt, sich zwischen ihn und die Magierin zu stellen, die mit gleichbleibend gelassenem Lächeln auf ihren Gefährten sah.

»Eliel«, versuchte sie es schließlich leise und legte ihre Hand auf die seine, mit der er fest die Lehne seines Stuhls umklammerte. Liebevoll strich sie über seinen

Handrücken und lächelte ihm ins Gesicht, als er nach geraumer Weile den Kopf in ihre Richtung wandte. »Eine andere Chance haben wir nicht. Wenn mein Vater sich wieder beruhigt, wird er definitiv einen großen Sturm aufstellen. Ich kenne ihn gut genug, vermutlich ist er insgeheim schon genau damit beschäftigt«, setzte sie sanft nach und sah, wie seine Schultern herabsackten.

»Ich will dich nicht verlieren, Anna«, brachte er gepresst heraus und lächelnd strich sie ihm über die Wange.

»Ich dich auch nicht, Eliel.«

10

Zäh vergingen die Tage, nachdem der Beschluss gefasst wurde, dass Anna tatsächlich die Sprengsätze in der Festung deponieren sollte. Erneut teilte sie ihre Tage auf. Diesmal zwischen hartem Training, das sie inzwischen mit sechs der sieben schwarzen Prinzen absolvierte, Übungen mit Eliel, der sie in den Kniffen der Tarnung unterwies, die die Mante sich angeeignet hatten, und den Modifikationen von Petrowinas desaströsem Zauberspruch. Eliel erwies sich dabei als strenger Lehrmeister und mehr als einmal war sie kurz davor zu explodieren.

Seine Laune hatte sich seit jenem Tag nicht mehr gebessert. Er war unwirsch, bärbeißig oder einfach stumm. Einzig im Bett, wenn er regelrecht über sie herfiel, schien es, als wäre sie ihm noch nah.

Sie wusste, wie sehr es an ihm zerrte, dass sie sich in solche Gefahr begeben wollte. Er hatte alles versucht, inklusive Anschreien seines Cousins, um diesen Beschluss noch zu ändern. Doch an diesem Punkt war er gegen Wände gerannt.

Anna wusste, dass es die Angst um sie war, die ihn in diesen Zustand versetzt hatte, und mühte sich, geduldig zu bleiben. Auch wenn seine Laune so langsam aber sicher an ihren Nerven zerrte, sodass sie inzwischen dazu übergegangen war, einen Teil ihrer Zeit lieber mit Harden zu verbringen, der sich bereitwillig wie ein Blitzableiter zwischen sie und seinen Freund stellte.

Anna hatte es nicht übers Herz gebracht, ihm nichts von ihrem Gespräch mit ihrer Mutter zu erzählen. Harden war gelinde gesagt aufgewühlt gewesen und es hatte nicht viel gefehlt und er wäre kopflos losgestürmt, um ihre Mutter eigenhändig aus der Festung zu holen. Anna hatte eine Menge Geduld aufbringen müssen, um ihn schließlich dazu zu bringen, sich wieder zu beruhigen und ihr zuzuhören. Auch er war nicht begeistert von ihrem Plan, sah jedoch ein, dass es keine andere Lösung gab.

»Runter!«, schrie sie, als sie die kleine Phiole weit von sich warf, und sah, wie Harden in Deckung ging, während auch sie hastig den Kopf einzog. Keine fünf Meter von ihnen entfernt knallte es gleich darauf gehörig. Erde und Geäst flog durch die Luft und mit einem zufriedenen Nicken richtete Anna sich wieder auf.

»Das Zeug hat's echt in sich«, murmelte sie und sah auf die Phiole in ihrer Hand. »Aber die Mischung stimmt jetzt«, setzte sie nach einem prüfenden Blick auf den Krater hinzu, den ihre kleine magische Granate hinterlassen hatte. Kurz warf sie einen Blick auf Harden, der noch damit beschäftigt war, sich das Erdreich von der Hose zu klopfen, dann ging sie einige Schritte vor und stellte die letzte verbliebene Phiole auf den Boden.

»Du bist dran«, meinte sie grinsend an Harden gewandt und drückte ihm einen unscheinbaren Stein in die Hand. Prüfend begutachtete er den in seiner Handfläche winzigen Kiesel, ehe er die Hand darum schloss. Die Phiole in ihrem Rücken explodierte im gleichen Moment, wie sie Hardens Magie spürte, die er in den Kiesel jagte.

»Wenn das keinen High Five wert ist, weiß ich es auch nicht.« Grinsend stemmte sie die Hände in die Hüften und sah Harden an, der jedoch leider mit dem Begriff rein gar nichts anfangen konnte.

»Das war's?«

Anna nickte und spürte, wie sich ihr Magen schmerzhaft zusammenzog. Ja, das war's. Sie war fertig.

Als sie die Tür zu ihren Gemächern aufzog, war die Sonne fast vollständig untergegangen und im ersten Moment hätte sie Eliel fast übersehen, als sie ins Wohnzimmer kam. Schweigend saß er in der Dämmerung und mit einem erschreckten Zusammenzucken legte sie sich die Hand an den Brustkorb, als er unvermittelt das Wort an sie richtete.

»Dann ist es jetzt soweit?«

Allein seine Worte reichten ihr aus, um zu bemerken, dass seine Laune ins Bodenlose gesunken war. Wortlos ging sie zu ihm, setzte sich rittlings auf seinen Schoß und schlang die Arme um ihn. Jeder Muskel in seinem Körper war verspannt und sie verbiss sich jeden Laut, als seine Arme sich wie Schraubstöcke um sie schlossen. Sein Kopf legte sich an ihre Brust und Tränen stiegen in ihre Augen, als sie die Arme fester um ihn legte und ihr Gesicht an seinem Scheitel vergrub.

Ihr Dämon weinte. Schweigend hielt Anna ihn umschlungen, spürte, dass jedes Wort im Moment falsch sein würde, und auch sie kämpfte mit den Tränen.

»Ich hab auch Angst, Eliel«, wisperte sie erstickt, als seine Tränen versiegten.

»Dann mach es nicht.«

»Du weißt, dass ich das nicht kann. Wärst du an meiner Stelle, du würdest genauso handeln.«

Erneut verspannte er sich in ihren Armen, aber sie ahnte, dass ihre Worte ihn erreichten.

»Dann versprich mir, dass du keine Abenteuer unternimmst. Geh da rein, tu, was du tun musst, und verschwinde da.« Seine Stimme war rau vor unterdrückten Emotionen und Anna seufzte.

»Ich werde auch meine Mutter da rausholen, Eliel. Dann werde ich zu dir zurückkehren. Das verspreche ich dir.«

»Und danach wirst du nie wieder solche Dummheiten anstellen!«

Sie gluckste bei seinem geknurrten Befehl und seufzte leise, als er sich mit ihr umdrehte und sie in die Kissen der Couch drückte.

»Danach werde ich Paartherapeutin. Einverstanden?«

»Mir egal, solange du dich nur nie wieder freiwillig in solche Gefahr begibst«, knurrte er und kichernd bog sie sich ihm entgegen, als er sie rau küsste.

Sie klammerten sich aneinander wie zwei Ertrinkende. Eliel benötige keine zehn Sekunden, um ihr die Kleider vom Leib zu reißen, und etwas hilflos zerrte sie mit zitternden Fingern an seiner Hose, die jedoch am Ende den gleichen Weg nahm wie ihre Kleider, als Eliel mit ihr kurzen Prozess machte. Wie ein düsteres Feuerwerk flammte seine Magie in ihr auf und keuchend bog sie sich ihm entgegen, als er eine brennende Spur mit seinen Lippen ihren Körper hinabzog. Ihr Körper glühte, ihre Magie ertrank in der seinen und heiser schrie sie auf, als er seine Zähne dicht an ihrer nassen Scham in die Innenseite ihres Oberschenkels grub. Zitternd griff sie in seine Haare und hielt ihn fest, als er weiterwanderte und mit seiner Zunge die geschwollene Perle zwischen ihren Schenkeln fand, während sein Geist sich im gleichen Augenblick in ihr ausbreitete. Heiß schwappte seine Lust über sie hinweg, durchtränkte ihren ganzen Körper und sie schrie auf, als er mit dem Daumen sein Blut auf ihren Lippen verteilte. Hilflos streckte sie sich seiner Liebkosung entgegen, wie sich ihr Geist im gleichen Moment ihm entgegen bog, und er beantwortete es mit einem Grollen, das tief aus seiner Brust zu kommen schien.

Anna kam im gleichen Moment, in dem er zwei Finger in sie schob. Die Füße tief in die Kissen gestemmt, presste sie ihm ihr Becken entgegen, mit den Fingern in seinen Haaren hielt sie ihn an Ort und Stelle und sie schrie auf, als mit dem Funkenregen ihres Höhepunktes die Welt um sie herum in der Dunkelheit seiner Magie versank.

Ihre Glieder waren weich wie Wachs, als Eliel sich zwischen ihren Beinen aufrichtete und sie mit den Händen an ihren Hüften anhob, bis sie die Spitze seines Schwanzes leicht in sich eindringen spürte.

»Bitte, Eliel«, wisperte sie heiser und streckte ihre Arme über den Kopf, um sich abzustützen, als er mit einem harten Stoß gleich darauf tief in ihr versank. Heisere Schreie entwichen ihr, während er sich immer und immer wieder tief in sie grub. Seine Hände an ihren Hüften zwangen sie dazu, ihn ganz in sich aufzunehmen. Wie aus weiter Ferne hörte sie das Klatschen, wenn sein Körper gegen den ihren schlug, und das Bersten von Glas, als sie mit einem tiefen Atemzug Magie in sich zog, die im gleichen Moment von Eliels verschluckt wurde. Mit den Nägeln kratzte sie über seine Brust und hörte sich selbst betteln, während er unerbittlich immer wieder in sie stieß. Erneut spürte sie, wie ihr Körper sich spannte, und als ihr zweiter Orgasmus wie in Wellen über ihr zusammenbrach, hörte sie Eliels kehligen Schrei, mit dem auch er Erlösung fand.

Lange noch blieben sie so beieinander und ineinander verschlungen liegen, jeder wortlos dem Herzschlag des anderen lauschend, unfähig, sich zu lösen. Träge strich Anna über Eliels Rücken, genoss die leisen Schauer, die sie damit bei ihm verursachte, und dämmerte langsam in einen leichten Schlaf. Nur undeutlich bekam sie daher mit, wie er sich irgendwann in der Nacht mit ihr erhob und sie ins Schlafzimmer trug.

Es war der Mittag des nächsten Tages, als Anna, sicher von Eliel gehalten, sich zu der Festung bringen ließ, der sie vor zwölf Jahren den Rücken gekehrt hatte.

In langen Diskussionen waren sie überein gekommen, dass diese Zeit, in der die Wachablösung eine minimale Lücke für sie schuf, die sinnvollste sein würde, um in die Festung zu gelangen. Eliels Gesicht war keine Regung anzumerken und mit einem dünnen Lächeln strich sie ihm schließlich über die Wange.

»Du musst mich jetzt loslassen, Dämon«, ermahnte sie ihn sanft, erhielt aber nur ein Schnauben zur Antwort.

»Ich will nicht«, erwiderte er stur und sie zwang sich, ihr Lächeln zu vertiefen.

»Das weiß ich. Aber du wirst nicht drum herum kommen.«

Er knurrte, gab sich dann jedoch sichtlich einen Ruck. »Gib auf dich acht, Hauptmann.«

»Immer, Dämon.«

Alles in ihm verkrampfte sich, als er es schließlich schaffte, Anna loszulassen und einen großen Bogen zu fliegen, mit dem er den Rückweg antreten würde. Wie gebannt verfolgte er, wie ihr Körper in die Tiefe schoss, dann jedoch wie von Geisterhand abbremste und ihre Konturen verschwammen, bis am Ende ein schwarzer Panther fauchend im heißen Wüstensand landete. Bei dem Anblick, wie das elegante Tier einen letzten Blick in seine Richtung warf, ehe es beschleunigte und pfeilschnell über den Boden schoss, spürte er trotz allem Stolz in sich aufkommen. Das da unten war seine Gefährtin, die gerade ihr Leben dafür riskierte, damit dieser unsinnige Krieg endlich ein Ende finden konnte. Und er betete zu allem, was einem heilig und wichtig sein konnte, dass sie zu ihm zurückkehren würde.

Annas Plan ging auf, wie sie mit einiger Erleichterung erkannte, als sie sich tief zwischen die flache Steinformation duckte, um der Wachpatrouille aus dem Weg zu gehen, die aufgetaucht war, kaum dass sie die schützenden Felsen erreicht hatte. Noch immer steckte sie im Körper eines Panthers und sie gedachte auch nicht, etwas daran zu ändern, bevor sie nicht unbemerkt tief in der alten Kanalisation angekommen war. Reglos verharrte sie in ihrer Position, den Körper geduckt und dicht an die Felsen gedrückt, und ignorierte den Schmerz, den der aufgeheizte Sand durch ihre Pfoten schickte, während sie die Patrouille dabei beobachtete, wie sie den ihr vorgeschriebenen Weg ablief.

»Glaubst du wirklich, dass jemand hier lang kommt?«, hörte sie einen der Männer in der typischen strengen schwarzen Uniform der Magier fragen.

»Eher nicht. Aber ich möchte es ehrlich gesagt auch nicht riskieren. Weder einen Angriff noch Sorens Unmut«, erwiderte ein anderer der Triade und insgeheim pflichtete Anna dem Mann bei. Sorens Unmut war eindeutig nichts, was man sich zuziehen wollte. Jeder Soldat lernte das binnen kürzester Zeit.

Anna wagte es kaum zu atmen, während die drei Wachposten nur wenige Meter von ihr entfernt vorbeimarschierten. Ihre Aufmerksamkeit hielt sich jedoch in Grenzen, vermutlich wäre es ihnen nicht mal aufgefallen, wenn sie sich bewegt hätte. Aber sie wollte kein Risiko eingehen. Schon gar nicht, während Eliels Wachsamkeit in ihr heiße Schauer über ihren Rücken laufen ließ. Doch schließlich verklangen die Stimmen wieder und erleichtert spannte Anna ihren Körper und trottete lautlos zwischen den Felsen auf den halb verschütteten Eingang der alten Kanalisation zu.

Mit Erleichterung atmete sie auf, als die kühle Dunkelheit der alten Schächte sie umfing und das Brennen auf Fell und Pfoten nachließ. Die erste Hürde hatte sie schon mal geschafft. Eilig lief sie den Weg entlang, den sie vor zwölf Jahren genommen hatte, und aufatmend begriff sie, dass seitdem keine weiteren Teile davon zusammengebrochen waren. Das war einer der größten Haken an ihrem Plan gewesen. Alles wäre umsonst gewesen, wenn dieser Zugang in der Zwischenzeit verschüttet worden wäre. Doch nach tausenden Jahren, die diese Gänge nun bereits existierten, schienen auch weitere zwölf nicht dazu geführt zu haben, dass sie das Zeitliche segneten. Also lief sie weiter, bis sie das Drücken schwerer Gesteinsmassen in der Luft spürte. Sie war in der Festung.

Das Herz schlug ihr bis zum Hals, als sie die Tarnung des Panthers aufgab und nahezu übergangslos in die mit Eliel trainierte Form der Unsichtbarkeit glitt, ehe sie auf leisen Sohlen zum versteckten Ausgang des Kanals ging.

Nie hätte sie es für möglich gehalten, dass sie mal so in diese Festung zurückkehren würde. Sie hatte sich geschworen, diesen Ort nie wieder zu betreten, der für sie stets nur ein Ort der Unterdrückung und Indoktrination gewesen war. Und mit zitternden Fingern drückte sie auf den winzigen Mechanismus, der den Kanalausgang in einer Wand verbarg.

Anna erstarrte, als sie fast im gleichen Moment einen Rücken vor sich erkannte. *Verdammt!* Mit ihrem Schreck wurde auch Eliel aufmerksam und sie dankte ihm dafür, dass er ansonsten nichts weiter unternahm.

Vor ihr stand eine Wache. Schwer sog Anna die Luft in ihre Lungen und griff an ihren Gürtel, wo sie das Messer verstaut hatte.

Sie hatte nicht töten wollen. Zum einen, weil sie es als unnötig empfand, zum anderen aber auch, weil jeder Tote, den sie auf ihrem Weg zurückließ, die Gefahr einer Entdeckung in die Höhe schraubte. Ein Soldat, der nicht zur Wachablösung erschien, ein Leichnam, über den man zufällig stolperte ... das alles waren Hinweise auf sie, die sie sich nicht erlauben konnte.

Magie schoss brennend in ihren Arm, als sie auf diese Weise ihren Mangel an Körperkraft auszugleichen versuchte, und schon im nächsten Augenblick hatte sie den anderen Arm um den Hals des Mannes vor sich geschlungen und in die Tiefe gezogen, während im gleichen Augenblick, in dcm sie den Mann berührte, der Unsichtbarkeitszauber seine Wirkung verlor.

»Es tut mir leid«, murmelte sie tonlos, als die Klinge auch schon bis zum Heft zwischen den Wirbeln seines Nackens versank. Diese Wunde war tödlich.

Er hatte nicht mal mehr die Chance, zu reagieren. Im nächsten Moment wurde sein Körper schlaff und sackte unter ihrem Griff in sich zusammen. Hastig wich Anna zurück und zog den leblosen Körper tiefer in die Schatten der Kanalisation. Erst als sie sich sicher sein konnte, unbemerkt zu sein, ließ sie den Toten fallen, der mit einem dumpfen Aufprall zu Boden ging.

Hektisch wischte Anna sich ihre zitternden Hände an ihrer Hose ab. Am liebsten hätte sie nun eine Pause gemacht, um den Schock zu verdauen. Allerdings wusste sie, dass sie sich damit nur unnötig in Gefahr brachte. Also ging sie zurück zu dem Ausgang, den sie unvorsichtigerweise offen gelassen hatte, und trat auf den dunklen Flur hinaus.

Unruhig marschierte Eliel im Thronsaal auf und ab. Javron, der es sich auf dem Thron bequem gemacht hatte, verfolgte die unruhige Wanderung seines Cousins. Immer wieder konnte er das Aufflackern der Magie in ihm spüren, wie sie aufloderte, nur um gleich darauf wieder in sich zusammen zu sinken.

Auch wenn Javron keine Gefährtin bisher sein eigen nannte, so konnte er sich lebhaft vorstellen, wie es gerade in seinem Cousin aussehen musste. Tauschen wollte er auf jeden Fall nicht mit ihm.

»Je aufgebrachter du wirst, desto schwerer machst du es ihr, Eliel«, versuchte Javron seinen Cousin zur Räson zu bringen, doch dieser schnaubte nur.

»Sie ist die Ruhe selbst.«

Javron lächelte inwendig. »Sie ist ein Profi, Eliel. Vertrau ihr.«

Mit einem schweren Ausatmen ließ der Angesprochene sich schließlich auf einen der Stühle am Rand des Saals nieder. Die Stirn auf die Hände gestützt sah er seinen Cousin von unten her an.

»Irgendwann, lieber Cousin, wirst du mal die Deine finden. Und dann werde ich lachen. Über dich.«

Javron grinste und kam auf die Beine. »Ich will's doch schwer hoffen. Komm, du brauchst Ablenkung, bevor du Anna noch in den Wahnsinn treibst.«

Anna spürte Erleichterung, als Eliels Aufmerksamkeit weniger wurde, bis sie nur noch das normale Maß über ihre Verbindung spüren konnte. Offensichtlich hatte jemand ein Einsehen mit ihr gehabt und den armen Mann erfolgreich beschäftigt. Und trotz der angespannten Situation, in der sie sich befand, lächelte sie leicht, während sie so leise wie möglich durch die Flure und Treppen der Burg huschte.

Immer wieder begegnete sie Triaden. Immer wieder drückte sie sich panisch in Nischen und Türrahmen, um ihnen aus dem Weg zu gehen. Und immer wieder betete sie dabei, dass niemand die schwache Signatur des Zaubers, mit dem sie sich getarnt hatte, bemerken würde.

Es war ein simpler Trick, mit dem die Mante sich unsichtbar machten. Er erforderte nicht mal viel Magie, sodass auch die Spuren, die ein angewendeter Zauber hinterließ, auf ein absolutes Minimum reduziert waren. Sie machten sich einfach zweidimensional in einem dreidimensionalen Raum, was tatsächlich auch die magische Signatur, die jeder von ihnen besaß, fast vollständig verbarg. Die Simplizität dieses Zaubers war so brillant, dass Anna hatte lachen müssen, als Eliel es ihr erklärt hatte. Magier dachten augenscheinlich erheblich komplizierter und waren nie auf eine solche Lösung gekommen.

Es hätte sie nicht so aus der Fassung bringen dürfen, als sie um die Ecke bog und den Platz, an dem vor Jahren einer der Bannsprüche in eine Steintafel gemeißelt gelegen hatte, leer war. Immerhin hatte sie damit gerechnet. Dennoch versetzte es ihr nun einen Schock, den Platz leer vorzufinden.

Okay, wo versteckst du dich? In eine dunkle Nische gepresst, verharrte sie mit geschlossenen Augen, während sie sich auf ihre Umgebung und die darin enthaltenen Signaturen konzentrierte. In Gedanken ging sie mögliche strategische Punkte durch, an die man die Spruchtafeln hätte versetzt haben können. Vor ihrem Geist entstand die dreidimensionale Darstellung der Burg mit ihren Fluren und Zimmern und hastig drehte sie die Ansicht so lang, bis sie düster lächelte.

Es gab nicht mehr viele Varianten, um die Tafeln zu verstecken. Das Pentagramm erforderte eine gewisse Größe und konnte einzig innerhalb der Burgmauern gezogen werden. Es war daher nicht mehr als ein Puzzlespiel, das Pentagramm so lange über die Skizze der Burg zu legen, bis sie den wahrscheinlichsten Punkt bemerkte. Viele Möglichkeiten entfielen bereits in der Theorie. Die Burg war nicht gleichschenklig, sodass in vielen Varianten wenigstens eine der Pentagrammspitzen über die Burgmauern hinausragen würde.

Erneut zog eine Triade an ihr vorbei, als sie sich gerade auf den Weg zu ihrem erhofften Ziel machen wollte, und mit pochendem Herzen presste sie sich fest gegen die kalte Wand in ihrem Rücken.

Sie konnte nur hoffen, dass Soren an seinem ursprünglichen Verhalten nichts geändert hatte. Es gab nur wenige Personen, die überhaupt von diesen Bannsprüchen wussten. Zwar wusste jeder um das ausgeklügelte Alarmsystem der Festung, allerdings war das Geheimnis um das Wie immer sorgsam gehütet worden. Das hatte allerdings auch zur Folge gehabt, dass es keinen gesonderten Schutz für die Banntafeln gab, um eben keine Aufmerksamkeit darauf zu lenken.

Genau darauf baute Anna jetzt auch, während sie hastig von der Triade wegschlich und zur nächsten Treppe huschte, die sie ins obere Stockwerk bringen würde. Und sie wäre fast in Tränen ausgebrochen, als sie keine fünf Minuten später in einer dunklen Ecke eines Flures die erste Banntafel fand.

Sie war erstaunlich unscheinbar. Eingeklemmt zwischen zwei Mauersteinen hatte man sie relativ unspektakulär gegen einen der normalen Steine getauscht und sie dann sich selbst überlassen.

Allerdings war ihr klar, dass Soren Mittel und Wege finden würde, um Wachposten immer wieder diesen Weg, der ansonsten nur selten benutzt wurde, da er in einen leerstehenden Teil der Festung führte, entlang zu schicken. Anna hätte ihre Hand dafür ins Feuer gelegt, dass er die normalen Wege der Patrouillen dafür geändert hatte. Sie musste also davon ausgehen, dass sie nicht lang mit der Tafel allein sein würde, und so kniete sie sich hastig hin und streckte zögernd die Handfläche nach der Tafel aus, verharrte dann jedoch kurz davor, während sie sich auf die Signatur konzentrierte, die die schlichte Steintafel ausstrahlte.

Anna wusste, dass jede Berührung der Tafel ein Auslösen des Alarmsystems zur Folge haben würde. Einzig ihrem Vater und dem König selbst war es möglich, die Steine zu berühren, da diese sie vor mehr als zweitausend Jahren selbst geschaffen hatten.

Es war ein überaus komplexer Zauber, den man dort einst gewoben hatte. Unter ihren Fingern konnte sie das Kribbeln der Magie spüren, die dem Stein innewohnte, und ihr Mund wurde trocken, als sie daran dachte, wie mächtig ihr Vater sein musste, wenn er solch einen Zauber ohne die Unterstützung einer Triade, einzig mit Hilfe des Königs, der tatsächlich noch gar nicht so alt war, hatte wirken können. Und wie viel Hass es bedurfte, um diese Energie aufzubringen.

Hastig schüttelte sie den Gedanken an ihren Vater ab und griff an ihren Gürtel, an dem sie die kleinen Phiolen mit Petrowinas Zauber verstaut hatte. Gebannt lauschte sie auf Geräusche im Flur, die sich ihr näherten, dann ließ sie ihren Schutzzauber fallen, der sie für alle anderen unsichtbar werden ließ, und drückte die Phiole gegen den Stein, der direkt über der Banntafel lag. Magie flackerte in ihr auf und sie atmete erleichtert auf, als der Stein unter ihren Fingern weich wurde und die Phiole schließlich darin versank. Als sie nicht mehr zu sehen war und selbst die Signatur ihres Zaubers gegen die der Banntafel verblasst war, zog Anna ihre Hand zurück und murmelte tonlos die Formel, die sie wieder in der Unsichtbarkeit versinken ließ. So gut der Zauber auch war, er besaß einen entscheidenden Nachteil: Solange sie zweidimensional war, konnte sie nichts berühren, ohne dass der Zauber seine Wirkung verlor.

Keine Sekunde zu früh, wie sie erkannte, als sie hörte, wie schwere Schritte sich ihr näherten. Hastig drückte sie sich in die Nische, in der man die Tafel in die Wand eingelassen hatte, dabei jedoch sorgsam darauf bedacht, den Wänden nicht zu nah zu kommen. Und sie erstarrte, als sie eine vertraute weibliche Stimme hörte.

»Glaubst du wirklich, dass sie so dumm sein werden, sich hier einzuschleichen?« Annas Magen verkrampfte, als sie die nervöse Frage der jungen Soldatin hörte, die gemeinsam mit ihr vor Jahren durch die Ausbildung gegangen war. Lea und sie hatten einst viel Zeit im Training miteinander verbracht und sie hatte die nachdenkliche junge Frau zu schätzen gelernt. Auch sie schien früher nicht immer ganz einverstanden mit den Grundsätzen des Königs und ihres Vaters zu sein. Allerdings hatte sie im Gegensatz zu ihr nie die Nervenstärke aufgebracht, sich dagegen zur Wehr zu setzen.

»Zuzutrauen ist diesen Bestien alles«, knurrte die andere Frau, die Anna jedoch unbekannt war. Mit angehaltenem Atem lauschte sie den Schritten, die sich ihr unaufhaltsam näherten.

»Ich mochte Anna«, erwiderte Lea leise, als drei Frauen in Uniform auf ihrer Höhe auftauchten. Ihr Herz schlug ihr bis zum Hals, während sie ihren Blick unverwandt auf die Triade gerichtet hielt.

»Das tut mir leid, Liebes. Ich möchte nicht wissen, was sie mit ihr seitdem angestellt haben. Wir können nur hoffen, dass sie tot ist und ihre Geheimnisse mit sich genommen hat«, entgegnete die andere Frau und Anna musste ein Seufzen unterdrücken, während sie verfolgte, wie die Soldatinnen den Gang entlang marschierten und schließlich aus ihrem Blickfeld verschwanden.

Danach war es regelrecht ein Kinderspiel, auch die übrigen vier Tafeln zu finden und die Sprengsätze zu deponieren. Im Zickzack-Kurs huschte Anna durch die Flure und Korridore der Festung, stets darauf bedacht, nicht den direkten Weg des Pentagramms abzulaufen und gleichzeitig den Triaden aus dem Weg zu gehen. Und so war sie außer Atem, als sie schließlich die letzte Phiole angebracht hatte und sich einen kleinen Moment gab, um sich zu erholen. Kurz konzentrierte sie sich auf ihre Umgebung und suchte schließlich die Verbindung zu Eliel, als sie niemanden in ihrer Nähe spüren konnte.

Check!, teilte sie ihm knapp mit, spürte gleichzeitig seine Erleichterung und lächelte, als er sich jeden weiteren Kommentars enthielt.

Der wichtigste Teil war erledigt, es fehlte nur noch ihre Mutter.

Anna hatte sich geweigert, in die Festung zu gehen, ohne im Anschluss mit ihrer Mutter zurückzukehren. Noch mal wollte sie den Fehler von vor zwölf Jahren nicht machen. Schon gar nicht, seit sie gesehen hatte, was ihr Vater ihr antat.

Eliel hatte protestieren wollen, sich letztlich aber gefügt, als er eingesehen hatte, dass Anna an diesem Punkt nicht mit sich reden lassen würde. Lieber riskierte sie, entdeckt zu werden, als dass ihre Mutter bei einem Angriff verletzt oder gar getötet wurde. Auch beim König der Mante hatte sie Widerwillen bemerkt, jedoch hatte dieser sich einer Meinung dazu enthalten.

Es machte de facto ja auch keinen Unterschied, ob sie

allein hinein- und wieder hinausschlich oder ob sie jemanden mitnahm und so deutlich machte, dass sie dagewesen war. Während sie durch die Festung flitzte, würden nun nach ihrer Nachricht draußen die Mante aufziehen, um demonstrativ eine Belagerung anzukündigen.

Viel Zeit würde ihr also daher nicht bleiben, aber sie hoffte, dass sie in der allgemeinen Aufregung mehr Glück haben würde, mit ihrer Mutter zu entkommen, die seit ihrer Hochzeit mit Soren nicht mehr aktiv als Soldatin am Geschehen beteiligt war.

Eliel wusste, dass ihm die Erleichterung deutlich ins Gesicht geschrieben stand, als er Annas knappe Botschaft erhielt. Noch immer war er unruhig, während er seine Truppen sammelte und die geplanten Aufstellungen bekannt gab.

Sobald Anna sicher aus der Festung heraus war, würde er die Sprengsätze von Harden zünden lassen. Vor ihrem Aufbruch hatte sie diesem einen Kiesel in die Hand gedrückt mit den Instruktionen, wie er zu bedienen sei. Sie meinte, dass die Festung allein durch das Sprengen der Bannsprüche bereits erheblichen Schaden davontragen würde. Die Sprengkraft war groß genug, um nicht nur die Tafeln zu vernichten, sondern um im Zweifelsfall ein ganzes Stockwerk zu zerstören. Das daraufhin ausbrechende Chaos würde ihnen genug Möglichkeit bieten, über die stillgelegten Teile der Festung eindringen zu können.

»Sie hat es geschafft, Javron«, meinte er knapp zu seinem Cousin, der daraufhin nickte.

»Hast du etwas anderes erwartet?«

Eliel knurrte, erwiderte jedoch nichts.

Anna fühlte sich, als wäre sie plötzlich um zwölf Jahre in die Vergangenheit zurückversetzt worden, als sie den Weg nahm, der sie zu den Gemächern ihrer Mutter führen würde. Ein Blick aus dem Fenster hatte bestätigt, dass es noch später Nachmittag sein musste, und da sie davon ausging, dass ihr Vater nicht mit seinen langjährigen Routinen gebrochen hatte, würde dieser nun eine Lagebesprechung mit dem König haben, von der er erst zum Abendessen zurückerwartet wurde. Sie würde ihre Mutter also allein vorfinden.

Als das Türschloss zu den Gemächern ihrer Mutter mit einem leisen Klacken nachgab, zuckte Anna im ersten Moment bei dem ungewohnt lauten Geräusch in der anhaltenden Stille zusammen. Sie befand sich tief im Herzen der Burg, in den privatesten Bereichen der Herrscherfamilie und des Kanlzers und Kommandanten des Sturms in Personalunion. Hier gab es nicht mal Patrouillen, da man davon ausging, dass nie ein Eindringling jemals so weit kommen würde. Und weil beide Männer ihre Privatsphäre schätzten.

Unsichtbar huschte Anna in die Räumlichkeiten, die ihre Mutter tatsächlich allein bewohnte. So leise wie möglich ließ sie die Tür hinter sich mit einer kleinen Drehung ihres Handgelenks wieder ins Schloss gleiten und sah sich in dem ihr vertrauten Raum um.

Es hatte sich nichts geändert, seit sie damals geflohen war, und Anna kämpfte mit den aufsteigenden Tränen, als sie sich in dem relativ kleinen Vorraum umsah, der im hinteren Teil in das Wohnzimmer ihrer Mutter führte. Noch immer lagen die gleichen Teppiche und Brücken auf dem Boden, vielleicht inzwischen ein wenig verschlissener als noch vor zwölf Jahren. Eine Recamière, ein altes zerkratztes Sideboard, das ein wenig kippelte, wenn man sich dagegen lehnte. Aber sonst war der Raum leer und schmucklos.

Unvermittelt fühlte Anna sich weit in ihre Vergangenheit zurückversetzt und heftig blinzelte sie, als die Tränen über ihre Wangen zu laufen drohten. Dafür war jetzt keine Zeit, gemahnte sie sich im Stillen und schlich so leise wie möglich ins Wohnzimmer ihrer Mutter.

Von je her hatte ihre Mutter Blumen geliebt. Die Magie ihrer Mutter war tief in der Erde verwurzelt und was sie in ihrem Wohnzimmer an Pflanzen liebevoll pflegte, hätte einen menschlichen Botaniker zum Weinen gebracht. Kurz blieb Anna stehen und genoss das Bild, das sich ihr bot, als sie die Umrisse ihrer Mutter vor der Blumenbank am großen Sprossenfenster ausmachte. Liebevoll strich sie über die Blätter der Pflanzen, die dort in den üppigsten Farben wuchsen.

Natürlich hatte sie sich nicht verändert. Selbst wenn sie zehntausend Jahre alt würde, sie war unsterblich, sie würde stets so aussehen, wie zu dem Zeitpunkt, in dem ihr Körper erstarrt war. Und als Anna leise vortrat, lief nun doch eine Träne über ihre Wange, als sie die ihr so vertrauten Gerüche und die ruhige, fließende Magie ihrer Mutter wahrnahm.

Malas Körper erstarrte, als Anna von hinten an sie trat und ihr fest eine Hand auf den Mund presste. Ihr anderer Arm schlang sich um die Taille der gleichgroßen Frau und hastig beugte Anna sich vor, bis ihre Lippen fast ihr Ohr berührten.

»Nicht erschrecken, Mutter. Ich bin es.«

Malas Körper entspannte sich sofort, wurde weich und nachgiebig in ihrem Griff und als Anna sie freigab, wirbelte diese herum und zog ihre Tochter unter Tränen in die Arme.

»Liebes, wie hast du …«

Ebenfalls weinend klammerte Anna sich an ihre Mutter, zwang sich dann jedoch dazu, wieder ein wenig Abstand zu ihr einzulegen.

»Keine Zeit. Wir müssen hier raus.«

Schmerz stand in Malas Blick, als diese den Kopf schüttelte. »Wohin denn?«

Mit ausgestrecktem Arm wies Mala auf die Aussicht hinter dem großen Fenster. Dorthin, wo Anna nach einem kurzen Moment sehen konnte, wie die Mante ihre Stellungen bezogen.

»Genau da hin, Mutter.«

Heftig schüttelte die Angesprochene den Kopf. »Bist du wahnsinnig?«

Anna lächelte nachsichtig. »Vor zwölf Jahren habe ich dir vertraut. Jetzt vertrau du mir. Oder willst du wirklich hier bleiben?«

Sie konnte sehen, wie ihre Mutter mit sich rang, sah die Angst in ihrem Blick, während sie immer wieder von ihrer Tochter zu der aufziehenden Bedrohung hinter den Wällen der Festung sah.

»Hat Vater dich damals erpresst, nachdem er dich befreit hatte?«

Malas Blick aus matten graugrünen Augen wurde starr, als sie so unvermittelt an jenen Moment vor fünfzig Jahren erinnert wurde.

»Entweder ich werde seine Frau oder ich finde noch an Ort und Stelle den Tod«, murmelte sie gedankenverloren und Anna schluckte. Es wäre ihrem Vater damals tatsächlich ein Leichtes gewesen, ihre Mutter zu beseitigen. Alles, was er dazu hätte sagen müssen, wäre, dass sie den Heldentod gestorben sei, als sie in Gefangenschaft geraten war. Wie schon über Prinzessin Isande.

»Und später?«

Mala lächelte bitter. »Mit dir, Schatz.«

Für einen kleinen Moment schloss Anna die Augen, als die Gefühle sie überrollten. Hass auf die Grausamkeit ihres Vaters flammte in ihr auf und es kostete sie einiges an Mühe, es sich nicht anmerken zu lassen.

Ihr Vater hatte ihr Leben als Druckmittel bei ihrer Mutter genutzt. Jetzt wurde ihr so manches klarer. Die harte Ausbildung, die selbst für ihn ungewöhnlich schwer war. Die frühe Vereidigung, ihre Einberufung in den Sturm noch vor Erlangung der Unsterblichkeit ... Das alles waren Ergebnisse der Willkür ihres Vaters. Und es drehte sich ihr schier der Magen um, bei dieser weiteren Bestätigung seiner Grausamkeit.

»Er hat nichts mehr gegen dich in der Hand, Mutter. Komm mit mir.«

Malas Blick wurde unsicher, Anna konnte sehen, wie sie schwankte und lächelte still.

»Etwas besseres als das hier, findest du überall, Mutter. Du musst es nur wollen.«

Und erleichtert atmete sie auf, als sie ihre Hand ausstreckte und Mala ihre nach einer kleinen Weile zögernd hineinlegte.

11

Entgegen Eliel lag es nicht in Annas Möglichkeiten, den Unsichtbarkeitszauber auf ein anderes Lebewesen auszudehnen. Sie hatten es in den Tagen vor ihrem Aufbruch immer wieder probiert, doch ihre Kräfte reichten dazu einfach nicht aus, sodass ihre Mutter und sie übereinkamen, dass sie getrennt aufbrechen würden. Niemand würde sich etwas dabei denken, wenn man Sorens Frau allein in der Festung antraf. Anna würde einen anderen Weg zum alten Kanalisationsschacht nehmen und sie sich dort wiedertreffen.

Es war das erste Mal in ihrem Leben, dass Anna ihre sonst so schüchterne und schweigsame Mutter sich an ihre einstige Ausbildung zur Soldatin erinnern sah. Doch mit ihrem Entschluss, ihre Tochter zu begleiten, schien die unendliche Last der vergangenen fünfzig Jahre an Sorens Seite von ihr abzufallen. Und Anna staunte nicht schlecht, als ihre Mutter ein kleines Fach hinter einer Bücherwand öffnete und ihm ein erstaunliches Arsenal an Messern entnahm. Nur einmal hatte sie ihre Mutter bewaffnet gesehen. Nur einmal hatte sie ihre Mutter töten sehen. In jener Nacht vor zwölf Jahren, in der sie ihrer Tochter zur Flucht verholfen hatte.

Anna hütete sich unterdes, Harden mit auch nur einer Silbe zu erwähnen, stand doch zu befürchten, dass Mala es sich dann umgehend anders überlegte. Auch wenn Harden nie Details über seine Begegnung mit ihrer Mutter verloren hatte, so reichten doch die wenigen Bruchstücke, die er angesprochen hatte, um ihr klar zu machen, dass auch diese Begegnung keine glückliche gewesen sein konnte. Daher wollte Anna es auch nicht riskieren, dass ihre Mutter einfach umkehrte, wenn sie erfuhr, dass es einen Mantus gab, der seit fünfzig Jahren auf sie wartete. Vielleicht musste ihre Mutter ihre Erfahrungen genauso selbst machen, wie auch Anna es mit Eliel getan hatte. Allerdings hoffte Anna, dass Harden es nicht gleich zu Beginn versieben würde. Die Chancen darauf standen zumindest nicht schlecht. Und schon jetzt war ihr klar, dass sie ihre Freundschaft zu Harden bereitwillig vergessen würde, sollte er Mala auch nur ein Leid zufügen. Ihre Mutter hatte genug gelitten die vergangenen Jahrzehnte.

Erneut huschte Anna geschützt durch den Unsichtbarkeitszauber über die düsteren Gänge der Festung, die sie mit jedem Schritt tiefer in den Berg, auf dem diese errichtet worden war, führten. Ein Frösteln befiel sie, als sie auf Höhe des Verlieses ankam und kurz wandte sie ihren Blick zu der schweren Tür, die den Eingang zu diesem Teil absperrte. Es war eines der bestgehüteten Geheimnisse Sorens, dass er dort nicht nur Mante gefangen hielt, sondern diese auch folterte. Um an Informationen zu gelangen. Aber sie ahnte, dass es auch zu seiner Belustigung war. Nur zu deutlich erinnerte sie sich noch an das gierige Leuchten in seinen Augen, als er ihr gezeigt hatte, was man mit solchen Kriegsgefangenen anzustellen pflegte.

Abrupt wandte sie sich ab und zwang sich, ihren Weg fortzusetzen. Sie konnte nicht alle retten. Aber sie konnte darauf hoffen, dass dieser Wahnsinn bald ein Ende finden würde. Sie hatte Javron und die Sieben mit allen Informationen gefüttert, die sie über die Festung hatte. Über Notfallpläne, Evakuierungsmaßnahmen und Lage der königlichen Bereiche. Auch wenn sie nur den Stand von vor zwölf Jahren hatte, so war zu hoffen, dass nicht alles davon überholt wäre. In den drei Monaten, die sie inzwischen bei Eliel war, dürfte ihr Vater kaum die Zeit gehabt haben, alle Konstruktionspläne und Notfallabläufe grundlegend zu verändern.

Anna hatte nichts gehört, als sie um die Ecke bog. Weder hatte sie eine magische Signatur gespürt noch auch nur ein Geräusch. Es war niemand da, als sie in den langen Korridor einbog, von dem auf der Hälfte die versteckte Tür zu den alten Kanalisationsschächten abging. Ihre Mutter war noch nicht eingetroffen und so verlangsamte sie ihren Schritt und blieb schließlich stehen, als die Tür in ihrem Blickfeld auftauchte. Vage konnte sie am anderen Ende des Ganges eine Bewegung ausmachen und lächelte, als sie die Gestalt ihrer Mutter erkannte.

Sie schrie auf, als sich wie aus dem Nichts kalter Stahl um ihren Hals schloss. In sich konnte sie spüren, wie ihre Magie sich gegen den Zauber in dem Halsband wehrte, dann jedoch zusammensank. Etwas Hartes traf sie am Hinterkopf und das Letzte, was sie sah, waren die panisch aufgerissenen Augen ihrer Mutter, ehe die Welt in Dunkelheit versank.

Eliel stand auf einer Anhöhe, von der aus er das Tal überblickte. Wie ein schwarzes Ungeheuer erhob sich Veluvion Stadt drohend von einer künstlich geschaffenen Felsenformation in der Mitte des Tales in die Höhe. Jeder Turm mit seinen wehrhaften Zinnen eine eindeutige Drohung an potenzielle Angreifer. Seit Stunden konnte er verfolgen, wie hektische Betriebsamkeit auf den Burgzinnen eingesetzt hatte, als man erkannt hatte, dass die Mante zur Belagerung aufzogen.

Er schrie auf und sackte in die Knie, als er spürte, wie die Verbindung zu Anna in ihm mit einem Schlag erlosch.

»Was ist passiert?«

Wie durch dichten Nebel hörte er Hardens Stimme über sich und spürte Hände, die ihn an den Ellenbogen packten und wieder hochzogen.

»Ich kann sie nicht mehr spüren«, quetschte er rau hervor und schüttelte sich, um den Nebel aus seinem Kopf zu vertreiben. Angst hatte sich tief in seine Eingeweide gefressen und als er aufsah, sah er in Hardens Gesicht das gleiche Gefühl, wenn dieser sich auch mühte, es zu verbergen.

»Sie ist nicht tot, Eliel. Das würdest du wissen.«

Er nickte abgehackt, wenn ihm diese Aussage jedoch auch kein Trost war. Wäre Anna tot, dann wäre er gerade nicht nur zusammengesackt, dann wäre er ihr gefolgt. Ihre Verbindung war bereits viel zu eng, als dass er diese Trennung von ihr überlebt hätte.

»Man muss sie erwischt haben«, würgte er hervor. Sein Magen rebellierte und instinktiv suchte er immer wieder seinen Geist nach der Verbindung zu ihr ab, stieß jedoch ein ums andere Mal einzig auf gähnende Leere. Irgendetwas hatte sich wie eine feste Mauer zwischen sie geschoben. Er ahnte, dass es sich dabei um ein *szenai* handeln musste. Und es musste schnell geschehen sein, wenn sie es nicht mal mehr geschafft hatte, ihm eine Warnung zukommen zu lassen.

»Wir müssen es Javron sagen«, überlegte Harden leise und Eliel nickte. Mit einem letzten Blick auf Veluvion Stadt wandte er sich ab und marschierte zurück in das Lager, das man seit einigen Stunden errichtete.

Mit einem Stöhnen kam Anna wieder zu sich. Sie konnte ihre Arme nicht mehr spüren, dafür riss etwas in ihren Schultern. Ihr Gesicht fühlte sich seltsam geschwollen an und Übelkeit ließ sie bittere Galle schmecken.

»Die Hure ist also wieder erwacht«, hörte sie eine ihr vertraute Stimme dicht in ihrem Rücken höhnisch sagen und erstarrte. Ihr Vater. Instinktiv wollte sie sich umdrehen, hörte das Rasseln von schweren Ketten und ein scharfer Schmerz schoss von ihren tauben Armen in ihre Schultern. Ihre Beine versagten ihr den Dienst und ein unterdrückter Schmerzlaut entfuhr ihr, als sie unter ihr wegsackten.

Man hatte sie gefesselt und an den Armen aufgehängt. Sie vermochte nicht zu sagen, wie lang sie schon hier so hing, aber es musste schon eine geraume Weile sein, wenn Bewegungen ihr solche Schmerzen verursachten. Angestrengt versuchte sie sich wieder in ihrer Position aufzurichten, um ihre Arme zu entlasten, und keuchte, als sie es schließlich schaffte, sich auf die Zehenspitzen zu stellen, und ein Zittern ihre Beine durchlief.

Was hatte er mit ihr getan, dass sie sich so fühlte?

»Hast du wirklich geglaubt, ich würde es nicht bemerken, wenn du versuchst, deine Mutter zu befreien? Du dummes Kind«, schalt er sie und bei seinem sanften Tonfall lief es ihr kalt den Rücken runter. Sie kannte diesen Tonfall. Es war der sanfte Ton, der seinen Bestrafungen stets vorausgegangen war. Vorsichtig versuchte sie die Augen zu öffnen, blinzelte, ließ die bleischweren Lider jedoch wieder sinken, als sie nichts weiter als wirre Farben und Schemen vor sich erkennen konnte.

»Wo ist sie?«, wisperte sie heiser aus ausgetrockneter Kehle und hörte ihren Vater schnauben.

»Sag du es mir, Hure.«

Anna hütete sich, sich ihre Erleichterung anmerken zu lassen. Augenscheinlich hatte ihre Mutter es geschafft zu fliehen.

»In Sicherheit vor dir, Vater«, erwiderte sie mit brüchiger Stimme und schrie auf, als gleich darauf beißender Schmerz in ihrem Rücken aufflammte. Durch das Rauschen des Blutes in ihren Ohren hörte sie das Klatschen einer Peitsche und sie presste die Zähne zusammen, als etwas Warmes ihren Rücken hinablief.

»Wage es nie wieder, mich so zu nennen! Du bist nichts weiter als Abschaum!«

Ein weiterer Hieb der Peitsche traf sie und ohne es so recht zu wollen, zog sie ihre Beine an, bis sie einzig an ihren Armen in der Luft hing. Und sie schrie auf, als so der Schmerz in ihren Schultern erneut aufflammte, bis sie glaubte, dass ihre Gelenke gleich nachgäben.

»Fühlt sich ganz schön erbärmlich an, nicht wahr?« Sorens Stimme hatte einen widerlich lieblichen Ton angenommen und sie verkrampfte sich, als sie seine Hand spürte, wie sie fast schon liebevoll über die aufgeplatzten Striemen auf ihrem Rücken strich.

»Es gibt Gifte, die bewirken, dass dein Körper jegliche

Widerstandsfähigkeit verliert. Nur ein kleiner Stich und alle deinen tollen Heilungskräfte sind mit einem Schlag verloren. Leider, leider ist es bei Magiern nicht ganz so haltbar wie bei den Mante«, murmelte er mehr zu sich selbst als zu ihr und sie schluckte, als sie hörte, wie er sich von ihr entfernte und etwas in ihrem Rücken metallisch klapperte.

Als er die Nadel in ihre Hüfte jagte, war der Schmerz kaum der Rede wert. Das daraufhin einsetzende Brennen jedoch ließ Anna erneut aufschreien.

»Man erwartet mich bei Tisch, Hure. Aber sei dir gewiss, dass ich bald wieder bei dir sein werde. Und dann werden wir noch mal ein ernstes Gespräch führen.«

Die Tür fiel ins Schloss und Anna sackte ungeachtet der Schmerzen in ihren Armen in sich zusammen.

»Scheiße!«, fluchte sie erstickt und als das Brennen in ihr immer weiter anschwoll, gab sie der drängenden Ohnmacht nach und ließ sich in die Dunkelheit fallen.

Als sie wieder zu sich kam, fühlte sie sich tatsächlich ein wenig besser. Gut, war dabei zwar die Übertreibung des Jahres, allerdings war die Übelkeit gewichen, das Brennen in ihr hatte nachgelassen und als sie die Augen öffnete, konnte sie tatsächlich wieder die Umrisse des Raumes sehen, in den ihr Vater sie gebracht hatte. Noch immer schmerzten ihre Glieder und in ihrem Rücken konnte sie das Brennen der Striemen spüren, die die Peitsche bei ihr hinterlassen hatte. Aber zumindest konnte sie wieder etwas sehen.

Er hatte sie im Verlies eingesperrt. Eine kleine Funzel hatte er in ihrem Rücken auf den Boden gestellt und sie schauderte, als sie einen Blick auf den muffigen und nach

Blut riechenden Raum mit den nassen Wänden blickte. Flüchtig hob sie den Kopf und seufzte, als sie den massiven Eisenring sah, durch den man die Ketten geführt hatte, mit denen man sie gefesselt hatte.

Genau so hatte er auch damals den Mantus aufgehängt. Hatte ihm die Schwingen abgeschlagen, Stück für Stück, und ihn anschließend ausgepeitscht, bis sein Rücken nicht mehr war, als eine blutige Kraterlandschaft aus rohem Fleisch.

Anna hätte jetzt gern gesagt, dass es an ein Wunder grenzte, dass er sie nicht einfach getötet hatte, doch selbst in ihrem benebelten Zustand begriff sie, welches Druckmittel sie für den Kommandanten den Mante gegenüber darstellen musste. Sie war Eliels Gefährtin, der draußen vor den Toren lagerte. Niemand würde es wagen, Veluvion Stadt anzugreifen, solange zu befürchten stand, dass mit ihrem Tod auch einer der wichtigsten Mante mit ihr starb.

Zusätzlich bekam er so die Möglichkeit, Informationen aus ihr herauszupressen. Und sie schauderte bei der Vorstellung, wie er das anstellen würde.

»Hey, Magierin. Wach?«

Sie stöhnte, als sie die tiefe Stimme aus der Zelle rechts von sich hörte. Die Zellen waren durch Lüftungsgitter miteinander verbunden, sodass jeder einzelne Insasse an den Geräuschen teilhaben konnte, wenn ihr Vater einen von ihnen folterte. Nur eine weitere Taktik, um die Gefangenen mürbe zu machen.

»Ich glaub schon, Dämon«, krächzte sie und hörte ein Grollen aus der Nachbarzelle.

»Bist du wirklich seine Tochter?«

Anna seufzte. »Ja.«

»Und warum bist du hier?«

»Weil ich abgehauen bin? Weil ich an einen von euch gebunden bin? Weil ich gerade versucht habe, seine Frau hier rauszubringen? Such dir was aus, Dämon. Die Liste ist lang.« Wohlweislich vermied sie es von den Sprengsätzen zu erzählen. Ihr war klar, dass die Wände hier Ohren hatten. Schweigen würde jedoch nur ein gesteigertes Interesse ihres Vaters provozieren. Etwas, worauf sie gut und gerne verzichten konnte. Niemand konnte ihr garantieren, dass sie gerade nicht einem perfiden Trick ihres Vaters aufsaß. Also stellte sie sich lieber dumm und tat so, als würde sie im Traum nicht mal darüber nachdenken.

»Er hat noch nie eine Magierin hergebracht«, hörte sie den Dämon von nebenan sagen und holte tief Luft. Das Brennen in ihrem Rücken ebbte langsam ab, Zeichen dafür, dass ihre Heilungskräfte wieder einzusetzen schienen.

»Ich bin ein Druckmittel für ihn.«

Der Dämon schnaubte. »Normalerweise bringt er Frauen wie dich einfach um.«

»Aber nicht, wenn sie Eliels Frau sind und draußen ein Sturm aufzieht. Im Moment bin ich wohl die Garantiekarte, dass die Festung nicht angegriffen wird«, knurrte sie gereizt.

Eine ganze Weile sagte der Dämon daraufhin nichts mehr und auch Anna blieb stumm, während sie sich auf ihren Rücken konzentrierte, der tatsächlich zu heilen begonnen hatte. Sie konnte das leichte Kribbeln spüren, das sie stets fühlte, wenn Wunden sich schlossen, und erleichtert atmete sie auf, als der Schmerz schließlich verebbte.

»Wie ist dein Name, Dämon?«

»Veit«, entgegnete er knapp.

»Anna«, erwiderte sie daraufhin. »Wie lang bist du schon hier?«, fragte sie dann jedoch weiter, um sich wenigstens irgendwie abzulenken.

»Ich weiß es nicht. Ein paar Jahrzehnte? Als man mich gefangen nahm, warst du noch nicht auf der Welt.«

Anna keuchte. So lang ...

»Warum?«

Der Dämon knurrte. »Ich bin der Bruder deines Gefährten.«

Mit einem Geräusch, halb Lachen halb Stöhnen, ließ sie den Kopf in den Nacken fallen und sah an die Decke. Sie hatte nicht mal gewusst, dass Eliel überhaupt einen Bruder hatte.

»Veit?« Der Dämon brummte eine Erwiderung. »Nett, dich kennenzulernen.«

Danach waren sie beide in Schweigen verfallen. Was hätten sie auch sagen sollen? Wenn er bereits seit Jahrzehnten hier festsaß, konnte sie davon ausgehen, dass es keine Möglichkeit zur Flucht gab. Niemand würde auch nur die geringste Chance verstreichen lassen, um von diesem Ort zu entkommen.

Anna hatte keine Ahnung, wie es nun weitergehen sollte. Ihre Mutter war augenscheinlich verschwunden und wenn sie auch nur ein wenig bei Verstand war, dann war sie geflohen, als sie die Möglichkeit dazu hatte. Allerdings würde Anna jeden Eid darauf schwören, dass Mala nicht zu den Mante laufen würde. Sie würde versuchen, das nachzuholen, was sie vor zwölf Jahren unterlassen hatte. Sie würde aus dieser Dimension fliehen und versuchen, ein neues Leben zu beginnen. Fern von dem ganzen Wahnsinn hier. Und auch wenn es ihr weh tat, sie wünschte ihrer Mutter Glück. Nach dem ganzen Leid hatte diese

Frau sich das mehr als nur verdient.

Als das schwere metallische Knirschen einer Tür ihre düsteren Gedankengänge durchbrach, zuckte sie erschreckt zusammen. Sie musste sich nicht fragen, wer da gerade zu ihr zurückgekehrt war.

Ihr gesamter Körper spannte sich, als Schritte sich ihr näherten und sie kurz darauf einen Körper dicht in ihrem Rücken spürte. Warmer Atem strich über ihre Wange, als er seine Lippen dicht an ihr Ohr legte.

»Wie ich höre, habt ihr bereits Freundschaft geschlossen, du und dein Schwager. Kennen Tiere so etwas überhaupt?«

Veit quittierte Sorens Frage mit einem eisigen Knurren, bei dem Anna es kalt den Rücken runterlief. Soren hingegen lachte nur.

»Anna, Anna, Anna. Wirklich, du hättest alles haben können. Wenn du dich nur wenig gehorsamer gezeigt hättest. Aber du hast zu viel von deiner Mutter, nicht wahr?«

Ein Stich in ihre Seite folgte und Anna verkrampfte sich, als das inzwischen vertraute Brennen einsetzte. Langsam quälte es sich durch ihren Körper, ihre Venen hinauf und sie keuchte, als es ihr Herz erreichte und sich von dort aus in rasender Geschwindigkeit in ihrem Körper auszubreiten begann.

»Deine Mutter hat auch für diese Tiere die Beine breit gemacht, als ich sie fand. Sag mir, hat es dir Spaß gemacht?«

Anna zitterte inzwischen am ganzen Leib, dennoch zwang sie sich zu einer Erwiderung.

»Jedes einzige Mal«, presste sie zwischen zusammengekniffenen Lippen heraus und schrie auf, als etwas ihren Rücken traf, das sie im ersten Moment mit der Bewusstlosigkeit kämpfen ließ. Scharfe Dornen bohrten sich tief in ihren Körper und wimmernd brach sie in ihren Ketten zusammen, während Soren in ihrem Rücken missbilligend mit der Zunge schnalzte. Sterne tanzten vor ihren Augen und sie konnte spüren, wie Blut in breiten Rinnsalen ihren Rücken hinablief.

Anna bezweifelte nicht, dass ihr Vater wahnsinnig sein musste. Und die Erkenntnis, dass er sein Tun gerade besonders zu genießen schien, weil sie seine Tochter war, ließ Übelkeit in ihr aufkommen. Er ergötzte sich regelrecht daran, während sie hier hing, von der Decke baumelnd wie Schlachtvieh, unfähig etwas gegen seine Grausamkeit zu unternehmen.

»Deiner Mutter konnte ich diesen Unsinn noch austreiben. Bei dir allerdings, fürchte ich, kommt jede Hilfe zu spät.«

Wieder traf sie etwas in ihrem Rücken, das sich anfühlte, wie ein schweres Holzbrett mit langen Dornen und sie erbrach sich, als die scharfen Spitzen tief in ihr Fleisch eindrangen und über Knochen schabten. Ein Dorn verfing sich in einer ihrer Rippen und als er mit einem kräftigen Ruck das Holz zurückriss, hörte sie, wie der Knochen brach. Schmerz jagte wie Stromstöße durch ihren Körper, Tränen rannen über ihre Wangen und zum ersten Mal war sie froh, dass das *szenai* um ihren Hals verhinderte, dass Eliel spüren konnte, was gerade mit ihr geschah.

»Du hast den Trotzkopf deiner Mutter, Mädchen«, meinte Soren nach einer Weile sanft und Anna erschauerte. Nur undeutlich nahm sie zwischen dem Fiepen in ihren Ohren wahr, wie seine Schritte sich entfernten und er das Holz wegzulegen schien. Etwas klapperte in ihrem

Rücken und als kreischend Metall über Metall glitt, zuckte sie zusammen.

»Eigentlich hatte ich sie damals ja töten wollen, nachdem diese Bestie sie besudelt hatte. Aber ihre Schönheit hat mich dann doch davon absehen lassen. Und schließlich hat sie sich ja auch gefügt und ist eine sehr gelehrige Schülerin geworden.«

Als der kalte Stahl einer Klinge fast schon zärtlich über ihren Körper strich, erstarrte Anna.

»Wie schade, dass du sie jetzt mit deinen Flausen angesteckt hast.«

Anna weigerte sich aufzuschreien, als die kalte Klinge dicht neben ihrem Hüftknochen tief in ihren Leib fuhr, bis sie durch ihre Haarsträhnen hindurch sehen konnte, wie sie vorn wieder herauskam.

»Sie ist jetzt frei von dir, Vater!«, zischte sie, als sie wieder ausreichend Luft bekam. Und sie schrie nun doch, als er daraufhin in einem schrägen Winkel die Klinge wieder aus ihrem Leib riss. Dann verlor sie das Bewusstsein.

Eiskaltes Wasser riss sie aus der gnädigen Schwärze der Bewusstlosigkeit. Lange konnte sie nicht weg gewesen sein. Noch immer brannte ihr Körper, als wären sämtliche Höllenfeuer auf ihr entzündet worden, ihre Hüfte und ihr Rücken fühlten sich merkwürdig warm an und sie begriff, dass das von ihrem Blut sein musste, das in großen Strömen aus ihr herauslief und die Luft mit seinem metallischen Geruch übersättigte. Der Blutverlust ließ sie schwindeln und sie spuckte bittere Magensäure, als ihr Vater ihr gleich darauf hart ins Gesicht schlug.

»Du wirst mich nie wieder so nennen, Hure.«

Nur verschwommen konnte sie das Gesicht ihres Vaters

vor sich ausmachen. Heftig blinzelnd versuchte sie sein Bild scharf zu bekommen, gab aber schließlich auf, als ein zweiter Schlag sie hart ins Gesicht traf. Blut lief über ihre aufgeplatzte Lippe und hastig leckte sie es weg.

»Woher kommt nur dieser grenzenlose Hass?«, brachte sie stockend heraus und hustete, als sie sich dabei verschluckte.

»Wie kannst du sie nicht hassen? Diese Bestien zwingen uns in diese Festungen, sie rauben unsere Frauen ...« Sein Blick wirkte glasig, als sie ihn endlich scharf bekam.

»Wen haben sie dir genommen, Vater?«, fragte sie leise nach, doch der Moment war schon wieder vorbei und statt einer Antwort schlug er sie erneut ins Gesicht. Hustend sackte Anna daraufhin in sich zusammen und spuckte einen Zahn aus, den er ihr dabei ausgeschlagen hatte.

Als sie wieder aufsah, war er vor ihr zurückgewichen. Wie im Wahn glitt sein Blick an ihr hoch und wieder hinab. Fast so, als schien er etwas zu suchen. Schweigend wartete Anna ab, was als nächstes geschehen würde.

Verblüfft sah sie ihm nach, als er sich kurz darauf ohne ein weiteres Wort von ihr entfernte und schließlich die Tür hinter ihm ins Schloss fiel. Und ihr ganzer Körper verkrampfte sich, als sie gleich darauf hörte, wie die Tür der Nachbarzelle geöffnet wurde.

Beinahe glaubte Eliel, wahnsinnig zu werden. Es war inzwischen mitten in der Nacht. Seit Stunden schon war seine Verbindung zu Anna abgeschnitten. Einzig, dass er noch am Leben war, sagte ihm, dass sie es auch noch sein musste. Aber es machte ihn rasend, nicht zu wissen, wie es ihr ging und was man mit ihr tat.

Atemlose Stille hatte sich über das Lager gesenkt, seit

der Nachricht, dass Anna aufgegriffen worden war. Niemand wagte es, auch nur ein lautes Wort zu sagen, alle warteten darauf, was geschehen würde. Eliel konnte die Blicke spüren, die immer wieder zu ihm gingen. Doch weder sprach ihn jemand an, noch kam man auch nur in seine Nähe.

Javron hatte entschieden, dass sie vorerst abwarten würden. Auch er schien zu hoffen, dass man Anna noch aus der Festung würde bekommen können, ehe man zum Angriff überging. Einerseits war Eliel erleichtert über die Entscheidung seines Cousins, brachte man Anna dadurch doch nicht unnötig in Gefahr. Andererseits hätte er lieber gestern als heute etwas unternommen, um sie zu befreien. Doch sie alle bewegten sich auf einem schmalen Grat. Annas Tod würde auch den Seinen bedeuten und Javron hatte einmütig zugegeben, dass er nicht gewillt war, dies in Kauf zu nehmen.

Anna befand sich in einem unseligen Dämmerzustand, seit die Schreie aus der Zelle nebenan verklungen waren. Ihre Wunden hatten wieder zu heilen begonnen, doch nichts konnte ihr gegen die unendliche Erschöpfung helfen, die in ihre Glieder gekrochen war und sie immer wieder in sich zusammensacken ließ.

Seit Soren aus den Verliesen verschwunden war, hatten Veit und sie kein Wort miteinander gewechselt. Und Anna graute es bei der Vorstellung, was ihr Vater ihm wohl angetan haben mochte.

Nur undeutlich nahm sie wahr, wie die Tür zu ihrer Zelle sich öffnete. Abrupt ruckte ihr Kopf hoch und sie lauschte, als federleichte Schritte über den Steinboden trippelten.

»Shht«, hörte sie die Stimme ihrer Mutter dicht neben sich und wäre fast in Tränen ausgebrochen, als ihr etwas Kaltes an die Lippen gehalten wurde. Und artig schluckte sie, als kühle Flüssigkeit ihre Lippen benetzte. »Das bringt dich wieder auf die Beine. Wir müssen hier raus«, flüsterte ihre Mutter und Anna wäre fast gestürzt, als im gleichen Augenblick die Ketten über ihr nachgaben. Blut schoss in ihre Arme und sie unterdrückte einen Schrei, als ihre Arme stachen, als würde man tausende Nadeln in sie jagen.

»Das *szenai*, Mutter«, erwiderte Anna, doch Mala schüttelte den Kopf.

»Nimm mein Blut, Mutter. Gaukle ihm vor, dass du er wärst.«

Im ersten Moment runzelte Mala die Stirn, doch dann nickte sie und strich mit einem Finger über ihre Haut, an der noch immer ihr Blut klebte.

Es funktionierte. Kaum dass Mala den Befehl sprach, der das *szenai* öffnen sollte, brach das Siegel auf und Anna schossen Tränen in die Augen, als mit dem ersten Erwachen ihrer Magie auch die Verbindung zu Eliel aufflammte. Hastig zwang sie sich dazu, den Schmerz auszublenden, der noch immer tief an ihren Eingeweiden fraß, und konzentrierte sich darauf, ihm ihre Erleichterung zu präsentieren. Und sie lächelte, als sie spürte, wie auch seine Erleichterung sie durchzog.

»Hilf mir!« Anna war schon auf dem Weg raus, als sie Mala diese Worte zuwarf. Und statt nach rechts Richtung Ausgang zu marschieren, wandte sie sich nach links zu der anderen belegten Zelle im Verlies. Hinter sich hörte sie den schwachen Protest ihrer Mutter, ignorierte diesen jedoch, als sie auch schon eine Hand auf die Klinke der anderen Zelle legte.

Das Schloss wehrte sich nicht lang gegen ihre Bemühungen und sie erstarrte, als sie zum ersten Mal einen Blick auf den Mann werfen konnte, der sich ihr als Eliels Bruder vorgestellt hatte.

Es war der Mann von damals. Seine Haare waren lang und verfilzt und hingen ihm in wilden Zotteln ins Gesicht. Sein Bart wucherte unkontrolliert und mindestens ebenso verfilzt wie seine Haare. Sein blasser Körper wirkte ausgezehrt und ihr Magen rebellierte als sie die vielen offenen Wunden sah, die seinen kaum bedeckten Körper verunstalteten.

Man hatte ihm seine Schwingen abgeschnitten. Und in einem Reflex presste sie sich die Hand vor den Mund, als sie die zerstörten Körperteile blutbeschmiert in einer Ecke liegen sah.

Ihr Vater hatte seinen ganzen Zorn an diesem Mantus ausgelassen.

»Mutter, die Flasche«, verlangte sie knapp und streckte ihre Hand nach hinten, ohne sich jedoch nach ihr umzusehen. Fest lag ihr Blick auf Veits Gesicht und sie staunte. Seine Haare waren von einem hellen Blond, sein Gesicht etwas schmaler. Die Ähnlichkeit mit Eliel war jedoch unverkennbar. Nicht eine Sekunde zweifelte sie daran, dass er tatsächlich sein Bruder war. Und sie zwang sich zu einem Lächeln, als er den Kopf hob und ihren Blick stumm erwiderte. Schmerz ließ seine Züge angespannt wirken und so beeilte sie sich, ihm die Flasche an die Lippen zu halten, die ihre Mutter ihr reichte.

»Zeit, von hier zu verschwinden, Veit.«

Er beantwortete es mit einem Knurren, während er gierig den Inhalt der Flasche leerte.

Erneut wäre Eliel beinahe zusammengebrochen, als mit einem Schlag die Verbindung zu Anna zurückkehrte. Unendliche Erleichterung durchströmte ihn, als er ihre Präsenz in sich spürte, dennoch hütete er sich, ihre Aufmerksamkeit auf sich zu lenken. Er wollte nicht das Risiko eingehen, sie abzulenken. Er wusste nicht, in welcher Lage sie sich befand, wusste nicht, wie gefährlich es gerade war. Stattdessen sprach er sich selbst zu, dass sie sich schon melden würde, wenn die Situation es zuließ.

»Sie hat es geschafft, Javron«, presste er gleich darauf rau hervor und auch im Gesicht seines Cousins spiegelte sich Erleichterung.

12

Annas Herz raste, während sie mit ihrer Mutter und Veit vollkommen ungetarnt durch die Korridore abwärts hastete, zurück zum alten Kanalisationsschacht. Nachdem ihre Tarnung offensichtlich keinen Effekt hatte, konnte sie diese auch genauso gut bleiben lassen.

Allerdings waren sie hoffnungslos unterbewaffnet. Nachdem Anna aufgegriffen worden war, hatte ihre Mutter sich in den Fluren unter dem Verlies versteckt, an Waffen war dabei nicht zu denken gewesen. Im Verlies selbst hatten sie nichts Brauchbares finden können, außer dem unsäglichen Messer und der Peitsche, die ihr Vater zurückgelassen hatte. Und die Flasche, die ihre Mutter dort entdeckt hatte und deren Inhalt sie nur all zu gut kannte. Ihre Mutter stellte diesen Heilungszauber selbst her.

Gut. Es würde auch so gehen. Es musste einfach.

Sie hatte es nicht gewagt, Veit das *szenai* abzunehmen. Zu groß war die Gefahr, dadurch den Alarm der Festung auszulösen. Veit war alles andere als amüsiert von der

Vorstellung, auch weiterhin auf seine Magie verzichten zu müssen, hatte es jedoch mit einem unwirschen Nicken zur Kenntnis genommen. Gesprochen hatte er seitdem auf jeden Fall nicht mehr.

Anna erstarrte, als sie um die Ecke in den Zielkorridor bogen und sie beinahe in eine Triade hineingerannt wären. Hastig machte sie einen Satz zurück, knallte gegen Veit und spürte, wie er ihre Oberarme packte, ehe er sie mit einem leisen Grollen zurückkriss. Schwer atmend presste sie sich in einer der Nischen des Korridors gegen die Wand.

Als sie aufsah, blickte sie in die schreckgeweiteten Augen ihrer Mutter.

»Wie sollen wir an ihnen vorbeikommen?«

Für einen Moment schloss Anna die Augen. Sofort tauchte das Bild der Triade vor ihrem geistigen Auge auf. Sie waren nicht sonderlich alt. Ihre Magie war schwächer und ihre Signaturen hatten sich etwas flüchtig angefühlt. Anna vermutete, dass sie gerade erst die Ausbildung abgeschlossen hatten.

Als sie gedämpfte Stimmen hörte, hob sie eine Hand, um die anderen beiden davon abzuhalten zu reden. Vorsichtig zog sie Magie in sich, jedoch nur so viel, wie sie für den Zauber benötigte, der ihr Gehör schärfen würde, um zu verstehen, was die Triade sagte.

»Ich hab keine Lust, mir hier die Beine in den Bauch zu stehen, Denny«, quengelte eine Frau und Anna lächelte. Dem Tonfall nach konnte sie wirklich noch nicht sonderlich alt sein. »Ich habe Hunger und ich muss aufs Klo.«

Zur Reaktion erhielt sie ein genervtes Schnauben, vermutlich von besagtem Denny.

»Ablöse ist in einer Stunde. Reiß dich zusammen.«

Kurz blieb es still im Korridor und Anna hatte schon aufgeben wollen, als sie erneut Dennys Stimme hörte.

»Meine Güte, dann lauf! Aber beeil dich!«

Als Schritte sich in die entgegengesetzte Richtung entfernten, atmete Anna auf. Jetzt waren es nur noch zwei.

»Zwei sind es noch. Die Dritte ist gerade kurz abgehauen. Veit, du bleibst hier. Du bist zu schwach.«

Der Angesprochene knurrte, schwieg jedoch.

»Mutter, ich gehe vor. Wenn der Erste fällt, ziehst du nach. Achte drauf, dass du keinen Alarm auslöst.«

Mala wollte im ersten Augenblick widersprechen, nickte dann jedoch.

Tief holte Anna Luft, ehe sie erneut in die Unsichtbarkeit glitt. Noch immer fühlte sie sich schwach, wusste, dass ihre Tarnung nicht lange halten würde, doch ignorierte sie es. Es musste einfach funktionieren. Flüchtig sah sie auf Veit, sah seine Überraschung und konnte sich nun doch ein kleines Grinsen nicht verkneifen.

So leise, wie es ihr möglich war, schlich sie mit gezogenem Messer über den Flur. Tatsächlich waren von der Triade nur noch zwei Soldaten anwesend. Beides Männer. Von der Frau war weit und breit keine Spur. Aufmerksam musterte sie die beiden Männer. Wenigstens einer der beiden war schon älter. Er verfügte über einen für einen Magier erstaunlich breiten Körperbau und ein Frösteln durchlief sie, als sie in sein finsteres Gesicht blickte.

Das musste der Führer der Triade sein. Es war nicht ungewöhnlich, dass man Frischlinge zunächst mit einem erfahrenen Magier in eine Triade steckte, bis diese ausreichend Erfahrung gesammelt hatten. Wenn sie also eine Chance haben wollten, würde sie diesen zuerst erwischen müssen.

So weit, wie es ihr möglich war, schlich sie in einem Bogen um den Mann herum, der mit seinem Rücken den Weg zur neuen Kanalisation blockierte. Als sie das erste Mal geflohen war, hatte es noch keine feste Wache hier gegeben, sondern Patrouillen, die im Abstand einer halben Stunde immer wieder hier entlang kamen. Allerdings war die Festung damals auch nicht im Belagerungszustand gewesen.

Anna fühlte, wie ihr Puls stieg und ihre Hände feucht wurden, während sie sich geräuschlos dem Mann näherte, bis sie dicht neben ihm stand.

Jetzt oder nie, sprach sie sich selbst im Geist Mut zu, nahm das Messer zwischen die Zähne und mit einem festen Griff in seine Haare packte sie den Mann an Kinn und im Nacken und verdrehte sein Genick, bis sie den Knochen unnatürlich laut brechen hörte. Mit einem gutturalen Laut brach er in sich zusammen und Anna sank mit ihm zu Boden, als der zweite Wachposten im gleichen Augenblick eine Energiewelle auf sie abfeuerte. Doch schon sah sie ihre Mutter, wie diese aus ihrer Deckung trat und ein Messer warf.

Mala traf mit einer Zielsicherheit, die Anna verblüffte. Das Messer steckte exakt mittig in der Stirn des Mannes. Verwirrt taumelte er in den Korridor hinein, versuchte danach zu greifen. Dann jedoch verdrehten sich seine Augen und er ging zu Boden. Hastig schüttelte Anna sich und zwang sich, sich wieder dem Mann zu ihren Füßen zu widmen.

Er war eindeutig nicht tot. Ein gebrochenes Genick hatte noch keinen Magier umgebracht und trotz ihres Widerwillens griff sie nach einem Moment zu dem Messer zwischen ihren Zähnen und stach es tief in seine Halswirbel.

Als sie wieder hochsah, sah sie ihre Mutter in einer ganz ähnlichen Position mit gespreizten Beinen über dem anderen Wachposten stehen. Kurz tauschten sie einen Blick, dann pfiff Anna leise und Veit tauchte nahezu geräuschlos im Gang vor ihnen auf.

Sie unternahmen keinen Versuch, die Leichen verschwinden zu lassen. In wenigen Minuten würden sie die Festung verlassen, wenigstens aber in den alten Kanalisationsschächten verschwinden. Es spielte keine Rolle mehr, ob jemand erfuhr, welchen Weg sie genommen hatten. Vielleicht würde man auch zu dem Schluss kommen, dass sie durch die neue Kanalisation geflohen waren. So bestand zumindest die Hoffnung, dass sich die Suche in die Richtung orientierte und die Aufmerksamkeit von ihnen weg locken, da die Ausgänge an unterschiedlichen Stellen ins Freie führten.

Schweigend liefen sie weiter und erleichtert atmete Anna auf, als sie tatsächlich nur wenige Minuten später die versteckte Entriegelung des Eingangs betätigte. Weit und breit war niemand zu sehen oder zu spüren, doch sie wagte es erst aufzuatmen, als die Tür sich hinter ihnen wieder schloss und sie in vollkommener Dunkelheit Richtung Ausgang rannten.

Erst als der Druck der Steinmassen auf die Luft geringer wurde, wagte Anna es, ihre Schritte zu verlangsamen und ein Irrlicht aufflammen zu lassen. Auch ihre Mutter und Veit hinter ihr wurden langsamer und blieben schließlich stehen, als Anna sich keuchend gegen die Wand sinken ließ.

»Wir sind außerhalb des Alarmringes«, meinte sie leise und deutete Veit an, sich zu ihr herabzubeugen.

Augenscheinlich hatte ihr Vater nie damit gerechnet, dass man versuchen würde, seine *szenais* aufzubrechen. Am wenigsten durch jemanden, der mit ihm verwandt war, und innerlich schüttelte sie den Kopf über den Hochmut ihres Vaters, als sie sich mit dem Messer leicht in den Daumen ritzte und ihr Blut auf dem Verschluss des Halsbandes verrieb.

»Geh auf!«, wies sie das Halsband knapp an, das auch prompt mit einem metallischen Scheppern aufschnappte.

Veit gab keinen Ton von sich, als er sich wieder aufrichtete, bis er, der tatsächlich genauso groß war wie sein Bruder, in voller Größe vor ihr stand. Und Anna schnappte nach Luft, als er mit einem tiefen Atemzug Magie in sich zog, bis die Luft um ihn herum zu flirren begann.

Erschreckt zuckte sie zusammen, als er mit einem kehligen Knurren die Hand hob und mit einer einzigen Magiewelle den Rückweg zur Festung zum Einsturz brachte. Doch dann nickte sie knapp. Es wäre besser, wenn niemand ihnen würde folgen können.

»Danke, Magierin«, meinte er leise in ihre Richtung gewandt, als der Staub sich wieder setzte, und Anna lächelte.

»Gern geschehen, Dämon«, erwiderte sie ebenso leise und sah zu ihrer Mutter, die mit großen Augen die Szene verfolgte.

»Wie kommen wir jetzt hier weg?«, fragte sie mit dünner Stimme, der ihre Angst deutlich anzumerken war. Angelegentlich hob Anna die Schultern.

»Wir sollten erst mal eine Pause machen. Keiner von uns hält das Tempo noch lange durch«, meinte sie leise und ließ sich mit dem Rücken die Wand hinabrutschen, bis sie auf dem Boden saß. Fest zog sie die Beine an ihren Körper und beobachtete, wie auch Mala und Veit es sich nach kurzem Zögern auf der Erde bequem machten.

Eliel? Sie spürte seine Präsenz, kaum dass sie die Verbindung zu ihm gesucht hatte. Und sie lächelte, als sie seine Besorgnis spürte.

Wo bist du?

Wir sind im Kanal. Es dauerte einen Moment, ehe Eliel bemerkte, was sie gesagt hatte.

Wer ist noch bei dir?

Anna lächelte, als sie seine Wachsamkeit spürte. *Meine Mutter und ... dein Bruder.*

Eliels Gefühle überrannten Anna noch in der Sekunde, in der sie die Worte aussprach. Verwirrung, Schmerz, Erleichterung, Unglauben ... alles brach zugleich über sie herein und geduldig wartete sie, bis er sich wieder gefasst hatte.

Bist du dir sicher? Misstrauen färbte seinen Ton und ihr Lächeln vertiefte sich.

Ziemlich groß und irgendwie du in blond?

Veit. Wir dachten, er sei tot.

Anna rätselte, ob sie es ihm sagen sollte, doch als sie seine gereizte Wachsamkeit in sich spürte, wusste sie, dass sie nicht darum herum käme.

Ich habe ihn im Verlies gefunden. Man hat ihn dort gefangen gehalten, Eliel. Eine Weile blieb es still und eine steile Falte bildete sich auf ihrer Stirn, während sie darauf wartete, dass er etwas sagen würde.

In welcher Verfassung ist er?

Tief holte Anna Luft. *In keiner guten. Mein Vater hat ihn all die Jahre hindurch gefoltert. Die letzten Verletzungen sind noch frisch ...* Sie brach ab, als sie Eliels Wut in sich spürte.

Warum warst du dort?

Anna rang mit sich. *Es wird alles wieder heilen, okay?* Hilflos schloss sie die Augen, als heißer Zorn wie eine Feuersäule durch sie schoss.

»Liebling, was ist mit dir?« Wie aus weiter Ferne hörte sie die Worte ihrer Mutter und schüttelte sich schließlich, um sich von dem Sturm abzulenken, der gerade in Eliel tobte.

»Nichts, Mutter. Eliel ist nur gerade nicht sonderlich erbaut von dem, was geschehen ist.« Vor sich konnte sie Veit schnauben hören.

»Du kannst mit ihm *reden?*«, entfuhr es ihrer Mutter mit sich überschlagender Stimme und Anna entrang sich ein klägliches Lächeln, während sie in sich spürte, wie Eliel sich langsam wieder beruhigte.

»Ein Effekt der Bindung, Mutter. Ich kann ihn spüren, ich kann mit ihm reden ...« Vor sich konnte sie Veits aufmerksamen Blick auf sich ruhen spüren, jedoch verlor er kein Wort dazu.

»Ich dachte ...«, entfuhr es ihrer Mutter, doch verstummte sie, als Anna abwinkte.

»Das dachte ich auch mal.«

Es dauerte eine ganze Weile, ehe Eliel sich wieder an sie wandte. Bis dahin hatten sie schweigend in dem Gang gesessen, jeder augenscheinlich mit seinen eigenen Gedanken beschäftigt. Und Anna begann sich etwas unwohl zu fühlen, nachdem sie bemerkte, dass Veit sie die ganze Zeit über aufmerksam musterte.

Siehst du eine Möglichkeit, von da weg zu kommen?

Erleichterung machte sich in ihr breit, als sie spürte, dass er wieder zu seiner Beherrschung zurückgefunden hatte. *Im Moment noch nicht. Veit und mich hat es ziemlich erwischt und es ist noch lang nicht wieder alles verheilt. Ich habe keine Ahnung, wie viele Patrouillen im Moment unterwegs sind. Aber wir können auch nicht ewig hier bleiben. Es dürfte inzwischen aufgefallen sein, dass wir geflohen sind.*

Schafft ihr es aus der Bannmeile raus, bevor die Sonne aufgeht?

Anna schmunzelte. *Wenn du mir sagst, wann sie aufgeht?* Flüchtig spürte sie seine Erheiterung.

In einer knappen Stunde, Hauptmann.

Anna schwankte, während sie prüfend auf Veit blickte.

Er war wirklich in einer schlechten Verfassung. Seine Wunden begannen nur langsam zu verheilen, noch immer konnte sie sein Blut in der Luft riechen und es graute ihr allein bei dem Gedanken daran, was ihr Vater mit seinem Rücken angestellt hatte, als er sich an ihm ausgetobt hatte. Und wenn sie ehrlich zu sich selbst war, dann war auch ihr Zustand nur bedingt besser als der des Mantus' vor ihr. Zwar hatte das Gift inzwischen vollständig ihren Körper verlassen und zumindest die kleineren Verletzungen heilten zusehends aus. Doch nach wie vor floss Blut aus ihrer Hüfte, wo ihr Vater sie aufgespießt hatte, und auch die Rippe war noch nicht wieder da, wo sie hingehörte.

»Glaubst du, du schaffst den Weg in die Wälder, Mantus?«

Sie sah, wie Veit kurz nachdachte, dann jedoch knapp nickte.

»Gut.« Und ehe sie es sich wieder anders überlegen konnte, erhob sie sich und klopfte sich den Staub von ihren zerrissenen Kleidern.

Wir machen uns auf den Weg.

Zu sechst machten sie sich auf den Weg, um Anna und ihre Begleiter einzusammeln. Neben ihm ließen weder Harden, noch Quade, Argin und Laiesz sich davon abbringen, ihn zu begleiten, und Eliel lächelte, als auch Mikhail sich ihnen wortlos anschloss.

Die Nachricht, dass sein Bruder noch am Leben war, war für ihn ein Schock gewesen. Vor knapp vierzig Jahren hatten sie ihn in einer Schlacht gegen Soren verloren. Seinen Leichnam hatten sie zwar nicht gefunden, aber da der Kommandant nicht im Ruf stand, Gefangene zu machen, waren sie alle davon ausgegangen, dass Veit es nicht überlebt hatte. Er hatte lange um seinen jüngeren Bruder getrauert, sich jetzt hingegen jedoch vorzustellen, dass er all die Jahre gefangen und gefoltert worden war, ließ kalten Zorn auf Soren in ihm aufkommen.

Eliel zwang sich zur Ruhe, während er unsichtbar am Rand der Bannmeile über den Nachthimmel glitt. Vor wenigen Minuten waren sie am ausgemachten Punkt angekommen, doch noch immer fehlte von den Dreien jede Spur und er begann sich Sorgen zu machen. Doch als er sich auf Anna konzentrierte, spürte er, dass sie anwesend war, wenn auch hochkonzentriert, sodass er es nicht wagte, sie zu stören.

Dann sah er sie. Als wären alle Dämonen Abimes hinter ihr her, rannte sie über den nächtlich abgekühlten Sand, dicht gefolgt von zwei weiteren Personen. Eliel brauchte nicht lang, um zu erfassen, dass es sich bei der einen um ihre Mutter und bei der anderen um seinen Bruder handeln musste.

Sein Herz machte einen Satz, als etwas dicht hinter ihnen den Sand in die Luft sprengte. Erneut beschleunigten die Drei ihren Lauf und mit einem knappen Wink zu seinen Begleitern stürzte er hinab und auf Anna zu. Seine Tarnung verlor sich, als er sie packte und kurz hörte er sie keuchen, dann war sie wieder still und er erhob sich mit ihr hoch hinaus in die Nachtluft. Gleich darauf hörte er einen Schrei aus einer weiblichen Kehle, der jedoch im gleichen Moment erstickt wurde, und kurz grinste er, als er begriff, dass Harden Mala ebenfalls erwischt haben musste.

Eine weitere Explosion erschütterte die Erde und als er sich umwandte, sah er, wie Mikhail, von Quade und Laiesz flankiert, in der Luft schwebte und auf die Triade zielte, die den Dreien gefolgt war. Und Erleichterung machte sich in ihm breit, als er sah, wie auch sein Bruder von Argin gepackt und in die Luft getragen wurde.

Erst jetzt wandte er den Blick wieder nach vorn und fest schlossen sich seine Arme um Anna, die sich zitternd an ihn klammerte. Er konnte Blut an ihr riechen und kurz verspürte er den kindischen Drang umzukehren und sich direkt auf Soren zu stürzen.

Benommen taumelte Anna, als ihre Füße wieder festen Boden unter sich hatten, und sie wäre gefallen, wenn Eliel sie nicht an der Taille festgehalten hätte. Seine Hand presste sich dabei auf den tiefen Stich in ihrer Hüfte und ein Stöhnen entwich ihr.

Eliel entging es nicht und als er sie drehte, bis er den blutdurchtränkten Stoff im Schein der Feuer sehen konnte, entwich ihm ein eisiges Knurren.

»Das wirst du nie wieder machen!«, grollte er und Anna schluckte. Er war schrecklich wütend. Fest packte er sie an den Oberarmen, schüttelte sie und Anna presste die Zähne zusammen, als so der Schmerz in Brustkorb und Hüfte erneut aufflammte.

»Hast du mich verstanden?«

Anna zwang sich zu einem Lächeln, als sie in sein wütendes Gesicht blickte.

»Könnten wir diese Unterhaltung führen, nachdem du mir mit den Verletzungen geholfen hast? Das tut wirklich weh«, erwiderte sie kleinlaut und hörte sein Schnauben, als er sie aber auch schon hochhob und ihre Lippen mit einem Kuss versiegelte.

Anna seufzte leise, als sie spürte, wie seine Magie in ihr aufflammte und sich wie ein dunkler Nebel in ihr ausbreitete. Sämtliche Geräusche um sie herum verklangen und fest schlang sie die Arme um seinen Hals, als sie das warme Kribbeln spürte, mit dem ihre Wunden zu heilen begannen.

Erschöpfung ließ ihre Glieder weich werden und als der Kuss verklang, während zugleich die Geräusche wieder an ihre Ohren drangen, schmiegte sie sich fest an Eliel. Das Gesicht an seinem Hals vergraben, inhalierte sie tief seinen Geruch und spürte, wie Tränen in ihre Augen traten. Sie hatte es tatsächlich geschafft.

Er sagte kein Wort, hielt sie einfach nur sicher in seinen Armen und Anna klammerte sich an ihn, als gäbe es im Moment nichts Wichtigeres.

»Ich mach's nie wieder. Versprochen«, murmelte sie dicht an seiner Haut und spürte, wie er sie kurz noch fester an sich drückte.

Harden wagte es erst zu landen, als er das Lager hinter sich gelassen hatte. Nach ihrem ersten Schrei, den er mit einer Hand erstickt hatte, hatte Mala keinen Ton mehr rausgebracht, aber in seinen Armen konnte er spüren, dass ihr Körper steif vor Angst war.

Als er eine winzige Lichtung im Wald erkannte, stürzte er herab und setzte das stocksteife Bündel in seinen Armen nur wenige Sekunden später auf der freien Fläche ab, ehe er selbst einige Schritte von ihr entfernt landete.

Sie war noch immer diese unglaublich schöne Frau, die ihn damals, vor einem halben Jahrhundert, beinahe filetiert hätte. Doch wo sie damals streitbar wie eine Furie auf ihn losgegangen war, konnte er sie nun, im einsetzenden Sonnenaufgang, zittern sehen und wie sie panisch zurückwich, als er einen Schritt in ihre Richtung machte.

»Du bist in Sicherheit, Mala«, versuchte er es so ruhig, wie es ihm möglich war, und hörte, wie sie hysterisch auflachte. Versuchsweise machte er einen weiteren Schritt in ihre Richtung, die Handflächen auf Höhe seiner Brust erhoben zum Zeichen, dass er ihr nichts tun wollte, doch erneut wich sie zurück, bis sie gegen einen Baum in ihrem Rücken stieß. Enttäuscht blieb er daher stehen und ließ die Hände wieder sinken.

Eine Ewigkeit war es her, dass er sie zuletzt gesehen hatte. Eine Ewigkeit, die vergangen war, seit sie sich mit einem wilden Schrei und erhobenem Schwert auf ihn gestürzt hatte, um die Tochter ihres Königs zu verteidigen. Als wäre es gestern gewesen, erschien die Erinnerung vor seinen Augen. Sie hatte die strenge Uniform der Magier getragen. Die Abzeichen darauf hatten sie als Triadenführerin ausgewiesen, als Leibgarde Prinzessin Isandes.

Es war ein Schock für ihn gewesen, als er sie das erste Mal gesehen hatte. Sie hatten den Tross angegriffen, um die Hochzeit zu verhindern. Und ja, auch weil es einfach ein lohnenswertes Ziel war. Nie im Leben hätte er damit gerechnet, dass er ausgerechnet in dieser Situation seiner Gefährtin begegnen würde. Allerdings tat das wohl keiner von ihnen.

Mala hatte Isande, die nie gelernt hatte, das Schwert zu führen, mit ihrem Leben verteidigt. Ihre Kunstfertigkeit hatte ihn verblüfft und ihr wildes Gebaren in Verbindung mit seiner Überraschung hätten tatsächlich fast geschafft, dass sie ihm mehr als nur beinahe den Arm abgetrennt hätte. Es hatte ihm eine Menge abverlangt, diese Furie zu bändigen, zu entwaffnen und am Ende sogar in ein *szenai* zu zwängen.

Sie hatte Gift und Galle gespuckt, als er sie schließlich bezwungen hatte. Und sie war fuchsteufelswild geworden, als er sie mit in sein Zelt genommen und jene Wunden geheilt hatte, die er ihr selbst zugefügt hatte, als er sie mit seinem Schwert an einen Baum geheftet hatte, um weitere Angriffe zu verhindern.

Schon da hatte es ihn all seine Beherrschung gekostet, nicht einfach über sie herzufallen und sie an sich zu binden. Gewollt hatte er es.

Zwei Tage lang hatte er sie so bei sich behalten, während sie nach den verbliebenen Magiern, die den Tross begleitet hatten, gesucht hatten. Ihre Magie durch das *szenai* unterdrückt, gefesselt und letzlich sogar geknebelt, da er die wüsten Beschimpfungen nicht mehr ertragen hatte, die sie ausgestoßen hatte, sobald er sich ihr genähert hatte. Allerdings hatte er ein Einsehen mit ihr gehabt, als ihr Magen lauter geknurrt hatte, als ihre Stimme ihn zuvor hatte verfluchen können.

Er hatte sie gefüttert. Mit einem innerlichen Lächeln erinnerte er sich daran, wie ihre Wangen vor Scham und Zorn gebrannt hatten. Nachdem sie versucht hatte, ihn mit vor dem Bauch gefesselten Armen anzugreifen, hatte er ihr die Hände kurzerhand auf den Rücken gebunden, was selbstständiges essen jedoch unmöglich gemacht hatte. Noch deutlich erinnerte er sich an ihre wüsten Beschimpfungen, als ihr aufgegangen war, was das für sie bedeuten würde.

Nach zwei Tagen, die er sie so gefangen gehalten hatte, hatte sie dann jedoch augenscheinlich ihre Belastungsgrenze erreicht gehabt. Sie war tatsächlich ruhiger geworden. Ob das an ihrer zunehmenden Erschöpfung oder an ihrem Einsehen gelegen hatte, vermochte er nicht zu sagen. Aber am Morgen des dritten Tages, den er sie so gefangen gehalten hatte, hatte er es schließlich gewagt, ihre Fesseln zu lösen.

Als wäre es gestern gewesen, erinnerte er sich daran, wie sie in dem Moment einfach gegen ihn gesunken war. Erinnerte sich an diesen winzigen friedlichen Moment zwischen ihnen.

Und daran, wie er die Beherrschung doch noch verloren hatte. Wie er den Moment ausgenutzt und ihr einen Kuss aufgezwungen hatte. Und an seine grenzenlose Verwunderung, als sie sich ihm dabei entgegenstreckte. Ihre schmalen Hände, die sich auf seine Schultern gelegt hatten, während er sie fest in seinen Armen hielt.

In diesem Moment hatte er nicht lange nachgedacht. Er hatte das *szenai* gelöst in dem festen Vorsatz, sie endgültig zu der seinen zu machen, hatte gespürt, wie ihre Magie wieder aufgeflammt war. Er hatte ihr überraschtes Keuchen gehört, als er in ihre Schulter gebissen hatte, und gespürt, wie sie in seinen Armen verkrampfte, als er nach ihrer Magie gegriffen hatte ...

Harden blinzelte, um die Bilder wieder aus seinem

Kopf zu vertreiben. Nie hatten sie herausfinden können, wohin dieser Moment geführt hätte. Nur wenige Augenblicke später waren sie von Soren angegriffen worden. Und die Magier waren eindeutig in der Überzahl. Er hatte versucht, Mala mit sich zu nehmen. Doch war diese vor ihm geflohen, als er von einer Triade angegriffen worden war.

Die Frau, die sich nun, nur wenige Schritte von ihm entfernt, mit dem Rücken gegen einen Baum presste, war nur noch ein Schatten jener Frau, die sie einst gewesen war. Die Mala von damals wäre eher auf ihn losgegangen, als zuzulassen, dass er ihre Angst bemerkte.

»Früher hättest du mich angegriffen«, setzte er erneut an und sah, wie sie nach Luft schnappte. »Du hättest mich beschimpft und verflucht.« Wieder machte er einen Schritt vor und sah, wie sie sich fester gegen den Baum drückte. Allerdings lief sie auch nicht weg. Möglichkeit dazu hätte sie zumindest.

»Das ist schon lange her, Mantus«, quetschte sie mit dünner Stimme hervor und er nickte.

»Ich habe einen Namen, Mala. Erinnerst du dich noch?« Er konnte sehen, wie ihre Augen sich überrascht weiteten.

»Harden«, erwiderte sie leise und er lächelte. Wieder machte er einen Schritt vor, wieder sah er, wie sie sich fest an den Baum presste. Doch diesmal blieb er erst stehen, als er die Distanz zwischen ihnen geschlossen hatte.

Ihre Magie loderte wie ein Buschbrand in ihr auf und er gestattete sich ein Lächeln als er ihre Hände ergriff und sie dennoch nichts unternahm. Mit großen Augen sah sie zu ihm auf, unternahm jedoch nichts, um ihn aufzuhalten.

»Dann hast du mich also nicht vergessen«, meinte er leise und sah, wie ihre Lider flatterten, ehe sie beschämt den Kopf senkte.

Er wäre nicht böse gewesen, wenn sie es getan hätte. Sie konnte nicht spüren, was er in jenem Moment gespürt hatte. Für sie war er vermutlich lediglich der Mantus, der sie wie ein Paket verschnürt zwei Tage gefangen gehalten hatte.

»Wie hätte ich das können?«, wisperte sie leise und er musste sich herabbeugen, um sie noch verstehen zu können.

Noch immer unternahm sie nichts, um ihn auf Abstand zu halten. Noch immer hielt er ihre eiskalten Hände umfasst und er konnte die Magie, die sie in sich gezogen hatte, auf seiner Haut kribbeln spüren. Aber auch als er mit einer Hand ihr Kinn anhob, bis sie ihm wieder ins Gesicht sah, blieb sie ruhig.

»Ist denn nicht ein Feind wie der andere?«, fragte er mit einem Lächeln zurück und in der einsetzenden Dämmerung sah er, wie flammende Röte in ihre Wangen schoss.

»Du hast mich binden wollen«, brach es aus ihr heraus und sein Lächeln vertiefte sich.

»Und ich bereue seit fünfzig Jahren, dass ich damit so lange gezögert habe.«

Für einen winzigen Augenblick konnte er spüren, wie sie versuchte, sich ihm zu entziehen. Doch verging dieser Moment wieder, noch ehe er darauf hätte reagieren können. Angst ließ ihre Augen nach wie vor riesig erscheinen und er sah die dunklen Schatten der Erschöpfung, die sich darunter gebildet hatten. Obwohl er ihr Kinn schon längst wieder freigegeben hatte, sah sie ihm in die Augen und abwartend schwieg er, als ihr Blick sich leerte, während sie in Gedanken an einen unbestimmten Punkt in ihrer Vergangenheit reiste.

»Du hast mich aufgespießt«, meinte sie matt und er lachte leise.

»Du hast mir davor fast den Arm abgetrennt, Frau.«

Ein schwaches Lächeln huschte über ihre Züge, als sie sich erinnerte.

»Wenn du auch nicht aufpasst?«, konterte sie und er grinste. Doch schwand sein Lächeln, als sie ihren Blick wieder auf ihn richtete und niedergeschlagen die Schultern hängen ließ.

»Was hat er dir nur angetan?« Ohne es so recht zu wollen, glitt seine Hand an ihre Wange und verlegen hob sie die Schultern.

»Er hat mich am Leben gelassen«, murmelte sie unbestimmt und er sah, wie Schmerz ihren Blick verdunkelte, als die Erinnerungen sie überrollten.

Es war wie eine Wiederholung der Geschehnisse vor fünfzig Jahren, als er sich zu ihr herabbeugte und ihre Lippen mit den seinen verschloss. Seine Hand glitt in ihren Nacken, sein Arm schlang sich fest um ihre Taille und kurz spürte er, wie sie sich versteifte. Fest drückten ihre Hände gegen seine Brust und dann ... nichts mehr. Von einer Sekunde auf die nächste entspannte sie sich in seinen Armen, der Druck ihrer Hände schwand und er hörte sie leise seufzen, als ihre Lippen sich teilten und sie seinen Kuss erwiderte.

Als er mit beiden Händen ihre Hüften packte und sie hochhob, bis sie zwischen ihm und dem Baum eingeklemmt war, riss der Kuss ab und er erhaschte einen Blick auf ihren zutiefst verwirrten Gesichtsausdruck, als sie sich plötzlich auf Augenhöhe mit ihm wiederfand. Die Magie in ihr tanzte wie ein offenes Feuer im Wind und er sah ihren Atem stocken, als auch seine Magie aufloderte.

»Ich werde nicht zwei Mal den gleichen Fehler bei dir machen, Mala. Noch mal werde ich dich nicht verlieren«, hörte er sich selbst sagen und staunte, wie heiser seine Stimme dabei klang. Und sein Herz setzte für einen Moment aus, als sie statt der erwarteten Abwehr die Augen schloss und ihren Kopf zur Seite neigte, als er sich herabbeugte und seine Zähne in den zarten Übergang von Hals und Schulter grub.

13

»Wo ist meine Mutter?« Mit diesem Ausruf erstarrte Anna in Eliels Armen und versuchte sich von ihm zu lösen. Suchend glitt sein Blick über ihr näheres Umfeld, ehe er mit einem kleinen Lächeln auf seine Gefährtin herabschaute.

»Harden hat sie.«

Wenn möglich wurde sie sogar noch steifer. Mit einem leisen Seufzen ließ er die sich windende Anna wieder zu Boden und sie ging hastig auf Abstand. Sorge hatte sich in ihren Blick geschlichen und innerlich den Kopf schüttelnd, umfasste er ihr Kinn und hob es zu sich an.

»Anna«, mahnte er sie sanft. »Du glaubst nicht wirklich, dass Harden ihr etwas tut, oder? Du kennst ihn.«

Nur zögernd wich die Spannung aus ihrem Körper und verlegen sah sie an ihm vorbei.

»Mein Vater hat ihr ziemlich übel mitgespielt«, erwiderte sie leise und wirkte zum ersten Mal seit langem wieder so eingeschüchtert wie bei ihrer ersten Begegnung.

»Sie sind beide erwachsen. Sie werden schon einen Weg finden.«

Mit einem schweren Seufzen ließ Anna die Luft ihren Lungen entweichen, ihre Schultern sackten herab und ihr Blick ging wieder in sein Gesicht.

»Er hat mit mir ihren Gehorsam erpresst«, brach es aus ihr heraus und als sie sich schluchzend in seine Arme warf, schlang er einen Arm um sie und drückte sie fest an seine Brust.

Eliel spürte mehr denn dass er sah, wie jemand wenige Schritte von ihnen entfernt stehen blieb und sie ansah. Noch immer hielt er die schluchzende Anna in seinen Armen, spürte, wie ihr zitternder Körper sich an ihn drängte, als der Schock der vergangenen Stunden über sie hereinbrach, und hob nur zögerlich den Kopf, um sich nach dem Störenfried umzusehen.

Sein Hals wurde eng, als er keine vier Schritte von sich entfernt Veit stehen sah. Sein Gesicht, das seinem eigenen so ähnlich war, wirkte eingefallen, selbst unter dem unkontrolliert wuchernden Bart, der ihm verfilzt bis auf die Brust fiel. Tiefe Wunden zogen sich wie Krater über seinen blutverschmierten Körper. Sein blondes Haar war blutverkrustet und Eliel spürte, wie sich ein Gewicht schwer wie Blei auf seine Brust senkte unter dem Blick seines Bruders.

Veit war einst ein lebenslustiger, humorvoller Mann gewesen, der nur selten etwas ernst nahm. Der Mann, der nun vor ihm stand, war nicht mehr der Mann, den er zuletzt gesehen hatte. Vermutlich würde er es auch nie wieder werden.

Als hätte Anna die Veränderung an ihm gespürt, rückte sie ein wenig von ihm ab, sah sich um und lächelte etwas gequält zu ihm auf.

»Ich lasse euch mal besser allein«, murmelte sie und er

nickte, während er jedoch weiterhin unfähig war, den Blick von seinem Bruder zu lösen, der wie eine Statue vor ihm stand. Nur am Rande nahm er wahr, dass Anna sich in seinen Armen wand und erinnerte sich, dass er sie noch immer festhielt. Mühsam löste er seinen Griff und spürte, wie sie ihm zärtlich über die Wange strich, ehe sie sich abwandte und zum Lager ging.

»Meinen Glückwunsch, Bruder.« Es waren die ersten Worte, die Veit an ihn richtete, und er spürte sich schwach nicken, während seine Knie weich wurden. Noch immer hatte keiner von ihnen sich bewegt, noch immer hingen ihre Blicke wie gebannt aneinander.

»Danke.« Seine Stimme klang heiser und selbst in seinen Ohren fremd.

»Ihr Vater hat ihr ziemlich zugesetzt.«

Eliel spürte, wie er erneut nickte. Die Unterhaltung kam ihm hölzern vor und er glaubte, an den Gefühlen ersticken zu müssen, die unaufhaltsam in ihm aufstiegen. Dennoch schwieg er.

»Sie ist hart im Nehmen«, fuhr Veit nach einer Weile fort und Eliel grinste matt.

»Sie hält immerhin auch mich aus«, erwiderte er rau und sah, wie ein dünnes Lächeln über die Züge seines Bruders glitt.

»Dafür sollte man ihr beizeiten einen Orden verleihen«, erwiderte Veit trocken und Eliel schluckte bei dem leisen Anflug des einstigen Humors seines Bruders.

»Veit ...« Wie in Trance ging er auf seinen Bruder zu, der nach wie vor dort stand und ihn ohne jede Regung ansah.

»Ich dachte, du wärst tot«, brach es aus Eliel heraus, als er dicht vor ihm zum Stehen kam, und sein Mund wurde trocken, als er Schmerz im Blick seines Bruders erkannte.

»Du glaubst gar nicht, wie oft ich mir das gewünscht habe«, flüsterte dieser heiser und Eliel schloss die Augen, als er seinen Bruder in die Arme zog.

»Na, Hauptmann? Sehen alle Zelte gerade gleich aus?«

Genervt blieb Anna zwischen den schier endlos anmutenden Zeltreihen stehen, die sich wie in ein überdimensionierter Stern sauber hinter der Hügelkuppe aufgereiht hatten. Als sie am gestrigen Tag aufgebrochen waren, hatte es bei weitem noch nicht so durchorganisiert gewirkt. Heute erkannte sie die Fläche jedoch nicht mehr wieder.

»Schon mal über Wegweiser nachgedacht?« Mit einem schiefen Grinsen sah sie zu Argin, der sich mit einem amüsierten Funkeln in den Augen auf sie zu bewegte.

»Es ist eine ganz einfache Logik dabei. Sieben Prinzen mit ihren Armeen, sieben Gruppen, die sich ihrer Reihenfolge nach abgehend vom Zelt des Herrschers aufbauen. Eliels ist die erste Armee. Direkt neben dem Zelt des Königs. Dann folgt Mikhail ...« Er brach ab, als Anna die Augen verdrehte.

»Sieh es mir nach, aber mir steht gerade nicht der Sinn nach einer Lehrstunde. Würdest du die Güte besitzen und mich zu Eliels Zelt bringen?«

Er grinste und deutete einen Diener an.

»Gewiss doch, Prinzessin«, neckte er sie und seufzend hängte sie sich an seinen Arm, den er ihr daraufhin galant hinhielt.

Anna verspürte nicht die geringste Lust, sich weiter mit den Ordnungsprinzipien der Mante auseinanderzusetzen. Und so sehr sie Argin auch schätzte, sie war froh, als er sie bei Eliels Zelt absetzte und sich gleich darauf verscheuchen ließ. Natürlich konnte sie seine Neugier verstehen, die ihn dazu bewogen haben mochte, ihr nachzugehen. Doch im Moment war sie sogar froh darum, dass nicht mal Eliel in ihrer Nähe war. Sie wollte Ruhe, brauchte sie auch. Noch immer saß ihr der Schock der vergangenen Stunden in den Knochen. Noch immer war sie fassungslos ob der Geschehnisse. Auch wenn es sie nicht hätte überraschen dürfen, so sperrte sich ein Teil in ihrem Kopf gegen die Erkenntnis, dass ihr Vater wirklich so sein sollte.

Ein Sadist. Ein wahnsinniger, krankhafter Sadist.

Ein Zittern durchlief sie, als Bilder der vergangenen Nacht in ihr aufstiegen. In einer unbewussten Geste presste sie ihre Hand an die Hüfte. Dorthin, wo das Kurzschwert sie durchbohrt hatte. Auch Eliel hatte die Wunde nicht ganz verschwinden lassen können. Noch immer konnte sie ein drückendes Pochen an der Stelle spüren und als sie ihre Hose öffnete, sah sie eine rötliche Narbe, die sich ausgefranst von ihrer Haut abhob.

Ob er sie auch über Jahre dort unten hätte verschwinden lassen? Zitternd ließ sie sich auf das Lager sinken, das sich im hinteren Teil des Zeltes auf einem einfachen Holzpodest erhob. Er hatte Veit Jahrzehnte lang dort gefangen gehalten. Warum? Zur persönlichen Belustigung? Damit er sich an ihm ergötzen konnte?

Für einen kurzen Augenblick hatte sie den Wahnsinn in den Augen ihres Vaters gesehen. Natürlich, es gab für alles im Leben Gründe. Auch Soren wird einen Grund gehabt haben, warum er so wurde, wie er nun mal war. Doch drehte sich ihr der Magen um bei dem Gedanken, was er die vergangenen Jahrhunderte, wenn nicht gar Jahrtausende, getan haben musste.

Ob der König davon wusste? In Veluvion Stadt war es ein offenes Geheimnis, dass der König kaum mehr war als eine Marionette seines Kommandanten. Er war die Strohpuppe, die dem Königreich ein Gesicht verlieh. Die Politik hingegen machte der Kommandant und Kanzler: ihr Vater. Seit zwei Jahrtausenden.

Tränen liefen über ihre Wangen, während sie sich mühsam aus ihren Kleidern pellte. Sie waren zerrissen, blutgetränkt und Dreck klebte an ihnen. Anna ahnte, dass sie selbst nicht besser aussah. Sie würde sich zumindest waschen müssen, auch wenn ihr Körper sich gerade anfühlte, als bestünde er aus Wachs.

Matt lächelte sie, als sie den antiquiert wirkenden Waschtisch bemerkte, der unweit des Bettlagers stand. Es gab Dinge, die sie tatsächlich nicht vermisst hatte. Die Erde hatte eine erstaunliche Menge an Innovationen geleistet, Industrialisierung und Elektrizität sei dank. Etwas, das an dieser Dimension, die diese Entwicklung nicht mitgemacht hatte, fast vollständig vorübergegangen war. Auf jeden Fall an den Magiern, die sich hermetisch gegenüber anderen Kulturen und deren Einflüssen abgeriegelt hatten. Aber auf sie hatte es eindeutig einen bleibenden Eindruck hinterlassen. Sie hatte die Entwicklungen der Erde aufgesogen wie ein Schwamm, bis ihr so mancher Film auch bei ihren magischen Experimenten den Kopf verdreht hatte. Ihre Magie hatte sich, beeindruckt von so manchem Film, verändert. Und sie neigte inzwischen dazu, mit Magie die fehlende Technik zu ersetzen.

Erneut spürte sie ein Zittern in den Beinen, als sie in einer erneuten Kraftanstrengung Magie zog und mit einer ungeduldigen Handbewegung aus dem Waschtisch eine Dusche werden ließ. Das warme Wasser, das wenige

Momente später den Dreck und das Blut von ihrer Haut spülte, beruhigte ihre vibrierenden Nerven. Fast schon kam es ihr so vor, als würde mit dem Dreck, der sich in dunklen Schlieren in den Ausguss verabschiedete, auch das Trauma der vergangenen Nacht von ihr abfallen. Aber sie ahnte, dass das ein Trugschluss war. Vermutlich durfte sie schon froh sein, wenn sie keine Albträume davon zurückbehalten würde.

Wie es Veit wohl ging? Sie hatte das nur wenige Stunden aushalten müssen. Er hingegen viele Jahrzehnte hindurch. Ausgeliefert dem kranken Geist ihres Vaters. Mit einem Schaudern drückte sie den Hebel nach unten und griff nach einem Handtuch, als der Wasserstrahl versiegte. Ihre Finger zitterten, als sie sich abtrocknete. So etwas wie einen Fön gab es hier nicht und erneut musste ihre Magie herhalten, die inzwischen so schwach war, dass sie glaubte, gleich in die Knie sacken zu müssen.

Brauchst du Hilfe?

Anna lächelte bei Eliels Worten. Natürlich. Wie hätte sie auch erwarten können, dass ihm ihr Zustand entging?

Nur Schlaf, erwiderte sie daher, während sie ins Bett krabbelte und sich in eine der Decken wickelte, bis sie ihr an die Nasenspitze reichte. Und lächelnd schloss sie die Augen, als gleich darauf Eliels Magie in ihr aufflackerte und sie in die schützende Dunkelheit des Schlafs katapultierte.

Auch Eliel merkte, wie die Anspannung der letzten Stunden von ihm abfiel, als er sich von der schlafenden Anna zurückzog. Die Müdigkeit zerrte langsam auch an ihm, hatte er doch seit dem vergangenen Morgen kein Auge mehr zubekommen. Die Angst um Anna hatte ihn auf den Beinen gehalten, sie jetzt in Sicherheit zu wissen, ließ den Adrenalinspiegel in seinem Blut sinken. Müde rieb er sich die Nasenwurzel zwischen Daumen und Zeigefinger. Das Wichtigste stand ihnen allen noch bevor.

Eintausend Jahre war es her, dass der Krieg offen geführt worden war. Mehr als ein Jahrtausend, das man davon abgesehen hatte, das Herzstück der Magier, Veluvion Stadt, anzugreifen. Die Magier waren hochgerüstet bis an die Mandeln, ihr Zentrum eine Trutzburg, die sich wie ein schlafender Drache in der Mitte des verdörrten Tals erhob.

Wenn Anna nicht gewesen wäre, hätten sie vermutlich niemals diesen Krieg erneut aufleben lassen. Auch in seinem Volk war die Hoffnung irgendwann geschwunden, dass sich irgendetwas an der Situation zwischen Magiern und Mante ändern würde. Man hatte sich mit der Ausweglosigkeit der Lage arrangiert. Man hatte angefangen zu akzeptieren, was man für unveränderlich gehalten hatte: das schleichende Sterben zweier Völker.

Seine Gefährtin hatte unversehens Bewegung in die erstarrten Positionen gebracht, als sie ganz ungewollt unter Beweis gestellt hatte, dass es auch unter den Magiern den Wunsch nach Frieden gab. Den Wunsch danach, dass alles auf die eine oder andere Weise würde enden können. Vor zwölf Jahren hatten ihre Mutter und sie den Grundstein dafür gelegt, dass sie heute hier standen.

Ein letzter Kraftakt, von dem niemand sagen konnte, ob er von Erfolg gekrönt sein würde. Aber ihre Chancen standen besser denn je.

Javron schien ihn bereits erwartet zu haben, als er das Tuch zur Seite zog, das den Eingang zu dessen Zelt verschloss. Entspannt saß der Monarch an dem kleinen

Tisch, vor sich eine Platte mit kalten Speisen, die er jedoch kaum angerührt zu haben schien.

»Wie geht es ihr?«

Eliel zwang sich zu einem Lächeln, während er seinem Cousin gegenüber Platz nahm. »Würde man sie fragen, würde sie vermutlich behaupten, dass es schlimmer sein könnte.«

Seine Worte entlockten Javron ein Lächeln, das seine Augen jedoch nicht erreichte. »Was ist geschehen?«

Ratlos hob Eliel die Schultern. Auch er konnte lediglich anhand ihres Zustandes spekulieren. Und er ahnte, dass er aus Anna auch keine Details würde herausbekommen können. Er hätte nach Mala rufen können, allerdings stand zu befürchten, dass diese im Moment kaum ansprechbar war. Es würde seine Zeit brauchen, bis Mala den Schock verdaut hätte und sie nicht in Panik ausbrach, wenn sie vor dem König oder einem schwarzen Prinzen sprechen musste.

Die Mutter seiner Gefährtin, Sorens Frau, Hardens Gefährtin. Wie klein die Welt doch war ...

»Ich vermute, dass Soren sich an ihr ausgetobt hat«, erwiderte Eliel schließlich leise, als er merkte, dass er zu lange geschwiegen hatte. Augenblicklich erschien eine steile Falte zwischen den Brauen seines Cousins.

»Du meinst ...« Auch ihm schien es schwerzufallen, das Offensichtliche zu begreifen. Soren hatte seine eigene Tochter gefoltert.

»Ja.«

Schwer stützte Javron seinen Kopf daraufhin auf einen Arm. Eliel gab sich einen Ruck. Niemand hatte den Herrscher bisher über die Vorgänge informiert. Er würde das jetzt nachholen müssen.

»Sie hat Veit gefunden.«

Dem Monarchen entwich ein raues Stöhnen. »Bei den Ahnen, er lebt?« Seine Stimme war rau vor unterdrückten Emotionen und Eliel zwang sich zu einem Nicken, als sein Cousin seinen Blick suchte.

Veit war sein einziger Bruder. Fünfhundert Jahre jünger war er von klein auf immer bei ihnen gewesen. Auch wenn Javron und er schon erwachsen gewesen waren, als Veit zur Welt kam, so waren sie doch stets eine Familie gewesen. Als Veit ebenfalls die Laufbahn als Assassine eingeschlagen hatte, hatte jeder von ihnen das begrüßt. Sein Verlust hatte damals bei ihnen beiden tiefe Narben hinterlassen. Jetzt jedoch begreifen zu müssen, dass das Schicksal seines kleinen Bruders noch um einiges grausamer gewesen war als ein schneller Tod in der Schlacht, lastete schwer auf ihm.

»Er hat überlebt. Ob er sich wieder erholen wird, weiß ich nicht.«

Veit hatte sich geweigert, seine Hilfe bei der Heilung anzunehmen. Eliel wusste nicht, warum er das Angebot so brüsk abgelehnt hatte. Außer einem *Nein* war aus Veit dabei nichts herauszubekommen gewesen. Und auch er selbst hatte augenscheinlich nicht vor, die Heilung mit Magie zu beschleunigen, sondern es seinem Körper überlassen, sich selbst zu helfen. Irgendwann würden die tiefen Krater, die seine Haut furchten, heilen und auch die Schwingen nachwachsen, allerdings konnte dies dauern.

Eliel begriff das Verhalten seines Bruders nicht. Allerdings verbot er es sich auch, dem weiter nachzugehen. Der Mann, der vor ihm gestanden hatte, war ihm fremd gewesen. Sein Bruder war nun ein anderer. Und auch wenn die physischen Schäden bald verschwunden wären, die Schäden in seiner Seele würden bleiben. Eliel hatte jedoch nichts anderes tun können, als seinem Bruder ein Zelt zuzuweisen, ehe er sich zu Javron begeben hatte.

»Es bleibt beim Zeitplan?«

Der abrupte Themenwechsel des Herrschers erleichterte Eliel. Er konnte und wollte nicht mehr über die Dinge reden, die ihm die vergangenen Stunden fast den Verstand gekostet hätten.

»Keine Änderungen. Sie würde das auch nicht wollen.«

Ein kleines Lächeln, das nun auch seine Augen erreichte, stahl sich in Javrons Gesicht. »Was willst du machen, wenn sie mitwill? Sie anketten?«

Eliel grinste widerwillig. »Ich mag meinen Haussegen. Ich nehm sie mit, wenn sie es will.«

Anna schlief, bis die Sonne sich anschickte, hinter dem Horizont zu versinken. Nur undeutlich hatte sie mitbekommen, dass Eliel irgendwann zu ihr gekommen war. Schweigend hatte er sich neben sie gelegt und sie in seine Arme gezogen. Und sie hatte sich ebenso wortlos an ihn gedrückt und war wieder eingeschlafen.

Als sie jetzt wieder zu sich kam, war sie jedoch allein. Und sie fühlte sich schon bedeutend besser. Noch immer taten ihr diverse Muskeln weh, aber ein Blick auf ihren Bauch sagte ihr, dass die dunkelrote Narbe an ihrer Hüfte zu einem dünnen roten Strich zusammengeschrumpft war. In wenigen Stunden würde vermutlich auch dieser verschwunden sein. Erneut schloss sie die Augen, drehte sich auf den Rücken, streckte die Arme über den Kopf und dehnte sich, bis sie es in ihren Schultern knacken hörte.

»Du bist wach.«

Anna erstarrte, als sie die Stimme ihrer Mutter hörte. Hastig setzte sie sich auf und sah sich im trüben Dämmerlicht des Zeltes um. Ihre Mutter war da. Sie lehnte gegen den kleinen Tisch, den man unweit des Zelteingangs platziert hatte, und Anna zwang sich dazu, sich zu entspannen.

Sie hatte Angst vor diesem Aufeinandertreffen gehabt, hatte sie doch nicht gewusst, wie Mala auf das eigenmächtige Handeln ihrer Tochter reagieren würde.

Aber sie hatte gewusst, was passieren würde, wenn Harden Mala fände. Und sie hatte es verschwiegen und ihre Mutter somit blind in die ganze Sachen laufen lassen. Anna hatte eine Entscheidung für ihre Mutter getroffen. Eine folgenschwere Entscheidung und bei dem kalten Blick, den Mala nun auf ihre Tochter gerichtet hielt, wurde ihr schwer ums Herz. Flüchtig ging ihr Blick auf den Hals ihrer Mutter und Erleichterung überkam sie, als sie dort kein *szenai* erkennen konnte. Immerhin etwas, redete sie sich gut zu, ehe sie den Rücken durchstreckte und ihre Beine im Schneidersitz unterschlug.

»Du bist wütend.«

Mala schnaubte. »Ja.«

Annas Herz sank. Zwölf Jahre lang hatte sie ihre Mutter nicht gesehen. Am liebsten wäre sie ihr weinend in die Arme gefallen. Doch das wäre im Moment das Letzte, was ihre Mutter zulassen würde. Mit einem leichten Knoten im Magen überlegte Anna, wie sie sich andersherum fühlen würde, und betreten senkte sie den Blick.

»Es tut mir leid«, wisperte sie leise, doch Mala schnaubte.

»Ich habe meiner Tochter nicht beigebracht zu lügen«, zischte sie und Anna spürte, wie ihre Schultern sich verkrampften. Doch dann zwang sie sich dazu, wieder aufzusehen.

»Du hast recht. Nein, es tut mir nicht leid«, begann sie vorsichtig, dann jedoch immer lauter werdend. »Stets habe ich geglaubt, deine Heirat wäre von langer Hand geplant gewesen. Du hast mir nie erzählt, was damals geschehen ist. Oder warum ich nie ein schlechtes Wort von dir über sie gehört habe.« Anna konnte sehen, wie die Kälte aus dem Blick ihrer Mutter wich, ehe sie hastig die Lider senkte. Vorsichtig erhob sie sich, die Decke fest um sich gewickelt, blieb dann jedoch an der Bettkante unschlüssig stehen, als sie sah, wie ihre Mutter die Schultern hängen ließ.

»Was hätte ich denn sagen sollen? Du warst doch kaum mehr als ein Kind, als du weggelaufen bist«, brachte sie leise hervor und Anna seufzte, wagte es aber endlich, auf ihre Mutter zuzugehen, die mit hängendem Kopf an den Tisch gelehnt stand.

»Warum bist du damals nicht mitgekommen?«, stellte sie leise die Frage, die sie seit zwölf Jahren umtrieb. Dicht vor ihrer Mutter war sie stehen geblieben und als diese nun aufsah, glitzerten Tränen in den graugrünen Augen.

»Ich hatte Angst, Liebes. Einfach nur entsetzliche Angst ...« Ihre Stimme brach und als Anna die Arme um sie schlang, klammerte ihre Mutter sich schluchzend an sie.

»Mama, es ist vorbei. Er kann dir nichts mehr tun.«

Das Schluchzen ihrer Mutter wurde noch lauter und stumm verharrte Anna in ihrer Position, die Arme fest um den bebenden Leib ihrer Mutter geschlungen. Allerdings hob sie den Kopf, als sie am Zelteingang ein leises Geräusch vernahm.

Harden betrat leise das Zelt und Anna erkannte die Sorge in seinem Blick, als er die beiden Frauen so ineinander verschlungen sah. Doch als sie knapp den Kopf schüttelte, holte er schwer Luft und zog sich wieder zurück. Sie wusste, dass er nicht weit weggehen würde.

»Soren, dein Vater, hatte schon vor meiner Abreise mit Isande ein Auge auf mich geworfen.« Langsam, stockend begann Mala zu erzählen und als sie sich vorsichtig aus der Umarmung ihrer Tochter löste und die Tränen versiegten, fasste Anna ihre Hände und zog sie mit sich, bis sie sich beide auf das Bett setzen konnten. »Aber ich war nicht interessiert und ließ ihn abblitzen.« Mala lachte leise, als die Erinnerungen daran zu ihr zurückkehrten. »Damit hatte er nicht gerechnet, weißt du? Der große Heerführer, der Kommandant und Kanzler, der bei einer einfachen Triadenführerin auf Granit biss. Aber ... er war mir von Anfang an irgendwie unheimlich. Als hätte ich gespürt, dass mit ihm etwas nicht stimmte.«

Anna nickte, sagte jedoch nichts. Auch sie hatte dieses Gefühl ihrem Vater gegenüber stets gehabt.

»Als Harden und seine Männer dann unseren Tross überfielen ...« Anna sah ihre Mutter schlucken. »Wir haben uns einen ziemlichen Kampf geliefert. Es war meine Aufgabe, Isande zu schützen. Diesen Dienst verrichtete ich zu dem Zeitpunkt seit bereits fünfzehn Jahren und ... ich hab sie wirklich gemocht. Auch wenn sie ein schrecklicher Hasenfuß gewesen ist.« Ein schwaches Lächeln umspielte die Lippen ihrer Mutter und mit schief gelegtem Kopf sah Anna sie an.

»Er hat gewonnen, nicht wahr?«

Mala verzog missmutig die Lippen bei der Erinnerung. »Haushoch sogar. Am Ende war ich gefesselt, geknebelt und meine Magie mit so einem verfluchten Halsband abgewürgt.«

Noch nie hatte Anna ihre Mutter so gesehen. Stets war sie die ruhige, nervöse Frau an Sorens Seite gewesen. Doch die Frau, die da jetzt vor ihr saß, kam ihr anders vor. Als ob mit der Flucht eine Last von ihren Schultern genommen worden war und ein Lächeln stahl sich in ihr Gesicht.

»Er ist kein schlechter Mann, Mutter«, versuchte Anna es leise und ihre Mutter drehte den Kopf, bis sie ihr wieder in die Augen sah.

Im ersten Moment war Anna sprachlos, als sie das sanfte Leuchten in ihrem Blick bemerkte. Und ein seltsam warmes Gefühl breitete sich in ihrer Magengegend aus, als Mala ihr mit einem leichten Lächeln über die Wange strich.

»Nein, Schatz. Das ist er wirklich nicht. Damals wie heute nicht. Wer weiß, wie es gekommen wäre, wenn ich damals nicht weggelaufen wäre aus lauter Schreck vor meinem eigenen Verhalten.«

Verlegen räusperte Anna sich. »Dann bist du nicht mehr wütend auf mich?«, wagte sie sich vor, doch Mala schnaubte.

»Ich bin wütend auf dich, weil du keinen Ton gesagt hast, Fräulein, und nicht, weil ich jetzt diesen chaotischen Raufbold am Hals habe.«

Anna spürte, wie sie errötete bei ihren Worten.

»Ich hatte Angst, dass du sonst nicht mitkommen würdest«, quetschte sie heraus und Mala seufzte leise.

»Ich werde drüber wegkommen. Lass mich einfach noch ein bisschen sauer sein.«

Anna gab sich geschlagen.

»Ja, Mama«, erwiderte sie artig, wenn sie auch dabei die Augen verdrehte, und Mala lachte leise.

»Es ist schön, dich wieder bei mir zu haben, Schatz«, meinte sie leise und diesmal war es Anna, die sich schluchzend in die Arme ihrer Mutter stürzte.

Als Mala geraume Weile später das Zelt des ersten schwarzen Prinzen verließ, lächelte sie, als fast im gleichen Augenblick ein Schatten auf sie fiel. Kurz blinzelte sie gegen das einfallende Dämmerlicht, dann wandte sie den Kopf hinauf und blickte in Hardens nachtschwarze Augen. Seine Hand griff nach der ihren und innerlich schüttelte sie über sich selbst den Kopf, als ihr Herz daraufhin einen freudigen Satz machte.

Fünfzig Jahre lang hatte sie diesen Mantus nicht aus ihren Gedanken verbannen können. Fünfzig Jahre, die er sich immer wieder in ihre Träume geschlichen hatte, bis sie Mühe gehabt hatte, Realität und Traum auseinanderzuhalten.

All die Jahre hindurch hatte sie nicht verstanden, warum das so gewesen war. Er war ihr Feind. Er hatte sie im Kampf besiegt. Er hatte sie verwundet, gefesselt und gefangen gehalten. Und sie hatte ihn dafür gehasst. Wie sie ihn auch dafür gehasst hatte, dass ein kleiner Teil in ihr sich danach verzehrt hatte, sich an ihn zu schmiegen und ihren Widerstand aufzugeben.

Im Lauf der Jahre war sie dazu übergegangen, diese Wachträume wie einen Rettungsanker aus ihrem Leben zu betrachten. Irgendwann war es irrelevant geworden, was daran Wahrheit und was davon ihrer Fantasie entsprungen war. Für sie waren diese Gedanken neben ihrer Tochter das Einzige gewesen, was sie am Leben erhalten hatte. Anfangs hatte sie sich noch dafür geschämt. Doch irgendwann war sie in der Hinsicht abgestumpft. Dann war es halt so, dass ausgerechnet der Gedanke an ihren Feind sie davon abhielt, sich das Leben zu nehmen. Niemand hatte davon gewusst. Es konnte also niemand anderes über sie richten, als sie selbst. Und sie war es irgendwann leid gewesen, sich selbst auch noch zu verurteilen.

Umso größer war dann der Schock gewesen, als *er* das erste Geschöpf gewesen war, dem sie nach ihrer Flucht aus der Festung in die Hände gefallen war. Ob er das so geplant hatte?

Mit einem vorsichtigen Lächeln sah sie hinauf in sein schönes Gesicht, das ihr im gleichen Atemzug beruhigend vertraut und doch fremd vorkam. Ihr halbes Leben hindurch hatte die Erinnerung an diesen Mann sie begleitet. Ihn jetzt nicht nur vor sich stehen zu sehen, sondern sogar schwach in sich spüren zu können, ließ sie atemlos werden.

Fünfzig Jahre lang hatte sie sich gefragt, was wohl damals geschehen wäre, wenn Soren nicht das Lager der Mante angegriffen hätte. Fünfzig Jahre lang hatte sie Angst vor der Antwort gehabt, die er ihr nun bereits in dem Moment gegeben hatte, als er sie in Sicherheit gebracht hatte. Nein, dieses Mal hatte er sich tatsächlich von nichts abhalten lassen.

»Was ist, Frau?«

Unwillkürlich vertiefte sich Malas Lächeln, als sie Nervosität in Verbindung mit Gereiztheit in seine Züge treten sah. Der Druck seiner Finger auf die ihren verstärkte sich und sie lachte leise, als sie einen Schritt auf ihn zutrat und ihre freie Hand hob, um ihm die dunkelblonden

Haare hinters Ohr zu streichen. Skepsis lag in seinem Blick, reizte sie zum Lachen und ihr Herz wurde weit, als sie seine aufflammende Unsicherheit in sich spüren konnte. Da stand er, der große, böse Mantus, den man sie zu fürchten gelehrt hatte, und war so verunsichert wie ein kleiner Junge.

»Das mit dem Kinderfresser nehm ich zurück«, erklärte sie leise mit einem verschmitzten Grinsen und kicherte, als ihm daraufhin die Gesichtszüge kurz entglitten, ehe er es schaffte, etwas fassungslos den Kopf zu schütteln.

»Wurde aber auch Zeit«, brummte er und sie spürte, wie sein Arm sich um sie legte, als sie ihre Stirn an seine Brust lehnte.

So lange hatte sie sich an ihre Fantasie geklammert. Hatte gefürchtet, dass die Realität enttäuschend sein würde. Doch als sie sich nun an ihn schmiegte, fühlte es sich an, als würde sie nach Hause kommen.

Im ersten Moment erschreckt zuckte Anna zusammen, als sich eine große Hand von hinten auf ihre Hüfte legte. Doch dann lächelte sie und lehnte sich an Eliels breite Brust in ihrem Rücken.

»Ich weiß, ich sollte nicht lauschen«, murmelte sie verlegen und spürte, wie das Blut in ihre Wangen stieg, als sein Brustkorb vor unterdrücktem Lachen vibrierte.

Nachdem ihre Mutter sie wieder verlassen hatte, hatte auch Anna nichts mehr in dem Zelt gehalten. Und so war auch sie aufgestanden, hatte sich schnell etwas angezogen und zu Eliel gehen wollen, den sie unweit von sich hatte spüren können. Doch als sie aus dem Zelt getreten war, war sie etwas unfreiwillig Zeugin der Unterhaltung zwischen Harden und ihrer Mutter geworden. Sie hatte es einfach nicht geschafft, nicht hinzuhören und die beiden zu beobachten, die die Welt um sich herum vergessen zu haben schienen.

»Und du hattest Sorgen, dass deine Mutter das nicht durchsteht ...«, hörte sie Eliel über sich sagen und grinste schief.

»Ich hab sie noch nie so gelöst erlebt«, gab sie leise zu und spürte, wie sein Arm sich um ihre Taille legte und eng an ihn zog.

»Niemand weiß, was genau damals zwischen den beiden passiert ist. Vielleicht war es nicht mal halb so dramatisch, wie du vermutet hast.«

Sie nickte und löste sich schließlich mit einem leichten Seufzen von ihm. Es war Zeit, wieder in die Realität zurückzukehren.

»Die Sonne geht bald unter«, meinte sie leise, sah zu ihm auf und zwang sich zu einem Lächeln, als sie seinen ernsten Blick auf sich ruhen spürte.

»Du wirst erwartet«, erwiderte er in der gleichen Lautstärke und Anna setzte sich in Bewegung, als er ihr mit einem Kopfnicken bedeutete, ihm zu folgen.

Als sie König Javrons Zelt betraten, wurde sie tatsächlich schon erwartet. Sieben Augenpaare richteten sich auf sie, eines ernster als das nächste. Stumm blickte sie in die unbewegten Mienen der Männer und holte schließlich tief Luft.

»Sie sind intakt«, war alles, was sie sagen musste.

Es war erstaunlich, wie das Leben in die sieben Männer zurückkehrte, sobald sie die Worte ausgesprochen hatte. Hatten sie zuvor unbewegt um den Tisch herum gestanden, so konnte sie erkennen, wie nun die Anspannung von ihnen abfiel. Aus dem Augenwinkel sah sie, wie Javron etwas sagen wollte, doch schnitt sie ihm mit erhobener Hand das Wort ab.

»Nein, bitte nicht.« Alles in ihr sperrte sich dagegen, über die Vorgänge der letzten vierundzwanzig Stunden zu berichten. Sie wollte einfach nur vergessen, also bemühte sie sich, bei einem neutralen Tonfall zu bleiben. »Alle fünf Sprengladungen sind intakt und können zur geplanten Zeit gezündet werden.« Mit der Hand malte sie kleine Sigillen in die Luft und lächelte zufrieden, als kurz darauf die schematische 3D-Ansicht der Burg entstand.

»Die Banntafeln haben sich tatsächlich bewegt«, erklärte sie knapp, wies auf die neuen Punkte, als diese wie gewünscht rot aufleuchteten. »Das sind die neuen Positionen. Was gar nicht mal so ungelegen kommt, da die Sprengkraft ausreichend sein sollte, um diverse zentrale Gänge unpassierbar zu machen.« Über ihre Handfläche blies sie einen Windhauch in Richtung der Illusion und hörte, wie ein überraschtes Raunen durch die Männer ging, als sie so auf diese Weise die zu erwartenden Explosionen simulierte, die großzügig diverse Löcher in die Mauern der Festung rissen.

»Auf das Ergebnis kann ich natürlich keine Garantie geben, aber zumindest habe ich es so kalkuliert. Der Rest hängt von euch ab.«

Anna verkniff es sich dabei, zu erwähnen, dass die gesamte Festung inzwischen in Alarmbereitschaft sein musste. Nicht nur, dass der Aufzug der Mante vor ihren Toren nicht unbemerkt hatte bleiben können, auch dass man sie entdeckt hatte sowie ihre Flucht dürften zu einer Verschärfung des Alarms beigetragen haben. Doch das alles waren Dinge, die sie diesen Männern nicht würde sagen müssen. Sie konnte an ihren ernsten Mienen ablesen, dass auch sie sich dessen bewusst waren.

Sie benötigten keine Stunde, um zum wiederholten Male alles durchzugehen, was sie noch aus ihrem Leben in der Festung und ihrer Ausbildung wusste. Mit knurrendem Magen impfte sie die Prinzen und den Monarchen, der selbst nicht aktiv teilnehmen würde, noch mal die Hauptwege, Zugänge und damaligen Evakuierungspläne ein, von denen sie noch Kenntnis hatte, und atmete schließlich erleichtert auf, als König Javron ihr mit einem kleinen Zwinkern einen Teller mit kalten Speisen zuschob. Ihre Knie waren in der Zwischenzeit weich geworden und dankbar ließ sie sich auf einen der Stühle fallen und zog den Teller zu sich. So langsam gewöhnte sie sich daran, dass der Monarch sich so gar nicht so verhielt, wie sie es von ihm erwartet hätte.

»Ist es zu viel verlangt, wenn ich dich bitte, nicht mitzukämpfen?« Eliels leise Worte, als die Versammlung sich langsam auflöste, überraschten Anna. Und kurz schwankte sie, schüttelte dann jedoch den Kopf.

»Das kann ich nicht. Mit mir hat es begonnen und mit mir wird es auch enden. Auf die eine oder andere Weise«, erwiderte sie leise und sah, wie Eliel tief Luft holte, während er ihr den Ausgang des Zeltes aufhielt.

»Das hatte ich bereits vermutet. Dann versprich mir bitte, dass du keine tollkühnen Alleingänge hinlegst.«

Mit einem Lächeln griff sie nach seiner Hand.

»Ich werde nicht von deiner Seite weichen. Das ist ein Versprechen«, erklärte sie und sah, wie er vorsichtig lächelte.

Annas Schultern waren hart wie Beton, während sie ihre Hand über den Waffen kreisen ließ, die man auf dem

Tisch vor ihr ausgelegt hatte. Eliel hatte es also nicht versäumt, daran zu denken, dass sie sie brauchen würde, wenn es zu einem offenen Krieg käme. Für einen Moment versetzte es ihr einen Stich, als sie sich bewusst machte, was sie dort gerade vorbereitete.

Den Krieg zwischen ihren Völkern hatte es schon immer gegeben. Doch dieses hier sollte die letzte Schlacht sein. Die letzte Schlacht, in der sich entscheiden würde, wie es mit Veluvion und den darauf lebenden Völkern weiterging.

Und sie würde gegen ihr eigenes Volk kämpfen. Gegen ihren König, gegen alles, wofür man sie zu kämpfen gelehrt hatte, gegen ihren eigenen Vater.

Tränen traten ihr bei dem Gedanken in die Augen. Sie wollte das nicht. Doch hatte sie eine andere Wahl?

Ihr Vater war, was er nun mal war. Es war illusorisch zu hoffen, dass er sich ändern würde. Wie oft hatte sie als Kind wach im Bett gelegen und versucht, sich auszumalen, wie es sein würde, wenn ihr Vater so wie andere Väter wäre?

Für ihren Vater hatte es immer nur das Militär gegeben. Strenge Disziplin, Regeln und Befehle. Den Privatmann Soren gab es nicht. Auch im familiären Kreis war ihr Vater stets *der Kommandant* gewesen. Mit seiner Tochter spielen? Allein bei der Vorstellung, entwich Anna ein Laut, den man nur noch bedingt als ein Auflachen erkennen konnte, während sie sich hektisch die verräterischen Spuren ihrer Tränen von den Wangen wischte.

Nein. Ihr ganzes Leben lang hatte sie auf ein Wunder gehofft. Hatte gehofft, dass ihr Vater aufhören würde, der Kommandant zu sein und sich seiner Familie als Vater und Ehemann zuwenden würde. Dass er sich ihr zuwenden und sie als einen Menschen wahrnehmen würde. Einen Menschen mit Gefühlen und Bedürfnissen, die fernab dieses unseligen Krieges lagen.

Als sie vor Jahren auf die Erde gekommen war, hatte es sie immer wieder in Tränen ausbrechen lassen, wenn sie Filme gesehen hatte, die intakte Familien skizzierten. Natürlich war ihr dabei bewusst gewesen, dass es auch auf der Erde nur in den seltensten Fällen hinter den Vorhängen und Gardinen der Häuser, in denen die Bewohner der Erde lebten, so aussah. Dennoch war ihr klar gewesen, dass die meisten Menschen diesem filmischen Ideal erheblich näher waren, als sie es in ihrer Kindheit und Jugend je gewesen war. Ihr Vater würde nie das sein, was sie sich von ihm erhofft hatte. Die Geschehnisse der vergangenen vierundzwanzig Stunden sprachen dabei eine Sprache, wie sie deutlicher nicht hätte sein können.

Der Kommandant war ein grausames und von Hass zerfressenes Wesen. Mit Sicherheit hatte er seine Gründe dafür. Mit Sicherheit hatte es im Verlauf seines langen Lebens Momente gegeben, die ihn dahingehend geformt hatten. Vermutlich hätte sie sogar Mitleid mit ihm, wenn sie diese jemals erfahren würde. Doch das alles änderte nichts daran, dass sein Handeln den Mante und nicht zuletzt auch ihr gegenüber verabscheuungswürdig war.

Als ihre Beine zu zittern begannen und eine erneute Flut von Tränen über ihre Wangen lief, klammerte sie sich Halt suchend an der massiven Holzplatte des Tisches vor sich fest.

»Nicht jetzt«, murmelte sie zu sich selbst, darum bemüht, nicht vollständig die Fassung zu verlieren. Das konnte sie sich jetzt einfach nicht leisten. Nicht jetzt, während draußen die letzten Vorbereitungen für eine letzte

Schlacht getroffen wurden, deren Auslöser letzten Endes sie gewesen war.

Ob die Dinge anders gekommen wären, wenn sie nie geflohen wäre?

Es hieß, dass Gefährten einander immer fanden. Wie wäre es also gekommen, wenn sie damals auf Veluvion geblieben wäre? Wenn sie in den Krieg gezogen wäre? Wären Eliel und sie einander auf dem Schlachtfeld begegnet?

Ein Schaudern lief ihren Rücken hinab, als sie sich ausmalte, wie eine solche Begegnung vermutlich ausgesehen hätte. Sie, als Hauptmann des Sturms, die gegen ihn, den ersten schwarzen Prinzen, eine ganze Armee befehligte. Hätten sie einander bis aufs Blut bekämpft? Hätte er sie besiegt, entführt ...

Anna verbot sich, weiter darüber nachzudenken. Ihr war bewusst, dass dies die wahrscheinlichste Variante war. Und dass alles genau so gekommen wäre, wie bei so vielen anderen Paaren. Der Mantus, der seine Gefährtin spürte, und die Magierin, die man darauf gedrillt hatte, die Mante zu fürchten und zu verabscheuen ... Ob sie sich dann das Leben genommen hätte, ganz so, wie ihr Vater ihr in unendlich vielen Lektionen immer wieder eingeschärft hatte? Oder ob sie in der Lage gewesen wäre, sich über die grundlegendsten Dinge ihrer Erziehung hinwegzusetzen?

Mit einem Seufzen wischte sie diese Gedanken zur Seite. Es war ein reines Gedankenspiel, das sie gerade anstellte, einzig darauf ausgelegt, Zeit zu schinden. Die Dinge waren gekommen, wie sie nun mal gekommen waren. Ausgerechnet jetzt darüber nachzudenken, wie es hätte anders laufen können, würde sie keinen Schritt weiter bringen. Und so straffte sie hastig ihre Schultern und nahm Wurfsterne, Messer und *lisznet* vom Tisch, um sie in penibler Sorgfalt an ihrem Körper zu befestigen. Nur zögernd nahm sie zuletzt auch das Schwert auf, welches, um einiges kleiner als das der Mante, dort für sie bereitgelegt worden war. Es war nicht ihre liebste Waffe, jedoch war es die Waffe, mit der die meisten Magier kämpfen würden. Mit zitternden Fingern befestigte sie die Schlaufe der Scheide an ihrem Gürtel und holte tief Luft. Es war Zeit, in die letzte Schlacht zu ziehen. Hinterher konnte sie immer noch zusammenbrechen …

14

Die Dämmerung brach herein und eine gespenstische Stille legte sich auf das Tal und die Hügel, von denen Veluvion Stadt umgeben war. Nicht einmal die Vögel sangen ihre Lieder, auch sie schienen die Bedeutungsschwere dieses Augenblicks zu spüren, der sich wie Blei auf die Schultern der Assassine gesenkt und ihre Gesichter zu Masken hatte erstarren lassen. Auch Anna, die mit steifem Rücken neben Eliel auf das Zeichen des Königs zum Angriff wartete, spürte die Last der Geschichte drückend auf sich.

Die Geschichten der Magier hatten immer nur vom Krieg mit den Mante erzählt. Niemand in diesem Bollwerk vor sich wusste, wie es war, in Frieden zu leben. In Freiheit. Ihre Chroniken erzählten von Blut und Gefangenen. Von Schlachten, Entführungen und grausamen Morden.

Als ein einzelner Schrei die Stille zerriss, zuckte Anna zusammen, während im gleichen Augenblick die ersten Mante sich in die Luft erhoben. Es war so weit. Jetzt würde sich entscheiden, ob es endlich eine Aussicht auf Frieden gab.

Eliels undurchdringlicher Blick ruhte auf ihr, als sie den Kopf wandte. Sie wusste, dass er auf sie wartete. Wusste, dass er ihr ein letztes Mal die Wahl ließ, sich dieser Schlacht zu entziehen. Und sie spürte den leisen Stich, den es ihm versetzte, als sie mit ihrer Hand nach der seinen griff. Nein, sie würde nicht die Sicherheit vorziehen, während andere für das starben, wovon sie ihr ganzes Leben lang geträumt hatte. Jetzt weniger denn je ...

Es war ein beeindruckender Moment, als die Mante einer nach dem anderen sich vom Boden abstießen und mit weit ausgebreiteten Flügeln in die Luft erhoben, während ihre Magie sich im gleichen Moment wie ein dunkles Feuer um sie herum auszubreiten begann. Noch nie zuvor hatte Anna dies zu Gesicht bekommen, auch wenn andere, in der Schlacht erfahrenere, Magier davon berichtet hatten. Sie hatte früher die Geschichten der Älteren gehört, von der Dunkelheit, mit der sich die Dämonen umgaben, wenn sie in die Schlacht zogen. Hatte gehört, mit welcher Macht sie im Stande waren, ihre Magie zu bündeln. Doch als der Himmel sich nun vollständig binnen weniger Minuten verdunkelte, verschlug es ihr für einen Augenblick die Sprache. Der Himmel über ihnen war vollkommen hinter der absoluten Schwärze eines jeden Mantus verschwunden.

Widerstandslos ließ sie sich von Eliel in die Arme ziehen und klammerte sich an ihm fest, als er den Seinen folgte, nicht in der Lage, den Blick von dem geflügelten Heer zu wenden, dessen gesamte Konzentration sich auf die Festung vor ihnen gerichtet zu haben schien. Erst als Eliel seine Position unter den übrigen Kriegern eingenommen hatte, löste sich ihr Blick vom Himmel und ging hinüber zu jenem Bollwerk, in dem sie mehr als ihr halbes Leben verbracht hatte.

Es lag in der gleichen Schwärze vor ihnen, mit der die Mante gerade den Himmel verdunkelten. Kalt, nackt und bedrohlich ragte es aus der künstlich geschaffenen Wüste, der Bannmeile, hinaus und schien jeden Angreifer verspotten zu wollen.

Vielleicht bildete Anna es sich auch nur ein, aber sie glaubte, in der Ferne auf den wenigen Zinnen einzelne Soldaten zu erkennen, deren magisches Licht wie kleine Reflexionen der letzten Sonnenstrahlen zwischen dem kalten Stein aufflammte. Und ohne ihn tatsächlich sehen zu können, wusste sie, dass ihr Vater dort oben stand. Niemals würde der Kommandant es sich nehmen lassen, den Angreifern direkt in die Augen zu sehen. Genau das hatte er sie gelehrt.

»*Kind, unterschätze niemals deinen Gegner*«, hatte er immer wieder zu ihr gesagt. »*Die Mante sind nicht mehr als Tiere. Aber ein jedes Tier ist ein ernst zu nehmender Gegner. Es aus den Augen zu verlieren, bedeutet den sicheren Tod.*«

Mit einem Schaudern verdrängte sie die aufkommende Erinnerung. Nur noch wenige hundert Meter trennten sie von der Festung, dies war nicht der Moment, um sich in der Vergangenheit zu verlieren. Sie musste einen klaren Kopf behalten so kurz vor ihrem Ziel – dem äußeren Ring der Festung.

Eliels Magic flammte in ihr auf, bis sie diese nicht nur in sich, sondern auch als ein leichtes Brennen auf ihrer Haut zu spüren vermeinte. Und ohne dazu eine weitere Aufforderung zu benötigen, zog auch sie tief die schwelende Magie in sich und öffnete sich der Seinen, bis sie das inzwischen so vertraute Gefühl spürte, als sie sich miteinander verbanden. Eine Einheit.

»Jetzt!« Auch ohne ihn sehen zu können, wusste sie, dass Harden in ihrer Nähe war und auf ihren Befehl wartete. Und als nur wenige Augenblicke später das Geräusch berstenden Steins das Bollwerk der Magier in seinen Grundfesten erschütterte, wusste sie, dass er sie gehört hatte. Die Sprengsätze waren nicht entdeckt worden und hatten einwandfrei ihre Dienste geleistet. Gedämpft konnte Anna die Schreie jener hören, die den Detonationen am nächsten gewesen sein mussten, sperrte sich jedoch gegen den aufkommenden Schmerz, der sich einstellen wollte, als ihr bewusst wurde, dass dies eigentlich ihre Leute waren. Vielleicht hatte ihr Handeln nun dazu geführt, dass einstige Freunde ihr Leben hatten lassen müssen.

Annas Puls raste, während sie sich an Eliel festhielt, der nur wenige Sekunden später zum Sturzflug auf die äußere Zinne ansetzte. Ihre Augen hatten sie nicht getäuscht. Fast im gleichen Augenblick erkannte sie wenigstens vier Triaden zwischen den Zinnen, spürte ihre Magie, als sie zum Angriff übergingen, und wappnete sich gegen den unausweichlichen Treffer, den sie erzielen würden. Halblaut murmelte sie eine Beschwörung, die die Wucht des Angriffs abmildern sollte, und presste die Lider zusammen, als die Energie der Triade wie ein gleißender Lichtstrahl sie traf. In ihren Armen konnte sie Eliel zittern spüren. Zwar hatte ihr Schild einen großen Teil der Wucht des Angriffs abfangen können, dennoch war die Kraft, mit der die Triade angegriffen hatte, bis in ihre Knochen gegangen. Nur undeutlich nahm sie die Schreie jener wahr, die sich nicht rechtzeitig hatten abschirmen können, und zwang sich, nicht ihre Augen vor dem zu verschließen, was geschehen war. Magier und Mante mochten zwar eine Form der Unsterblichkeit besitzen, es änderte jedoch nichts daran, dass sie alle Schmerzen empfanden und verletzt werden konnten. Ein verletzter Mantus war ein leichtes Ziel, ihm den Kopf abzuschlagen ein lohnenswertes Risiko.

Nur nicht den Kopf verlieren. Der schlechte Witz des Filmzitates ließ ihr ein Schaudern über den Rücken laufen, als Eliel nur wenige Augenblicke später auf den Zinnen landete und sie gleich darauf freigab.

Anna bekam nicht die Möglichkeit, sich kurz zu sammeln, als auch schon die erste Kriegerin mit gezücktem Schwert auf sie zugeprescht kam. Das Blut rauschte in ihren Ohren, dämpfte den wilden Schrei der Magierin und nur im Reflex schaffte es Anna, ihr Schwert zu ziehen und den Hieb der Angreiferin zu parieren. Heftig prallten die Klingen ihrer Schwerter aufeinander und Anna spürte, wie ihre Knie unter der Wucht des Hiebes leicht einsackten. Doch dann fing sie sich wieder und stieß die andere von sich, sodass diese einige Schritte zurücktaumelte.

Die wenigen Sekunden, die die Magierin benötigte, um sich wieder zu sammeln, reichten auch Anna. Hastig murmelte sie die Beschwörung, die sie auch einst bei dem Übungskampf mit Harden verwendet hatte, spürte, wie das ihr vertraute Brennen über ihren Körper lief, und sah, wie die Augen ihrer Kontrahentin sich verblüfft weiteten.

»Du Verräterin!«, hörte sie die ihr unbekannte Frau schreien und der Hass in ihrem Blick ließ Anna trotz der Wärme des Zaubers frösteln. War es wirklich das, was ihrer aller Erziehung aus ihnen hatte machen sollen? Einander hassende Feinde?

Kampfgeräusche in ihrem Rücken rissen Anna aus ihrer plötzlichen Starre und zurück in die Gegenwart. Gerade noch rechtzeitig, denn auch ihre Angreiferin hatte sich von ihrem Schreck erholt und setzte zu einem erneuten Angriff an.

Diesmal war Anna schneller. Noch ehe ihre Kontrahentin ihr Schwert auch nur hatte hochreißen können, war Anna schon einen Satz vorgesprungen und trieb ihr das Schwert bis ans Heft in den Bauch. Mit einem entsetzlich schmatzenden Geräusch fuhr die Klinge durch den Körper der Frau und alles in Anna verkrampfte sich, als sie mit einem festen Ruck das Rückenmark durchtrennte, ehe die Klinge auf der anderen Seite ihres Körpers wieder hinausfuhr.

»Es tut mir leid«, wisperte Anna, die durch den Hieb kaum mehr als eine Handbreit von der Magierin entfernt war. Tränen brannten ihr in den Augen, doch zwang sie sich, das Gurgeln der Frau zu ignorieren. Mit einem festen Ruck riss sie ihr Schwert zurück und versetzte ihr einen Tritt, sodass die schwerverletzte Frau zurückfiel und schließlich bewusstlos zu Boden ging. Anna hoffte inständig, dass sie bis zum Ende der Schlacht nicht wieder zu sich käme. Vielleicht mochte sie nicht in der Lage sein, den finalen Hieb zu setzen. Allerdings war sie sich sicher, dass andere an ihrer Stelle da weniger zimperlich waren.

»Wir müssen ins Innere!«, hörte sie Eliel rufen, während er versuchte, zwei Magiern zeitgleich Paroli zu bieten. Auch er schien bemüht, nicht zu töten, sondern die angreifenden Magier kampfunfähig zu machen, während er sich Schritt für Schritt von den Zinnen Richtung der

Türme vorarbeitete, von denen aus es Wege in den zweiten Ring der Festung gab. Noch immer drängten weitere Mante aus der Luft nach, versuchten, ihre bereits gelandeten Kameraden aus der Luft zu unterstützen, während sie darauf warteten, dass diese die erste Verteidigungslinie so weit zurückdrängen konnten, damit sie selbst landen konnten. Von ihrem Vater jedoch fehlte jede Spur.

Als ein Teil der Zinnen plötzlich dicht neben Anna explodierte, zuckte sie erschreckt zusammen, während sie sich instinktiv duckte, als Gesteinsbrocken durch die Luft flogen. Nervös ging ihr Blick zu den Trümmern und sie schluckte, als sie dort zwischen dem Geröll der ehemaligen Zinnen vereinzelt Körperteile unter den Steinen hervorblitzen sah.

Das war es, wovor sie einst geflohen war: das sinnlose Sterben.

Sie war nicht so naiv gewesen zu glauben, dass diese Schlacht ohne Tote auskommen würde. Sie hatte gewusst, worauf sie sich eingelassen hatte, als sie sich für diesen Krieg und für eine Seite entschieden hatte. Doch es jetzt vor sich zu sehen, trieb ihr für einen kurzen Moment die Tränen in die Augen. Sie wusste, das Sterben würde in den kommenden Stunden weitergehen. Es würde erst enden, wenn auch diese Schlacht zu Ende war. Vielleicht nicht mal dann.

Der Anfang war gemacht, eine Umkehr unmöglich. Alles, was sie jetzt noch würde tun können, wäre, das alles so schnell wie möglich zu einem Ende zu bringen.

Eliel, wir müssen zu meinem Vater und dem König vordringen.

Eliel, der gerade seine beiden Angreifer abgewehrt und schwer verletzt hinter sich gelassen hatte, erwiderte daraufhin nichts, doch in sich konnte Anna seine Zustimmung spüren. Ohne länger darüber nachzudenken, verstaute sie ihr Schwert, griff nach dem *lisznet* an ihrem Gürtel, entfaltete es und machte sich auf den Weg zum nächstgelegenen Turm zu ihrer Rechten.

Noch immer strömten Triaden-Magier und einfache Soldaten, deren Magie nicht reichte, um sie zu einer Triade zusammenzuschließen, aus ihm hervor, doch Anna mühte sich, nicht darüber nachzudenken, in welch gefährlicher Lage sie sich befand.

»Reiß dich zusammen!«, fauchte sie sich selbst an. »Du wurdest genau dafür ausgebildet!« Und mit diesen Worten straffte sie ihre Schultern und rannte los.

Eliels Herzschlag stockte für einen Moment, als er sah, wie seine Gefährtin sich blind in den nicht enden wollenden Strom der Angreifer warf, augenscheinlich fest entschlossen, ins Innere der Festung zu gelangen. Ihr *lisznet* leuchtete rot auf, als sie sich entschlossen damit in die Hand schnitt, ehe sie es zu dem ihm inzwischen vertrauten Stab wachsen ließ, mit dem sie ihre Gegner in unfassbarer Geschwindigkeit zur Seite drängte.

Es war ein atemberaubendes Schauspiel, das sich ihm und auch allen anderen auf den Zinnen bot. Selbst unter den Magiern konnte er vereinzelt Männer und Frauen ausmachen, die sich von ihrer kühlen Entschlossenheit und der Kunstfertigkeit, mit der sie diese uralte Waffe schwang, beeindrucken ließen und in ihren Bewegungen verharrten. Für einen kleinen Moment schienen die Kampfgeräusche leiser zu werden, verdichteten sich einzig dort, wo Anna sich so zielstrebig zum Turm vorarbeitete, und beinahe hätte Eliel die Triade nicht bemerkt, die sich in Position brachte, um seine Unaufmerksamkeit auszunutzen.

»Alter, reiß dich zusammen!«

Eliel spürte Hitze in seine Wangen schießen, als plötzlich Harden neben ihm auftauchte und mit einer Wurfaxt einen der Magier in der Brust traf. Die Macht der Triade war gebrochen und der Magier sackte blutüberströmt in sich zusammen, während Harden mit einer scheinbar achtlosen Drehung seines Handgelenks die Waffe zu sich zurück befahl.

»Ich bin nicht ständig da, um für dich den Wingman zu geben.«

Eliel grinste schief, während er mit einem scharfen Pfiff seine Männer zu sich rief. »Wir müssen Anna hinterher.«

Harden hob eine Braue, während er gleichzeitig einen Soldaten abwehrte. »Nicht wirklich, oder?«

Eliel knurrte, als er den sanften Spott seines engsten Freundes vernahm. »Sie sucht den König.«

Jeglicher Spott schwand aus Hardens Miene und er nickte knapp, während er sich schon zu den herbeieilenden Männern umwandte. In knappen Sätzen wies er sie an, ihnen zu folgen und Deckung zu geben, dann wandte er sich wieder zu Eliel, der sich mit erhobenem Schwert einen Weg durch die Masse an Angreifern zu bahnen versuchte.

Nur am Rande bekam Eliel mit, dass die anderen ihm zu folgen versuchten und wie sie gemeinsam einen magischen Schild errichteten, der sie vor einem großen Teil der magischen Angriffe würde schützen können, während sein Blick unablässig auf Anna lag, die inzwischen fast durch den Türbogen des Turms in dessen Inneres verschwunden war. Nur wenige Meter trennten sie voneinander, doch die Schwerter und Äxte und vereinzelten *lisznets*, die er immer wieder abwehren musste, machten es ihm schwer, schneller zu ihr vorzudringen.

Als eine Axt Anna in einem unbedachten Moment beinahe im Unterarm getroffen hätte, schrie Eliel auf, während seine Gefährtin nur den Bruchteil einer Sekunde vor dem Treffer einen leichten Dreher machte und so dem Schlag ausweichen konnte. In einem Reflex öffneten sich seine Schwingen, bis sie wie ein Schutzwall zwischen den Magiern und seinen Kameraden hinter sich standen. Wie ein Besessener wehrte er sich gegen seine Angreifer, parierte Schwerthiebe, wich Äxten aus und knurrte unterdrückt, als die Spitze eines *lisznets* ihn an der Schulter traf. Wie eine brennende Schlange zischte die zur Peitsche gewordene Magie über seine Haut, hinterließ den Geruch verbrannten Fleisches und er spürte, wie sein linker Arm kurz taub wurde, ehe das Gefühl sich mit heißem Schmerz zurückmeldete.

»Du bist so ein Idiot, Eliel«, hörte er Harden dicht neben sich zischen, während im gleichen Moment viele einzelne Luftstrudel über seine Haut zu tanzen begannen, als seine Kameraden sich hinter ihm in die Luft erhoben, um sich vor ihm erneut als lebendiger Schutzschild aufzubauen.

»Danke«, krächzte Eliel, während er einen auf ihn zustürzenden Magier kurzerhand köpfte.

»Sieh zu, dass du zu ihr kommst«, erwiderte Harden, ehe er Eliel einen Stoß mit dem Ellenbogen in die Seite verpasste und dessen Platz im Getümmel einnahm.

Eliel ließ sich auch nicht lange bitten. Ohne viel Federlesens stieß er sich vom Boden ab, spürte den aufwirbelnden Wind, als er mit seinen Schwingen zwei Mal die Luft zerteilte, bis er wenige Armlängen außer Reichweite der Magier war, und überbrückte die letzten Meter zum Turm und damit zu Anna, die inzwischen in der Dunkelheit der Steinfestung verschwunden war, in der Luft.

Durch die Verbindung zwischen ihnen konnte er spüren, dass sie unversehrt war. Ihre Wachsamkeit und ruhige Konzentration durchfluteten ihn, als er es sich kurz gestattete, seine Aufmerksamkeit auf sie zu richten. Dennoch verspürte er nagende Angst, während er blindlings in die nur langsam spärlicher werdende Flut an Magiern hieb, die sich aus dem Torbogen auf die Zinnen ergoss. Ein Angreifer nach dem nächsten fiel, während er jedoch nicht mehr darauf achtete, ob diese nun lediglich schwer verletzt oder bewusstlos oder gar tatsächlich tot waren. Alles in seinem Innersten hatte sich darauf konzentriert, dass er zu Anna aufschließen musste. Denn egal, wie gut sie auch sein mochte, sie konnte nicht allein in diesem Wahnsinn überleben.

Sekunden, die ihm wie Stunden vorkamen, vergingen, ehe er schließlich in die kühle Dunkelheit des Torbogens trat. Ein letztes Mal wandte er seinen Blick zurück zu seinen Männern, die eifrig damit beschäftigt waren, ihre Angreifer abzuwehren und die Linien der Mante Zentimeter um Zentimeter nach vorn zu schieben. Erbitterte Kämpfe wurden ausgetragen, dennoch kam es Eliel so vor, als ob sie Fortschritte machten. Eilig wandte er sich ab, ehe seine Loyalität ihn noch weiter aufhalten konnte. Aus dem Inneren des Turms konnte er Kampfgeräusche hören und sein Herz stockte erneut, als er Annas unterdrückten Schmerzlaut hörte.

Eliel verlor keinen weiteren Gedanken daran, ob sein

Handeln schlau oder gar besonnen war. Wie ein Wahnsinniger pflügte er sich durch die letzten Angreifer die in der Dunkelheit liegende Wendeltreppe hinab, stieg über Verletzte und Bewusstlose, die Anna bereits auf ihrem Weg hinter sich gelassen hatte, und erleichtert sah er sie bereits wenige Meter später auf den Stufen vor sich auftauchen.

Irrlichter tanzten über ihrem Kopf, warfen bizarre Schatten auf die Szenerie und kurz hielt Eliel inne.

Seine Gefährtin kämpfte wie eine Magiern der Himmelsstädte. Schweiß glänzte auf ihrer Stirn, er ahnte, dass der Stoff ihrer engen schwarzen Kleidung ebenfalls damit durchtränkt war. Doch unermüdlich drängte sie Stufe um Stufe die Krieger zurück, die sich ihr in den Weg stellten. Mit der rechten Hand führte sie das Schwert, in der linken wuchs ein Ball leuchtend heller Magie, von dem Eliel ahnte, dass sie ihn auf all jene schleudern würde, die sich ihr in den Weg stellten.

Und es waren viele, wie er erkannte, als er zu ihr aufschloss. Unmöglich, dass sie das allein schaffen konnte.

»Hatten wir nicht ausgemacht, dass du dich nicht von meiner Seite entfernen würdest?« So gut es ging, schob er sich neben seine Gefährtin und hieb einem überaus hartnäckigem Angreifer sein Schwert tief in die Brust. Zur Antwort erhielt er ein Schnauben.

»Ich war mir ziemlich sicher, dass du dafür sorgen würdest, sollte ich einmal nicht daran denken.«

Eliel knurrte. »Ganz schön frech, kleine Feindin.«

Von der Seite konnte er sie matt grinsen sehen. Gut, sie hatte ihren Humor noch nicht verloren.

»Und du bist ganz schön hartnäckig, Gefährte«, erwiderte sie im gleichen Tonfall, während sie ihr Schwert sinken ließ, sodass er ihren Platz auf der Treppe einnehmen konnte. Der Ball in ihren Händen hatte sich zu einer winzigen gleißend hellen Sonne entwickelt und Eliel konnte die Macht spüren, die Anna in ihm gebündelt hatte.

»Runter!«, schaffte sie es noch zu schreien, während sie im gleichen Augenblick den Ball wie eine Handgranate in Richtung der Soldaten schleuderte.

Eliel zögerte nicht lang. Noch während sie zum Wurf ausholte, duckte er sich und schützte sie beide vor der zu erwartenden Detonation, indem er seine Schwingen so weit auffächerte, bis diese den Treppenaufgang vollständig blockierten.

Die Explosion brachte die Wände des Turms zum Erzittern, kleinere Steine lösten sich aus den Wänden und rieselten wie schwere Hagelkörner auf sie herab. Unter sich konnte Eliel die verwundeten Soldaten der Magier wimmern und schreien hören, doch seine Aufmerksamkeit galt dem Körper, der sich dicht gegen seinen Rücken gedrängt hatte.

»Bist du verletzt?« Er spürte ihre Verneinung in sich, ihre Worte hingegen wurden von den sie umgebenden Geräuschen vollständig verschlungen. Kurz glaubte er zu spüren, wie sie sich noch dichter an ihn drängte, dann verschwand die Wärme ihres Körpers aus seinem Rücken, als sie sich wieder aufrichtete.

Auch Eliel kam aus seiner zusammengekauerten Position wieder hoch und starrte auf die Verwüstung auf den Stufen unter sich. Anna hatte ganze Arbeit geleistet. Die Schlagkraft ihres Geschosses hatte nicht nur die Angreifer die Treppe hinabgerissen, sondern auch vereinzelt lockere Steine aus dem Mauerwerk gesprengt. Der Geruch von Blut hing in der Luft, Eliel glaubte, das Eisen sogar auf seiner Zunge schmecken zu können. Und die Schmerzlaute von weit außerhalb seiner Sichtweite hinter der nächsten Windung der Treppe, sprachen dafür, dass Annas Angriff darauf aus gewesen war, die Magier nicht nur kampfunfähig zu machen, sondern dass sie ihren möglichen Tod dabei in Kauf genommen hatte.

»Wir müssen weiter.« Kleine Hände in seinem Rücken schoben ihn vorwärts und Eliel hätte gelacht, wenn die Lage nicht ernst gewesen wäre. Er besaß mehrere tausend Jahre Kampferfahrung. Doch in diesem Augenblick fühlte es sich an, als wäre dies der erste Kontakt mit dem Feind – für ihn und nicht für seine Gefährtin, die sich bereits daran machte, die Stufen hinab und weiter ins Innere der Festung zu gelangen.

»Wohin?« Eliel konnte selbst das Krächzen in seiner Stimme hören, während er sich mühte, mit ihr Schritt zu halten. Sein Körper war um einiges massiger und die Wendeltreppe verjüngte sich mit jeder Biegung, sodass es für jeden Mantus zunehmend schwerer wurde, sich hier frei zu bewegen, während Magier, die von Natur aus kleiner und schmaler waren, diese Verengung kaum wahrnehmen würden. Anna tat es zumindest nicht, wie ihm der ungeduldige Blick bestätigte, den sie ihm zuwarf, als er sich mühte, ihr nachzukommen.

»In den Hohen Raum hinter dem Thronsaal. Dorthin ziehen mein Vater und der König sich stets zurück, wenn Strategien besprochen werden müssen. Ich würde meinen Arsch drauf verwetten, dass sie von dort auch sämtliche Fluchtwege aus der Festung geplant haben«, erklärte sie knapp, ehe sie um eine weitere Biegung verschwand.

Eliel staunte nicht schlecht, als er den gleichen Weg

nahm und kurz darauf bemerkte, dass sie das Ende der Treppe erreicht hatten und sich plötzlich in einer Art Vorraum befanden, von dem diverse Gänge abgingen. Hier hatte das Magiegeschoss die wohl größte Zerstörung hinterlassen. Wohin auch immer er blickte, sah er schwer verletzte und bewusstlose Magier jeden Geschlechts, teilweise zerstörte Wände und überall kleine und größere Gesteinsbrocken, die sich aus Wänden und Decke gelöst hatten. Sollte er jemals die vergangenen Wochen und Monate an der Entscheidung Annas gezweifelt haben, in diesem Moment war jede Unsicherheit seinerseits beendet.

»Hier lang«, rief sie ihm von der gegenüberliegenden Seite des Raumes zu und Eliel beeilte sich, ihr zu folgen, als sie – gefolgt von ihren Irrlichtern in den langen Gang eintauchte und schließlich darin verschwand.

Anna. Eliel wagte es nicht, nach ihr zu rufen, aus Sorge, so die Aufmerksamkeit der übrigen Magier auf sich zu lenken. Fast schon instinktiv hatte er im Geiste jene Worte gesprochen, die ihn für die Blicke anderer unsichtbar werden ließen, Anna hingegen lief wie eine Signalfahne von ihren Irrlichtern umringt durch die Burg des Feindes. Bei ihrem Namen blieb sie jedoch stehen und wandte sich zu ihm um. Erst schien sie verärgert, dann jedoch, als sie ihn nicht sehen konnte, runzelte sie die Stirn, um dann verlegen zu Boden zu blicken. Hastig flüsterte sie jenen Zauber, den er sie gelehrt hatte, und mit einem zufriedenen Gefühl verfolgte er, wie ihre Konturen zunächst verblassten, um dann vollständig zu zerfasern. Kurz darauf verblassten auch die Irrlichter, bis nur noch der schwache Schein eines einzigen von ihnen bestehen blieb. Der Schein war so matt, dass ein flüchtiger Beobachter es jedoch vermutlich mehr für ein zufälliges Ereignis halten würde, denn für einen Wegweiser. Eliel konnte Anna nun nicht mehr sehen, allerdings hatte sie so eine Möglichkeit geschaffen, mit der er ihr dennoch würde folgen können. Und als das kleine flackernde Licht sich in Bewegung setzte, beeilte er sich, ihm zu folgen. Dabei jedoch stets darauf bedacht, nichts und niemanden zu berühren. Zwar war das Alarmsystem der Festung zerstört und in der Burg selbst wimmelte es inzwischen von so vielen fremden magischen Signaturen, dass eine einzelne vermutlich nicht mehr sonderlich auffallen würde. Jedoch wollte er ungern aus bloßem Zufall heraus entdeckt werden, nur weil sein Zauber sich aufgrund einer Achtlosigkeit in Luft auflöste. Im Moment war er vermutlich der einzige Mantus, der sich so weit hinter feindlichen Linien befand. Sollten sie entdeckt werden, würde man zwar vermutlich versuchen, Anna lebendig zu fangen, mit ihm hingegen würde man jedoch eher kurzen Prozess machen. Er wusste, wie sein Ruf in ihrem Volk war, und dass der jetzige Angriff diesen nicht verbessert haben dürfte. Es war anzunehmen, dass sein Tod für die Magier durchaus ein Grund zum Feiern wäre und derjenige, der ihn tötete, für alle Zeit ein Held. Das stand für ihn einfach nicht zur Diskussion, während er seinem Ziel so nah wie noch nie zuvor in seinem langen Leben war.

Eliel staunte, während er Anna immer tiefer in die Festung folgte. Mit jeder Biegung eines Tunnels, jeder Weggabelung und jeder Halle, die sie durchquerten, dabei Magiern soweit wie möglich ausweichend, kam ihm die Festung mehr und mehr wie ein riesiges Labyrinth vor, unmöglich sich hier als Fremder zu orientieren. Ob dies Absicht der Magier gewesen war, als sie einst diese Festung bauten? Es war zumindest nicht auszuschließen. Im

Lauf ihres ewigen Krieges hatten Magier sich nicht durch physische Überlegenheit ausgezeichnet, sondern waren vor allem durch ihre Taktiken aufgefallen. Wo die Mante viel zu oft ihren Gefühlen das Ruder überließen und sich damit immer mal wieder in brenzlige Situationen brachten, waren die Magier stets die überlegt handelnden gewesen. Ihre Festung also wie ein Labyrinth anzulegen, in dem er bisher noch nicht einen einzigen Lageplan oder Wegweiser hatte ausmachen können, wäre sogar typisch für sie.

Als das Irrlicht abrupt in einem weiteren Raum, der wie ein Knotenpunkt der vielen Flure und Gänge der Festung erschien, in der Luft stehen blieb, bremste auch Eliel seinen Lauf. Zwar konnte er Anna nach wie vor nicht sehen, jedoch verließ er sich darauf, dass es einen Grund haben würde, aus dem sie ihn hatte anhalten lassen.

Wir sind gleich da.

Eliel sandte ihr zur Antwort sein Verstehen und seine Wachsamkeit.

Nein, er würde sich nicht einmischen. Nicht sofort zumindest. Auch wenn diese Schlacht letztlich der Krieg zwischen ihren Völkern war, sollte sie gleich auf ihren Vater treffen, so wäre dies ein Kampf zwischen zwei Personen. Zwischen einem Vater und seiner Tochter. Es stand ihm nicht zu, sich einzumischen.

Allerdings würde er es tun, sollte er das Gefühl bekommen, dass Anna diese Schlacht verlieren könnte. Doch dies war etwas, das er ihr nicht würde sagen brauchen. Das war ihr auch klar, ohne dass sie ein Wort darüber verlieren mussten. Weder würde er zulassen, dass sie starb, noch dass der König und der Kommandant fliehen konnten.

Als das Irrlicht sich nach einem kurzen Moment der Ruhe wieder in Bewegung setzte, folgte Eliel ihm gemächlichen Schrittes. Auch Anna schien es nicht eilig zu haben. Das Irrlicht, von dem er annahm, dass es nach wie vor dicht über ihrem Kopf schwebte, bewegte sich nur langsam auf eine unscheinbar wirkende Öffnung zu, von der er im ersten Moment annahm, dass sie lediglich in einen weiteren Flur mündete.

Er staunte nicht schlecht, als er den Bogen passierte und wenige Schritte weiter begriff, dass dies ein kleiner Seiteneingang des Thronsaals sein musste. Versteckt zwischen zwei massiven Säulen, die kein Mantus mit den Armen würde umspannen können, lag der Durchgang kaum sichtbar in der Dunkelheit und Eliel musste blinzeln, als er zwischen den Säulen heraus und in das im Vergleich grelle Licht der Irrlichter trat, die den Raum wie kleine Sterne von der Kuppel viele Meter über ihren Köpfen erhellten, bis es ihm schwerfiel, Annas hellem Licht, das sich nun leicht lila gefärbt hatte, folgen zu können. Unbeirrt schritt sie auf die Stirnseite der langen Halle zu, nur um dicht vor dem steinernen Plateau, auf dem der Thron stand, nach rechts abzubiegen und dort erneut zwischen zwei Säulen zu verschwinden.

Wenn Eliel sich nicht sicher gewesen wäre, dass Anna wusste, wo sie hinwollte, hätte er sie jetzt zurückgezogen, als er zwischen den Säulen nichts weiter erkennen konnte, als nackten grauen Stein. Mit rasendem Puls verfolgte er, wie Anna ihre Tarnung aufgab und mit flinken Fingern Sigillen in die Luft zeichnete, nur wenige Millimeter von der kargen Wand entfernt. Schwach spürte er die Magie, die sie in diese unsichtbaren Zeichen legte, und erleichtert ließ er die angehaltene Luft entweichen, als tatsächlich ein leises Klacken ertönte, das anzeigte, dass ihre Magie einen versteckten Mechanismus betätigt hatte. Von der Seite sah er Anna zufrieden die Lippen verziehen, dann drückte sie mit den Fingerkuppen gegen die noch immer unveränderte Wand und zu seinem Erstaunen schwang diese auf.

Er hatte nichts gespürt. Keine Magie oder Spuren davon, die darauf hätten schließen lassen, dass sich in dieser Wand etwas verborgen gehalten hatte. Kein Mechanismus und auch keine Anzeichen dafür, dass man eine Tür in den groben Stein geschlagen hatte. Diese Geheimtür war ein Meisterwerk der Verbindung von Magie und Technik. Nie hätten er und seinesgleichen die versteckte Kammer dahinter gefunden, deren Tür seine Gefährtin gerade nahezu geräuschlos aufschob.

15

Eisige Schauer krochen ihren Rücken hinunter, während sie auf leisen Sohlen in das Innerste der königlichen Räume trat. Nur selten war sie hier gewesen, hatte es doch kaum einen Grund gegeben, aus dem sie hätte hier sein müssen. Als Kind hatte ihr Vater sie einmal hergebracht, um ihr zu zeigen, wie das *Zentrum der Macht*, wie er es nannte, aussah. Und direkt nach ihrer Vereidigung war sie, gemeinsam mit allen anderen frisch vereidigten Hauptmännern in diesen Raum berufen worden. Zwar hatte sie nur noch Erinnerungsfetzen an diesen Moment vor zwölf Jahren, dennoch fühlte sie sich mit einem Schlag wieder in genau diese Zeit zurückversetzt.

Als wäre es gestern gewesen, spürte sie die Beklemmung und das Blut, das ihr durch die Ohren gerauscht war. Instinktiv umklammerte sie den Griff ihres *lisznets* fester, als würde dies sie daran hindern, in ihre eigene Vergangenheit zurückgeschleudert zu werden. Und wie an einen Strohhalm klammerte sie sich an die Verbindung mit Eliel, der nur wenige Schritte hinter ihr sein konnte.

»Guten Abend, *Vater*.« Ihre Stimme hallte durch den vergleichsweise kleinen, jedoch hohen Raum, wurde verzerrt auf sie zurückgeworfen und sie musste sich zwingen, nicht zum Gruß eine Verbeugung anzudeuten, als der Monarch und der Kommandant ihrer gewahr wurden. Hatten sie sich zuvor noch über den Tisch gebeugt – der als einziges Möbel, zusammen mit einigen Stühlen, im Raum stand – und etwas studiert, von dem Anna annahm, dass es sich um eine riesige Karte handelte, fuhren sie bei dem Klang ihrer Stimme in dem sonst totenstillen Raum zu ihr herum.

Es mochte absurd sein, doch als Anna nun, nach so vielen Jahren den König sah, kam sie nicht umhin festzustellen, dass der unsterbliche Herrscher, der seit über zwei Jahrtausenden auf dem Thron saß, alt geworden zu sein schien. Obwohl nach wie vor im Körper eines Mannes auf dem Höhepunkt seiner Entwicklung steckend, wirkten seine Augen eingefallen und trüb. Das eigentlich flachsblonde Haar wirkte im Schein der Irrlichter, die über dem Tisch schwebten, nahezu weiß und sein Blick wirkte müde und gehetzt. Auch an ihm waren also die Vorkommnisse nicht spurlos vorüber gegangen.

»Du wagst es!«, donnerte der Monarch, doch ließ Heiserkeit seine Stimme brüchig werden und ruinierte damit das Bild, das der Herrscher von sich geben wollte. König Maladriel hatte Angst. Er schien zu wissen, dass der Ausgang der Schlacht, die in seiner Festung tobte, ungewiss war.

»Warum sollte ich es nicht wagen?«, entgegnete Anna und freute sich insgeheim darüber, dass ihre Stimme genauso ruhig und gelassen klang, wie sie es sich erhofft hatte. Ganz im Gegenteil zu dem, wie es in ihrem Inneren aussah. Noch immer hatte sie Schwierigkeiten damit, ihrem Vater in die Augen zu blicken. Jenem Mann, der eigentlich seit je her das Volk geführt und der den König stets nur als Marionette benutzt hatte.

»Ich hätte dich töten sollen, als ich die Gelegenheit dazu hatte«, mischte sich nun auch ihr Vater ein und mit einem Schlag kämpfte sie mit der bereits vertrauten Übelkeit.

Sie hatte sich also nicht getäuscht. Ihr Vater war genau das, was sie in diesen von Schmerzen durchtränkten Momenten im Verlies in ihm gesehen hatte.

»Hätte, könnte, sollte, *Vater*. Ich glaube, dass wir mit diesen Worten hier einfach nicht weiterkommen werden«, ging sie, den scharfen Stachel in ihrem Herzen ignorierend, auf seine Worte ein. »Du *hast* mich nicht getötet, also *stehe* ich nun hier. Was also gedenkst du zu tun?«

Seine Reaktion kam so überraschend, dass Anna nicht mehr die Chance bekam, sich dagegen zu wappnen. Mit einer winzigen Bewegung des Handgelenks flammte seine Magie auf und ein Schrei entwich ihr, als eine Druckwelle sie bereits wenige Augenblick später von den Füßen riss und sie gegen die Wand schleuderte. Hustend blieb sie für einen Augenblick dort liegen und musste schließlich nicht nur gegen ihren rebellierenden Körper, der nach wie vor noch nicht wieder ganz genesen war und bereits erste Erschöpfungsanzeichen von den zuvor ausgetragenen Kämpfen zeigte, wehren, sondern auch gegen Eliels Bedürfnis, ihr zur Seite zu stehen.

»War das schon alles, *Vater?*« Mit einem Satz kam sie wieder auf die Beine und warf ihrem Vater ein spöttisches Lächeln zu, wohl wissend, dass ihre Augen nun vollständig rot waren. Die kurze Zeit, die sie auf dem Boden verbracht hatte, hatte ausgereicht, um erneut den Zauber zu weben, der sie gegen Magie widerstandsfähiger werden ließ und all ihre Sinne schärfte.

Weder ihrem Vater noch dem Monarchen blieb diese Veränderung verborgen. Doch während Soren seine eiserne Haltung bewahren konnte und sich unbeeindruckt zeigte, entfuhr Maladriel ein überraschtes Aufkeuchen beim Anblick ihrer blutroten Augen.

»Das ist nicht möglich!«, wisperte er erschreckt und Anna bedachte ihn mit einem unverbindlichen Lächeln.

»Wie Ihr seht, ist es das sehr wohl, Maladriel.«

»Das ist Blutmagie!«, entfuhr es dem Herrscher, doch Anna lachte nur leise. Maladriel war sogar zu überrascht von dieser Erkenntnis, um den offenen Affront zu bemerken, den sie begangen hatte, als sie ihn mit Namen ansprach. Dem Kommandanten hingegen war es nicht entgangen.

»Du wagst es, deinem Herrscher so gegenüber zu treten? Du bist nichts weiter als eine dreckige Dämonenhure«, mischte dieser sich erneut ein.

Wieder wollte er sie mit einer Druckwelle von den Füßen reißen, doch dieses Mal war Anna vorbereitet. Die Handinnenflächen wie zum Gebet zusammengepresst, hob sie diese an ihre Lippen, ehe sie sie auseinanderfallen ließ und sacht über sie hinweg in seine Richtung blies.

Als nahezu im selben Augenblick die Luft zu gefrieren schien und sogar einige Eiskristalle im Schein der Irrlichter in der Luft glitzerten, hätte man meinen können, dass die frostige Kälte, die sich lähmend über den Raum senkte, einzig eine Entsprechung Annas eisiger Haltung war. Hochaufgerichtet stand sie nur wenige Schritte von ihm entfernt, den Rücken so kerzengerade, dass Eliel die Muskeln darin vor Spannung förmlich sirren hören konnte. Ihr Gesicht, das sie ihm lediglich im Profil zuwandte, zeigte keinerlei Regung, als stünde sie nicht gerade im Begriff, ihren eigenen Vater zu einem Kampf auf Leben und Tod herauszufordern. Trotz der Spannung ihres Körpers verstrahlte sie eine tödliche Ruhe. Die Lider leicht verengt hatte sie sich vollkommen auf ihren Vater konzentriert. Einzig das unruhige Flackern ihrer Gefühle in ihm zeugte davon, dass sie alles andere als jene Marmorstatue war, die sie gerade nach außen hin präsentierte.

»Ich kann nichts Schlechtes daran finden, die Gefährtin eines Mantus' zu sein, Vater«, entgegnete sie ebenso eisig wie die Luft im Raum, die sich bald unter dem Gefrierpunkt befinden würde.

Eliel konnte sehen, wie Soren noch etwas sagen wollte, konnte sehen, wie sich dessen Wangen trotz der Kälte röteten und Zorn seine blassblauen Augen zum Funkeln brachte. Doch Anna blieb unbeeindruckt. Noch immer fraß sich Kälte in die Glieder jedes einzelnen, auch an Anna konnte das nicht spurlos vorüber gehen. Dennoch stand Schweiß auf ihrer Stirn, während sie sich bemühte, den Zauber zu erhalten.

Einem stummen Kräftemessen gleich hielt sie ihren Zauber aufrecht, während das elektrische Knistern in der Luft und auch auf der Haut anzeigte, dass Soren seinerseits alles unternahm, um Anna zu schwächen. Flüchtig wandte Eliel seine Aufmerksamkeit vom reglosen Kampf zwischen Vater und Tochter zum König, der nach wie vor in Panik erstarrt unweit Sorens stand und seinerseits die Vorgänge verfolgte.

In den zweitausend Jahren seiner Regentschaft hatte Eliel den offiziellen Herrscher der Magier nicht einmal zu Gesicht bekommen, der sich nie aus Veluvion Stadt heraus gewagt hatte. Zumindest nicht, soweit die Mante es wussten.

Er war erstaunlich blass. Helle, wässrige Augen in einem schmalen Gesicht mit weichen Zügen und einem leicht fliehenden Kinn, das die dünnen Lippen unvorteilhaft betonte. Lange hellblonde, fast weiße Haare fielen dem eigentlichen Herrscher bis weit über die Schultern, wirkten gerade im Moment zerzaust, als hätte er sie sich gerauft, und die Angst vor der drohenden Übermacht der Mante stand ihm deutlich ins Gesicht geschrieben. König Maladriel war das exakte Gegenteil seines Kommandanten. Wo letzterer hart und unnachgiebig erschien, wirkte der König blass und trotz seiner Unsterblichkeit regelrecht kränklich. Während der Kommandant dominant und bisweilen selbstherrlich erschien, wirkte der Monarch schwach.

Wen wunderte es da, wenn der Kommandant seit zweitausend Jahren im Ruf stand, die Politik der Magier zu lenken? Hinter vorgehaltener Hand wurde sogar gemunkelt, dass Maladriel nur deshalb den Thron habe einnehmen können, weil Soren es so gewollt hatte.

Annas Stimme riss Eliel aus seiner stummen Musterung des vermeintlichen Herrschers und lenkte seine Aufmerksamkeit wieder zurück auf den Kommandanten. Auch auf dessen Stirn zeigte sich langsam Schweiß von der Anstrengung, der Urgewalt seiner Tochter standzuhalten, deren Zauber nach wie vor die Luft im Raum abkühlte, bis sie wie hauchdünne Nadeln in Eliels Nase und Lungen stach.

»Wirklich, Vater. Ich bin mit Freuden die Gefährtin eines Mantus', anstatt die Tochter eines Wahnsinnigen.« Annas Worte waren reine Provokation und Sorens Augen leuchteten wütend auf. Etwas, das Anna vermutlich geplant hatte.

Nur langsam sickerte das Verständnis in Eliels Bewusstsein. Anna konnte ihren Vater nicht angreifen. Trotz allem, was geschehen war, blieb er dennoch ihr Vater. Obwohl er sie gefoltert und einst ohne zu zögern in den Tod auf dem Schlachtfeld getrieben hätte für seinen Hass, so war es ihr doch nicht möglich, den ersten Schlag auszuführen.

Und auch Soren schien irgendetwas davon abzuhalten, den letzten Kampf mit seiner Tochter zu beginnen. Ob auch er zwischen all seinem Wahnsinn spürte, dass die Frau, die ihm gegenüber stand, nach wie vor seine einzige leibliche Tochter war? Eliel wagte es nicht, darauf zu bauen, jedoch schien es eindeutig etwas zu geben, das auch ihn gerade an seinen Platz bannte.

Er hätte sich jetzt einmischen können, hätte sich zwischen die beiden Kontrahenten stellen können, von denen jeder für sich unfähig zu sein schien, den ersten Schritt in diesem tödlichen Duell zu unternehmen. Doch unterließ er es. Gedämpft, jedoch beständig lauter werdend, drangen die Kampfgeräusche von draußen an seine Ohren, zeugten davon, dass die Mante immer weiter in die Festung vordringen konnten und es immer unwahrscheinlicher wurde, dass sie den Krieg verlieren würden.

Doch hier, in diesem versteckten Raum neben dem Thronsaal, tobte ein ganz anderer Kampf. Dies war der Kampf zwischen einer Tochter, die viel zu lang gelitten hatte, und einem Vater, der nicht akzeptieren konnte, dass sein einziges Kind nichts war, was er unter Kontrolle hatte. Einer von beiden würde das stumme Ringen schließlich aufgeben. In dem Moment, in dem einer von beiden akzeptierte, dass der andere nie das wäre, was man sich von ihm versprochen hatte, würde aus dem stummem Ringen ein offener Kampf werden. Also begnügte Eliel sich damit, den beiden Magiern zuzusehen, wie sie ein uns andere Mal ihre Kräfte schürten, beginnende Erschöpfung sie dann jedoch wieder in sich zusammensinken ließ. Lange würden sie das so auf keinen Fall mehr durchhalten können.

»Du hättest alles haben können, Hure. Macht, Ansehen ... aber ich hätte wissen müssen, dass du deiner Mutter nachkommst. Wusstest du, dass sie nachts nach ihrem Dämon geschrien hat? Oh ja, angefleht hat sie mich, sie gehen zu lassen.«

Von der Seite konnte Eliel sehen, wie Annas Lippen sich zu einem dünnen Lächeln verzogen. Noch immer wirkte sie beherrscht, doch der Sturm, den er in ihr spüren konnte, hatte sich zu einem wahren Orkan ausgewachsen. Lange konnte es nicht mehr dauern, bis sie ihre Fassung verlor.

»Und wusstest du, dass sie heute glücklich an der Seite *ihres* Dämons ist?«

Eliel hatte keine Ahnung, wie Anna es schaffte, ihre Stimme so zuckersüß und unverbindlich zu halten, dass man meinen könnte, sie stünde gerade auf einer Party und übte sich in Smalltalk statt in einem tödlichen Gefecht mit ihrem eigenen Vater. Er war sich sicher, dass er diese Nervenstärke umgekehrt nie hätte aufbringen können.

Aber genau das war der eine Tropfen, der gefehlt hatte, um bei Soren das Fass zum Überlaufen zu bringen. Hatten beide Kontrahenten zuvor noch unbewegt voreinander gestanden, einzig die elektrisierte eiskalte Luft als Indiz für das Kräftemessen zwischen ihnen, so zerbrach die spannungsgeladene Stille, als Soren nun mit einem wütenden Aufschrei einen Satz nach vorn machte und in der gleichen Bewegung sein Schwert zog.

Einzig der Glaube an die Fähigkeiten seiner Gefährtin schaffte, dass Eliel seinen Impuls, dem Kommandanten in den Angriff zu fallen, unterdrücken konnte. Das Schwert erhoben verharrte er mitten in der Bewegung und mit angehaltenem Atem verfolgte er, wie Anna mit fast schon tänzerischer Anmut eine Drehung zur Seite machte und in der gleichen Bewegung ihr *lisznet* zu dem ihm vertrauten Stab aufflammen ließ. Blutrot leuchteten die Enden in der Farbe ihrer Augen auf, getränkt von der Magie, die sie in die unscheinbare Waffe gleiten ließ, als ihr Eiszauber in sich zusammenfiel und die Luft sich schlagartig wieder erwärmte.

Eliels Herz raste, während er dabei zusah, wie Sorens Angriff ins Leere ging. Der Kommandant hatte all seine Kraft in diesen kopflosen Angriff gelegt, sodass er nun, da er einzig widerstandslose Luft traf, einen Schritt vortaumelte, ehe er sein Gleichgewicht wiederfand.

Doch dieser winzige Moment reichte Anna, die ihr *lisznet* auf Höhe ihres untersten Rippenbogens waagerecht vor sich hielt und es – nun seitlich zu ihrem Angreifer stehend – mit dem einen Ende tief in Sorens Körper trieb. Ein leises Zischen, dort, wo die glühend heiße Magie das Fleisch des Magiers verbrannte, war das einzige Geräusch, das nun widernatürlich laut durch den Raum hallte. Niemand wagte es, ein Wort zu sagen. Und obwohl die tiefe

Wunde, die Anna ihrem Vater zugefügt hatte, unendliche Schmerzen bereiten musste, ließ auch Soren keinen Laut über seine Lippen kommen. Stumm wandte er, leicht vorgebeugt, den Kopf in ihre Richtung und Eliel hätte eine Menge darum gegeben, den Gesichtsausdruck des Kommandanten zu sehen, statt lediglich dessen fast kahl rasierten Schädel.

»So viel Leid, das du über uns gebracht hast. Wofür, Vater?« Ihre Stimme, kaum mehr als ein heiseres Flüstern, bebte vor unterdrückten Emotionen, die sich langsam aber unaufhaltsam an die Oberfläche arbeiteten.

Ein gurgelndes Geräusch löste sich aus der Brust des Kommandanten, als dieser sich versuchte zu bewegen, und abrupt machte Anna einen Satz zurück und riss dabei die glühende Klinge wieder aus dem Körper ihres Vaters.

»Sag es mir! Wofür!?«, schrie sie den verletzten Mann vor sich an und der Schmerz, der nun ungebremst Tränen über ihre Wangen laufen ließ, traf auch Eliel tief. Sein Vater und er mochten immer wieder ihre Streitigkeiten gehabt haben. Dennoch hatten sie ein gutes Verhältnis miteinander gepflegt bis zu dem viel zu frühen Tod seiner Eltern. Er konnte und wollte sich nicht vorstellen, wie es sich für Anna anfühlen musste.

»Verstehst du es denn immer noch nicht?« Trotz der schweren Verletzung und dem Blutschwall, der mehr und mehr den Stoff seiner Uniform tränkte, klang die Stimme des Kommandanten abfällig und ungebrochen, als er sich mühsam aufrichtete und erneut in Kampfposition ging.

»Nein, Vater. Ich verstehe nicht, wie man so krank sein kann, seinen Hass über alles andere, selbst das Leben seiner Familie, zu stellen.« Abscheu färbte Annas Worte, doch Soren schnaubte nur. Bereits jetzt begann die Wunde, die seine Tochter ihm zugefügt hatte, zu heilen. Der Blutstrom wurde schwächer und die Farbe kehrte in seine Wangen zurück.

»Weil es um den Erhalt unseres Volkes geht, Hure. Bist du so blind, es nicht zu sehen, wie die Mante uns langsam töten? Wie sie mit ihren krankhaften Mischlingen unser reines Blut verwässern?«

»Ist das wirklich alles, Vater? Um nichts anderes geht es dir?«

»Das ist alles, was zählt.«

Eliel hörte Annas darauffolgenden Schrei wie durch einen dichten Nebel, als im gleichen Augenblick ihr Schmerz so übermächtig wurde, dass er selbst ihm für einen Moment den Atem raubte. Mit einem Schlag tränkte ihre Magie den Raum, riss an seiner eigenen und ein ohrenbetäubender Knall kündete vom Kontrollverlust, den die Worte des Kommandanten bei seiner Gefährtin ausgelöst hatten, ehe die Geräusche der Welt um ihn herum in einem absurden alles übertönenden Piepen versanken. Staub rieselte auf ihn herab, kleine Steine prasselten auf seine Schultern und als ein Grollen, wie von einer Steinlawine, die sich am Hang eines Berges löste, einsetzte, schaffte er es nicht mehr rechtzeitig auszuweichen, als etwas Schweres ihn unter sich begrub und in die Schwärze einer Ohnmacht riss.

Als Eliel wieder zu sich kam, konnte er noch immer das leise Piepen hören, das wie ein Hintergrundrauschen die normalen Geräusche um sich herum seltsam verzerrte. Die Welt klang irgendwie dumpf und etwas Schweres drückte ihm die Luft aus den Lungen. Schmerz zog durch seinen ganzen Körper, wie ein quälender Strom heißer Lava, der durch nichts aufzuhalten war. Daher dauerte es einen Moment, ehe er realisierte, dass dies keine Empfindung seiner Gefährtin, sondern seine eigene war.

Annas Kontrollverlust hatte eine Explosion ausgelöst, die die gewaltigen Steinsäulen, von denen Thronsaal und die geheime Kammer daneben, getragen waren, zum Einsturz gebracht hatte. Die Druckwelle hatte einige der Säulen zerrissen, sodass die übrigen das Gewicht der Kuppeldecke nicht mehr hatten tragen können und ebenfalls in sich zusammengesunken waren. Das Geräusch einer Steinlawine, das er kurz vor seiner Bewusstlosigkeit vernommen hatte, war das Geräusch gewesen, mit dem die Säulen um ihn herum nachgegeben hatten. Eine von ihnen musste ihn dabei getroffen haben, denn als er nun versuchte sich zu bewegen, konnte er zwar seine Arme aus dem Schutt lösen, doch ein massives Gewicht hielt seinen Oberkörper unter sich begraben. Mühsam zog er Magie in sich, ließ diese in seine Muskeln fließen und mit einem Aufbäumen seines Körpers schaffte er es schließlich, den Stein über sich zu bewegen und wieder auf die Beine zu kommen. Auf allen vieren hockend blieb er, wo er war, hustend, denn der aufgewirbelte Staub hing auch in seiner Lunge fest, darum bemüht, einen Überblick über die Situation zu erlangen.

Noch immer wirbelte der Staub durch die Luft, nahm ihm die Sicht und fest kniff er die Lider zusammen und wandte den Kopf, als er Annas leises Schluchzen wenige Meter von sich entfernt vernahm.

»Eliel.«

Als er seinen Namen hörte, war ihre Stimme kaum mehr als ein Flüstern. Hastig kam er ganz auf die Beine, suchte durch das trübe Licht der letzten Irrlichter, die die Explosion überlebt hatten, nach seiner Gefährtin und sein Herz setzte für einen Moment aus, als er sie schließlich von einer gräulich-weißen Staubschicht überzogen in der Mitte des Gerölls auf dem Boden hocken sah. Irgendetwas hielt sie in ihren Händen, Tränen zogen schmierige Bahnen über ihre verstaubten Wangen und noch ehe er so recht begriff, was er überhaupt tat, war er auch schon bei ihr und zog seine schluchzende Gefährtin in die Arme.

»Was habe ich nur getan?« Tränen erstickten ihre Worte, während sie sich fest an seine Brust presste. Noch immer hielt sie den seltsam deformierten Gegenstand mit ihren Armen umschlungen, presste ihn fest an ihren Körper und als Eliel sie schließlich mit sanfter Gewalt dazu brachte, ihren Griff etwas zu lösen, rebellierte selbst sein Magen im ersten Moment.

Es war nicht so, dass er in den vielen tausend Jahren des Krieges nicht gesehen hätte, was Gewalt und blinde Zerstörungswut anrichten konnten. Doch nun seine Gefährtin am Ende ihrer Kräfte zu sehen, wie sie die Reste dessen, was einst ihr Vater gewesen war, in Händen hielt, brachte sogar ihn an seine Grenzen.

Soren hatte die Explosion nicht überlebt. Ob nun der Zufall oder Annas Unterbewusstsein dafür verantwortlich war, spielte keine Rolle mehr. Bei der Explosion war Sorens Körper unter einem großen Teil einer Steinsäule begraben worden und wenn er Annas blutende Finger und den deformierten Schädel des Kommandanten richtig interpretierte, dann musste sein Kopf von einem anderen Geröllblock getroffen und dabei durch die Wucht des Aufschlags regelrecht vom Hals gerissen worden sein.

Was seine Gefährtin in Händen hielt und sie vermutlich zuvor unter dem Schutt mit bloßen Händen ausgegraben hatte, war der deformierte und blutverschmierte Rest eines Schädels, der kaum noch als menschlich zu identifizieren war.

Vorsichtig, um Anna nicht noch mehr Schmerzen als nötig zuzufügen, löste er ihre Arme von den Überresten ihres Vaters und zog sie fester an sich, dabei den eigenen Schmerz mehrerer zertrümmerter Rippen ignorierend, deren Heilungsprozess nur schwerfällig in Gang zu kommen schien. Mühsam erhob er sich mit dem schluchzenden und zitternden Bündel in seinen Armen und schwankte kurz, als er auf beiden Beinen stehend nach einer Möglichkeit suchte, die Einsturzstelle zu verlassen.

»Bei den Ahnen, ihr lebt!« Hardens überraschter Ausruf zeugte davon, dass er damit schon nicht mehr gerechnet hatte. Kurz suchte Eliel den Schutt ab und zwang sich zu einem Lächeln, als er seinen engsten Freund auf dem zerborstenen Stumpf einer Säule stehen sah. Seine Beine waren weich wie Wachs, als er vorsichtig einen Fuß vor den nächsten setzte und in Richtung seines Freundes schwankte.

»Den Schmerzen nach zu urteilen schon, ja«, presste er rau hervor, wunderte sich selbst, wie fremd seine Stimme in seinen Ohren klang, und hätte am liebsten gelacht, als Harden mit einem Satz über die restlichen Gesteinsbrocken hinwegsetzte und dicht neben ihm landete. Nur widerstrebend ließ Eliel sich das zitternde Bündel aus den Armen nehmen, holte dann jedoch erleichtert Luft, als Harden Anna in seinen Armen hielt, die davon jedoch kaum etwas mitzubekommen schien.

»Ist er ...?«

Eliel schnitt Harden das Wort ab, während er vorsichtig über seine Rippen tastete. »Er ist tot.«

Harden nickte, ließ seinen Blick jedoch gleichzeitig suchend durch den Raum gehen. »Und der König?«

Auch Eliel sah sich nun verwirrt um. Er hatte den unscheinbaren Mann tatsächlich vergessen gehabt.

»Verdammt!«, stieß er aus und wollte schon anfangen, unter den Gesteinsbrocken nach Spuren des Monarchen zu suchen, doch hielt er inne, als Harden den Kopf schüttelte.

»Entweder ist er tot oder entkommen. Bei letzterem wirst du nichts ausrichten können in deinem Zustand und bei ersterem spielt Zeit keine Rolle.« Und nach einem Räuspern: »Wir haben es geschafft, Eliel! Ist dir das eigentlich klar?«

Eliel starrte auf Harden, als wäre diesem plötzlich ein zweiter Kopf gewachsen.

»Mann, wir haben gesiegt! Die überlebenden Magier haben sich ergeben oder sind geflohen!«

Noch immer spiegelte sich Unverständnis in Eliels Miene und nötigte Harden ein genervtes Knurren ab.

»Komm, Mann. Dir ist mindestens ein Stein zu viel auf den Holzkopf gefallen«, murrte er schließlich und schickte sich an, mit seiner fragilen Last auf den Armen den Weg zurück zu den anderen Kriegern zu nehmen. Eliel, der nur langsam begriff, was Harden ihm hatte sagen wollen, folgte ihm und ahnte, dass dabei langsam aber sicher das ungläubige Staunen eines kleinen Kindes auf seinem Gesicht entstehen musste.

Nach tausenden von Jahren hatten sie geschafft, woran niemand mehr geglaubt hatte.

Sie hatten gesiegt.

Als Anna zu sich kam, lag sie in jenem provisorischen Bett, das man in Eliels und ihrem Zelt aufgebaut hatte. Nur mit Mühe kämpfte sich ihr Bewusstsein zurück in die Gegenwart und noch viel langsamer sickerte die Erinnerung in ihren noch immer mehr schlecht als recht funktionierenden trägen Geist.

Soren war tot. Wie ein glühend heißer Pfeil grub sich dieses Wissen in ihr Innerstes, brachte ihren Magen zum Verkrampfen und kurz würgte sie, als bittere Galle ihr den Hals hinaufstieg.

Sie hatte ihren eigenen Vater umgebracht. Doch auch wenn ihr Verstand ihr sagte, dass dies die richtige Entscheidung gewesen war, so konnte sie doch den tiefen alles zerfressenden Schmerz ob dieser Erkenntnis in ihren Eingeweiden nagen spüren. Ihr Vater war tot.

Noch immer schauderte es sie, wenn sie an seine letzten Worte dachte. Sollte es wirklich so simpel gewesen sein? War es wirklich nichts weiter als blanker Rassismus gewesen, der ihren Vater dazu bewogen hatte, die Zukunft ihres gesamten Volkes aufs Spiel zu setzen? Ein Teil in ihr sperrte sich gegen diesen Gedanken. Jedoch war ihr auch klar, dass sie keine andere Antwort auf diese Frage mehr bekommen würde. Ihr Vater war tot und hatte das Wissen um die tatsächlichen Gründe für sein Tun mit ins Grab genommen.

»Du bist wach.«

Die vertraute Stimme ihrer Kindheit ließ sie schließlich die Augen öffnen und sich wieder auf ihre Umgebung konzentrieren. Ihre Mutter hatte sich einen Stuhl dicht ans Bett gezogen und saß nun unbewegt und mit kerzengeradem Rücken neben ihr.

Wie lange sie wohl schon so da saß? Durch den schmalen Spalt der Zeltplane am Eingang erkannte Anna, dass die Sonne bereits vor Stunden wieder aufgegangen sein musste. Sie konnte nur hoffen, dass ihre stoische Mutter nicht die ganze Zeit so bei ihr verbracht hatte. Zuzutrauen wäre es ihr zumindest.

»Wo ist Eliel?« Ihre Stimme klang krächzig und mit einem dankbaren Lächeln richtete sie sich auf die Ellenbogen auf und nahm den Becher mit Wasser, den ihre Mutter ihr im gleichen Moment hinhielt.

»König Javron hat ihn sich vorhin beinahe über die Schulter geworfen und zu den übrigen schwarzen Prinzen geschleift. Er ist die ganze Zeit über nicht von deiner Seite gewichen, Liebes. Und ich bin mir sehr sicher, dass er gleich wieder hier auftauchen wird.«

Mühsam entrang sich Anna ein schiefes Lächeln, als sie den geleerten Becher ihrer Mutter zurückreichte. Wahrscheinlich hatte diese recht. Eliel musste gespürt haben, dass sie wach war. Und wenn sie den wirren Gefühlsknoten in sich richtig deutete, dann ließ er tatsächlich alles gerade stehen und liegen, um sich auf den Weg zu ihr zu machen.

Aber war sie überhaupt schon bereit, ihm wieder gegenüberzutreten? Sie wusste es nicht. Er war dabei gewesen, als sie die Kontrolle über sich verloren hatte. Hatte mitangesehen, wie ihre eigene Magie alles um sie herum zum Einsturz gebracht hatte. Er war dabei gewesen, als sie ihren Vater getötet hatte.

Natürlich war ihr klar, dass man es durchaus auch als einen Unfall hätte bezeichnen können. Als reinen Zufall, da sie keinerlei Gewalt mehr über ihre Magie gehabt hatte. Dennoch fühlte es sich für sie wie Mord an. Denn auch wenn sie die Kontrolle in diesem Moment gehabt hätte, es hätte keinen anderen Ausgang geben können. Am Ende hätte sie ihren Vater töten müssen.

Ihr Vater war tot. Nichts und niemand würde ihn mehr lebendig machen.

Bilder blitzten vor ihrem inneren Auge auf, Erinnerungen an den Moment, als ihr Vater von den herabfallenden Gesteinsbrocken regelrecht zerfetzt worden war, und erneut drehte sich ihr der Magen um, bis sie den sauren Geschmack von Magensaft auf ihrer Zunge schmecken konnte.

Sie hatte es wirklich getan. Sie hatte sich dem Mann gestellt, vor dem sie vor zwölf Jahren geflohen war, und hatte gesiegt.

Sie hatte das Schicksal ihres Volkes damit verändert. Und das Schicksal der Mante.

Nur langsam sickerte die Tragweite ihrer Handlung in ihr Bewusstsein.

Veluvion würde sich von Grund auf neu strukturieren. Wie viele Jahrtausende hindurch hatten die beiden Völker alles dafür getan, sich gegenseitig umzubringen? Wie viele Jahrtausende hindurch hatten sich die Magier selbst in ihre düsteren Festungen gesperrt, von der Außenwelt abgeschottet, bis nichts und niemand mehr die dicken Mauern und tiefen Gräben hatte überwinden können?

Flüchtig erinnerte sie sich daran, wie es vor so vielen Jahren gewesen war, als sie auf der Erde angekommen war. Wie verwirrt sie gewesen war von der Vielzahl an Lebewesen in dieser ihr so fremden Dimension. Von der Freiheit, die jeder einzelne dort zu genießen schien. Eine Freiheit, die sie anfänglich maßlos überfordert hatte.

Natürlich, je länger sie dort geblieben war, je tiefer sie

in die Kulturen der Menschheit eingetaucht war, desto mehr war ihr aufgefallen, wie ähnlich manche Dinge doch waren.

Sie hatte lange gebraucht, um auch die letzten Reste ihrer Kultur abzustreifen, die einzig auf der Angst vor Fremden basierte. Angst vor den Dämonen, die einzig darauf aus waren, die Magier zu versklaven oder grausam hinzurichten. Erst mit dem von Tag zu Tag größerem Abstand und auch der räumlichen Entfernung zu ihrer Heimat hatte sie ihre anerzogenen Ängste überwinden können.

Aber wie würde es nun auf Veluvion weitergehen? Noch immer gab es vier weitere Festungen wie Veluvion Stadt, die eingenommen werden mussten. Zwar würde es leichter werden, nachdem der Königssitz gefallen war, dennoch würde es kein Zuckerschlecken für sie werden.

Und was käme dann? Sie gab sich nicht dem naiven Glauben hin, dass mit diesem Ausgang des Krieges auch automatisch alle Gräben zwischen ihren Völkern gefüllt wären. Die Angst saß tief bei den Magiern. Über Nacht würde es da keine Lösung geben.

»Anna.«

Im ersten Moment fiel es ihr schwer, die heisere, fast gebrochene Stimme als die Eliels zu erkennen, als sein massiver Umriss im einfallenden Sonnenlicht des Eingangs auftauchte. Verwirrt blinzelte sie gegen das gleißende Licht, das seine dunklen Konturen umfloss, und ihr Herz machte einen Satz, als ihr Gehirn endlich begriff, wer gerade das Zelt betrat.

Mit angehaltenem Atem sah sie dabei zu, wie er mit bedächtigen Schritten weiter in die Mitte des Raumes trat, selbst offensichtlich nicht sicher, wie er mit der Situation gerade umgehen sollte. Seine nachtschwarzen Augen ruhten auf ihr, sandten kleine Schauer über ihre Haut und tief holte sie schließlich Luft, als ein unangenehmer Druck auf ihrer Brust ihr sagte, dass Atmen vermutlich eine sinnvolle Idee wäre.

»Wie ... wie geht es dir?«

Täuschte sie sich, oder war er gerade unsicher? Sein leises Stammeln ließ sie zumindest daran glauben.

»Zerschlagen, aber es geht«, erwiderte sie halblaut, ebenfalls unfähig, ihren Blick von ihm zu nehmen.

Mit einem Mal kam es ihr wie gestern vor, dass sie ihn in der Unterführung der Bahngleise zusammengeschlagen vorgefunden hatte. Er war noch immer der gleiche, auf den ersten Blick düster erscheinende Dämon, den sie damals zuerst blutüberströmt und schwerverletzt auf der Straße liegend gesehen hatte, und der sie nur wenige Stunden später vollständig genesen beinahe vor Angst hatte sterben lassen.

Es war die gleiche Angst, die ihr Volk seit Jahrtausenden von einer Generation an die nächste weitergegeben hatte.

Schleich dich nicht zu weit fort,
denn der Mantus steht und wartet dort.
Er wird dich an sich binden.
Und egal, wie weit du läufst, er wird dich immer wieder finden.

So war es seit Jahrtausenden gewesen. Und es würde vermutlich noch mal so lange brauchen, bis man diese Angst würde überwinden können. Erneut würde es tausende von Jahren dauern, ehe die beiden Völker, die einzig durch eine Laune der Natur – oder des Schicksals, wie die

Mante es nennen würden – aneinander gebunden waren, einen Weg zueinander finden konnten.

»Du siehst furchtbar aus«, hörte sie sich selbst mit kehliger Stimme sagen und sah, wie die Andeutung eins Lächelns über seine markanten Züge huschte. Im Laufe der Monate hatte sie gelernt, in den wenigen Veränderungen seines Gesichtes zu lesen wie in einem Buch. Und gerade jetzt erzählte das Buch von einer allumfassenden Unsicherheit, aber auch von drastischem Schlafmangel. Seine Wangen wirkten eingefallen, die Muskeln in Armen und Brust traten deutlicher hervor. Als hätte er an Gewicht verloren, selbst wenn dies einfach nicht möglich sein konnte. Und dunkle Schatten unter den Augen gaben seinem Gesicht eine Wildheit, die ihr vermutlich zu Beginn ihres Kennenlernens Angst gemacht hätte. Jetzt hingegen empfand sie lediglich Mitleid für seinen Zustand.

»Ich habe mir Sorgen gemacht«, erwiderte er, seine Stimme nicht mehr als ein raues Flüstern.

»Ich hab doch nur geschlafen«, wandte sie mit einem vorsichtigen Lächeln ein, doch das leise Grollen, das sich daraufhin in seiner Brust löste, ließ das Lächeln wieder verblassen.

»Drei Tage lang, Hauptmann«, hörte sie ihn sagen und spürte, wie ihr das Blut aus den Wangen wich. Verwirrt sah sie auf ihre Mutter. Erst jetzt bemerkte sie die dunklen Schatten, die auch unter deren Augen lagen, die fahle Haut und alles verkrampfte sich in ihr, als sie begriff, dass Eliel die Wahrheit sagte. Drei Tage waren seit dem Tod ihres Vaters vergangen. Drei Tage, die ihr Geist gebraucht hatte, zu verarbeiten, was geschehen war. Drei Tage, in denen ihr Gefährte und ihre Mutter sich mit der Wache an ihrem Bett abgewechselt haben mussten.

»Ist er wirklich tot?«

Eliel nickte abgehackt, sie dabei jedoch nicht aus den Augen lassend.

»Und der König?«

Die Muskeln in seinem Kiefer traten deutlicher hervor, als er die Zähne zusammenpresste.

»Scheint geflohen zu sein. Wir haben ihn nicht finden können. Aber wir haben einen geheimen Fluchtweg aus der Kammer neben dem Thronsaal entdeckt, als wir den Schutt weggeräumt haben. Wir vermuten, dass er auf diesem Weg entkommen ist. Ein Trupp ist hinter ihm her, aber wir malen uns keine großen Chancen aus.«

Anna spürte einen scharfen Stich in der Magengegend bei Eliels Worten. Zwar war der König lediglich die Marionette ihres Vaters gewesen, dennoch war er die Galionsfigur ihres Volkes. Was würde es also bedeuten, wenn durchsickerte, dass ausgerechnet er hatte fliehen können? Würde er zurückkehren und die Magier in den Widerstand treiben?

Tausend Fragen stolperten durch ihren Kopf, während sie nachdenklich Eliel musterte. Noch immer stand er wenige Schritte von ihr entfernt in der Mitte des Zeltes, so als ob er selbst nicht so recht wusste, was er tun sollte.

»Und ... wie ...«, begann sie zaghaft, weder sich darüber im Klaren, wie sie die Frage formulieren sollte, noch ob sie mit ihrer Antwort würde umgehen können. Und errötend sah sie auf ihren Schoß, als Eliel wissend lächelte. Natürlich, er konnte vermutlich spüren, was sie gerade so nervös werden ließ.

»Es gibt überraschend viele Magier, die sich mit der neuen Situation arrangiert haben. Wenn sie auch in der Unterzahl sind. Die meisten weigern sich zu akzeptieren, dass sie von uns besiegt wurden.«

Anna seufzte still. Auch wenn nichts anderes zu erwarten gewesen war, traf es sie doch, genau das nun aus seinem Mund zu hören. Ein langer Weg lag nun vor ihnen, um die Kluft zwischen diesen Völkern zu schließen.

»Und die Mante?«, hakte sie nach und wagte einen flüchtigen Blick in sein Gesicht.

»Anfangs war es etwas chaotisch. Es hat wohl den einen oder anderen gegeben, dessen Instinkte mit ihm durchgegangen sind. Javron ist schließlich dazwischen gegangen und sie geben sich nun Mühe, sich zu benehmen.«

Wider Willen musste Anna nun doch grinsen. Sie konnte sich lebhaft vorstellen, wie es in den ersten Stunden nach dem Sieg gewesen sein musste.

Eine Weile herrschte Schweigen zwischen ihnen. Schweigen, das lediglich unterbrochen wurde, als ihre Mutter so leise wie möglich das Zelt verließ. Auch ihr schien klar, dass Anna und Eliel nun Zeit für sich brauchten. Diese hielten sie auch nicht auf, waren stattdessen nur damit beschäftigt, sich gegenseitig stumm anzustarren.

»Eliel?« Als Anna nach geraumer Weile wieder das Wort an ihren Gefährten richtete, klang ihre Stimme zittrig. Noch immer hatte er sich keinen Deut bewegt, noch immer fixierte er sie aus schwarzen Augen, schien jedoch nicht in der Lage, den ersten Schritt zu machen.

Wie so oft überließ er es auch diesmal ihr, auf ihn zuzugehen.

»Ja?« Auch seine Stimme klang belegt und sie sah, wie sein Brustkorb sich unter einem tiefen Atemzug hob, als sie die Hand nach ihm ausstreckte.

»Würdest du endlich zu mir kommen? Ich glaube, ich

bin noch nicht fit genug, um auf eigenen Beinen zu stehen. Und eigentlich würde ich es gern vermeiden, vor dir in die Knie zu gehen.«

Anna hatte die Worte kaum ausgesprochen, als er auch schon bei ihr war. In der einen Sekunde stand er noch mitten im Zelt, in der nächsten fühlte sie sich an seine breite Brust gezogen. Fest klammerten sich seine Arme um sie, nahmen ihr die Luft zum Atmen und Tränen brannten in ihren Augen, als sie ihr Gesicht an seiner warmen Haut vergrub und tief seinen Geruch in sich aufnahm.

»Es ist wirklich vorbei, nicht wahr?«, schluchzte sie und begriff erst da, dass das erstickte Wimmern, das gedämpft an ihre Ohren drang, von ihr selbst kam. Wie in Trance spürte sie Eliels große Hand, die besänftigend über ihren Rücken strich, langsam, gleichmäßig und beinahe schon ein wenig mechanisch, während sie in sich schwach das Echo seiner Erleichterung spüren konnte.

»Die wichtigste Schlacht ist gewonnen, ja. Wirklich vorbei wird es jedoch erst sein, wenn auch die anderen Festen gefallen sind. Der größte Teil des Heeres ist bereits vor zwei Tagen aufgebrochen.«

»Wohin?«, quetschte sie erstickt hervor.

»Nach Mireos«, gab Eliel Auskunft und Anna nickte schwach an seiner Brust. Mireos war die wichtigste Festung nach Veluvion Stadt. Der dortige Statthalter war stark, ein brillanter Taktiker und seit langem ein enger Vertrauter ihres Vaters. Wenn auch diese Festung durch die Mante fiel, würden im besten Fall die verbliebenen drei Festungen, von denen keine auch nur im entferntesten an die Größe Mireos' oder Veluvion Stadts heranreichte, kapitulieren. Im besten Fall zumindest.

Sie betete darum, dass das Schicksal ein Einsehen mit ihr und ihrem Volk haben würde. Denn einen Weg zurück gab es nicht.

16

Der Himmel war von jenem Azurblau, das die Menschen auf der Erde mit einem Urlaubsparadies in Verbindung brachten. Keine einzige Wolke trübte den Blick auf den Himmel. Die Sonne stand nur wenige Augenblicke davon entfernt, ihren höchsten Stand zu erreichen. Das besagte der Sonnenring, den man auf dem höchsten Turm der Festung angebracht hatte, und der seit Jahrtausenden die Magier immer wieder daran erinnerte, wann der Höhepunkt des Tages erreicht war. Von jeher war dieser kurze Moment der wichtigste für sämtliche Zeremonien ihres Volkes gewesen. Denn in der Logik der Magier, die sich selbst mit dem Tag und die Mante mit der Nacht gleichsetzten, war dies die Zeit, die einzig ihrem Volk gehörte. Und beinahe erschien es wie ein Zeichen, dass ausgerechnet dieser Teil der Festung den weitläufigen Zerstörungen durch die Mante getrotzt hatte.

Als die Sonne ihre letzten Schritte zurücklegte, schob sie sich schwerfällig durch den Ring, bis das dünne Schattenband, das er in den Hof warf, vollständig verschwunden war. Nichts als gleißendes Licht fiel mehr auf die Anwesenden und den Hof, in dem nach wie vor letzte Trümmerteile der Schlacht vor wenigen Tagen lagen. Anna seufzte tief. Ein schweres Gewicht hatte sich auf ihre Brust gelegt und es bereitete ihr Mühe, ihren Blick auf das mühsam freigeräumte Zentrum des Innenhofes zu werfen. Die Zerstörung des Angriffes war nach wie vor nicht zu übersehen. Überall auf dem Boden sah sie notdürftig aufgeschüttete Krater, die die Kämpfe zwischen Mante und Magiern dort hinterlassen hatten, und auch kleinere Gesteinsbrocken. Aber der Platz war frei genug, um jene zu fassen, die sich entschieden hatten, der Zeremonie beizuwohnen. Aber auch Platz für jene, die nach wie vor darüber wachten, dass es nicht zu Fluchtversuchen oder kopflosen Angriffen kam.

Neben mehreren hundert getreuen Magiern und Magierinnen hatten sich freiwillige Mante eingefunden, die als äußerer Ring darüber wachten, dass es zu keinen Ausschreitungen kam. Auch die Führungsriege der Mante war erschienen. Der König, seine sieben schwarzen Prinzen sowie Veit, der sich nach wie vor nicht von seiner langen Gefangenschaft erholt hatte und etwas abseits stehend aus kalten Augen schweigend auf die seltsame Szenerie blickte.

Es war so weit. Zwei Tage hatten die Mante gebraucht, um den Innenhof, der von den Explosionen einen großen Teil abgekommen hatte, zumindest so weit wieder herzustellen, dass man ihn überhaupt wieder hatte betreten können. Es hatte eine Geste an die Magier sein sollen. König Javron hatte so entschieden, um ein Zeichen zu setzen. Ein Zeichen, das den Magiern deutlich machen sollte, dass die Mante daran interessiert waren, wirklich Frieden zwischen ihren Völkern zu schaffen.

Die Magier jedoch waren nicht überzeugt. So einfach würden sie es ihnen also nicht machen. Aber immerhin waren sie da. Der Innenhof war überfüllt von ihnen, die – gemäß des Anlasses – in die schwarzen Uniformen ihres Volkes gehüllt waren, die für eine offizielle Zeremonie seit ewigen Zeiten vorgeschrieben waren. Jeder Magier besaß eine Uniform und trotz des warmen Tages fröstelte Anna es, wenn sie daran dachte, was das über sie aussagte: Ein Volk von Soldaten. Was würde jetzt aus ihnen werden? Keiner von ihnen kannte etwas anderes als Krieg und die ewige Kampfbereitschaft. Doch der Krieg war vorbei und ihr Volk seiner kulturellen Grundlage beraubt. Seit Jahrtausenden waren die Magier es gewohnt, im Krieg zu leben. Es war ein sich selbst erhaltendes System geworden. Man hatte eine ganze Gesellschaft um einen Krieg herum erschaffen. Um einen Krieg, der die Magier dazu gebracht hatte, ihr ganzes Sein ihm unterzuordnen. Und eine Kultur, die den Krieg am Leben erhalten hatte, indem sie Angst und Abscheu in einen jeden Magier und eine jede Magierin gepflanzt hatte. Ein gottverdammtes Perpetuum mobile, das man nun mit Gewalt auseinandergerissen hatte.

Ihr Herz wurde schwer, als sie sich zwang, einen Blick ins Zentrum zu werfen. Dort lag er. Das, was von ihm übrig geblieben war. In das traditionelle rote Leichentuch ihres Volkes gehüllt, auf einem sorgfältig errichteten Holzpodest. Ihr Vater. Die Geißel ihres Volkes, wenn man sie fragte. Für die meisten jedoch der eiserne Beschützer, denn er hatte sich sehr viel Mühe gegeben, nach außen hin als jener Mann aufzutreten, der die Magier vor den Dämonen rettete. Nur wenige hatten die wahre Natur Sorens erlebt. Den Jähzorn, die Selbstgerechtigkeit, die vielen Lügen und die sinnlose Gewalt, mit denen er seine Familie beherrscht und unterdrückt hatte. Mit denen er sogar einen König manipuliert hatte.

Einen König, der geflohen war, als sich ihm die Gelegenheit dazu geboten hatte. Nach Tagen des Suchens hatte man die Bemühungen dahingehend eingestellt. Der Vorsprung, den der König bereits haben dürfte, die Möglichkeiten der Flucht, die er hatte nutzen können, waren da bereits so vielfältig gewesen, dass die Aussicht auf Erfolg zu gering war. Und die Mante neigten nicht dazu, so lange im Heuhaufen zu stochern, bis sie einzig durch den Zufall die Nadel darin fanden.

Anna schmunzelte bei ihrem menschlichen Vergleich, der die Dinge ungewollt treffender darstellte, als es jede Floskel ihres Volkes gekonnt hätte. Würden die Magier die Nadel im Heuhaufen suchen, sie hätten viele Männer und Frauen abgestellt, um jeden einzelnen Halm herauszunehmen, sorgfältig zu prüfen und zu verwerfen, bis sie die sprichwörtliche Nadel darin gefunden hätten. Die Mante hätten maximal zwei Mann abgestellt, die den Haufen großzügig durchpflügt und anschließend vermutlich aus Frust in die Luft gesprengt hätten. Die Mante waren um ein vielfaches emotionaler und intuitiver in ihren Entscheidungen als die stets sehr kontrollierten und rational operierenden Magier.

Eine schwere Hand, die sich wie aus dem Nichts auf ihre Schulter legte, holte Anna schließlich zurück in die Gegenwart. Verwirrt wandte sie ihren Kopf und Röte schoss in ihre Wangen, als sie in das Gesicht ihres Gefährten blickte. Man wartete auf sie, während sie sich in ihren Gedanken verloren hatte.

»Entschuldige, bitte«, murmelte sie und erhielt dafür

ein warmes Lächeln und einen leichten Druck seiner Hand auf ihre Schulter. Für ihn gab es nichts zu entschuldigen. Das besagte das warme Gefühl des Verstehens, das er sie über ihre Verbindung spüren ließ.

Ein letztes Mal noch holte sie tief Luft, dann machte sie einen Schritt vor und entzog sich damit seiner Hand. Es war an der Zeit, das hier zu Ende zu bringen.

Als sie sich aus der ersten Reihe der Anwesenden löste und sich direkt vor dem Holzpodest in Richtung der Anwesenden wandte, spürte sie die Last der vielen Blicke, die nun auf ihr ruhten. Von je her war es die Aufgabe der Hinterbliebenen gewesen, die Bestattungszeremonie durchzuführen. Eigentlich wäre es sogar die Aufgabe der trauernden Witwe gewesen. Allerdings war es wohl nur verständlich, zumindest für Eingeweihte, warum dies für Mala nicht in Betracht gekommen war. Jetzt stand sie, Seite an Seite mit ihrem Gefährten, in der zweiten Reihe und beließ es dabei, ihrer Tochter zuzuschauen.

Es bedurfte nur einer winzigen Menge an Magie, um ihre Stimme so tragend werden zu lassen, dass sie sich ohne zu schreien an die Anwesenden wenden konnte. Eine kleine Menge Magie, die jedoch deutlich machte, welche Kluft zwischen ihr und den meisten Magiern im Innenhof lag, die überwiegend durch ein *szenai* gebunden worden waren. Anna hatte es bewusst vermieden, ihre Magie abzuschirmen, und ihr Rücken versteifte sich, als sie dadurch die volle Wucht der Ablehnung ihres eigenen Volkes zu spüren bekam, während sie jene Magie einsetzte, die man ihnen genommen hatte.

»Da ist die Verräterin!«

»Sie hätte schon vor Jahren hingerichtet werden müssen.«

»Dass sie es wagt, sich hier hinzustellen! Sie ist der Uniform nicht würdig, die sie trägt.«

»Hure!«

Ihr Magen verkrampfte sich bei den Worten, die man sich untereinander zuraunte, dabei jedoch entweder den Blick auf sie oder die schwer bewaffneten Mante gerichtet, die den äußersten Ring der Zuschauer ausmachten. Augenscheinlich hatte man doch Angst vor möglichen Repressalien seitens der Sieger.

»Vor zwölf Jahren habe ich diese Welt, meine Heimat, und damit auch alles, was ich bisher kannte, hinter mir gelassen«, begann sie vorsichtig und musste sich zwingen, dem natürlichen Reflex, ihre Stimme zu erheben, nicht nachzugeben. Sie wusste, dass man sie auch so hören würde.

Lange hatte sie darüber nachgesonnen, womit sie beginnen sollte, hatte gewusst, dass sie gegen ihr eigenes Volk würde anreden müssen. Dass sie einen Zugang zu ihnen würde finden müssen. Hier auf dem Platz standen ausnahmslos die Getreuen Sorens mit ihren Familien. Magier und Magierinnen, die zu ihm aufgesehen hatten. Die ihm bedingungslos gefolgt waren. Magier und Magierinnen, die sie allein aufgrund ihrer Flucht vor so vielen Jahren verabscheuen mussten. Denn aus ihrer Sicht hatte sie ihr Volk damals verraten.

»Ich war kaum mehr als ein Kind, dem die Unsterblichkeit noch bevorstand. Und aus euer aller Perspektive bin ich auch heute nicht mehr als ein Kind, das gerade laufen gelernt hat. Dreißig Jahre ... das ist für die meisten von euch kaum mehr als ein Wimpernschlag im Vergleich zu eurem Alter.

Was erdreiste ich mir also, hier zu stehen und eine Tradition fortzuführen, derer ich nicht würdig bin? Ich, die ich doch vor all dem hier geflohen bin? Ich, die ich vor genau jenem Mann geflohen bin, dem wir hier und heute das letzte Geleit geben. Ich, die ich diesen Mann doch eigenhändig getötet habe? Ich, seine Tochter, sein einziges Kind.«

Totenstille hatte sich über den Innenhof der Festung gesenkt. Hunderte Männer und Frauen schwiegen und starrten sie an, als sie aussprach, was sie alle dachten.

»Ja, in euren Augen bin ich die Verräterin. Die Vatermörderin. Ich habe euch den Mann genommen, der euch den Weg durch diesen Irrsinn gezeigt hat. Seinen Weg. Ihr seid ihm gefolgt, habt ihm vertraut. Und der Verlust wiegt schwer.«

Wären da nicht die Uniformen gewesen und die vielen Dämonen, von denen die Magier eingekesselt worden waren, hätte man meinen können, dass sie in einer Mittelalterverfilmung als Hauptrolle auf dem Marktplatz stand und eine flammende Rede hielt, um die Bevölkerung zu erreichen. Na ja, vielleicht war das Bild auch nicht ganz so abwegig. Immerhin wollte sie diesen Moment wirklich nutzen, um einen Appell an ihr eigenes Volk zu richten. Allerdings sank ihr Mut, als die Magier auch weiterhin mit starren Gesichtern schwiegen. Ein wenig dramatisch-zustimmendes Nicken hätte man ihr durchaus gönnen können. Aber leider war ihr Name nun mal nicht William Wallace und so würde sie sich damit begnügen müssen, das zu nehmen, was man ihr anbot: nichts.

»Ich bin aufgewachsen, wie jeder einzelne von euch. Als eine von vielen, mit der Ausnahme, dass mein Vater einer der mächtigsten Männer unseres Volkes war. Ich bin wie jedes andere Kind zur Schule gegangen, habe am Unterricht teilgenommen. Genauso, wie ihr selbst und eure Kinder und Kindeskinder. Vielleicht saß ich einst sogar mit einem von ihnen zusammen im Unterricht. Ich habe die gleiche Erziehung genossen.« Kurz stockte sie in ihren Worten, als sie die ablehnenden Mienen der Magier bemerkte, doch dann zwang sie sich fortzufahren. »Dennoch habe ich mir Zeit meines Lebens gewünscht, frei zu sein. Frei von dieser Bedrohung, die uns in diese Bollwerke gezwungen hat. Frei in meinen Entscheidungen, dahin zu gehen, wo ich hingehen wollte. Und wann ich es wollte. Wie die meisten von euch, habe auch ich diesen Krieg nie gewollt, der uns dazu gezwungen hat, stets mit der Angst vor dem Feind zu leben.«

»Aber von uns war niemand so feige, einfach abzuhauen! Jeder von uns hat sich tagein tagaus der Bedrohung gestellt, Verräterin!« Die Worte, irgendwo aus der Mitte der Versammlung dazwischen gerufen, versetzten ihr einen Stich in die Magengrube. Wäre dies wirklich eine Mittelalterverfilmung gewesen, das wäre der Moment gewesen, in dem man mit faulem Obst und Gemüse nach ihr geworfen hätte. Sie durfte wohl froh sein, dass dies ihrem unfreiwilligen Publikum nicht zur Verfügung stand und allein die Anwesenheit der Mante dafür sorgte, dass sie sich auch anderweitig still verhielten.

»Ich war achtzehn, als ich floh. Ich floh aus Angst. Angst vor dem, was mein Vater von mir erwartete: Dass ich mich in den Krieg warf, ungeachtet dessen, dass ich nicht mal die Unsterblichkeit erreicht hatte.« Sie legte eine kurze Pause ein und spürte so etwas wie Erleichterung, dass diesmal kein Einwand folgte. Beinahe hatte sie schon damit gerechnet, dass man ihr vorwerfen würde, ihr Volk nicht genug geliebt zu haben, um sich zu opfern.

Doch kein einziger Zwischenruf erfolgte und so wagte sie es, fortzufahren. »Ich ließ alles, was mir lieb und teuer war, zurück: meine Familie, meine Freunde, mein gesamtes bisheriges Leben. Ich hatte nicht mal eine Idee, wohin ich mich überhaupt wenden konnte. Aber die Angst vor dem, was man von mir erwartete, war größer als meine Angst vor dem Ungewissen.« Erneut eine kurze Pause, doch diesmal schien man ihr aufmerksam zuzuhören. Wenigstens etwas, sprach sie sich insgeheim Mut zu, als sie ein weiteres Mal tief Luft holte.

»Es war mehr ein Zufall, dem ich es zu verdanken hatte, dass ich am Ende auf der Erde landete. Eine Dimension, eine Welt, in der Sterbliche leben. Die wenigen Unsterblichen dort halten ihre Anwesenheit lieber geheim.« Sie konnte Unverständnis in den Mienen der Anwesenden erkennen. Selbst bei einigen der Mante huschte diese Regung über die Gesichter und sie gestattete sich ein Lächeln. Wie abgeschnitten Veluvion doch immer gewesen war ... Sie hoffte, es würde sich in Zukunft etwas daran ändern. Vielleicht würde sich für alle etwas ändern, wenn sie sehen könnten, wie gut das Zusammenleben in anderen Dimensionen funktionierte.

»Zwölf Jahre habe ich dort gelebt. Habe dort ein ganz normales Leben geführt. Als wäre ich ein Mensch unter Menschen. Ich bin einer Arbeit nachgegangen, konnte mich jederzeit überall hinbewegen. Es gab keine Ausgangssperren, kein Gefühl der ständigen Bedrohung ...« Mit einem Lächeln sah sie in die steinernen Mienen ihrer erzwungenen Zuhörer.

»Die ersten Monate habe ich kaum etwas anderes gemacht, als spazieren zu gehen. Durch die Stadt, die in keinster Weise einer Festung gleicht wie bei uns. Über das

Land. Durch Wälder, Wiesen und über Wanderwege. Das Gefühl der Freiheit war unbeschreiblich. Das war es, was mir hier, in meiner Heimat, immer gefehlt hat. Nach dem ich mich stets gesehnt hatte. Nach Frieden und der Freiheit, das zu tun, was mir beliebt. Mich frei bewegen zu können.«

Erneut schwieg die Menge, doch sah sie, wie einige zu Boden blickten. Insbesondere die anwesenden Frauen, die – zu ihrer eigenen Sicherheit – immer mehr an die Festung gebunden waren als die Männer.

»Und ich fing an, davon zu träumen, wie es wäre, wenn die Magier ebenfalls diese Freiheit besäßen. Die Freiheit, sich in ihrer eigenen Heimat so zu bewegen, wie sie es möchten. Die Freiheit, sich nicht bedroht zu fühlen. Keiner von uns hat auch nur im entferntesten eine Vorstellung davon, wie wunderschön unsere Heimat tatsächlich ist. Wir kennen unsere Bollwerke und die verbrannten Wüsten, die wir selbst um sie herum gezogen haben, um den Feind früh erkennen zu können. Die wunderschöne Natur unserer Dimension hingegen haben die wenigsten bisher sehen können. Die unendlich grünen Wälder, die bunten Blumen ...« Lächelnd unterbrach sie sich und spürte, einen Kloß im Hals. »Ich muss gestehen, dass ich nicht mal weiß, wie das alles heißt. Kennt von euch irgendjemand den Namen der Blumen und Bäume, Sträucher und der Tiere, die hier leben? Im Unterricht lernen wir das nicht mehr. Wir sehen es ja auch nicht mehr. Alles, was wir sehen, ist der Krieg und die fortwährende Angst vor dem Feind.«

»Einer Dämonenbrut, die unsere Frauen raubt und versklavt. Willst du uns jetzt etwa sagen, dass wir das alles ignorieren sollen? Jetzt, während wir von ihnen bewacht hier stehen und jederzeit damit rechnen müssen, von ihnen umgebracht zu werden?«

Trotz der harschen Kritik spürte Anna Erleichterung bei diesem Einwurf. Immerhin, man schien ihr zuzuhören.

»Wie könnte ich?«, erwiderte sie daher so sanft, wie es ihr möglich war, während ihr Herz nach wie vor in ihrer Brust hämmerte, als gälte es, Stahl zu schmieden. »Seit Jahrtausenden führen unsere Völker Krieg. Einen Krieg, der aus beiden Perspektiven genauso gerechtfertigt wie unberechtigt ist. Jeder von uns hat durch den Krieg etwas verloren. Nicht nur unsere Freiheit. Jeder von uns betrauert Familienmitglieder und Freunde. Ich glaube, es gibt niemanden, der nicht jemanden in diesem unseligen Krieg verloren hat. Weder auf unserer Seite noch auf der Seite der Mante. Seit Jahrtausenden sind wir damit beschäftigt, einen Krieg zu führen, der keine Gewinner bringt, nur Tote. Auf beiden Seiten. Unsere Völker wären früher oder später beide daran gestorben. Und ich ertrage die Vorstellung nicht, dass die Magier aus einer grausamen Gewohnheit heraus sich selbst vernichten.«

»Ohne diesen Krieg werden wir ohnehin sterben!« Diesmal war es eine Frauenstimme, die sich – am Rande der Hysterie taumelnd – zu Wort meldete. Eine Stimme, die Anna kannte.

»Wie kommst du darauf, Violetta?« Suchend ließ sie ihren Blick über die Menge schweifen, bis sie die Sprecherin in der dritten Reihe und somit nur wenige Schritte entfernt entdeckt hatte. Mit blassem Gesicht, die Hände fest um den Arm eines Mannes geschlossen, den Anna noch vage als deren Vater in Erinnerung hatte, stand sie da und fixierte sie. Sie wirkte erschöpft, ihre von Natur aus blasse Haut ließ sie sogar kränklich erscheinen und die rabenschwarzen Haare waren in einen unordentlichen Zopf gezwungen, als ob sie jegliches Interesse an ihrer Erscheinung verloren hatte. Die Angst stand ihr überdeutlich in die weit aufgerissenen Augen geschrieben. Auch sie trug die typische Uniform der Magier und eine dünne rote Linie auf ihrer Wange zeugte davon, dass auch sie nicht verschont geblieben war von dieser letzten Schlacht. Allerdings trug sie auch kein *szenai*.

Violetta und sie waren einst zusammen zur Schule gegangen, hatten einen Teil der Ausbildung miteinander verbracht, ehe Violetta den Weg der Heilerin eingeschlagen hatte, während Soren sie in den Sturm gedrängt hatte.

Unter Annas Blick verkrampfte Violetta sich, als sie sich nun plötzlich selbst im Zentrum der Aufmerksamkeit sah. Auch in der Aufmerksamkeit der sie umgebenden Mante.

»Sie rauben unsere Frauen, missbrauchen uns ...« Ihre Stimme brach und Anna seufzte leise.

»Das ist es, was man euch erzählt hat. Das, was man euch glauben machen wollte. Und ... wenn man sich die Dinge, die geschehen sind, anschaut, auch genau das sind, wonach es aus unserem Blickwinkel aussieht. Ich habe keine Entschuldigung dafür, dass die Mante immer wieder uns Frauen geraubt haben. Das will ich auch gar nicht. Das ist nicht zu entschuldigen.«

»Warum, Anna?« Alle Verzweiflung und Verbitterung eines Volkes schien in Violettas einfacher Frage mitzuschwingen und Annas Herz wurde schwer. Sie hatte keine Antwort darauf. Hilfesuchend sah sie zu Eliel, doch seine Miene ließ nicht erkennen, was in ihm vorging. Auch in sich konnte sie nichts von ihm spüren.

»Ich kann nichts tun oder sagen, um die Dinge, die mein Volk getan hat, zu entschuldigen.« Als der König der Mante sich so unvermittelt einmischte, zuckte selbst Anna beim Klang seiner tiefen Stimme zusammen.

»Vor vielen Jahrtausenden sind wir in eure Welt gekommen, haben uns hier niedergelassen und immer wieder eure Frauen zu uns geholt. Anfänglich auf deren eigenen Wunsch hin, später mit Gewalt. Nicht selten haben wir dadurch bestehende Beziehungen zerstört. Mein Volk hat damit den Grundstein für diesen Krieg selbst gelegt. Aus einer Not heraus, denn wir würde ohne die Magierinnen sterben.« Erst jetzt löste Javron sich aus der ersten Reihe und trat neben Anna, die mit gemischten Gefühlen den Worten des Herrschers lauschte. Sie konnte nicht sagen, ob es gut oder schlecht war, dass er sich nun in das Geschehen einmischte.

»Wir Mante unterscheiden uns nicht nur in Aussehen und Magie von euch. Wir sind Dämonen und damit eng an das geknüpft, was wir Schicksal nennen. Das Schicksal entscheidet, wen wir zur Gefährtin nehmen. Bei uns gibt es keine politischen Erwägungen für eine Verbindung. Vernunft spielt absolut keine Rolle an dieser Stelle. Wir spüren einfach, wenn wir unserem Schicksalsgefährten begegnen.« Ein fast schon reumütiges Lächeln umspielte die Züge des riesigen Mante, ließ ihn beinahe jungenhaft erscheinen, und Anna ertappte sich dabei, wie sie unbewusst mitlächelte.

»Wenn man uns eines vorwerfen kann, dann, dass wir überaus impulsiv sind und manchmal die Konsequenzen unseres Handelns nicht bedenken. Gerade bei unseren Gefährtinnen. Wenn wir sie einmal gefunden haben, ist der Drang, sie bei uns zu haben, uns mit ihr zu verbinden, übermächtig. Alles andere verblasst dabei.«

»Ihr raubt sie und zwingt ihnen euren Willen auf! Ihr tötet sie!«

Die Miene des Königs wurde weich, als Violetta erneut das Wort erhob.

»Ja, wir rauben sie. Weil wir kopflos sind in diesem Moment. Weil der Krieg uns inzwischen keine andere Wahl mehr lässt. Und weil wir uns nicht anders zu helfen wissen, zwingen wir sie auch in die Verbindungen mit uns. Aber ...« Ein Ruck ging durch den Körper des Herrschers, als er sich zu voller Größe aufrichtete und seinen Blick fest auf die anwesenden Magier richtete. »Niemals töten wir sie.«

»Lüge!« Violettas unbedachter Ausruf hallte über den Hof, über den sich plötzlich gespannte Stille senkte. Wie würde dieser offene Affront vom König der Mante bewertet werden? Wie würde er reagieren? Auch Anna fühlte die Beklemmung in der Brust, als sie daran dachte, wie ihr Vater vermutlich in umgedrehter Position vorgegangen wäre.

Gespannt den Atem anhaltend verfolgte sie, wie Javrons Blick sich auf die sichtlich panische Violetta senkte. Und ein Schauer lief ihren Rücken herunter, als sie das Aufflackern von Javrons Magie spürte, als er die Sprecherin in der Menge ausgemacht hatte. Für Minuten schien sich sein Blick nicht von ihr lösen zu können und Anna verkrampfte sich, als sie sah, wie ihre frühere Freundin an der Seite ihres Vaters in sich zusammensackte.

»Du bist Violetta, nicht wahr?«

Anna konnte sehen, wie die Beine der Angesprochenen nachgaben und ihr Vater stützend den Arm um sie legte, um zu verhindern, dass seine Tochter zu Boden ging.

»Ja«, wisperte sie leise, den Blick strikt auf den Boden gerichtet, während die Männer und Frauen vor ihr eine kleine Gasse bildeten, bis der Herrscher einen direkten Blick auf die junge Frau hatte.

»Erkläre mir, warum du das denkst.« Javrons Stimme klang ungewohnt sanft, während sein Blick nach wie vor unverwandt auf Violetta gerichtet war.

»Es ist nie eine zurückgekehrt, Hoheit.« Violettas Stimme klang gepresst und es war nicht zu überhören, dass ihr die Anrede schwerfiel. Javron quittierte es mit einem Schnauben, bei dem sie ängstlich zusammenzuckte.

»Vergiss bitte, wer ich bin, Magierin. Nur für einen Moment. Ich verspreche dir, dass nichts, was du sagst, Konsequenzen für dich und deinesgleichen haben wird.«

Flüchtig sah die Angesprochene hoch, direkt in das Gesicht des Mantus, dann jedoch hastig zurück auf den Boden vor ihren Füßen, ehe sie abrupt nickte.

»Wie fühlt sich der Gedanke an, dass diese Frauen nur deshalb nie zurückgekehrt sind, weil sie es nicht wollten?«

»Nicht richtig, Herr«, kam die gewisperte Erwiderung, mit der Anna gerechnet hatte. Auch der König schien von dieser Antwort nicht überrascht. Mit einem leisen Seufzen machte er einige Schritte in Violettas Richtung, blieb jedoch stehen, als diese mit einem ängstlich unterdrückten Laut sich dichter an die Seite ihres Vaters drängte.

Als das schwache Echo von Belustigung sie durchzog, runzelte Anna die Stirn. Fragend warf sie einen Blick auf Eliel, von dem dieses Gefühl ausgegangen war, und bemerkte das leichte Lächeln, das nun ebenfalls über seine Züge huschte.

Er hat sie als seine Gefährtin erkannt. Bei seinen Worten wurden ihre Augen groß vor Überraschung.

Du meinst ... Sein Lachen in ihr ließ sie ihren Satz unterbrechen.

Genau so stand ich vor nicht all zu langer Zeit auch vor dir. Er gibt sich gerade sehr viel Mühe, es nicht so zu machen, wie jeder andere von uns.

»Da magst du recht haben, Kind. Auch wenn ich wünschte, es wäre so. Sag, wie würdest du dich verhalten, wenn man dich entführt und dir eröffnet, dass ein Dämon der Überzeugung ist, dass es für ihn keine andere Frau als dich in seinem Leben gibt?«

»Ich hätte Angst, Herr. Wenn ich mir vorstellen müsste, von einem Mantus – und ich nehme doch an, dass Ihr von jenen Dämonen gerade sprecht – meinem Volk geraubt zu werden, der mir dann in Aussicht stellt, dass uns nur noch der Tod würde trennen können, würde ich vermutlich den Freitod wählen. Ich würde nicht die Ewigkeit in der Sklaverei eines Ungeheuers verbringen wollen.« Bei Violettas Worten seufzte Javron theatralisch.

»Können wir uns darauf einigen, dass ein Dämon nicht auch automatisch ein Ungeheuer sein muss?«

»Es fällt mir schwer, das anzunehmen, nach all den ungeheuerlichen Dingen, die geschehen sind, Herr.«

Als Javron nun erneut in ihre Richtung ging, zuckte Violetta nicht zusammen. Den Blick fest auf den Monarchen gerichtet, der sie um mehr als zwei Köpfe überragte, blieb sie still an der Seite ihres Vaters, bis der Mantus vor ihr stand und nach ihren Händen griff.

»Ungeheuerliche Dinge sind auch auf unserer Seite geschehen. Wir haben zusehen müssen, wie eure Krieger uns unsere Frauen raubten, nur um sie dann öffentlich hinzurichten. Wir haben miterleben müssen, wie es ist, wenn die Gefährten dieser Frauen im gleichen Moment wie sie starben.«

»Wie ist das möglich, Herr?« Noch immer hatte Violetta den Blick nicht gesenkt, musste nun jedoch den Kopf in den Nacken legen, um Javron weiterhin ins Gesicht sehen zu können. Und dieser lächelte sanft auf sie herab, während er weiterhin ihre Hände mit den seinen umschlossen hielt.

»Die Verbindung, die wir mit unseren Gefährtinnen eingehen, ist keine öffentliche Zeremonie wie die deines Volkes. Wir verbinden uns im wahrsten Sinne des Wortes mit unserem Partner. Nicht mal der Tod kann daran etwas ändern. Stirbt der eine, wird auch der andere sterben.«

»Das klingt furchtbar, Herr.«

»Wenn du deinen wahren Gefährten gefunden hast, klingt es für dich furchtbarer, die Ewigkeit ohne ihn verbringen zu müssen.«

Mit Staunen verfolgte Anna die wortlosen Vorgänge zwischen dem Monarchen und ihrer einstigen Schulkameradin. Hatte diese vor wenigen Minuten noch mit einer Ohnmacht aufgrund ihrer Angst zu kämpfen gehabt, so wirkte sie nun regelrecht entspannt. Wie der Herrscher schien auch sie nicht mehr ihren Blick von dem Wesen vor sich lösen zu können. Und auch wenn Unsicherheit in ihr Gesicht geschrieben stand, so wirkte sie doch keinesfalls so eingeschüchtert, wie man hätte meinen können, wenn sich der größte Widersacher seines Volkes einem auf diese Weise näherte.

»Vielleicht bin ich wirklich das Kind, als das Ihr mich bezeichnet, aber ich kann das nicht nachvollziehen.«

Javrons Lächeln vertiefte sich bei ihren Worten. »Dann gestatte mir, den Versuch zu unternehmen, dir zu zeigen, wie sich das anfühlt.«

Anna spürte, wie Hitze in ihre Wangen schoss, als sie begriff, dass Eliel recht gehabt hatte, und sie alle gerade Zeugen einer doch höchst privaten Szene des Monarchen wurden.

»Wie ...?« Violetta verstummte, als der riesige Mantus ihr mit einer Hand einige Strähnen aus dem Gesicht wischte, die sich aus ihrem Zopf gelöst hatten.

»Für den Anfang würde ich mich freuen, wenn du eine Einladung zum Essen heute Abend annehmen würdest.«

»Ich ... aber ...« Bei Violettas eingeschüchtertem Stammeln musste nun auch Anna schmunzeln. Sie konnte sich vorstellen, wie diese sich gerade fühlen musste.

»Ihr seid ein König, Herr. Ich nur eine einfache Heilerin aus einer einfachen Familie«, brachte Violetta nach einer gefühlten Ewigkeit mit flammend roten Wangen heraus und erntete dafür ein leises Lachen des Monarchen.

»Dass ihr Magier aber auch immer so viel Wert auf eure Formalia legen müsst. Du bist eine Frau und ich bin ein Mann. Und dieser Mann möchte diese Frau gerne kennenlernen. Er möchte ihr gerne den Hof machen, wie es in ihrem Volk üblich ist.« Kurz räusperte der König sich und fuhr dann selbstironisch fort: »Eigentlich möchte er dich am liebsten schnappen, an sich binden und dann seine Ahnen anflehen, dass du den Schock irgendwann verdaut haben wirst. Allerdings nehme ich an, dass das nicht nur politisch unklug, sondern auch generell kein guter Start ist. Das habe ich schon viel zu oft gesehen, den Schmerz auf beiden Seiten. Das will ich nicht. Ihr habt soeben diesen unseligen Krieg gegen uns verloren. Wir haben deinem Volk tiefe Wunden zugefügt. Die vergangenen Tage, aber auch die ganzen Jahrtausende hindurch. Wir haben euch in eure Festungen gedrängt, wie ihr uns in unsere Himmelsstadt gezwungen habt. Das Misstrauen ist auf beiden Seiten hoch. Und es wird auch kein Wunder geschehen, dass das über Nacht endet. Es wird viel Zeit brauchen. Vielleicht genauso lange, wie es gebraucht hat, diesen Krieg zu einem Ende zu bringen. Vielleicht weniger, niemand kann das jetzt schon absehen. Aber ich möchte es versuchen. Ich glaube fest daran, dass unsere Völker in Frieden zusammenleben können eines Tages. Aber dafür müssen wir uns besser kennenlernen. Unsere gegenseitigen Vorurteile überwinden und voneinander lernen. Und damit möchte ich bei dir den Anfang machen.«

Anna konnte sehen, wie überfahren Violetta von den Worten des Königs war, während sie verzweifelt nach einer Antwort suchte. Kein Wunder. Javron war ein geübter Anführer und guter Redner und hatte Violetta gerade mit seinem Pathos regelrecht erschlagen. Eigentlich hatte sie keine andere Möglichkeit als die bedingungslose Kapitulation. Etwas, das auch Violetta soeben zu begreifen schien, deren Miene von mittelschwerer Hilflosigkeit zu resignierender Zustimmung wechselte.

Er ist ein Rabenaas, wandte sie sich in Gedanken an ihren Gefährten und erhielt seine umfassende Erheiterung als wortlose Antwort zurück.

Aber er meint es ernst.

Anna lächelte inwendig, während sie ihre Aufmerksamkeit wieder auf das ungleiche Paar vor sich richtete. Auch sie hatte nichts anderes angenommen.

»Ihr wisst, dass ich gerade keine andere Chance habe, als zuzustimmen, nicht wahr?«

Javron schmunzelte, während er Violettas Hände an seine Lippen hob, die dieses kommentarlos mit sich machen ließ.

»Ja«, erwiderte der Mantus und Anna verbiss sich ein Grinsen, als sie den spitzbübischen Unterton in dessen Stimme bemerkte. So langsam schien er wieder in sein übliches Gemüt zurückzufinden.

»Nur mal angenommen, ich würde nun dennoch ablehnen, was würde dann geschehen?«

Javron neigte den Kopf, als würde er ernstlich darüber nachdenken, doch an dem leichten Kräuseln seiner Mundwinkel war zu erkennen, dass er sich eher einen Spaß daraus machte.

»Dann würde ich vermutlich jeden Tag zu dir kommen und mein Anliegen wiederholen. Irgendwann würdest du schon allein deshalb nachgeben, weil ich dir den letzten Nerv damit geraubt habe«, erklärte er mit einem unterdrückten Lachen in der Stimme, während er kleine Küsse auf Violettas Handrücken platzierte.

»Ihr könntet es mir auch befehlen, Herr. Oder mich zwingen. Ich bin nur Eure Gefangene.«

Der König schnaubte abfällig, ließ aber endlich Violettas Hände frei. »Gewiss könnte ich das. Aber was hätte ich davon? Ein zitterndes Häufchen Elend, das kaum die Gabel an den Mund bekommt und jedes Mal einen panischen Satz nach hinten macht, wenn ich versuche, eine Unterhaltung zu beginnen.«

»Was sagt Euch, dass es nicht ohnehin darauf hinauslaufen wird?«

Javron grinste überheblich. »Du. Keiner hier hatte so viel Courage, mich einen Lügner zu schimpfen. Gestandene Männer, die zum Teil sogar älter sind als ich. Keiner von ihnen hatte den Arsch in der Hose, mich offen zu beleidigen. Krieg konnten sie gegen mich führen, aber in die Augen sehen und mich offen der Lüge bezichtigen haben sie nicht fertig gebracht.«

Violetta lächelte nun ebenfalls leicht. »Kann man es ihnen verdenken? Ich habe nie Krieg gegen Euch geführt. Ich bin zu jung, um mir die Hände schmutzig gemacht zu haben. Ich habe lediglich dafür gesorgt, jene zu heilen, die es nicht unversehrt von den Schlachtfeldern geschafft haben. Und tue es auch jetzt noch.«

Javron nickte. »Dafür verdienst du meinen Respekt, Magierin. Würdest du nun dennoch meine Frage beantworten?«

»Ob ich Eure Einladung annehme?«

Erneut nickte der Monarch, doch diesmal etwas weniger siegessicher als noch zuvor.

»Das tue ich. Und sei es auch nur deshalb, weil ich mir selbst beweisen möchte, dass ich mir nicht den Schneid abkaufen lasse von einem hohen Rang und überdimensionalen Proportionen«, erklärte sie mit einer Kraft in der Stimme, die Anna im ersten Moment verblüffte. Auch Javron schien zunächst überrascht, lachte dann jedoch laut auf, als er begriff, was Violetta da gerade gesagt hatte.

»Dann werde ich mich nun wieder zurückziehen und eure Zeremonie nicht weiter stören. Dies hier ist ein Moment der Magier und ihrer Trauer und nicht der Ort, um eine Frau kennenzulernen. Ich werde dich heute Abend abholen lassen, wenn die Sonne untergeht. Ich hoffe, dies ist auch in deinem Sinne.«

Als Violetta daraufhin stumm nickte, trat der König wieder einen Schritt zurück und deutete eine Verbeugung an. »Vielen Dank, junge Magierin. Ich freue mich auf unsere erneute Begegnung heute Abend.« Damit wandte er sich ab und überließ es Anna, wieder in die Formalia der Totenzeremonie zurück zu finden.

Rückblickend vermochte Anna nicht mehr zu sagen, wie sie in den rituellen Teil der Bestattung wieder reingefunden hatte. Nicht nur ihre eigene verunglückte Rede hatte sie völlig aus dem Trott gebracht, auch der Auftritt Javrons, der so unversehens über seine Gefährtin gestolpert war, hatte seinen Beitrag dazu geleistet, alles gründlich bei ihr auf den Kopf zu stellen. Erst, als sie bereits die Fackel in der Hand hatte, die schon seit Jahrhunderten Teil dieser zeremoniellen Verabschiedung eines Magiers war, setzte ihre Erinnerung wieder ein.

»Ich weiß, dass mir niemand glauben wird. Aber auch mir wirst du fehlen, Vater. Trotz allem, was zwischen uns vorgefallen ist, den tiefen Gräben, die zwischen uns im Lauf der Jahre entstanden sind, war ich mir doch stets darüber bewusst, dass ich dein Kind bin. Und dass ich es auch immer bleiben werde. Ich werde um dich trauern, wie auch jene, die du angeführt hast. Als Magierin, aber auch als Tochter. Ich werde darum trauern, dass wir nie die Chance bekommen haben, wirklich so zueinander zu finden, wie es für Vater und Tochter üblich sein sollte.« Ihre Stimme brach, als sie die Wahrheit in ihren eigenen Worten spürte. Tränen brannten in ihren Augen und sie musste sich zwingen, zu dem ersten der vier Pfosten zu gehen. Ein leichter Geruch nach Benzin haftete ihm an. Man hatte ihn zuvor mit etwas, das diesem Erdölsubstrat entsprach, getränkt, denn dies war der einzige Teil der Zeremonie, der ohne Magie auskommen musste. Und sie zuckte zusammen, als sie in sich Eliels Anteilnahme an ihrem Schmerz spürte, während sie zögernd die Fackel senkte, um den Pfosten in Brand zu stecken.

»Ich verabschiede mich von dir, Vater. Es tut mir leid, dass es so hatte kommen müssen«, wisperte sie rau, während sie versuchte, die Tränen zurückzudrängen.

»Niemand von uns wird dich vergessen. Du hast unsere Welt geprägt wie kein anderer. Du hast uns geführt und es wird lange brauchen, bis dieses Volk ohne dich auskommen wird.« Ihre Stimme brach, als der Pfosten mit einem lauten Zischen Feuer fing und mit einem erstickten Schluchzen machte sie sich auf den Weg zum nächsten Pfosten.

»Du hattest ein langes Leben. Ein sehr langes. Du hattest alles, was man sich wünschen kann: Macht, Reichtum, eine Familie. Und ich hoffe, dass du damit glücklich warst. Bitte verzeih mir, dass ich es nicht gekonnt habe.« Ein weiterer Pfosten ging in Flammen auf und hastig wischte Anna sich die Tränen weg, ehe sie sich wieder zu ihrem Volk umdrehte. In sich konnte sie Eliels Trost spüren, verschloss sich jedoch dafür. Im Moment musste sie trauern.

»Auf dass deine Magie zu unseren Ahnen zurückkehren möge, um eines Tages erneut ihren Weg in unsere Gemeinschaft zu finden.«

Als sie ihrer Magie im gleichen Moment freien Lauf ließ, war es keine bewusste Entscheidung. Sie ließ sich einfach in den Augenblick fallen, überließ es ihrer Magie, sich ihren Weg zu suchen.

Schon oft hatte sie diese Zeremonien erlebt. Hatte ihnen beigewohnt und erlebt, wie sehr die Hinterbliebenen gelitten hatten. Jeder einzige Verlust in der überschaubaren Gemeinschaft der Magier war ein Verlust, der sie alle betraf. Jeder konnte die Trauer nachvollziehen, denn jeder von ihnen hatte mindestens einen geliebten Menschen, sei es Familienmitglied, Partner oder Freunde, auf diese Weise verloren. Sie hatte gesehen, wie sie zusammengebrochen waren, als sie ihre engsten Vertrauten auf ihre letzte Reise hatten schicken müssen, und hatte gesehen, wie sie dabei auch die Kontrolle über sich verloren hatten.

Anna versuchte erst gar nicht, sich in irgendeiner Form zu kontrollieren. Früher hatte sie angenommen, dass es ihr nichts ausmachen würde, sollte ihr Vater eines Tages sterben. Es hatte sogar Momente gegeben, in denen sie genau das gehofft hatte. Momente, in denen sie es einfach nicht hatte ertragen können zu wissen, dass sie sein Kind war. Und dass er jederzeit hätte zu ihr kommen und sie zurückholen können.

Doch als sie nun dort stand, mit all ihren Erinnerungen an ihren Vater, brach sich dieses seltsame Gefühl Bahn. Wie oft hatte sie darauf gehofft, dass er stolz auf sie wäre? Wie oft hatte sie als Kind nachts im Bett gelegen und darum gefleht, dass er sie nur einmal in den Arm nehmen würde?

Früher hatte sie ihn für diese Unfähigkeit gehasst. Doch gerade in diesem Augenblick trauerte sie darum, dass all dies niemals mehr möglich sein würde.

Natürlich, ihr Verstand wusste ob der Unsinnigkeit ihres Bedürfnisses. Eine mahnende Stimme in ihrem Hinterkopf erinnerte sie daran, wie es gewesen war, als er sie noch vor wenigen Tagen im Kerker unterhalb der Festung gefangen gehalten und gefoltert hatte. Doch das kleine Kind in ihr weinte. Es weinte um den Verlust, den es erlitten hatte. Um die vielen verpassten Möglichkeiten.

»Trotz allem habe ich dich immer geliebt«, wisperte sie

tonlos und schloss die Augen, als die Magie in ihr sich wie ein reißender Strom erhob.

Eliel spürte, wie Anna unter der Last der Zeremonie zusammenzubrechen drohte. Und kurz war er versucht, ihr zu Hilfe zu eilen, doch als Javron eine Hand auf seinen Arm legte und kaum merklich den Kopf schüttelte, blieb er an Ort und Stelle.

Seine Gefährtin litt. Litt, wie er sich nie hätte vorstellen können, dass sie um diesen Mann würde leiden können, der sie so lange Zeit manipuliert und später misshandelt hatte.

»Sie ist dennoch seine Tochter, Eliel. Gib ihr diesen Raum«, hörte er seinen Cousin an seiner Seite murmeln und schließlich nickte er abgehackt, während er das elektrisierende Kribbeln auf seiner Haut spürte, das unweigerlich Annas Magie vorausging.

Dann konnte er sie sogar sehen. Ein erstauntes Raunen ging durch die Menge, offensichtlich überraschte dieses Phänomen selbst die Magier. Aber Annas Magie floss nicht nur als unsichtbarer Strom, sondern stieg als irisierender Nebel von ihr auf, hüllte sie langsam ein und zog erst dann weiter zu dem inzwischen vollständig in Brand geratenem Podest mit dem Leichnam ihres Vater.

»Ich wünsche dir Frieden, Vater.« Laut und deutlich erhob sich ihre Stimme über den Hof, schien von den Wänden widerzuhallen und überraschte Laute entwichen den Anwesenden, als noch im gleichen Moment ihre Magie das Podest einhüllte und das Feuer wie eine Flammensäule gen Himmel schießen ließ.

»Mach es gut.« Mit diesen Worten brach Anna zusammen.

Diesmal hielt niemand ihn zurück, als Eliel mit einem Satz bei seiner Gefährtin war und sie an sich zog.

17

Javron saß in der großen Halle von Veluvion Stadt und gab sich redlich Mühe, sich auf die Mahlzeit zu konzentrieren, die man aufgetragen hatte.

Seit einigen Wochen war man nun schon hier, hatte angefangen, die Schäden, die man der Festung zugefügt hatte, wieder zu beheben und gleichzeitig die absurden Festungsmauern abzuschleifen, bis dahinter zumindest näherungsweise eine offene Stadt würde auftauchen können. Deutlich noch war der Stadt zwar anzumerken, dass sie noch vor kurzem eine Festung war, doch er tröstete sich mit dem Gedanken, dass sich dies in den kommenden Jahrzehnten vermutlich verwachsen würde.

Je mehr die Völker zusammenwuchsen, umso mehr würde man auch bauen, um die steigende Zahl der Bewohner fassen zu können. Zumindest hoffte er, dass dies so sein würde.

Mit einem Lächeln sah er auf Violetta, die noch immer Schwierigkeiten damit haben zu schien, plötzlich so dermaßen ins Zentrum der Aufmerksamkeit gerückt zu sein. Mit gesenktem Kopf stocherte sie in ihrer Mahlzeit herum, dabei immer wieder flüchtige Blicke in seine Richtung werfend.

Anfänglich hatte er darauf bestehen wollen, dass sie direkt neben ihm saß, es dann jedoch dabei belassen, als er spürte, dass ihr diese zentrale Stellung neben ihm noch zu viel war. Jetzt saß sie drei Plätze weiter, noch immer nicht ganz das, was sie sich vorstellte, für ihn jedoch der größte Abstand, den er zwischen ihnen haben wollte.

Die vergangenen Wochen hatten ihr gut getan. Ihre blasse Haut wirkte nicht mehr kränklich, die dunklen Ringe der Erschöpfung unter ihren klaren blauen Augen waren gewichen und ihr langes schwarzes Haar trug sie offen, sodass es im einfallenden Licht fast bläulich schimmerte.

Das Schicksal hatte es gut mit ihm gemeint. Sie war nicht nur eine attraktive Frau, sondern ihr wacher Geist und ihre scharfe Zunge hielten ihn darüber hinaus auch ganz schön auf Trab. Leider jedoch auch auf Abstand. Zwar ließ sie es inzwischen zu, dass er einen großen Teil seiner Zeit mit ihr verbrachte, jedoch hatte er das Gefühl, kaum einen Schritt bei ihr weitergekommen zu sein.

Sie hatte inzwischen verstanden, was er an jenem Tag vor nahezu drei Wochen gemeint hatte. Hatte verstanden, welche Rolle sie für ihn spielte, und ab und an meinte er zu spüren, dass auch sie etwas ähnliches fühlen konnte. Dennoch brachte irgendetwas sie dazu, ihn immer wieder auf Abstand zu halten. Er glaubte inzwischen nicht mehr, dass es an seiner Person lag oder an dem Umstand, dass er ein Mantus und damit ihr einstiger Feind war. Dafür zeigte sie sich ihm gegenüber zu wagemutig. Nicht mal in den kurzen Momenten, die er sie allein für sich hatte, schien sie sich noch vor ihm zu fürchten.

Seine künftige Gefährtin gab ihm Rätsel auf. Nichts hätte er lieber getan, als sie sofort an sich zu binden. Mit jedem Tag, der verging, spürte er, wie dieser Instinkt an ihm riss. Und er fürchtete darum, dass er irgendwann die Kontrolle über dieses Bedürfnis verlieren würde und er sich nahtlos in die Reihe jener einfügte, denen es ebenso erging, wenn sie auf ihre Gefährtin trafen.

Aber noch gab es andere wichtige Dinge, die tatsächlich Vorrang vor seinen privaten Angelegenheiten hatten. Auch wenn er davon ausging, dass seine Beziehung zu Violetta nicht unerheblichen Einfluss auf den wohl wichtigsten Punkt nehmen könnte: der Einigung der beiden Völker.

Er wollte sich eindeutig nicht über das Schicksal beklagen, das ihm ausgerechnet in jenem geschichtsträchtigen Moment seine Gefährtin beschert hatte. In einem Meer der Gefolgstreuen des Kommandanten hatte er sie gefunden – vor aller Augen hatte er seine Absichten mehr oder minder klar verkündet. Augen, die auch nun aufmerksam verfolgten, wie es zwischen ihm und seiner künftigen Gefährtin stand.

Er musste also davon ausgehen, dass sein Verhältnis und auch sein Verhalten Violetta gegenüber Gradmesser dafür war, wie die Magier sich verhielten. Je reibungsloser seine Werbung also verlief, desto eher wären die Magier vermutlich geneigt, sich den Mante gegenüber zu öffnen.

Im Moment war es erstaunlich ruhig. Mante und Magier fremdelten zwar gleichermaßen mit der veränderten Situation, jedoch hatte es bisher noch keine Ausfälle oder gar Übergriffe gegeben. Sollte er Violetta gegenüber jedoch die Geduld verlieren, so könnte sich das schnell ändern.

So richtig wusste er jedoch nicht, wie er das Kunststück schaffen sollte, Magier und Mante einander näherzubringen. Natürlich, nicht wenige seines Volkes hatten – wie er – ihre Gefährtin in dem ganzen Chaos gefunden. Leider jedoch besaßen viele nicht mal auch nur im Ansatz die Gabe, ihre Impulse unter Kontrolle zu halten, und es gab dadurch doch den einen oder anderen unschönen Moment, der zumeist mit einer mittelschwer verstörten Frau endete. Zwar hatte Javron seinen Männern eingeschärft, sich zurückzunehmen. Allerdings war selbst ihm klar, dass dies ein Ding der Unmöglichkeit war. Die Strafen, die er auf die ab und an auftauchenden Entführungen verhängte, waren daher auch eher als harmlos anzusehen.

Zudem waren nach wie vor noch nicht alle Festungen eingenommen, daher konnte man auch an dieser Stelle noch lange nicht von einer Beruhigung der Lage sprechen. Noch immer gab es zwei Festungen, die von den Magiern gehalten wurden. Auch wenn die zentralen Bollwerke gefallen waren. Ebenso wenig gab es Neuigkeiten über den Verbleib des alten Königs. Dafür jedoch erstaunliche Erkenntnisse über dessen Vorgänger.

Vor einigen Stunden erst hatte er eine seltsame Nachricht von Mikhail erhalten gehabt, der sich recht schnell nach dem Ende der Schlacht in die Chroniken der Magier vergraben hatte. Mikhail war der verständigste seiner schwarzen Prinzen und stets darum bemüht, auch die Perspektive des Gegenübers zu verstehen. Entgegen seiner gesamten Art neigte er nur selten zu impulsiven Ausbrüchen, vielmehr zog er es vor, sein Gegenüber genauestens zu studieren und daraus Möglichkeiten abzuleiten. Etwas, das ihnen allen gerade wertvolle Erkenntnisse lieferte. Erkenntnisse, die nun jedoch überprüft werden mussten.

»Violetta?« Er konnte sehen, wie die Schultern der Angesprochenen sich kurz versteiften. Dann jedoch löste sich ihre Haltung wieder und mit gehobener Braue legte sie ihre Gabel neben ihren Teller.

»Auf ein Wort, bitte.« Er wusste, dass es ihr unangenehm war, wenn er sie darum bat, mit ihm allein zu sein. Allerdings wüsste er auch sonst niemanden, der ihm aktuell würde helfen können. Mala war mit Harden weitergezogen, der von Eliel die Aufgabe übernommen hatte, die beiden letzten Festen einzunehmen. Alle hielten es für sinnvoller, wenn Eliel bei seiner Gefährtin blieb, die seit der Bestattung ihres Vaters so etwas wie einen Zusammenbruch hatte.

Es blieb ihm daher einzig Violetta, um ihm bei seinen Fragen weiterzuhelfen. Und er war erleichtert, als sie ihm zwar einen etwas pikierten Blick zuwarf, sich dann jedoch von ihrem Platz erhob, als auch er auf die Beine kam und ihr die Hand hinhielt. Wortlos legte sie die ihre hinein und schwieg so lange, bis er sie in einen Nebenraum der großen Halle Veluvions geführt hatte.

»Was wünscht Ihr?«

Innerlich seufzend, da sie ihm nach wie vor nicht die Nähe einer vertraulichen Anrede gönnte, ließ er sich auf einen der Sessel nieder, die man unweit eines monströsen Kamins aufgestellt hatte. Einen kleinen Moment blieb Violetta stehen, musterte ihn nachdenklich, ehe sie sich einen Ruck gab und sich in dem Sessel ihm gegenüber niederließ.

»Ich habe ein paar Fragen, von denen ich hoffe, dass du mir helfen kannst, sie zu beantworten«, versuchte er es umständlich und sah, wie sie die Lippen zusammenpresste.

»Ihr wisst, dass ich nicht zwischen den Fronten unserer Völker stehen möchte, Herr.«

Javron lächelte schwach. »Dessen bin ich mir bewusst, Magierin. Und es geht tatsächlich auch nicht darum.«

Als sie sich daraufhin vorbeugte und ihn aufmerksam musterte, vertiefte sich sein Lächeln. Er hatte also ihre volle Aufmerksamkeit.

»Was also möchtet Ihr wissen?«

»Was ist noch über den letzten König bekannt?«

Überrascht lehnte sie sich bei seiner Frage zurück. Damit hatte sie eindeutig nicht gerechnet.

»Steen?«

Javron nickte.

»Nicht viel«, räumte Violetta ein, während eine steile Falte zwischen ihren Brauen entstand. »Er hielt den Thron kaum fünf Jahrhunderte hindurch, ehe er von Maladriel schließlich gestürzt wurde, als er versuchte, das Militär abzusetzen. Es heißt, er habe versucht, die Magier an die Mante zu verraten.«

Javron nickte zustimmend, enthielt sich jedoch eines weiteren Kommentars.

»Und seine Familie?«

Verwirrt sah sie ihn an und er seufzte.

»Steen hatte eine Frau und einen Sohn.«

»Davon weiß ich nichts, Herr. Soweit ich mich noch erinnern kann aus dem Geschichtsunterricht, war er allein und kinderlos.«

»Sein Sohn hieß Lael. Seine Frau Chrisania. Hast du diese Namen jemals gehört?« Violetta schien nachzudenken, schüttelte dann jedoch vorsichtig den Kopf.

»Nicht, dass ich wüsste. Aber warum fragt Ihr niemanden, der älter ist? Ich bin viel zu jung, um solche Dinge noch wissen zu können. Mein Wissen über diese Zeit stammt einzig aus den Chroniken und dem, was die Älteren mir erzählt haben.«

»Weil ich dir vertraue, Violetta«, erwiderte er leise und sah, wie sie verlegen den Blick senkte.

Javron ahnte, dass sie etwas suchte, womit sie ihm würde widersprechen können. Ein Argument, das unwiderlegbar aufzeigte, dass er ihr nicht vertrauen konnte. Und als das Schweigen sich in die Länge zog, erkannte er zufrieden, dass sie es nicht fand.

»Warum interessiert Ihr Euch ausgerechnet für diesen unbedeutenden Herrscher, Hoheit?« Wie immer, wenn sie ihm auszuweichen versuchte, schlich sich die höfische Anrede in ihre Worte. Ihre Stimme klang gestelzt und er wusste inzwischen, dass er sie mit dem Rücken an die Wand gedrängt hatte, wenn sie sich derart umständlich ausdrückte. Gern hätte er jetzt diesen Faden wieder aufgenommen, jedoch stand zu befürchten, dass sie dann das Weite suchen würde.

»Weil Steen der letzte König aus der alten Garde war. Der letzte aus dem Haus der Sonnen, dem ursprünglichen Herrschergeschlecht deines Volkes.«

Violettas Blick, als sie nun zu ihm aufsah, spiegelte einzig Verwirrung wieder. »Ich verstehe nicht ...«

»Das habe ich fast vermutet«, räumte Javron mit einem Seufzen ein und genoss das Gefühl ihrer warmen Hand, als er nach ihrer griff. Kurz spürte er, wie sie sich verspannte, dann jedoch zuließ, dass er sie auch weiterhin festhielt.

»Als Maladriel vor zweitausend Jahren den Thron bestiegen hatte, scheint er überaus gründlich gewesen zu sein. Mein zweiter Prinz hat die vergangenen Wochen dazu genutzt, in den Chroniken eures Volkes zu lesen. Und es scheint, als ob man sich die Mühe gemacht hat, eure Chroniken zu verändern. So sehr zu verändern, dass sie mit dem, was wir auf unserer Seite erlebt haben, nicht mehr überein stimmen.

»Warum hätte er das tun sollen?«

Javron neigte leicht den Kopf. »Um seinen Herrschaftsanspruch zu untermauern? Maladriel hatte nicht mal indirekt einen erblichen Anspruch auf den Thron gehabt. Hätte der alte König oder einer aus seiner Familie überlebt, hätte er einen ewigen Kontrahenten in seinen eigenen Reihen gehabt.«

Eine Weile schwieg Violetta. Die Stirn gerunzelt schien sie nachzudenken und das Für und Wider dessen abzuwägen, was er ihr gerade erklärte.

»Wenn ich recht informiert bin, wart Ihr da bereits König Eures Volkes. Was genau hat sich aus Eurer Perspektive abgespielt?«

Javron lächelte bei ihrer Frage. Noch immer hielt er ihre Hand, streichelte mit dem Daumen ihren Handrücken und sie schien völlig gedankenverloren gar nicht mehr mitzubekommen, dass er sich diese Freiheit bei ihr herausnahm. Im Moment schien weder sein Rang noch seine Natur eine Rolle zu spielen. Ihr wacher Geist wollte Informationen sammeln, um sich selbst ein Bild machen zu können. Und er war nur all zu gewillt, ihr diese auch zu geben.

»Steen hatte den Versuch einer Annäherung zwischen unseren Völkern unternommen. Er hatte Botschafter ausgeschickt, um mit uns in Dialog zu treten. Ich kann dir nicht sagen, warum er sich dafür entschieden hatte. Der Krieg hatte damals schon stagniert, vielleicht war er dessen überdrüssig. Die Verhandlungen liefen im Geheimen ungefähr ein halbes Jahr lang, als plötzlich der Informationsfluss quasi über Nacht abriss. Es kam die Nachricht an die Gesandten der Magier, dass sie sich unverzüglich zurückbegeben sollten, und danach nichts mehr. Wir konnten nur erahnen, dass der König gestürzt wurde. Was jedoch genau mit ihm geschah, ist uns nicht bekannt. Ebenso wenig etwas über das Schicksal seiner Familie.«

Violetta brauchte eine Weile, um die neuen Informationen für sich zu erfassen und in einen Kontext zu ihrem eigenen Wissen zu bringen. Nachdenklich den Blick auf den Kamin gerichtet, in dem man bereits Brennholz für ein späteres Feuer geschichtet hatte, wirkte sie plötzlich ganz weit weg von ihm.

Javron musste sich zusammenreißen, um sie nicht in ihrem Gedankenfluss zu stören. Er ahnte, dass sie gerade die grundlegendsten Dinge ihres Lebens in Frage stellte. Wäre er in ihrer Situation, er hätte es vermutlich getan. Und als sie erneut das Wort an ihn richtete, sah er sich in seiner Vermutung bestätigt.

»Dann hat Maladriel die gesamte Geschichte verändert, um seine eigene Herrschaft auszubauen. Er hatte ein Interesse daran, durch einen äußeren Feind seine Herrschaft aufrecht zu erhalten. Dann ...« Sie unterbrach sich und der Blick, mit dem sie ihn gleich darauf bedachte, zeugte von dem Schmerz, den sie verspüren musste, als sie begriff, dass sie alles in Frage stellen musste, was man ihr beigebracht hatte. »Dann ist es also wahr, dass die entführten Frauen ...«

Er wusste, dass das für sie ein sensibles Thema war. Dass sie es nun selbst anschnitt, zeugte nur davon, wie sehr sie die neuen Informationen gerade durcheinander brachten.

»Wie ich es dir bereits vor Wochen sagte, Violetta, wir haben diese Frauen nicht getötet. Soren hat sie hinrichten lassen, wenn er ihrer habhaft werden konnte.«

Trotz ihrer von Natur aus hellen Haut, sah er, wie sie bei seinen Worten erblasste. »Und Prinzessin Isande …?«

Javron seufzte. Die traurige Geschichte von Prinzessin Isande, die unter den Magiern als Märtyrerin galt, am Ende jedoch durch die Hand des engsten Vertrauten ihres Vaters den Tod fand.

»Wurde von Soren hingerichtet, nachdem sie meinen Kriegern in die Hände gefallen war.«

Tränen ließen ihre Augen glasig erscheinen und Javron musste sich zwingen, ruhig auf seinem Platz zu bleiben. Zu gern hätte er sie an sich gezogen und ihr Trost gespendet. Doch ahnte er, dass sie dies im Moment noch überfordern würde.

»Aber es gibt doch Zeugen von dieser Geschichte! Warum …« Ihre Stimme brach und ihre Frage ging in einem Schniefen unter. Dennoch verstand Javron, worauf sie hinaus wollte.

»Wenn du ein einfacher Soldat bist, wie würdest du dich verhalten, wenn deine Führung plötzlich eine andere Geschichte erzählt? Wenn du zusehen musstest, wie Magierinnen von ihrem eigenen Volk hingerichtet wurden? Hättest du da nicht auch Angst um dein eigenes Leben? Oder um das deiner Familie? Würdest du dann nicht auch lieber schweigen?«

Violetta nickte abgehackt, während sie hastig ihre Tränen wegblinzelte.

»Aber es gibt so viele, die es hätten wissen müssen. Warum ist nie einer …?« Ihre Stimme klang brüchig und aus einem Impuls heraus drückte er ihre Hand fester.

»Weil es niemanden gab, der sie hätte führen können. Weil es stattdessen jedoch viele in den entscheidenden Positionen gab, die ein Interesse daran hatten, dass das Gleichgewicht unverändert blieb. Über die Jahrtausende hat man ein sich selbst erhaltendes System geschaffen. Die Kinder, denen die Angst vor dem Feind regelrecht eingeimpft wurde, und die Erwachsenen, die zwar durchaus etwas anderes sahen, als später verbreitet wurde, dann jedoch fürchten mussten, ebenfalls ein Opfer des Systems zu werden, wenn sie sich dagegen erheben sollten.«

Tränen liefen Violetta inzwischen ungebremst über die Wangen, als Stück für Stück die Dinge in ihrem Kopf einen Sinn zu ergeben begannen.

»Dann ist Anna damals deswegen geflohen?«

Javron nickte schwach. »Anna hat sehr unter Sorens Despotismus gelitten. Einerseits den starken Anführer des Sturms und auf der anderen Seite, den grausamen Vater und Ehemann. Ihre Flucht war ihr Versuch, sich gegen dieses System und damit auch gegen ihren Vater aufzulehnen. Dass sie dann später meinem Cousin begegnet ist, war reiner Zufall. Wir haben zu dem Zeitpunkt nicht mal gewusst, dass Soren überhaupt Kinder hatte. Auch für sie muss es ein Schock gewesen sein, zu erfahren, wie weit eure Propaganda sich von dem unterscheidet, was tatsächlich geschieht. Aber genau aus diesem Grund scheint sie sich dann auch dafür entschieden zu haben, sich ein weiteres Mal gegen alles aufzulehnen, womit sie aufgewachsen ist.«

Violetta war bei seinen Worten unruhig geworden und als sie auf die Beine kam, gab er ihre Hand frei. Nervös schritt sie neben seinem Platz auf und ab, während sie mit den Händen ringend versuchte, zu einer Entscheidung zu gelangen.

»Wie soll man das alles denn nur wieder auflösen?«

Ratlos hob Javron die Schultern. »Wenn wir versuchen, den Magiern die Wahrheit zu erzählen und sie dazu zu drängen, alles, woran sie je geglaubt haben, in Frage zu stellen, wäre dies zum Scheitern verurteilt. Wir sind der Feind. Man würde uns selbst Propaganda unterstellen. Sollte es uns gelingen, einzelne Magier davon zu überzeugen, würde man diesen dann unterstellen, dass sie sich vom Feind haben verführen lassen. Es aussitzen und hoffen, dass die Vorurteile sich eines Tages von selbst erledigen, ist langwierig und es ist nicht sicher, ob dies auch zum Erfolg führen wird. Vielleicht wird diese Kluft immer zwischen unseren Völkern bestehen bleiben.«

»Aber wenn es stimmt und Steen nicht kinderlos geblieben ist, dann wäre dieses Kind der lebende Beweis dafür, dass die Geschichten gelogen sind.«

Javron lächelte. Sie begann zu verstehen.

»Sollte Lael noch leben, wäre es ein kleines Wunder. Er muss gerade mal unsterblich geworden sein, als sein Vater gestürzt und gemeinsam mit seiner Frau hingerichtet wurde. Ich gehe davon aus, dass er damals hatte fliehen können. Andernfalls hätte man diesen Punkt in euren Chroniken nicht verändern müssen.«

Violetta unterbrach ihre hektische Wanderung und sah ihn aus großen Augen an. »Aber wie will man ihn finden? Und was ist, wenn man ihn hat, ihm aber niemand glaubt?«

Auch Javron kam nun auf die Beine. Und er lächelte, als er auf sie zuging und sie weder zurückwich noch auch nur den Blick senkte. Wie in einer Wiederholung ihrer ersten Begegnung stand er schließlich vor ihr, ergriff ihre

Hände und zog diese nach einem prüfenden Blick in ihr Gesicht an seine Lippen.

»Eliel ist der beste Spurensucher, den ich kenne. Er ist es gewohnt, solche Aufgaben zu übernehmen. Alles andere werden wir erst herausfinden, wenn wir es versuchen.«

»Aber was ist mit Anna ...?«

Javron seufzte, als sie ihm gleich darauf wieder ihre Hände entzog. Doch dann gab er sich einen Ruck. Mit einer für ihn unüblichen Unsicherheit umfasste er ihre Hüften und zog sie sacht näher zu sich heran. Zu seiner eigenen Überraschung ließ sie es geschehen, zuckte aber zusammen, als er nicht verhindern konnte, dass seine Magie in einer instinktiven Regung aufwallte. Doch war es nur ein kleiner Moment und als er sich wieder im Griff hatte, realisierte er, dass sie auch nichts unternahm, um sich von ihm zu befreien. Nicht mal, als er die Arme um sie schlang und sie so fest an seine Brust zog.

»Ich denke, ich kann den Anfang ruhig andere machen lassen. Im Moment braucht Anna ihn mehr als wir.«

»Ihr klammert Euch da an einen Strohhalm, Hoheit«, wisperte sie leise, während er zaghaft ihren Rücken streichelte, jederzeit damit rechnend, dass sie ihn einmal mehr von sich schieben würde.

»Hast du denn einen besseren Plan?« Mit einer Hand an ihrem Kinn hob er ihr Gesicht zu sich an, bis sie ihn aus verwirrten Augen ansah. Schwach konnte er das Aufflackern ihrer Magie spüren und verbiss sich mit Mühe ein Knurren, ob ihrer so unbewussten Reaktion auf ihn.

»Nein, Herr.«

»Ich habe einen Namen, Violetta«, erwiderte er ebenso leise und konnte nicht verhindern, dass seine Magie ihren

Weg zu der ihren suchte. In seinen Armen spürte er sie erstarren, als ihrer beider Signaturen sich trafen, und instinktiv spannte er seinen Arm fester um sie.

»Javron ...« Kurz wand sie sich in seinem Griff, hielt jedoch still, als er ihr einen Finger auf die Lippen legte.

»Es gibt nichts, wovor du dich fürchten musst, Liebes. Gestatte mir nur diesen kleinen Moment der Schwäche, bevor du mich wieder auf Abstand hältst.« Und als er sich zu ihr herabbeugte und ihre Lippen mit den seinen verschloss, entwich ihm doch ein Knurren, als er spürte, wie sie vorsichtig seinen Kuss erwiderte.

Sich innerlich wappnend stand Eliel vor der Tür zu den Räumlichkeiten, die man ihnen in der Festung zugewiesen hatte. Auf seine eigene Bitte hin hatte man ihnen nicht die Räumlichkeiten des Kommandanten gegeben, auch wenn diese seinem Rang entsprochen hätten. Aber es hingen zu viele Erinnerungen für Anna daran, sodass er ohne ihr Wissen entschieden hatte, diesen Ort zu meiden. Niemand hatte darüber auch nur ein Wort verloren. Vor allem nicht, als klar wurde, wie fragil Annas aktueller Zustand war.

Seit der Bestattungszeremonie und ihrem dortigen Zusammenbruch hatte seine Gefährtin sich nicht mehr erholt. Mit Sicherheit konnte er es zwar nicht sagen, jedoch ging er davon aus, dass nicht nur der Tod ihres Vaters, sondern alle Geschehnisse der vergangenen Monate dazu ihren Beitrag geleistet hatten. Zwölf Jahre, in Anbetracht ihres Alters also eine sehr lange Zeit, hatte sie nichts mit den Vorgängen in ihrer Heimat zu tun gehabt. Hatte sich von allem losgesagt, womit sie aufgewachsen war, nur um dann eines nachts davon regelrecht überrollt zu werden.

Wenn er es recht bedachte, grenzte es schon fast an ein Wunder, dass sie überhaupt so lange durchgehalten hatte.

Als er schweren Herzens die Tür zu ihren gemeinsamen Räumlichkeiten öffnete, wusste er schon, welches Bild ihn erwartete. Jenes Bild, das sich im stets bot, wenn er tagsüber zu ihr zurückkehrte, um nach ihr zu sehen. Und jedes Mal schnitt es ihm ins Herz. Seine Gefährtin hatte das Leuchten in ihren Augen verloren. Hatte er zuvor noch ihre Lebensfreude und ihr Unerschütterlichkeit, ihre Gabe, sich auf jede Situation einzustellen und dabei allem standzuhalten, bewundert, so war sie inzwischen kaum mehr als ein Schatten ihrer selbst.

In den ersten Tagen hatten ihre Mutter und er noch angenommen, dass es die Trauer um das war, was sie verloren hatte. Dass sie jede auch noch so geringe Chance auf eine friedliche und liebevolle Einigung mit ihrem Vater verloren hatte. Tagelang hatte sie kaum etwas anderes getan, als zu weinen. Und sie hatten sie gelassen. Dann, als ihre Tränen schließlich versiegten, jedoch weder er noch ihre Mutter es schafften, sie aus ihrer Lethargie zu rütteln, hatten sie einsehen müssen, dass es mehr war als nur die schlichte Trauer um den Verlust eines geliebten Menschen.

Seine Gefährtin hatte ihren Lebenswillen verloren. Wann immer er sich ihr auch öffnete, konnte er nichts anders spüren, als die stumpfe Gleichgültigkeit, die sich auch ihrer Augen bemächtigt hatte. Der Glanz in ihnen war verschwunden. Und als er sie nun, wie erwartet, im Wohnzimmer ihres Appartements auf der zierlichen Couch sitzen sah, brach es ihm einmal mehr fast das Herz. Gedankenverloren strich sie mit den Fingerspitzen über den Stoff der Armlehne und ihr Blick ging ins Leere. Sie wandte nicht mal den Kopf, als er leise die Tür hinter sich schloss und näher zu ihr trat.

»Guten Abend, Hauptmann«, versuchte er es, wohl wissend, dass sie diesen Titel nicht ausstehen konnte. Doch er sehnte sich nach einer Reaktion von ihr. Nach irgendetwas, das ihm zeigte, dass die Frau dort vor ihm noch am Leben war. Dass die Frau, die ihn vor vielen Monaten in einer anderen Welt aufgelesen und zusammengeflickt hatte, ohne auch nur die geringsten Fragen zu stellen, noch in ihr steckte. Er sehnte sich nach ihren Berührungen, ihrem Lachen, ihrer Leidenschaft. Doch wann immer er sie in den Arm nahm, spürte er lediglich ihre Desinteresse.

»Du weißt, dass mir dieser Titel nicht zusteht«, kam ihre matte Reaktion und er spürte, wie sein Hals eng wurde.

Am liebsten hätte er sie geschüttelt, um herauszufinden, ob sie wirklich so teilnahmslos war, wie sie sich gab. Doch war auch ihm klar, dass dies wenig von Erfolg gekrönt sein würde. Er konnte wohl schon froh sein, dass er zu den wenigen gehörte, die sie überhaupt noch wahrnahm.

»Du hast nichts gegessen, Liebste.«

Anna nickte schwach, während sein Blick zu dem unberührten Tablett vor ihr auf dem Tisch ging. Seit Wochen schon hatte sie nicht mehr das Interesse aufbringen können, gemeinsam mit den anderen in der großen Halle zu speisen. Es schien, als ob die Anwesenheit weiterer Lebewesen, seien es nun Magier oder Mante, ihr zu viel wurde. Anfangs hatte sie noch Kopfschmerzen vorgetäuscht, wenn er sie dazu zu überreden versucht hatte. Schließlich hatte er es aufgegeben, als er hatte einsehen müssen, dass seine Bemühungen keinerlei Ergebnis bringen würden. Allerdings hatte er Tag für Tag verfolgen können, wie sie immer weniger aß. Und – wenn er es richtig beobachtet hatte – nun seit bereits zwei Tagen keinerlei Mahlzeit mehr zu sich genommen hatte.

Seit Wochen schon zermarterte er sich das Hirn, wie er sie wieder ins Leben würde zurückbringen können. Doch so recht wollte ihm nichts einfallen.

»Ich möchte dich nicht zum Essen zwingen müssen, Anna«, versuchte er es in einem Tonfall, den er hatte bedrohlich klingen lassen wollen, der aber selbst in seinen Ohren eher wie ein jämmerliches Flehen klang.

»Ich werde gewiss nicht daran sterben«, gab sie trocken zurück und kurz sah er, wie ihre Mundwinkel amüsiert zuckten.

»Nein, aber du siehst mit jedem Tag miserabler aus.«

Ihr daraufhin abfälliges Schnauben entlockte ihm ein Knurren. Ja, auch er war inzwischen mit seinen Nerven am Ende. Ohne länger drüber nachzudenken, trat er ans Fenster, dessen Vorhänge fast vollständig die restliche Sonne aussperrten, und riss sie mit einem kräftigen Ruck von ihren Schienen. In seinem Rücken konnte er Anna wütend aufschreien hören.

»Was soll das!?«

Unbeirrt riss er auch die Fenster auf und inhalierte tief die frische Luft, die augenblicklich von draußen hereinströmte.

»Spinnst du? Mir ist kalt!«

Er schnaubte. »Es ist Sommer und es stickig hier drin«, erwiderte er ungerührt und ging zum nächsten Fenster, wo er die Prozedur unter ihrem lauten Protest wiederholte.

»Was soll das, Eliel? Warum kannst du mich nicht einfach in Ruhe lassen?«

Mit einem Knurren fuhr er zu ihr herum. »Weil ich das schon seit drei Wochen mache und es zu nichts anderem geführt hat, als dass du dich immer weiter da hineinsteigerst. Ich vermisse meine Frau, verstehst du?«

Eine Weile blieb sie still, musterte ihn aus großen Augen und ließ schließlich mit einem tiefen Seufzen den Kopf hängen.

»Ich fühle mich beschissen, Eliel.« Ihre Stimme klang kläglich, doch sie schob ihn nicht von sich, als er sich zu ihr auf die Couch setzte und einen Arm um sie schlang.

»Das verstehe ich, Anna. Sehr sogar. Aber niemandem ist damit geholfen, wenn du dich in deinen Gefühlen vergräbst und nichts und niemanden mehr an dich heranlässt.« Auch ohne sie anzusehen, konnte er spüren, dass sie mit den Tränen kämpfte. Ihr Schmerz, der nun auch ihn erfasste, traf ihn tief, dennoch war er froh darum. Immerhin spürte sie überhaupt mal etwas.

»Es fühlt sich falsch an, wenn ich bei den anderen bin. Als ob ich gar nicht richtig dazu gehörte. Die Leute sind da, reden, lachen sogar und ich ... ich fühle mich, als wäre ich nicht mehr als eine Zuschauerin des Lebens der anderen.«

Ihre leisen Worte berührten ihn, dennoch wollte er ihr nicht einfach nachgeben. Das hatte auch die vergangenen Wochen zu nichts geführt. Statt einer Antwort beugte er sich daher vor und begann, systematisch das inzwischen kalt gewordene Fleisch zu zerschneiden. Als wäre sie ein kleines Kind, bereitete er ihr die Mahlzeit vor und als er schließlich eine Gabel zu ihrem Mund führte, sah sie ihn mit gehobener Braue an.

»Nicht dein Ernst, oder?«

»Mein voller sogar. Wenn du nicht bereit bist, die Verantwortung für dich zu übernehmen, dann werde ich das eben tun.«

Sie schnaubte und drehte den Kopf, als er versuchte, ihr die Gabel in den Mund zu schieben.

»Das ist lächerlich, Eliel.«

»Iss, verdammt noch mal!«

Sein Ausbruch donnerte durch den Raum und er sah, wie Anna zusammenzuckte. Doch nach kurzem Zögern nahm sie endlich die Gabel in den Mund. Systematisch kaute sie und schluckte nach einer halben Ewigkeit das Essen schließlich hinunter.

»Das reicht, Eliel.«

Er knurrte, während er eine weitere Gabel an ihren Mund führte. »Bei weitem noch nicht, junge Dame.«

Obwohl er mit weiterem Protest gerechnet hatte, gab sie nach kurzem Zögern nach.

Einen halben Teller konnte er so in sie hinein bekommen, ehe sie schließlich abwehrend die Hände hob.

»Eliel, ich kann nicht mehr. Bitte. Hör auf.« Und obwohl er schwankte, gab er ihr schließlich nach und ließ die Gabel wieder zurück auf das Tablett sinken.

»Für den Anfang, Anna. Und jetzt komm.«

Verwirrt sah sie zu ihm auf, als er sich erhob und ihr in einer auffordernden Geste die Hand hinhielt.

»Was willst du denn jetzt schon wieder? Ich bin müde und muss mich ausruhen.«

Wieder knurrte er und das Geräusch schien sie auf die Beine zu bringen.

Er wusste, dass er sich gerade unmöglich benahm. Wusste, dass er so mit ihr nicht umgehen sollte. Allerdings war er auch nicht gewillt, sie weiterhin so vor sich hin vegetieren zu lassen. Er ertrug es einfach nicht mehr. Alle Fürsorge und Rücksicht der letzten Wochen hatten augenscheinlich nur dazu geführt, dass sie sich in ihren eigenen Käfig gesperrt hatte. Doch damit sollte jetzt Schluss sein. Sie musste wieder unter Leute kommen, musste wieder lernen, sich unter den anderen zu bewegen, und sie musste sehen, was ihr eigenes Handeln bewirkt hatte. Unter den Magiern genauso wie unter den Mante. Und auch zwischen den beiden Völkern.

»Wohin willst du mit mir?« Ihre Stimme klang schrill, als er ihre Hand packte und sie hinter sich her und hinaus auf den Flur zog. Als er an der Treppe ankam, die nach unten direkt in das Kernstück der Festung führte, stemmte sie mit aller Kraft, die sie aufbringen konnte, ihre Beine in den Boden und hielt sich schließlich sogar am Geländer fest, als er sie einfach weiterziehen wollte.

»Ich will, dass du dir ansiehst, was in den vergangenen Wochen geschehen ist. Das, was du selbst initiiert hast. Auch wenn du es vorziehst, dich jammernd in deiner Ecke zu verkriechen.«

Der Schlag hatte augenscheinlich gesessen. Mit einem unterdrückten Aufschrei zog sie Magie in sich, verstärkte damit ihre tatsächlichen physischen Kräfte und entlockte ihm ein trockenes Auflachen, als er es ihr gleichmachte und sie mit einer winzigen Armbewegung aus dem Gleichgewicht brachte.

»Junge Dame, ich bin entschieden zu alt, als dass du mir etwas entgegenzusetzen hättest. Lass die Albernheiten.« Er konnte in ihren Augen sehen, wie die Wut in ihr aufkochte, bemerkte das verärgerte Funkeln darin und grinste, als er einen Arm um sie legte und sie nach ihm dabei schlagen wollte, ihre Bindung sie dann jedoch daran hinderte, ihn zu treffen.

»Du verdammter Dämon!«, keifte sie und er lachte nun doch laut auf.

»Aye, und du kannst froh sein, dass ich dich ins Herz geschlossen habe und dich daher nicht einfach über die Schulter werfe. Also lass die Spielereien jetzt endlich und komm mit.«

Ein letztes Mal noch stemmte sie sich gegen seinen Griff, dann gab sie nach. Eliel konnte spüren, wie ihre Glieder weich wurden und mit einem genervten Schnauben hob er sie hoch, ehe sie wie ein Sack Kartoffeln zu Boden gehen konnte. An seiner Brust konnte er spüren, wie ihr Herz raste, spürte ihre Panik auch in sich, als er sich ihrem Gefühl öffnete, und so hielt er schließlich an und blieb mit ihr auf den Armen auf halber Treppe noch mal stehen.

»Wovor hast du Angst?«

Sie wand sich, er konnte sehen, wie sie seinem Blick auswich und wie Tränen in ihre Augen traten, ehe sie abrupt das Gesicht an seiner Brust vergrub.

»Ich weiß es nicht«, murmelte sie erstickt an seiner Haut und er seufzte still.

»Es gibt auch nichts, wovor du Angst haben müsstest.«

»Sie hassen mich, Eliel. Ich habe es gesehen.«

Probehalber machte er einen weiteren Schritt die Treppe hinab und spürte, wie sie in seinen Armen erstarrte.

»Wer hasst dich?«

»Mein eigenes Volk. Ich habe ihren inoffiziellen Anführer ermordet und ihren König in die Flucht getrieben. Ich habe meinen eigenen Vater getötet. Erst bin ich weggelaufen und dann bin ich als ihre Feindin zurückgekommen.«

Ihre Worte waren auch für ihn nicht ganz von der Hand zu weisen. Auch ihm war klar, dass es einige unter den Magiern gab, insbesondere die Getreuen ihres Vaters, die es genau so sahen. Allerdings, wenn er sich die vergangenen Wochen umgeschaut hatte, gab es auch jene, die sich vorsichtig mit der neuen Situation zu arrangieren begannen. Zumindest so weit, dass man von halbwegs normalen Zuständen in der Festung reden konnte. Sofern man berücksichtigte, dass der einstige Feind die Burgmauern geschliffen und sich hier niedergelassen hatte. Es hätte eindeutig schlimmer sein können.

»Bist du nicht die Frau, die noch als halbes Kind alles aufgegeben hat und in eine ungewisse Zukunft geflohen ist? Die mit nichts in einer ihr fremden Welt angekommen ist und keine Ahnung hatte, wie sie dort würde überleben können? Die dann ganze zwölf Jahre dort unerkannt gelebt hat?«

Sie schnaubte an seiner Brust, weigerte sich aber, ihr Gesicht wieder zu heben.

»Und bist du nicht die Frau, die ihren erklärten Todfeind wieder zusammengeflickt hat, als sie ihn mitten in der Nacht schwerverletzt gefunden hat? Die Frau, die eigentlich damit hätte rechnen müssen, im Gegenzug dafür von ihm versklavt zu werden?«

»Sei still!«, hörte er ihre gedämpfte Stimme und lachte leise.

»Sei kein Feigling, Anna. Ja, es wird einige geben, die dich für den Verrat verachten, von dem sie glauben, dass du ihn begangen hast. Aber genauso wird es jene geben, die dir dafür insgeheim dankbar sind. Reiß dich zusammen. Du hast dich weder vom König der Mante noch von sieben schwarzen Prinzen unterkriegen lassen. Warum also jetzt, wo du doch weißt, dass es richtig war?«

»Ich weiß es nicht.«

Eliel gab es auf und statt weiter auf sie einzureden, setzte er seinen Weg fort. Durch die Halle und weiter, immer weiter, bis er zu den Treppen gelangte, die ihn noch tiefer ins Innere der Festung führten. So tief, dass er den Druck der Felsen, in die sie geschlagen worden war, auf sich lasten spürte, und auch Anna begriff, dass er auf dem Weg in die Verliese war.

Hektisch begann sie in seinen Armen zu strampeln, gab jedoch auf, als er sich davon nicht beeindrucken ließ und unbeirrt seinen Weg fortsetzte.

»Eliel, nein! Ich will das nicht!«

»Doch, Anna. Mir scheint, du verdrängst, was dich eigentlich dazu gebracht hat, dich gegen all das zu richten, was dein Volk so lange zusammengehalten hat.« Mit diesen Worten stieß er die nunmehr unverschlossene Tür zu den Kerkern auf und trug Anna weiter in die Dunkelheit.

18

Anna zitterte am ganzen Leib, was nur bedingt der Kälte in den tieferen Schichten der Festung zuzurechnen war, als Eliel sie so unnachgiebig weiter in die Kerker trug. Einen Moment lang hatte sie versucht, sich gegen ihn zu wehren. Doch die Bindung an ihn hatte aus ihrem geplanten massiven Widerstand ein kindliches Strampeln werden lassen. Beeindruckt schien es ihn zumindest nicht zu haben, denn falls er es überhaupt bemerkt haben sollte, ignorierte er es geflissentlich.

»Glaubst du wirklich, dass du die einzige warst, die hier gelandet ist?« Eliels Stimme klang harsch und Anna schrie erschreckt auf, als er sie ohne weiteren Kommentar einfach fallen ließ. Unsanft landete sie mit ihrem Gesäß auf dem kalten Stein und instinktiv rollte sie sich auf dem Boden fest zusammen und zog ihre Knie vor das Gesicht.

»Glaubst du wirklich, dass hier keine anderen Magierinnen gewesen ist, die dein Vater gefoltert hat?«

»Bitte, hör auf, Eliel. Ich ertrag das nicht!«, wimmerte sie, war jedoch unfähig, sich aus ihrer Position zu erheben. Beinahe kam es ihr so vor, als gehorchten ihr ihre

Beine nicht mehr, und so blieb sie hilflos liegen, während Tränen hinter ihren Lidern brannten. Verzweifelt versuchte sie die aufkommenden Bilder zu verdrängen. Doch weder der Ort noch Eliel ließen ihr dazu die Möglichkeit.

»Hast du auch nur im entferntesten eine Vorstellung davon, wie viele Frauen dein Vater gefangen genommen hat? Wie wir hilflos dabei hatten zusehen müssen, wie ein Mann nach dem anderen einfach starb, als dein Vater diese Frauen tötete? Glaub mir, eine öffentliche Hinrichtung auf dem Schlachtfeld war noch das harmloseste. Schlimmer war es, jene Männer zu sehen, deren Frauen geraubt wurden. Wie sie wussten, dass sie beide sterben würden, aber hilflos auf den Moment warten mussten, an dem dein Vater und seine Schergen ihrem Leid ein Ende bereitete. Wenn sie sich nicht gleich selbst töteten, um ihren Frauen dieses Schicksal zu ersparen.«

Tränen, die Anna nicht mehr zurückhalten konnte, liefen über ihre Wangen. In einem letzten verzweifelten Versuch, der Wahrheit in seinen Worten zu entkommen, hob sie die Hände an ihre Ohren, erreichte damit jedoch nur, dass er sie an den Schultern packte und mit einem Ruck wieder auf die Beine beförderte.

»Sieh dich um, Anna. Das ist es, was dein Vater getan hat. Er hat Mante gefoltert und gequält. Erinnere dich, wie es war, als du Veit hier gefunden hast. Erinnere dich, wie es war, als dein Vater dich, seine eigene Tochter, hier gefangen gehalten hat.«

Bilder prasselten wie eine Sturmflut auf sie ein. Erinnerungen an den Schmerz, als das Schwert sie durchstoßen hatte. An den Wahnsinn in seiner Stimme, als er mit ihr gesprochen hatte. Und an den Genuss, den er dabei verspürt hatte, als er sich an ihr und gleich darauf an dem Mantus in der Nachbarzelle vergangen hatte.

»Und jetzt sage mir, dass es falsch war, was du getan hast. Sage mir, dass du nicht noch mal genauso handeln würdest.«

Als er sie urplötzlich losließ, taumelte Anna einige Schritte vor, fing sich dann jedoch wieder und zwang sich schließlich dazu, sich in dem Raum umzusehen.

Das war er. Eliel hatte sie in genau jenen Raum gebracht, aus dem sie noch vor wenigen Wochen schwerverletzt geflohen war. Noch immer hingen die Ketten von der Decke, mit denen er sie festgebunden hatte. Träge baumelten die schweren Glieder in der Luft, als würden sie nur darauf warten, erneut ein Lebewesen in ihre Fänge zu bekommen, und mit einem Schaudern wandte sie sich ab.

Dort hatte sie gehangen. Wie ein Stück Vieh, bereit zum Entbeinen. Und noch immer lagen jene Werkzeuge, die ihr Vater dort selbst sorgfältig aufgereiht hatte, auf dem Tisch am Rand, knapp außerhalb ihrer Reichweite, wie sie nun erkannte.

»Wieso tut jemand so etwas?« Zum ersten Mal wagte sie es, in dem ganzen Chaos, das in ihr tobte, ihren Blick auf Eliel zu richten.

Auch er sah nicht gut aus. Die Kiefer fest zusammengepresst, jeder Muskel in seinem Körper angespannt, war nicht zu übersehen, wie sehr ihn ihr Zustand mitnahm.

»Ich weiß es nicht, Anna. Das werden wir vermutlich auch nie erfahren.«

Eine Weile musterte sie ihn stumm und er sah ebenso stumm zu ihr zurück.

Das war ihr Gefährte. Dieser Mantus dort, die einstige Geißel ihres Volkes. Jahrtausende lang hatte er Krieg gegen ihren Vater geführt, hatte zusehen müssen, wie ihrer beider Völker sich gegenseitig aufrieben. Eigentlich hätte er die Magier doch für das hassen müssen, was sie seinem Volk immer wieder angetan hatten. Genauso, wie die Magier die Mante für das hassten, was diese ihnen angetan hatten. Warum tat er es nur nicht?

Als sein Blick aus nachtschwarzen Augen plötzlich weich wurde, begriff Anna, dass er ihre Frage gespürt haben musste. Und sie senkte verlegen den Blick, als er matt lächelte.

»Manchmal habe ich das. Immer dann, wenn wir eine sinnlose Schlacht nach der nächsten geführt haben. Mit jedem Toten habe ich die Magier für das gehasst, was sie uns antaten. Manchmal habe ich euch sogar dafür gehasst, dass ihr uns nicht zum Überleben braucht, wie wir euch. Und ja, ich habe deinen Vater gehasst. Seine Grausamkeit, seine Arroganz. Weißt du, wie es sich anfühlt, wenn man hilflos zusehen muss, wie alle um dich herum sterben? Wie dein ganzes Volk immer weniger wird und du weißt, dass irgendwann der Moment kommen muss, an dem es ganz verschwindet?«

»Das weiß ich, Eliel. Wir wurden großgezogen, nur um in den Krieg zu ziehen. Gegen einen Feind, von dem wir nichts wussten, außer, dass wir ihn fürchten sollen. Wir wurden dazu erzogen, in den Krieg zu ziehen und für etwas zu sterben, das wir niemals würden erreichen können: Freiheit. Man hat uns belogen und um unsere Leben gebracht, nur um diesen verfluchten Krieg aufrecht zu erhalten.«

»Warum bereust du dann, das alles beendet zu haben? Hast du nicht stets davon geträumt, dich frei in dieser Welt bewegen zu können?«

Anna nickte abgehackt, während noch immer Tränen über ihre Wangen liefen, von denen sie nicht wusste, woher sie kamen oder wie sie sie würde aufhalten können.

»Komm mit.« Bei seiner neuerlichen Aufforderung zögerte sie nicht lang. Als er ihr diesmal die Hand reichte, nahm sie sie und ließ sich widerstandslos von ihm führen. Hinaus aus dem Kerker, die Treppen hinauf und wieder zurück in die Halle. Verblüfft hielt sie dort für einen Moment inne, um die Szenerie in sich aufzunehmen.

Sie kannte diesen Ort noch von früher, aus ihrer Kindheit. Es war ein Ort der drückenden Stille gewesen. Jetzt war er erfüllt von Leben. Die Mante hatten ihre Art zu leben in diese Festung getragen, sie hatten Tische und Bänke in diesen riesigen Saal geschleppt und ein schwaches Lächeln umspielte ihre Lippen, als sie sah, wie Magier und Mante sich – wenn auch in vorsichtigem Abstand – gemeinsam dort aufhielten. Vereinzelt konnte sie sogar Magier sehen, die sich mit den Mante unterhielten. Auch wenn sie nach wie vor viel zu viele *szenai* bei ihrem Volk ausmachen konnte, so wirkte es doch tatsächlich einigermaßen friedlich. Und gelöster als sie diesen Raum aus der Zeit ihres Vaters und König Maladriels in Erinnerung gehabt hatte.

Doch Eliel gab ihr nur einen kurzen Moment, um dieses ungewohnte Bild in sich aufzunehmen, ehe er sie auch schon weiterzog, eine Treppe hinauf und noch weiter, bis er sie auf einen kleinen Austritt auf dem Weg zum Nordturm bugsiert hatte. Die Sonne schickte sich gerade an, am Horizont zu versinken, zauberte dabei ein unendliches Farbenspiel in Rot- und Goldtönen auf die Mauern der Stadt, und sprachlos sah Anna auf die Welt um sich her, als Eliel sie kurzerhand hochhob und sich mit ihr gen Himmel abstieß.

»Was ist das?« Mit staunend aufgerissenen Augen sah sie hinab auf den künstlich geschaffenen Wüstenstreifen, der bereits ihr ganzes Leben lang die Festung umgeben hatte. Die Ränder, früher wie abgeschnitten, wirkten zerfranst, an einigen Stellen hatte bereits die Natur sich Teile davon zurückerobert.

»Das sind die ersten Zeichen dafür, dass der Krieg vorbei ist. Zwar mag er noch in den Köpfen der Leute sein, aber diese Welt hat schon damit begonnen, sich von dem zu erholen, was wir ihr angetan haben.«

»So schnell?«, wisperte sie, als Eliel tiefer ging, damit sie einen besseren Blick auf den Boden erhielt.

»Vielleicht ist dir das nicht bewusst, Liebste. Aber eigentlich bist du in einem Urwald aufgewachsen. Solche Dinge geschehen schnell hier.«

»Es ist wunderschön.« Noch immer ließen Tränen ihre Stimme rau klingen, während sie wie gebannt, die sich ihr schnell nähernde Natur beobachtete. Kleine Pflanzen hatten sich über die künstlich geschaffene Grenze gewagt, bohrten sich keck aus der oberflächlich verbrannten Erde heraus und hier und da konnte sie bereits die ersten Sprösslinge kleiner Bäume erkennen.

»Ich weiß nicht mal, wie die Sachen alle heißen, die hier wachsen«, murmelte sie leise, als Eliel zur Landung ansetzte und sie sacht zu Boden gleiten ließ.

»Wir müssen ihnen wohl neue Namen geben. Der Krieg hat sie uns alle vergessen lassen«, erwiderte Eliel in ihrem Rücken, als sie mit ehrfürchtigem Staunen einen Schritt in Richtung des dichten Waldes machte, der sich vor ihr auftat. Ein Geräusch, ähnlich dem Zirpen von Grillen auf der Erde, drang an ihr Ohr und kurz schloss sie die Augen, um sich ganz darauf zu konzentrieren. Noch nie hatte sie es in ihrer eigenen Heimat gehört. In den wenigen Momenten, die sie ihre Welt außerhalb der Festungsmauern von Veluvion Stadt auf der Flucht wahrgenommen hatte, hatte die Natur ängstlich geschwiegen. Als wäre ihr bewusst gewesen, dass jedes Geräusch sie hätte verraten können. Oder weil sie einfach nur gelernt hatte, dass Magier und Mante dieser Welt feindlich gesonnen waren.

»Meinst du, dass wir das irgendwann schaffen werden? Dass es wirklich möglich ist, dass wir in Frieden hier leben können?« Als hätte sie Angst, dass das Bild vor ihr nicht mehr als eine Illusion war, streckte sie vorsichtig eine Hand aus und strich federleicht über einen dicht wuchernden Busch. Fleischige dunkelgrüne Blätter ließen ihn wie einen dicken Ball auf dem Boden erscheinen und leuchtend pinke riesige Blüten, die sie ein wenig an Kelche erinnerten, ragten stolz aus seiner Mitte empor. Die Blätter fühlten sich kühl und glatt unter ihren Fingern an und sie staunte, als sie sich zu den satten Blüten vorgearbeitet hatte und ihre Finger nichts weiter als weichen Samt berührten.

»Ich weiß es nicht. Aber es ist es wert, es zu versuchen«, hörte sie ihren Gefährten in ihrem Rücken sagen und seufzte leise, als er von hinten einen Arm um sie schlang. Wehmütig schloss sie die Augen und ließ sich gegen seine unbedeckte Brust sinken. Frieden erfüllte sie und erst jetzt merkte sie, dass es genau das war, wonach sie sich ihr ganzes Leben lang gesehnt hatte. Genauso, wie auch er.

»Eliel?«

Er brummte etwas und sie lächelte leicht, als er den Kopf senkte und kleine Küsse auf ihrem Hals verteilte.

»Können wir wieder zu den anderen gehen? Ich glaube, ich hab Hunger.«

EPILOG

Er stand auf der Brüstung dessen, was einst die Festungsmauer Veluvion Stadts gewesen war, heute jedoch nicht mehr als eine Art Aussichtsplattform. Einer von wenigen Teilen jener dicken Mauern, die man erhalten hatte, um den inzwischen am Boden lebenden Mante die Möglichkeit zu geben, von hier aus zu starten und zu landen.

Fünf Jahre lebten seine Gefährtin und er inzwischen hier, waren von Javron als dessen Statthalter eingesetzt worden. Nie hätte er es für möglich gehalten, dass eine solche Funktion derart nervenaufreibend war, und manchmal ertappte er sich dabei, wie er sich wünschte, wieder auf einem Schlachtfeld zu stehen. Nicht, dass ihm die Kämpfe fehlten, aber das war zumindest etwas, womit er sich auskannte.

Nachdenklich hielt er die gefaltete Nachricht seines Cousins in Händen. Er wusste nicht so recht, was er davon halten sollte. Man hatte eine Spur gefunden. Nach fünf langen und turbulenten Jahren hatte man endlich eine Spur des einstigen Königssohns gefunden. Auf der

Erde. Jenem Ort, an dem er auch seine Gefährtin gefunden hatte.

Allerdings waren es keine guten Nachrichten. Lael war seit einigen Jahren tot. Aufgrund der Umstände nahm man an, dass Maladriel, der gestürzte König, seine Finger dabei im Spiel gehabt haben musste. Woher sonst hätte man auf der Erde auch wissen sollen, dass man einen Magier nur durch Enthauptung töten konnte? Und wer sonst hätte ein Interesse am Tod dieses Mannes haben können?

Doch war die Suche nicht völlig umsonst gewesen. Lael hatte einen Sohn hinterlassen. Ein kleines Kind und wenn man dem Assassinen glauben konnte, den man damit beauftragt hatte, dieses Kind zurück nach Veluvion zu bringen, dann hatte dieses Kind nicht nur keinerlei Ahnung von seiner Herkunft, sondern befand sich obendrein auch noch in Gefahr. Jemand machte Jagd auf dieses Kind.

Dies war die letzte Nachricht, die sie erhalten hatten, ehe der Informationsfluss versiegt war und Javron sich entschieden hatte, seinen ersten schwarzen Prinzen mit der Aufgabe zu betrauen.

»Was machst du hier, Dämon?«

Eliel grinste schief bei den gespielt verärgerten Worten seiner Gefährtin. Vor einer ganzen Weile schon hatte er sich hier her zurückgezogen. Einerseits, weil er die Nachricht seines Cousins in Ruhe hatte lesen wollen, andererseits auch, weil ihm zugegebenermaßen der Trubel in der großen Halle ein wenig zu viel geworden war. Allerdings hätte ihm klar sein müssen, dass Anna ihn überall würde finden können. Sie kannte ihn, wie kein anderes Wesen ihn je gekannt hatte. Niemals würde es ein Wesen in den Dimensionen geben, das ihm näher kommen konnte als sie. Nicht nur durch die Bindung, die sie damals eingegangen waren, sondern auch, weil keiner von ihnen Geheimnisse vor dem anderen haben musste. Oder auch nur wollte.

Als sie neben ihn trat und ihr Gesicht in Richtung der warmen Frühlingssonne streckte, lächelte er, ehe er ihr die Nachricht Javrons in die Hände drückte. Geduldig wartete er, bis sie die wenigen Zeilen überflogen hatte und mit gerunzelter Stirn zu ihm aufsah.

»Du willst mich also mit der ganzen Rasselbande hier allein lassen?«

Er grinste bei ihren flapsigen Worten. Nein, sie war nicht wütend. Und kurz fragte er sich, wie er jemals daran hatte denken können.

»Hast du einen besseren Plan?«

»Nope. Tu, was du tun musst. Aber wenn du mir keine neuen Filme mitbringst, werde ich echt böse!«, giftete sie ihn gespielt an und mit einem leisen Lachen zog er sie in die Arme.

»Ich würde es nie wagen, meinen kleinen Hauptmann zu erzürnen.« Zur Antwort erhielt er einen wenig liebevollen Stoß mit ihrem Ellenbogen, den er mit einem Knurren quittierte.

»Ich liebe dich, Eliel.«

»Und ich liebe dich, Anna.«

HOUSE OF WAR

Eine vollständige Übersicht der Reihe finden Sie auf:
https://sarahbaines.com
Inklusive Newsletter.
Kein Spam. Nur Neuveröffentlichungen.

Social Media:
https://www.facebook.com/SarahBainesAut/
https://www.instagram.com/sarah.baines.aut/

Printed in Poland
by Amazon Fulfillment
Poland Sp. z o.o., Wrocław

71391623R00240